좋은 물은 향기가 나지 않는다

국립중앙도서관 출판시도서목록(CIP)

좋은 물은 향기가 나지 않는다 : 안성호 수필집 / 안성호 지음. --
서울 : 한누리미디어, 2007
  p. : cm

잡정보: 안성호 제3에세이집
ISBN 978-89-7969-297-6 03810 : ₩10000

814.6-KDC4
895.744-DDC21   CIP2007000951

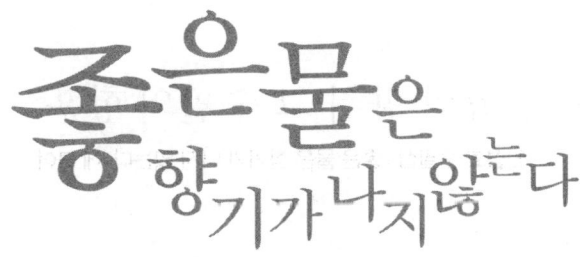

좋은물은 향기가나지않는다

안성호 지음

한누리 미디어

고향의 향취 그 수필의 향훈

— 안성호 수필집《좋은 물은 향기가 나지 않는다》에 붙여

丘仁煥

서울대 명예교수 · 문학과 문학교육연구소 소장

신춘의 서기가 온 산야에 번져 봄기운이 완연하다. 하지만 봄은 봄다워야 봄이요, 문인은 문인다워야 문인이다. 봄은 진달래 개나리가 목련이 바라보는 데 흐드러지게 피고 라일락의 향기가 온 산야를 번지어 태동의 소리가 산촌과 인환(人寰)의 거리에 넘실대어야 봄답고, 문인은 내일의 지평을 위해 처절하게 살아가는 삶을 문학성으로 승화하여 예술작품을 창조하는 데 전력을 다해야 문인답다.

치열한 습작기를 지나지 않고 몇 편 습작으로 등단하여 문인입네 하고 문화 활동의 일원으로 나다니는 것은, 장인정신이 결여된 장식문인이 횡행하는 작금의 상황이야말로 수필가답지 못한 현상이다.

장인정신으로 요동치는 현실이나 자연의 변화현상을 언어미학으로 또 하나의 새로운 코스모스를 창조하는 것, 그것이 제2창조가로서의 문인이다.

《꾀꼬리를 위한 명상》,《그의 가슴 속에는 늘 고향의 들꽃이 피어난다》로 그 수필적 문학성을 형성하여 주목받고 있는 안성호 수필가가 이 신춘에《좋은 물은 향기가 나지 않는다》를 상재하니 이는 수필 문

단의 한 축복이요, 경사가 아닐 수 없다.

먼저 그 수필의 향훈에 담뿍 취하면서 축하의 화환을 보낸다.

수필집 《좋은 물은 향기가 나지 않는다》는 혼탁하고 이기에 치우쳐 가는 우리에게 던지는 정화수와 같은 작품의 화원을 이루어 거칠어 가고 고향을 상실한 우리에게 따뜻하고도 아늑한 쉼터를 마련해 주고 있다.

〈겨울 나무〉와 〈겨울 꽃〉, 〈진달래꽃 이야기〉 등과 같이 조상으로부터 삶의 흔적이 쌓여 있는 산과 들의 자연에 심취하고, 〈나무 타기〉와 〈달빛 타기〉, 〈걷기 예찬〉 등은 정보사회의 복잡하고도 다양한 우리의 삶의 곤비(困憊)에서 벗어나 유유자적한 삶의 여운을 그려서 감명을 주고 있다. 특히 〈좋은 물은 향기가 나지 않는다〉는 생명의 원천이요 문명 발생의 원산인 물의 본성을 기저로 하여 물의 투명과 정화를 혼탁한 사회의 정화로 이행하여 물의 철학을 정립하고 있어서 깊은 감명을 준다. 물과 같은 친구가 가장 좋은 친구라고 하듯이 물은 무색·무취하고 그저 흘러간다. 백령도의 이야기를 주로 한 〈수맥〉도 이 물의 의미가 투영되어 새로운 의미를 부각시키고 있다.

수필은 고달픈 우리의 삶의 반려가 되고 안식처가 된다. 안성호 수필집 《좋은 물은 향기가 나지 않는다》가 바로 디지털시대의 격변 속에 살아가는 생활인의 반려가 되고 안식처가 될 것으로 봐, 수많은 독자가 도하의 지가를 올릴 것으로 기대한다.

새로운 마음, 새로운 출발

봄비가 내린다.
한겨울 그리웠던 파란 손님이 오신다.
이제 나는 생기가 돈다.

봄은 많은 시작을 품는다. 새순이 돋아나고, 꽃이 피기 시작한다. 그러면 천지에는 무한경쟁의 새 삶이 펼쳐질 것이요, 봄빛을 받아 반짝이는 그 찬란한 새싹들을 빛나는 결실로 거두기 위해서는 계절의 기복에도 흔들리지 않는 꾸준함이 필요하다는 것을 그들은 알 것이다.

언제나 인간의 눈에 가장 먼저 띄는 것은 새로운 배움에 대한 보이지 않는 덫일 것이다. 따라서 매사에 자기 자신을 낮추고 배우는 겸양의 자세를 지닌다면 이 아름다운 봄의 새 향기가 두고두고 좋은 기억으로 남을 수 있으리라.

산다는 것은 사랑하고, 배우고, 일하는 것이다. 이 세 가지가 인생의 가장 중요한 핵심이 아닐까 나는 생각해 본다.

로마의 위대한 철학자 마르쿠스 아우렐리우스는 그의 명저 《명상록》에서 '오늘이 네 인생의 마지막 날이라고 생각하고 살라' 고 했다. 인간이란 언제 종지부를 찍힐는지 모른다.

우리는 진지한 정신과 성실한 태도로 하루하루를 열심히 살아야 한

다.

　사람은 자기의 적성과 천분에 맞는 일을 찾아 그 일에 일생동안 정성을 다해야 한다고 나는 생각한다.

　나는 좋은 글을 쓰는 것이 나의 사명이라고 생각하고, 글쓰는 일에 나의 정열을 바쳤다. 이 책은 나의 세 번째의 수필집이다. 주로 자연과 환경, 추억, 인간관계, 미담을 보고, 듣고, 느낀 것을 소재로 해서 쓴 수상(隨想) 모음이다.

　책의 제목을 '좋은 물은 향기가 나지 않는다' 라고 붙였다. 우리는 자연을 사랑하지도 않고, 물을 소중히 여기지도 않으며, 또한 인간과의 아름다운 미담도 없으면 사람의 가치를 상실하기에 자연과 인간의 상관관계를 생각하면서 책 제목을 상재하였다.

　내 글을 세상에 내놓으니 딸을 출가시키는 부모의 마음처럼 홀가분하면서도 서운한 마음이 든다. 늘 어느 한 구석 빈 것처럼 허전하고 부족한 느낌을 저버릴 수 없다.

　나의 지혜와 정성을 다하여 쓴 이 책이 자연을 사랑하는 맑은 혼들에게 한 줄기의 빛과 힘이 되기를 간절히 염원한다.

　이 책이 나오기까지 도와주신 한누리미디어 김재엽 사장님과 관계자 여러분들께 감사드린다.

　　　　　2007년 3월

　　　　　남한산 기슭 심방(心房)에서

　　　　　　　安 成 浩 識

2부 | 탑 쌓는 노인

3부 | 되로 주고 말로 받는 삶

4부 | 그 해 겨울 눈꽃 이야기

5부 | 천상의 화원

1부. 어느 부부의 산행 이야기

좋은 물은 향기가 나지 않는다

| 나무 타기 |

| 나무의 부름에 관한 이야기 |

오늘도 나는 나무를 바라본다. 나무를 바라보고 있노라면 가슴이 열린다. 한 잎 초록 잎새나 앙상한 가지의 떨림일지라도 나에게 나무는 어머니의 품속 같은 정서적 위안의 쉼터가 된다. 그래서인지 나는 언제부터인가 나무를 바라보는 버릇이 생겼다.

늦가을이다. 서리가 내린 이후라 마당가의 감나무는 잎을 한 장도 남기지 않고 다 떨궈 버렸다. 머뭇거림도 미련도 없이 냉정하게 말이다. 이러한 냉정함은 삶에 대한 포기가 아닌 생존을 위한 힘겨운 투쟁이라고 할 수 있다. 그렇게 생각하면 앙상하게 뼈만 남은 나무를 바라보고 있어도 을씨년스럽지 않다.

모든 것을 버림으로써 기어이 살아남아 새로운 생을 준비하는 법을 나무로부터 배운다. 아직 나뭇가지 끝에 까치밥으로 남겨둔 몇 개의 감. 감꼭지는 마치 어머니의 몸과 연결되어 있던 생명의 통로였던 배꼽처럼 여름날 감나무와 뜨거운 사랑을 지속적으로 주고받으면서 인연이란 교감의 자비를 유지해 왔으리라, 머리 속에 그려본다.

기억난다, 어릴 적에 감나무에 높이 올라간 어른들의 모습이. 그때 나는 감 하나를 얻어 먹기 위하여 감나무 밑에서 고개를 쳐들고 하늘을 우러러보았다. 하지만 감은 떨어지지 않았다. 그래서 나는 언제 나

도 저 높은 곳에 올라 마음대로 감을 딸 수 있을까 하고 생각했다. 그러면서 어른들이 신기하게 느껴졌다. 그러나 그날 끝내 감 주인은 감하나 내게 주지 않아 눈물이 핑 돌았다.

어느덧 세월은 흘러 나에게 나무 타기의 힘이 주어졌다. 누가 시켜서가 아니라 내 스스로 터득한 삶의 성장이었다. 무서움도 위험도 없는 오직 모험적인 인간 본연의 뽐냄인지 모른다.

어떤 가을날, 하학길 주변에는 감나무가 많았다. 아이들은 책가방을 팽개치고 감나무에 기어오른다. 다람쥐처럼 날렵하여 팔뚝만큼이나 굵은 감나무 가지 끝까지 올라 새처럼 좌정하여 손만 뻗으면 홍시를 손으로 딸 수 있었다.

가끔 바람이라도 불면 휘휘 흔들리는 나뭇가지. 나는 곡예사. 신났다. 홍시를 손에 쥘 때 그 순간의 통쾌함! 무엇이 더 부러우랴. 더 갈 수 없는 벼랑…… . 무심한 욕심은 하늘 끝까지라도 오르고 싶은 마음. 내려가야 할 의무를 망각한 찰나, 센 바람은 나를 안전지대로 하향하라고 지시를 했다. 그래도 나는 세상을 모르고 그 위험한 나무 타기를 했다. 다음날도 또 다음날도 그렇게 하면서 성장하여 어른이 되어 갔다.

남한산 산책길. 하루도 빠짐없는 내 등산의 일과. 오직 성(城)과 소나무는 값 줄 만하고 어딜 가나 자랑하고 싶다. 또 40년 전에 광주(廣州)시에서 심은 잣나무의 청청함이 장관이요, 8월경에는 잣송이가 바나나 송이처럼 탐스러워 행인의 눈길을 사로잡는다. 솔바람이 시원해 발길을 멈추고 자연에게 고마움을 느낀다. 도시의 골목길에서야 어찌이 좋은 내음의 공기를 대면할 수 있을까. 자연에 숙연히 고개 숙인다.

이때였다. 옆에 무엇이 퉁— 떨어졌다. 그것은 바로 연두색 잣송이가 아닌가. 조금 후의 일이었다. 족제비 모양의 청설모 한 마리가 잣송이를 나무에서 떨어뜨려 놓고 챙겨 가려는 순간이었다. 이를 본 옆에 섰던 친구가 '저놈의 청설모! 온 산천의 잣을 죄다 망쳐놓고!!' 하고 소리쳤다. 그도 그럴 것이 청설모는 나무 타기에는 제왕이다. 이 나무 저 나무 넘나들며 잣을 챙긴다. 청설모의 이빨은 송곳이요, 발은 잔나비 발, 색상은 잿빛, 그 생명력의 강인함은 대단하다.

나는 잣나무를 올려보았다. 탐스러운 잣송이들이 보였다. 욕심이 났다. 그런데 나무에 오르는 일부터 만만치 않았다. 겨우 2, 3미터 오르는 데도 발은 자주 미끄러졌고, 몸의 중심을 제대로 잡을 수 없었다. 어린 날의 나무 타기를 재연해 보았다. 하지만 그것은 다만 추억에 불과했다. 나는 발목이 가는 가벼운 다람쥐나 청설모가 아니었다. 부끄럽게도 아랫배에 욕망의 비곗살이 가득 낀 무겁고 둔한 인간이었다. 봄부터 가을까지 잣나무한테 물 한 모금 주지 않았으면서 그 결실만 가로채려는 성급하고 못된 심보를 가진 인간 말이다.

그렇게 가까스로 나무에 올라갔는데 나무 타기를 해본 기억이 참으로 아득하게 느껴졌다. 거의 50년이 지나도록 나는 나무 아래서 아주 어릴 때처럼 나무를 타고 오르겠다는 마음을 그동안 한 번도 품어보지 못했던 것이다. 나무에 오르겠다는 꿈을 잊어먹으면서 나는 한 살 두 살 나이를 먹었고, 속이 시커먼 어른이 되어 가고 있었기 때문이다. 주체할 수 없이 몸무게가 늘어난다. 그것은 다람쥐나 청설모가 되어 나뭇가지 사이를 넘나들고 싶은 꿈과 멀어지는 날이었다.

이제 잣나무 위에서 두 발을 붙이고 자세가 안정되자 마치 나무에 앉은 한 마리 청설모가 된 기분이었다. 그리고 높은 데서 바라본 새로운 풍경이 한참동안 나를 들뜨게 만들었다. 늘 무심코 바라보던 동네 풍경들이 전혀 다른 세계가 되어 나무 아래 펼쳐져 있었다. 땅에서 볼 수도 없고 보이지도 않던 산성 마을의 지붕과 돌담 안, 마당과 오색 비치파라솔과 의자들……. 또 햇빛을 되쏘는 지수당(地水堂)의 물빛…….

나는 나무 위에서 오랫동안 마을의 삶을 속속들이 관찰하면서 내려다보았다. 우리 삶에도 조금만 위치와 생각을 바꾸면 달라질 수 있는 것들이 참 많을 거라는 생각이 들었다. 우리가 조금만 눈높이를 달리하면 세상이 지금보다 훨씬 아름다워질 수 있을 것이다. 만약에 내가 새처럼 나뭇가지 끝에도 포르르 날아가 앉을 수 있다면 나는 거기서 또 다른 경이로운 세상의 모습을 관찰할 수 있을 텐데…….

그러나 나는 새가 아니었기 때문에 곧 잣나무에서 내려와야 했다. 잣을 따는 일도 쉬운 일이 아니었고, 더욱이 발목이 아팠기 때문이었다. 손이 닿지 않는 곳에 몇 송이 남겨놓고 나무를 내려와서 이런 생각을 했다.

나무 주인은 땅에 사는 사람이 아니라 하늘을 왕래하는 새들과 청설모라고……. 따라서 이제 우리 인간이 그 주인에게 자리를 비워줄 때가 되었다고……. 그리고 가벼워져야 할 것은 바람이나 구름, 새만이 아니라 우리 인간의 마음도 가벼워져야 한다는 것을……. 그래야만 우리의 몸이 가벼워져 활동하기 편안하고 행복해진다는 것을…….

| 달빛 타기 |

석양에 남한산을 돌아 오른다. 산월(山月)이 따라온다. 하늘을 올려다 보았다. 보름달이 중천에 차 있다. 교교하다. 만월 때면 내게 오는 달병(月病). 볼수록 짙어 가는 정취…….

나는 달이 토해낸 노란 금가루를 뒤집어 쓰고 밤의 산길을 얼마나 걸었을까? 땀이 전신을 적신다.

성(城)마루. 영춘정(迎春亭)에서 땀을 닦는다. 손을 뻗으면 잡힐 듯한 달도 순간 구만리 창공으로 달려 환히 웃고 있다.

그 천상(天上)의 꽃. 이른바 추월(秋月)의 모습은 환히 여유 있는 표정이다.

나는 그 후덕하고 자비로운 자태로 만상을 비추는 달빛의 사랑을 내품속에 넣고 속삭여 보려고 공산추야월(公山秋夜月)을 허둥대며 이토록 취하는가. 참으로 생각하면 허황하면서도 야릇한 풍류의 서정에 님(달)과 교감되는 순간. 내 영혼은 달을 따라 어디론가 떠나고 있다.

도대체 인간의 마음을 사로잡는 저 달을 누가 사랑의 무덤이라 했을까? 문학 속에서도 못 다 이룬 사랑의 사체(死體)를 달에다 묻었다.

어느 보름달 밝은 밤에 로미오와 줄리엣이 데이트를 했다. 그 달을 향해 사랑을 맹세하는 로미오에게 줄리엣이 말한다. 하루하루 모습을

바꾸는 저 바람둥이 달에게 맹세해서는 안 된다고……. 그때 사랑이 저 달처럼 하루가 다르게 변심하는 것이 싫기 때문이라고…….

일찍부터 달과 인간은 생활에 밀접한 관계를 맺고 있다. 달은 약한 인간의 마음을 의지하려는 사랑의 맹세와 희망을 성취하려는 숭배의 대상물이었다. 그래서 달은 언제 봐도 아름답고 한을 풀려 하는 위안의 신이었다.

영춘정! 시인, 묵객들이 풍류를 노래하던 곳. 역향(歷香)에 젖은 손때 묻은 마룻장이며 기왓장 하나하나가 병자호란의 아린 사연을 안고 끝내 조국의 역사를 지키려는 고풍 어린 영혼의 서기가 오늘 따라 달빛에 익어 한 세월을 조용히 관찰하고 있다.

사계(四季)를 휘저어 본다. 구름 속에서 나온 달은 얼굴이 붉은 농부처럼 순진한 모습으로 성벽을 넘겨 보고 나를 희롱한다. 바람이 분다. 구름이 달을 가린다. 어둡다. 실망한다.

어리석은 놈. 분명 구름의 장난인데 달이 없다니, 세상을 똑바로 보고 살아가라고 바람의 여명은 노래한다.

나를 희롱하는 것은 달이 아니라 구름이었다.

나무 사이로 보이는 달. 그것은 구름이 잠깐 달을 도둑질하다 펼쳐 놓은 황금알이었다. 천상의 도적. 인간은 구름에 속고 자연의 변화에 속아 사는 것이라면 왜 사람들은 약하면서 강한 체 시기와 욕심 논쟁으로 아귀다툼을 하며 살아가는지 피곤하다.

나는 달과의 피아(彼我)가 가물거리는 전선 위에서 황홀하여 잠깐 자신을 잃었었다. 그래서 밤마다 돋는 달을 바라보며 인간은 달의 전설에 얽힌 이야기를 하며 빠른 세월을 이처럼 살아왔다.

늦은 밤.

나는 달빛 타고 새 천년을 맞이하여 달을 보며 좋은 생각을 해 보련다.

밤하늘에는 달의 숨소리가 여전하다. 달과 인간은 이처럼 인연의 정으로 수많은 세월이 흐른다 해도 영원한 아름다움으로 살아남을 것이다.

이 가을밤. 하늘의 가윗달은 맑아서 찬 듯이 더 한층 밝고, 대여섯 평의 영춘정은 달빛으로 넘쳐 가득 채우고도 남아 내 몸까지 덮었다.

오랜 옛날부터 우리 선조들이 숭배하던 달. 꽃다운 치장으로 임을 따르는 푸른 나라 높은 곳의 빛나는 궁전의 천사. 내 촌부의 얼굴에 등불 피워 나는 달빛 타고 별을 보며 달 사냥을 떠난다.

달 속마음을 샅샅이 뒤져 보면 허망하다. 왜 그럴까?

세월은 21세기로 접어들어 과학은 고도로 발달되어 인간이 달 표면에 정착한 지도 몇 년이 지나고 보니 달의 신비와 전설은 하나의 거대한 돌덩이로 변하여 숭배의 가치가 무너지고 말았다.

그 옛날 민요 속에 나타났던 계수나무와 옥토끼는 어디로 가고 달에는 인간의 무덤이 차지하고 있다. 하지만 실제로 인간의 유회(遺灰)가 달의 분화구에 묻힌 것은 1999년 8월 31일이 처음이다.

망치를 들고 달 표면을 한 번 두들겨 보는 것이 소원이라던 미국의 천체 지질학자 슈메이커가 그 소원을 못 풀고 죽자, 작년 1월 우주 탐사선 '루나프로스펙터'에 그의 유회를 실어 달에 묻기로 한 것이다. 그것이 500여 일 만인 8월 31일에 달 분화구에 도착, 달 표면 매장에 성공했다니 지상에서는 월면장(月面葬)이요, 최장의 오백일장(五百日葬)을 치른 셈이라 한다.

인도의 성전(聖典)《우파니샤드》에서 달은 새 삶을 대망하는 주검들의 대기소로 되어 있다. 이 세상 생존하는 것들은 윤회전생(輪廻轉生)하는 것으로, 한 번 죽으면 영혼은 달에 올라가 기다렸다가 살았을 적의 업보로 다른 생물로 환생한다 했으니, 이처럼 인간은 비 오는 밤 달에서 내린 수분을 이용, 목욕하고 아들 낳기를 빌었던 신화와, 또한 달

은 인간의 묘지이기도 했다.

달과 인간은 수 천년 동안 긴 세월을 삶의 신화 속에 교감하면서 희망을 걸고 달을 숭배하고 있다.

그러나 달은 과학의 밝은 전자 에너지에 의하여 껍질이 벗겨져 그 속 내장이 해부된 결과 신비했던 속마음을 낱낱이 인간에게 드러내 보이자 달은 인간을 부끄러워 하고 인간의 희망은 실망으로 깨시고 날아 인간과 달은 스스로 얼굴을 붉히며 뒷걸음질치고 있다.

하지만 달과 인간은 과학의 힘을 알면서도 오랜 세월의 신화의 인연을 저버리지 못해 서로 사랑하고 있다. 따라서 우리 인간은 달 밝은 밤이면 그 달의 모습을 보려고 하니 달빛을 타고 이렇게 밤이 깊도록 임의 품속에 안겨 수많은 사연을 달과 이야기하면서 살아가는가 보다.

| 겨울 나무 |

국화꽃이 반기는 새하얀 서릿길에서 잎들은 한 해의 남루를 벗는다. 아직도 남한산(南漢山) 중턱에서는 타는 불길이지만, 아스팔트 바닥에 찢겨지는 아린 허무의 분신들…….

당신과의 언약이 소중해서 한때 화려했던 손짓들과 초록의 기록들을 계절의 발밑에 묻고 선선히 시간의 빛살을 접는다. 나는 낙엽을 밟으며 침묵의 껍질들을 벗겨 본다. 겹겹이 쌓여진 이력들과 다가오는 겨울의 일정들이 빛바랜 섬유질의 흔적에서 희미한 언어가 되어 간다.

까칠한 내 영혼의 가지 끝에도 낙엽이 떨어지고, 허무한 의식의 갈피 속에서 가난의 시간들이 바스락거리는 늦가을이 엊그제 같은데 참으로 세월이란 왜 이렇게 덧없이 무상하기만 할까?

나는 지난 일을 이렇게 회상하며 눈 덮인 산책길을 걷고 있다.

고독과 강인함을 뽐내는 겨울 나무들…….

똑같은 겨울 나무라도 소나무, 노간주나무, 전나무, 잣나무…… 등은 사시에 푸른 옷만 두르고 있어 일편단심은 으뜸이지만 계절에 변화 있는 아름다움을 볼 수 없어 외롭다. 그러나 겨울 나목들은 잎 피고, 꽃 피고, 열매 맺고, 아름다움을 주고 경제성까지 베풀어 값 줄 만하다.

이번 폭설에 부러진 소나무, 향나무들이 더 크게 상처의 틈이 벌어져 있다. 순간 거센 바람이 또 분다. 쩍 쿵……, 어디선가 나무의 비명 소리가 들려온다.

나는 가슴을 조이며 골짜기 오솔길을 힘겹게 오른다. 얼마만큼 산을 올라 왔을까. 큰 소나무 가지가 쪼개지고, 꺾이고 한 것이 보인다. 나무들은 자신을 끊어내는 힘조차 그만큼 단호히디는 것일까? 설해목 앞에 무릎을 구부리고 안타까워 하고 있자니, 나무들의 장의행렬인 듯 갖가지 수피의 나무군단이 차례로 도열하며 눈앞에 어른거린다. 나무의 상처 둘레로 진액을 내뿜어 서서히 오래도록 그 상처를 나이테와 같이 감아도는 나무는 인간의 가장 가까운 종족임에 틀림없겠다. 고대 몰루카 제도에서는 정향나무가 꽃을 피우면 회임한 인간의 여자처럼 극진히 보살펴 주었다. 우리 나라에서도 신단수 아래 돌을 쌓고 제를 올리며 나무정령에 머리를 조아려 발원하는 이유를 이제야 알겠다.

자연에서 죽어 버린 나무들은 인간과 벌레들에게 자신의 몸을 내어주고 흙으로 되돌아간다. 소나무는 목숨이 다했을 때 그 썩어가는 속도가 인간의 죽은 몸이 육탈하는 정도와 같다고 하지 않던가. 아마도 우리 인간이 나무 상처를 감아쥐는 모습을 유심히 지켜본다면 인간이 흘러 보낸 세월의 박피(剝皮)가 서서히 그 내면의 공동을 메우는 것과 다를 바 없음을 새삼 깨닫게 되리라.

겨울 나무! 너희들은 모두가 아슬한 두려움을 허리춤에 끼고 자연에 순응하는 강인한 몸짓, 화려했던 잎과 꽃. 우직했던 6월의 무지를 눈 속에 묻고 홀가분한 체중으로 가볍게 겨울 춤을 추고 있다.

쇄― 바람 소리―. 징은 칠수록 더 웅장한 소리로 내부의 울분을 밖으로 토한다. 그 소리의 기본인 의무를 탈피하지 못하고 목숨이 다하도록 세상을 울리는 겨울 나무들은 바람이 불면 불수록, 추우면 추울수록 옷을 벗는다. 마지막 가지 끝에 목숨을 건 마른 가랑잎마저 인정

없이 날려 보내고 가슴을 열어 젖히는 독기(毒氣). 아마도 잎 피고, 꽃 피고, 새 울고, 바시락거리는 세월보다 투명한 빙산(氷山)의 순수가 편안한 모양이다.

겨울 나무! 지나간 시간은 차가운 허공에 떠서 무중력의 풍선이 되거나 기억의 정수리에서 나부끼는 깃발인 것을……. 또한 붙잡아도 가슴밖에 맴도는 너와 나의 절망인 것을……. 모두를 버리고서야 모두를 소유할 수 있다는 너의 겸손한 흉계로 하여 차라리 알몸으로 내 발등에 엎드리는 너 겨울 나무는 참으로 겸손한 복종의 무리들……!

나는 굵은 참나무에 기대어 나무의 체온을 느껴 본다. 생의 기가 흐르는 훈훈함! 무수한 나무들의 등치를 보면, 제 아무리 눈이 많이 쌓여도 항상 삶의 표적인 나무 뿌리 언저리엔 눈이 먼저 녹아 마음껏 수혈하고 땅을 드러낸다. 그러고 보면 자연의 섭리란 얼마나 오묘한가? 또 순간마다 닥쳐 오는 위험과 시련은 삶의 강함을 더해 주는 보약의 충전이며, 내일 하늘 높이 날 수 있는 나래를 달아 주는 극기(克己)이며, 인간의 약한 의지마저 기(氣)를 넣어주는 선구자랄까? 그만큼 겨울 나무들은 씩씩하고 강하고, 인고의 힘이 대단하다.

머잖아 겨울 나무들은 다시 잎과 꽃이 피게 될 것이고, 긴― 겨울 여행의 명명(冥冥)한 기억들을 교훈삼아 힘과 노력을 다하여 건강한 잎과 꽃을 선사할 때 잠시 떠났던 풀벌레·새들의 노래 소리가 온 산천을 휘감아 풍요한 요람이 될 것이다.

나는 산책길에서 나무를 만날 때마다 내 등을 친다. 그러면 후련한 가슴 속의 혈맥은 나를 건강으로 이끌어 준다. 이렇게 나무의 덕을 보면서도 무엇 하나 보냄 없는 인간의 손길이 자꾸 부끄러워 숙연해지고 만다. 나는 눈 내린 설야에서 겨울 나무들의 강함을 보면서 그 의지와 인고에 고개 숙이며 언제나 제자리를 잘 지켜주는 청빈한 옹고집에 그만 영하의 추위도 잊어버리고 만다.

| 그 해 여름 한반도에 불던 신바람 |

아— 2002년 6월! 월드컵 4강의 기쁜 함성과 열기는 여름의 작열하는 태양보다 뜨거웠다. 온 국민의 힘이 아직도 채 가시지 않은 꿈결 같은 나날들이었다. 생각하면 너무 기뻐 눈물났던 하나 됨. 그 하나 됨의 외침은 온 세계를 놀라게 하였다.

나는 놀랐다. 축구의 힘이 과연 이렇게도 큰가. 무한경쟁 시대의 세계를 밀고 나가는 그 위력에 나는 놀라움과 함께 축구를 사랑한다. 스포츠의 힘이 이처럼 크고, 온 국민의 단합된 의지와 경제 상승의 붐까지 조성하여 준 만큼 이는 내 생애 처음 보는 일이며, 황홀한 추억의 잊지 못할 역사였다.

축구는 발놀림의 스포츠다. 서양 사람들을 보라. 거의 서양 스포츠들은 예외 없이 발놀림을 기본으로 구성된 발의 스포츠다. 진행 중 공이 손에 닿으면 핸들링이라 하여 반칙이 되리만큼 축구는 발의 스포츠다. 축구 이외의 종목들도 손과 발을 더불어 쓰긴 하지만 발의 비중이 상대적으로 큰 운동이다.

들짐승의 뒤를 쫓는 수렵이나 양을 모는 유목, 또는 떠돌며 장사를 하며 살아온 이동민족인 아프리카, 중동 중남미, 유럽인들은 발을 주로 쓰는 스포츠를 즐겨 왔고, 그 스포츠가 세계화하고 있는 것이다. 반

면 농토에 붙박이로 박혀 손을 주로 쓰는 정착 농경민족인 동양인, 즉 한국인은 발의 스포츠가 생소하고 생리적으로도 적응이 잘 되지 않았다. 발의 민족은 발바닥과 발가락의 근육을 관장하는 족척근(足蹠筋)이 발달한 것부터가 다르다. 올림픽이나 세계선수권에서 한국 선수들이 거둔 성적은 그 스포츠가 요구하는 발과 손의 비중과 밀접한 함수관계가 있었다.

발의 비중이 높은 육상경기, 사이클, 스키, 그리고 축구에서 한국을 비롯, 손의 민족인 동양 선수들은 그야말로 족탈불급(足脫不及)이요, 금메달을 따는 종목일수록 역도, 유도, 레슬링, 권투, 양궁, 사격, 탁구, 배구, 핸드볼 등 손의 비중이 크다는 것이 확연하다.

유럽에서 인기 없는 야구가 한국, 일본 등지에서 붐을 이룬 것도 던지고, 잡고, 치고, 달리는 4개 동작 가운데 3개 동작에 손을 쓰기 때문일 것이다.

발의 문화권에서는 서서 살기에 넘어지는 것이 일상화한 데 비해 손의 문화권에서는 앉는 문화가 발달하여 넘어지는 것을 부정한다. 한국에서 오뚝이는 일어선다는 데 가치를 두고, 서양 오뚝이 텀블러는 넘어진다는 데 가치를 두는 것만 보아도 알 수 있다.

축구에서 발의 민족은 슬라이딩, 태클, 그리고 몸을 던져 공을 잡는 골키퍼의 세이딩 등 넘어지는 전술이 발달한 데 비해 손의 민족은 넘어지는 전술에 보수적이다. 월드컵에서 손의 나라 한국팀이 발의 나라들을 차례로 뉘고 4강에 오른 것은 축구 인류학에서의 위대한 반란이요, 민족의 경사로 길이 기억될 것이다.

한국 축구가 스페인의 무적함대를 침몰시키던 광주(光州) 금남로에 운집한 시민들의 함성은 천지를 진동시켰다. 민주화의 성지(聖地)인 빛고을에서 붉은 티셔츠를 입은 우리 한국의 응원단이 일제히 두 손을 번쩍 들어 올리며 '대 ~ 한민국'을 목이 터져라 외치는 장면은 한 편의

장렬한 해원(解寃) 굿을 방불케 했다. 전국토를 하나로 묶는 한국 축구는 역사의 비극도 씻어 버리고 한국인 특유의 '신바람'을 불게 하고 있다.

월드컵 예선전을 치르고 올라온 32개국의 세계 강호들이 16강전, 8강전, 4강전을 치르면서 거리로 쏟아져 나온 인파가 기하급수로 늘어났으며, 실내외의 경향도 다르지 않으며, 남녀노소가 다르지 않게끔 열기가 온 국민을 녹여 한 덩어리로 만들었다. 2002년 6월 작열하는 더위도 잊은 채 전례 없는 단합의 힘은 '우리에게 이런 자원이—' 하고 놀랄 정도의 발견이 아닐 수 없다.

이 열기가 특정 이념이나 정치 정당 또는 장삿속으로 이용당하지 못하게끔 지켜야겠고 '님 향한 단심(丹心)을 다리미에 숯불 담듯', 또한 원자로에 핵연료 담듯이 차곡차곡 채워 국가발전 경제발전에 접목시킬 수 있었으면 좋겠다. 그리고 스포츠 열기의 나라 브라질, 잉글랜드, 뉴질랜드, 호주, 스페인, 독일 등은 축구에 이기면 바로 스포츠 부흥과 함께 정신력과 경제력에 윤활유가 되었음을 알 수 있다.

스포츠의 기쁨은 예부터 키스하는 관행이 있었던 것 같다. 조선 명종(明宗)때 학자 유희춘(柳希春)의 글에 활겨루기에 이긴 친구가 신바람이 나서 달려와 나의 등을 두들기더니 끝내는 나의 입에 합구(合口)했다라던가, 이스라엘 영웅 에프타가 전쟁에 이겨 개선할 때 맨 먼저 달려와 키스하는 사람을 신에게 희생키로 서약했었다. 이는 전승을 가장 기뻐하는 행위가 키스임을 말해 주는 것이 된다. 그리하여 에프타는 맨 먼저 달려와 키스하는 외동딸을 신에게 바친다. 이처럼 승리에 키스가 따르는 데 동서가 다르지 않은 것 같다.

월드컵 진행 중 골을 터뜨리면 다양한 세리머니가 연출되는데 난공불락의 빗장수비로 유명한 대(對) 이탈리아 전에서 연장전에 골든골을 터뜨려 세상을 놀라게 했던 안정환 선수는 왼손 반지에 키스를 하는 세리머니를 보여줬다. 그 결과 그는 반지의 제왕 소리를 듣게 됐다. 또 키스로 유명한 것은 스페인 팀의 스타 라울이다. 그는 골을 성공시 켰을 때마다 오른손 반지에 키스를 했다. 두 스타의 반지 키스의 대결 이었다. 신의 가호에 감사하고, 신의 가호를 계속 기원하는 왼손과 오 른손의 반지 키스다. 그 신의 가호 농도(濃度)를 두고 안정환과 라울의 격돌, 둘 다 미남이라는 것과 둘 다 미녀의 뒷바라지를 받고 있다는 것, 둘 다 고득점자라는 것, 다른 것이 있다면 왼쪽 반지와 오른쪽 반지와 의 좌우충돌이다.

축구는 축구 그 이상의 의미가 되어 일찍이 없던 국민 단합을 가져 다주고 우리 한국인을 신들린 사람으로 만들었다. 세계는 고요한 아침 의 나라였던 한국을 지켜보며 축구가 보여준 강인한 정신력에 감탄하 고 있다. 지금도 그 해 여름 불고 있던 6월의 신바람을 이 가을 바람과 함께 이어 이대로 살려 나간다면 한국은 축구에서 뿐만 아니라, 경제 적으로도 세계를 제패할 수 있는 힘을 얻을 수 있을 것이다.

축구로 얻은 강인하고 끈덕진 이미지는 한국 상품의 신뢰도를 높여 수출에도 좋은 결과를 가져오고 경제 발전에도 큰 힘이 될 것이다. 따 라서 해외 교포들 역시 조국이 자랑스럽다고 세계인에 자랑한다. 한국 인의 신바람이 지구촌 구석구석까지 계속해서 불도록 우리의 행진을 끊임없이 이어 나가자.

| 걷기 예찬 |

얼굴을 스치는 시원한 바람. 코끝을 파고드는 풍요의 내음……. 가을이 온다. 살이 찐다는 계절. 가을을 사는 사람들은 상념에 젖는다. 지금 이 길을 걷는 사람들은 무슨 생각에 잠겨 있을까. 나는 많은 사람들이 걷고 있는 성남 탄천(炭川) 길을 걷는다.

밝아 오는 여명! 나는 그 여명의 붉은 햇살을 안아 보려고 새벽 4시가 되면 어김없이 잠자리에서 일어난다.

성남시 구시가지에서 살 땐 남한산 수어장대에 올랐지만, 분당 신도시에 사는 요즈음은 탄천길을 걷는다. 탄천은 성남시의 젖줄이다. 동쪽 용인 땅에서 흐르는 냇물은 시내를 거쳐 한강으로 합쳐진다.

탄천은 자전거 길과 보도 길이 구별되어 안전하고, 사계절 꽃과 단풍 잔디가 곱게 피고 자란다. 그 뿐이랴. 냇가의 잉어 떼, 황새, 오리, 백로, 까치, 비둘기를 비롯하여 갈대밭 멧새 떼의 지저귐은, 정서와 낭만을 빚어주는 정녕 아름다운 풍경이다. 이런 곳에서 걷는다는 것은 그 얼마나 즐거운 일인가.

"걷기는 인간의 실존과 생존의 문제다. 그러므로 세계를 느끼는 관능 에로의 초대다."

프랑스의 사회학 교수인 다비드 브로통이 한 말이다. 명인 헨리 데

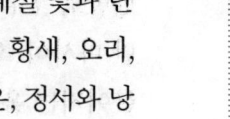

이비드 소로, 장자크 루소, 빅토르 세갈렌, 피에르상소 랭보, 일본의 시인 하이쿠 등 수많은 역사 속 인물들은 걷기를 즐겼다. 이들은 공통적으로 도보 여행을 하는 동안 일어나는 모든 일을 사랑했었다고 전해진다.

어린 아이가 처음으로 두 다리로 서서 한 걸음 한 걸음 발걸음을 뗄 때마다 세상을 조금씩 알아가듯이 걷는다는 것은 인간의 실존 문제요, 생존 문제다. 이를테면 의식주 해결도 걷는 것으로부터 출발했고, 인간이 동물과 확실하게 구별되기 시작한 것도 두 발로 일어나 걸어다니면서부터였다. 하지만 초고속 광통신의 현대 사회에서 인간은 많이 걸을 필요가 없다. 교통, 통신수단의 발달로 인간의 시공간적 이동 능력이 엄청나게 확대되었기 때문이다. 현대 사회에서 대낮에 도심을 느긋하게 걷고 있는 사람은 할 일 없는 무능한 사람으로 치부되기 십상이다. 승용차가 보편화된 현대 사회에서 걸어야 하는 경우라고는 고작 약속시간을 맞추기 위해 짧은 거리를 걸어야 하는 경우나, 다람쥐 쳇바퀴 돌 듯 직장 안을 맴도는 일뿐이다.

다행히 최근 불고 있는 '웰빙 붐'은 걷기가 광통신 사회의 보조적인 이동 수단에 머무는 것을 내버려 두지 않는다. 걷기가 정신적 행복과 신체적 건강을 지켜주는 좋은 수단으로 인식되고 있기 때문이다. 요즘 맨발로 초원을 걷는 '마사이 워킹'이 한창 뜨고 있다. 마사이 워킹이란 마사이 족이 부드러운 초원 바닥을 맨발로 자연스럽게 걸을 때 만들어지는 올바른 보행 자세를 말한다. 걷기 명상을 할 때는 마음을 발에 두고 발과 대지의 감촉을 느끼면서 걷는다. 대지가 어머니 손길처럼 부드럽게 떠받치고 있는 발에 대하여 감사한 마음을 품어야 한다. 마음이 발에서 자꾸 멀어지려고 하면 발로 숨을 쉰다고 생각하면 도움이 된다.

걷기는 경제적이고 효과적인 유산소 운동이다. 다이어트를 비롯한

34

안성호 제3에세이집

건강의 지표다. 걷기에 인색한 현대인들은 성인병으로 고생하기 십상이다. 시간을 절약하기 위하여 승용차를 이용하고 걷지 않다 보니 고혈압, 당뇨, 관절염, 비만, 뇌졸중, 신장병 등 많은 질병으로 고생하며 사는 것이다. 그래서 걷기 운동의 선구자가 권장하는 이 운동이 질병을 예방하고 치료하는 데 효과적이라는 사실이 알려지게 되어 점점 많은 사람들이 조석으로 걷기를 생활화하고 있다. 생활 속의 여유를 즐길 수 있는 걷기 명상의 붐. 뚜벅 뚜벅 뚜벅…….

발로 걸어다니는 인간은 모든 감각기관의 모공을 활짝 열어 주는 능동적 방식의 명상에 빠져든다. 실제로 천천히 걸으며 인간은 생각에 잠기기도 하고 생활 속의 여유를 만끽하면서 즐거움에 빠지기도 한다. 나는 오늘도 걷는다. 두 발로 땅을 디디면서 인간의 생존에 대한 행복을 되찾게 된다.

걸을 때에는 가슴을 쭉— 펴고, 눈은 전방 30m 앞을 보고 턱과 아랫배는 약간 당긴다. 두 팔을 90도 각도로 휘저으며, 발꿈치는 지면과 먼저 착지하면서 자연스럽게 약 30분을 걸으면 운동이 된다. 또 일주일에 4~5일 정도는 걸어야 효과를 본다. 걷기를 지속하면 호흡의 능률이 높아져 산소 섭취량이 증가하고, 다리와 허리의 근력이 좋아진다. 또 운동의 강약을 순간 순간 마음대로 조절할 수 있어 남녀노소 누구에게나 좋은 운동이 된다. 차를 타면 무심코 지나칠 수 있는 길 옆의 사물이나 풍경도 새롭게 만나보고 더불어 걷기를 즐기고 싶다면 홀로 걷는 게 최선이고, 둘이 걷더라도 침묵을 지키는 편이 더 좋다.

하루 종일 일에 시달리고, 스트레스를 받아 피곤한 몸일지라도 잠깐의 시간을 내어 걸으면서 생각하고 아름다운 자연 속에서 인간의 원초적 행위인 걷기를 행한다는 사실이 그 얼마나 우리의 마음을 포근하게 하고 몸을 건강하게 만드는지 누구나 한 번쯤은 생각하고 시행해 봄직한 일이라 하겠다.

| 젓가락 |

바람 부는 날 산 위에 홀로 선 나무를 보라. 언젠가는 타력(他力)에 쉽게 꺾이고 뿌리가 뽑혀 결국 사멸하고 만다. 그러나 둘이 기대고 의지하여 선 나무는 협동의 힘을 얻어 푸르고 튼튼하게 생존하고 있다. 그뿐인가? 나무와 나무의 마찰로 열을 내어 불을 일으켜 산불을 내고 지구라도 태울 수 있는 강한 힘을 지니고 있다. 또 음과 양의 화합으로 빛의 발생, 그 힘으로 우리 인간은 문명의 혜택을 받아 생활하고 있다.

이렇듯 둘이 합하면 힘을 낼 수 있는 것에는 연약한 젓가락이 있다. 젓가락은 우리 생활에 꼭 필요한 식사 도구이다. 그것은 하루에 세 번 아니 때를 초월하여 밥상 위에 나란히 놓여 인간에게 이로움을 주는 도우미 역할을 해 준다.

아득한 옛날 원시시대의 식생활을 회상하면 손가락으로 음식을 섭취하면서 살아왔다. 그러다가 어느 시대부터인가 인간의 지혜에 의해 젓가락을 사용하게 되었다.

집 떠나면 고생이라고 등산이나 야외 나들이라도 가는 날, 식사할 때 모든 성의와 정성을 다하여 음식을 만들어 왔지만, 젓가락을 깜박 잊고 안 넣고 와서 불편할 때 성질 급한 사람이 옆에 있는 나뭇가지를 뚝 꺾어 젓가락을 만들어 맛있게 식사를 할 때 우리는 스스로 젓가락

의 고마움을 느낀다.

하지만 젓가락도 짝이 맞아야 힘을 내지 한 개만 가지고는 효용가치를 상실하여 무용지물이 되고 만다.

비단 젓가락뿐만 아니라, 나란한 철길, 툇돌 위에 놓인 신발, 두 줄 서기, 쌍둥이, 두 사람의 걸음…… 등 그것은 다정함과 보기에도 좋아 외롭지 않은 생활문화의 꽃 역할을 한다. 또한 인간 생활의 질서와 예의를 갖출 수 있는 모양새로서의 가치가 있다.

따라서 나는 젓가락을 볼 때마다 고마움을 느끼고, 맞들면 힘이 생기는 부부애 같은 애정으로 음식을 찍어 올린다.

무심한 순간, 젓가락이 외짝으로 놓여 있거나 버려져 나뒹구는 것을 보면 어쩐지 외롭고 슬퍼 보인다. 짝 잃은 외기러기, 배신당한 연인, 이혼한 당사자처럼 그 처량함이란 보기만 해도 마음 아픈 일이다.

나는 조석으로 내 밥상 위에 나란히 놓여진 은수저를 맞이한다. 생각해 보니 오래 되어 누가 준 것인지 기억조차 나지 않지만 그 젓가락은 내가 생일 선물로 받은 것만은 틀림없다. 나는 선물을 준 그분에게 감사하고, 하루에 세 번씩 나에게 즐거움을 선사한 젓가락을 항상 사랑한다.

그 어느 애인에 비교하랴. 매우 값 줄 만한 그 젓가락을…….

때론 내가 게을러 은젓가락이 제 빛을 못낼 때가 있다. 그러면 마음의 불쾌감이 어릴 때, 나의 일을 반성하듯 면걸레로 은젓가락을 정성스레 닦는다. 그러면 거기서 빛나는 그 광채란 아름답게 보여 더할 나위 없는 보석이 된다.

인간의 마음이야 수시로 변하지만 은젓가락의 본 광채는 세월이 흘러도 영원히 빛날 것이다.

더럽혀진 은젓가락의 때를 닦으면, 빛나는 그 빛깔은 우리 인간에게 깊은 정서를 넣어 주고 인생의 바른 좌표의 의미를 일깨워 준다. 그러나 인간의 마음은 육신에 묻은 더러움을 털어내고 은빛처럼 가꾸려고 노력하지만 참으로 힘드는 일이다.

은빛이야 세월이 흘러도 닦으면 빛나고 언제나 그 빛과 광채는 세상을 밝고 명랑하고 아름다움으로 가꾸어 인간생활에 행복과 정신표본의 기둥이 되고 있다.

그래서 나는 은젓가락을 볼 때마다 은젓가락처럼 살고 싶어진다. 서로 사랑하고 다정하게 은젓가락이 나에게 봉사하듯 나는 내 삶을 은젓가락처럼 살고 싶다. 언제나 남을 위하여 그리고 둘이 합하여 발산되는 잠재한 그 힘이란 지구도 집어 올릴 수 있는 강한 젓가락……!

우리의 정신세계를 대변한 혼불이 서린 은젓가락, 예부터 빈부를 가리잖고 밥상 위에 놓여진 젓가락, 항상 우리에게 웃음과 즐거움을 선사하는 젓가락…….

따라서 젓가락은 인간이 존재하는 이상 어디서도 어우러져 우리에게 힘과 즐거움과 건강을 유지해 주는 덕성스런 식사 도구인 것이다.

| 내 고향에서 겪은 6 · 25 |

1950년 초여름(6월) 내 나이 열두 살이었다. 그때 나는 소백산맥의 중간 추풍령 고개 서남쪽 백두대간의 가성산과 장군봉 아래 안녕(安寧)골에 살았었다.

첩첩 산중이라 외래인들의 발길이 뜸했고, 대대로 이어 받은 초가집에서 산비탈 논밭뙈기를 부쳐 먹으면서 평화로운 마을에 살았었다. 그런 마을에 무서운 전쟁이 일어날 줄이야 누가 미처 알았으랴.

그해 6월 보리 타맥장에는 막걸리 사발이 오고 가, 웃음꽃이 피어나고 들녘의 모내기 소리는 풍년을 기약하듯 한층 더 곡조가 구성지는데 아낙네들의 점심밥 함지박은 미루나무 그늘 밑에 놓여졌다.

둥글게 모여 앉은 농부들……. 하얀 바가지에 비벼진 비빔밥은 꿀맛이었다. 인심 좋아 가는 사람 오는 사람, 모두 대접하는 인정. 모두 배불리 먹고 내 팔자가 상팔자야 하고 쉬고 있는데…….

이때였다.

헐레벌떡 걸어오는 구장. 면사무소에 갔다 온다며 하는 말이 '큰일 났다'고 하면서 몹시 상기된 안색이었다. 이북에서 인민군이 무력 침략으로 삼팔선을 넘어 오고 있다고 했다.

모두들 깜짝 놀라면서 "전쟁이 일어났다고? 결국 빨갱이들이 전쟁을……." 모두들 힘없이 멍하니 하늘만 쳐다보고 있었다.

이튿날이었다. 동네 사람들은 마음이 들떴다. 일도 하지 않고 모여 앉아 어쩌면 좋을까 공론이다.

하지만 들리는 소식마다 계속 피난민들이 서울을 떠나 내려오고 있다니 뾰족한 대책이 없었다.

지나는 길손의 말이 일을 해서 뭘 하느냐고 하면서 지금 국도에 나가 보라고 했다. 기차 지붕까지 사람들이 빽빽이 타고 내려가고 또 걸어서 오는 사람들은 인산인해를 이루어 엄청나다고 했다. 듣고 보니 죽음이 하루하루 우리 곁으로 다가오는 듯 모두들 불안해지기만 했다. 그러면서 그저 하늘의 뜻만 바라는 것이었다.

다음 날 오후였다.

동네가 떠들썩했다. 나는 밖으로 뛰어 나가 보았다. 연자방아간 곁에는 키 크고, 코 크고, 검은 사람, 흰 사람, 얼굴엔 환칠을 하고 무장한 군인이, 나중에 알고 보니 이들은 미군들이었다. 난생 처음 보는 사람이라 더럭 겁이 났다. 무슨 말을 하는지 알 수 없으나 잠시 후 그들은 우리 동네를 떠났다. 그것으로 미루어 보아 전쟁이 난 것을 확실히 알 수 있었다.

미군들이 지나간 후 우리 마을에는 피난민이 계속 들어왔다. 마당이고, 헛간이고, 마루고, 집 구석구석까지 온통 사람 천지였다.

이제 안녕골 사람들도 더 이상 이 마을에 지체할 수 없었다. 단출하게나마 보따리를 싸고, 양식을 따로 준비해서 소에 싣고, 아기를 업고 고향을 떠나야 했다.

동네마다 빈 집이고 가축도 제멋대로 뛰어다니고 포탄과 총소리를 피할 곳이 없었다. 가다 죽어도 대구, 부산 쪽으로만 내려가자는 것이었다. 우리 가족은 김천으로 가는 쾌방령 고개까지 갔다. 사람에 밀리고, 덥고, 비 오고, 모기 극성에 고생이 말이 아니었다. 사람 등살에 하

루 종일 걸어도 20리도 못갔다.

김천 가는 길목에서 이삼 일 지나자 웬일일까, 대구 쪽으로 내려갔던 피난민들이 다시 서울 쪽으로 올라오고 있었다. 이유인즉 그들은 하나같이 피난갈 것 없다고 했다. 남쪽으로 내려가 봐야 폭격에 다 죽고 너무 고생만 심해 죽어도 집에 가서 죽는 게 났다고 했다. 우리 가족은 그 말에 동조하여 나도 소를 몰고 집으로 돌아왔다.

안녕골에는 아직 피난 나갔다가 안 들어 온 사람들이 있고, 벌써 인민군들이 점령하여 오히려 우리들을 환영해 주었다. 그들은 이제 남북통일이 되었다고 하면서 앞으로 잘 살게 해줄 거라고, 김일성 장군 만세를 부르라고 했다.

이러한 인민정치의 시작은 몹시 두렵고, 괴롭고 지루하기만 했다. 또 경찰 가족이나, 군인 가족, 우익자를 반동분자라고 하면서 추적해 나가곤 했다. 나는 이러한 인민정치 하에서 여름을 지냈다. 물론 동네 사람들은 모두들 그저 목숨만 보존하려고 그들이 지시하는 명령에 꼭 두각시처럼 움직여야만 했다.

이러구러 초가을로 접어들었다.

해바라기가 해를 그리워하듯 우리는 국군의 승전과 자유의 나날을 그리워했다. 수수 이삭, 벼 이삭이 쭉— 목을 빼고 세상을 다시 보는 초가을. 아무리 가혹한 인민정치로 육신을 노예같이 부려도 자연과 인간의 마음은 빼앗을 수 없을 것이었다. 이것이 곧 하늘의 뜻이요, 자유를 수호하는 길이라 마을 사람들은 생각했다.

그런데 이상한 일이었다. 저녁마다 하던 인민회의와 부역을 시키는 일도 뜸해지고 인민위원회는 힘없이 행동하는 것이었다. 대구, 부산으로 내려갔던 사람들이 서울로 올라온다는 소식인 것이다.

마침내 9·28수복. 맥아더 장군의 인천 상륙작전으로 서울이 탈환되었다는 소문이었다. 그러나 안녕골은 아직 전쟁이 끝나지 않았다.

41

안성호 제3에세이집

우리 마을은 인민군 패잔병의 소굴이었다.

인민군들은 생명을 부지하려고 이북으로 가는 도중, 때에 따라 사람을 죽이고, 노략질하는 것이 예사였다.

어느 초가을 날이었다. 이 날은 오전부터 인민군이 우리 동네로 들어와 법석이었다. 절고, 뛰고, 부상당한 사람이 대부분이었다. 그들은 북한 정예군이었다. 인민군은 집집마다 들어와 콩을 털고, 벼를 찧고, 밥을 해도 누구 하나 만류하는 사람이 없었다. 주먹밥을 만들어 싸고 옷을 찢어 발싸개로 발을 감는 것으로 보아 산을 타고 북쪽을 향하여 도망가는 것이 틀림없었다.

이때였다. 인민군이 안녕골에 있다는 정보를 알았는지 국군 정찰기 두 대가 하늘에 떠 갸우뚱 갸우뚱 마을을 내려다보는 것 같았다. 그러나 산 능선을 회전할 때는 고성의 프로펠라 소리가 앙칼져 이때마다 인민군들은 항공! 항공! 소리를 지르면서 숲 속으로 도망쳤다.

하루 종일 인민군 등살에 지쳐 지내다가 호롱불 밑에서 막 저녁을 먹고 쉬려고 하는데 서쪽에서 불빛이 번쩍하는 동시에 '꽝!' 하면서 대포알이 떨어졌다. 그 소리는 땅이 뒤집어지는 듯 귀가 멍멍하였다.

동네 사람들은 아우성이었다. 대포알은 연밭 안녕골에 떨어졌다. 날짐승, 길짐승도 놀라 퍼덕이고 우리 가족들은 아랫 마을로 다시 밤중에 피난을 갔다.

계속 대포알이 귓전을 스치며 '꽝! 꽝!' 소리를 내자 가슴이 터지는 듯 공포를 느꼈다. 그때 그믐밤이라 지적을 분간 못하고 허둥대며 내려간 곳은 아랫마을(남양동) 주막집이었다. 밤새도록 뜬 눈으로 지내고 아침이 되었다.

우리는 일찍 안녕골 마을로 조심스럽게 되올라 갔다. 논밭에는 대포알이 떨어져서 웅덩이가 패이고 간간이 사람이 죽어 있고 하였으나 주위는 조용하고 가끔 불어오는 바람결에 화약 내음이 풍겨 왔다.

이윽고 안녕골에 다시 도착했다. 집을 살펴보았다. 아니나 다를까. 우리 사랑방이 폭탄을 맞아 방 구들이 뒤집혀져 있었다.

참 다행한 일이었다. 어제 저녁 집을 떠나지 않았더라면 큰 변을 당할 뻔했다. 그뿐인가. 이웃집에는 지붕에 대포알이 떨어져 집이 무너지고 노인네 한 분이 돌아가셨다.

과연 전생이란 무서운 것이나. 언제 어니서 일어나 생녕을 앗아살지 예측 못할 일이다. 지금 가만히 6 · 25사변을 회상하니 악몽의 추억 같아서 영영 잊혀지지 않는다.

| 범종(梵鐘) 소리 |

　새벽 어둠을 가르며 남한산 산상으로 오르면 솔바람 소리가 귓전을 스쳐 간다. 언제나 변함없는 그 흐름─. 몇 년을 같이 해 온 자연. 그 솔 향기를 호흡하노라면 내 삶의 기력이 샘솟아 살아 있다는 자부심이 솟구친다.

　그 순간, 어디서 울려 오는 종소리─. 그 소리는 은은한 여운을 길게 남기며 시방세계(十方世界)에 두루 퍼진다. 그러면서 욕계의 4천, 색계의 18천, 무색계의 4천 등 모든 중생들의 어두운 마음을 밝히고 탐욕과 분노, 어리석음에 불타는 마음을 다독이듯 가라앉히고 제행무상을 일깨운다.

　장중하면서도 이슬처럼 영롱하고 맑은 그 소리는 가슴을 뒤흔들어 설레게도 하고, 벅찬 감동에 가슴 뭉클하게도 하며, 무한한 환희심을 느끼게도 하고, 긴 여운을 따라 태초의 적막에 이르게도 한다.

　나는 그 종소리를 듣고 마음의 안정과 즐거운 하루의 일과를 그려 본다. 참으로 종소리는 자비가 서려 흘러가는 구름처럼 부드럽고 한 세월을 다듬는 구도자인가 보다.

　분명 그 종소리는 어느 사찰에서 중생구도의 깨우침을 위하여 전파하는 부처님의 말씀이다. 그러나 나는 아직 종(鐘)에 관하여 잘 모르고

있어 항상 궁금증이 내 곁에 맴돌고 있다.

어느 날 나는 모(某) 사찰에서 스님의 법문(法門)을 들었다. 범종의 범(梵)은 산스크리트어의 '브라흐마'를 음역하여 한자로 '범(梵)'이라 하였는데 '청정하다, 신성하다'는 뜻이다. 이른바 범종은 청정한 사찰에서 사용하는 맑은 소리를 내는 종이라는 뜻이 담겨 있다.

우리나라 사찰에는 조석 예불 때 사용하는 네 가지 법구가 있다. 범종(梵鐘), 법고(法鼓), 목어(木魚), 운판(雲版)이 그것이다. 범종은 절에서 대중을 모을 일이 있거나 시간을 알리기 위하여 치는 경우와 종교적 분위기를 높이기 위하여 치는 경우가 있는데 그때 사용하는 일체 용구를 범음구(梵音具)라 한다. 그리고 사찰에서 사물(四物)을 배치한 이유는 범종은 지옥과 일체 중생을, 법고는 축생을, 목어는 수중의 어류를, 운판은 허공에 나는 짐승과 우주무주(宇宙無宙)의 일체 고혼(孤魂)을 천도하기 위한 것이라 한다.

이 네 가지 법구가 갖추어지게 된 것은 고려 불교 후기에 들어서면서 점차 대중화되고 의식 불교로 변모하면서 밀교의 영향으로 큰 사찰에서 구비하게 되었다.

범종의 아침 종성을 들어 보면, '원컨대 그 어두움에서 다 밝아지소서…… 삼악도의 괴로움을 여의고 칼산도 허물어 모든 중생이 정각을 이루게 하소서……' 하는 기원이 깃들어져 있다. 이 게송을 통하여 우리가 알 수 있는 것은 모든 중생이 종소리를 듣는 순간, 번뇌가 없어지고 지혜가 생겨 삼악도에서 고통받는 중생뿐만 아니라, 일체 중생이 정각을 이루기를 발원하는 깊은 뜻이 담겨져 있다고 했다.

종의 의미는 타종에 의하여 지옥 중생을 구제하게 된다는 데서 찾게 되는데 즉, 타종시에 송하는 송기에 의하면 '이 종소리가 널리 법계에 두루 퍼져 쇠로 둘러싸여진 어두운 지옥을 모두 밝게 하고, 삼도지옥의 고통을 모두 떠나게 할 뿐만 아니라, 도산지옥도 모두 피하게 하여

일체 중생이 모두 정각을 이루게 하여 주옵소서……' 하는 뜻도 담겨져 있다.

오늘날 범종은 아침은 28번 쳐서 28대 인생을 구족함을 나타내고, 저녁종은 36번을 쳐서 사생구파(四生九派)가 범수공덕(梵修功德)에 의하여 극락정토에 왕생하게 됨을 상징하고 있음이 그것이다.

아침 타종의 의미는 화엄사상(華嚴思想)에 근거한 신라 종이요, 저녁 타종의 의미는 정토사상(淨土思想)에 근거한 고려 종이 된다. 그리하여 오늘날 한국 사원이 행하고 있는 타종의 의미는 신라 종과 고려 종의 의미를 동시에 다같이 수용하고 있음을 알 수 있다.

범종의 신앙적인 의미는 종소리를 듣는 순간만이라도 번뇌로부터 벗어날 수 있다고 믿는 데 있다. 따라서 종소리를 듣고 법문을 듣는 자는 오래도록 생사의 고해(苦海)를 넘어 불과(佛果)를 얻을 수 있다고 한다.

범종은 불교적인 금속 공예품이다. 여러 불교 국가에서는 예로부터 종(鐘)들이 숱하게 조성되었고, 그 종은 구리와 주석으로 혼합되었다. 한국의 범종은 학명(學名)으로까지 한국 종이라 불릴 만큼 독자적인 양식을 지니고 있다. 한국 종의 특징은 무엇보다 우아하고 안정된 외형을 지니고 있다. 또 그 소리도 매우 은은하고 맑다.

중국이나 일본 범종 양식이 쌍두룡(雙頭龍)임에 비해 한국 종은 한 마리의 용이 생동감 있는 자세로 허리를 구부리고 조각되어 있다. 그리고 그 모양은 대나무 형태의 원통이다. 이는 설화와 연관하여 신라 국보였던 신적(神笛) 형태를 형상화한 것으로 보고 있다. 이러한 한국 범종의 상당수는 일본으로 반출되어 그곳에서 국보로 지정된 것만도 자그마치 20여 구에 이른다.

현재까지 국내에서 가장 오래된 범종은 오대산 상원사 동종(銅鐘)이다(신라 성덕왕 24년). 또 유명한 경주 봉덕사 성덕대왕 신종(聖德大

王神鐘), 즉 에밀레종은 구조 과정에 얽힌 애잔한 전설도 유명하지만 종신(鐘身)에 명기된 내용에 석가의 설법이 종소리로 번져 지옥 중생을 제도하여 화엄의 이상향인 극락세계로 인도한다는 뜻이 기록되어 있다.

범종 소리는 모든 중생의 각성을 촉구하는 부처님의 음성이다. 그 소리는 지옥의 고동을 쉬게 하고, 모든 번뇌를 소멸시키며 꿈속에서 살아가는 이들의 정신을 일깨우는 지혜의 소리다.

범종 소리는 귀로 듣는 소리가 아니라, 마음으로 들어야 한다. 일승(一乘)의 진리를 설파하는 원음(圓音)의 사자후(獅子吼)이기 때문이다. 그래서 신라인의 불심과 미학, 음향학, 과학기술이 총체적으로 어우러져 혼연히 이뤄낸 한국 종의 대표작 성덕대왕 신종에는 시방(十方)에 끊임없이 울려 퍼지는 부처님의 원음에 항상 귀 기울여 구조심을 잃지 말고 깨달음의 길에 오를 것을 강조한 명문이 새겨져 있다.

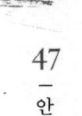

종은 소리로 때와 곳을 알리는 상징물이다. 시계가 보편화되기 전까지만 해도 종을 쳐 시간과 사건의 시종(始終)을 알렸다.

광대무변한 공간을 조용히 흔드는 종소리는 새벽의 무(無)의 공간을 채우면서 무를 유(有)로 화하게 한다. 열매를 맺어 가듯이 종소리는 그런 과실처럼 텅 빈 허공을 의미 있게 채워 간다. 이런 인식을 하며 오늘도 나는 조용히 법열(法悅)에 잠긴다.

| 가을 편지 |

'내 그대를 사랑함은 항상 그대가 내 곁에 있는 배경에서 해가 지고 바람이 부는 일처럼 평범한 일일 것이나, 언제나 그대가 한없이 괴로움 속을 헤매일 때에 오랫동안 전해 오던 그 평범함으로 그대를 불러 보리라.'

이러한 절실함으로 애틋한 글을 띄워 보낸 시절이 있었음을 누구나 떠올리게 된다. 썼다가 지우고, 또 다시 반복해 가며 다 쓴 편지는 저 멀리 그대에게로 간다.

편지를 받아 보게 될 그대의 마음은 또 어떠할까? 답장은 언제 올까? 그 기다림의 시간은 백년과도 같다. 그 기다림 끝에 나에게 날아온 답장은…….

'사랑하는 것은 사랑을 받느니보다 행복하나니.

오늘도 나는 너에게 편지를 쓴다.

그리운 님에게

설령 이것이 이 세상 마지막 인사가 될지라도 사랑하였으므로 나는 진정 행복하였느니라.'

그대를 만나던 날―.

'난 느낌이 참 좋았습니다. 잠시 동안 함께 있었는데 오래 사귄 친구

처럼 마음이 편안했습니다. 착한 눈빛, 해맑은 웃음, 한 마디 말에도 따뜻한 배려가 있어 잠시 동안 함께 있었는데 어떤 격식이나 체면 차림 없이 있는 그대로 담백함이나 그대가 내 마음을 읽어주는 것만 같아 둥지를 잃은 새가 새 둥지를 찾는 것만 같았습니다.'

이렇게 쓴 편지는 서서히 피어 오르는 불꽃처럼 사랑을 완성시킨다. 그러나 편지는 사랑을 완성시키기도 하지만, 사랑을 완벽한 이별로 바꿔 놓는 처절한 슬픔의 형식이 되기도 한다.

문학인을 꿈꾸던 나는 병영생활의 일부 밤 시간을 이용하여 위문편지의 답장을 썼다. 멀리서 날아온 하얀 편지들이 차곡차곡 쌓여만 간 그 시절 그 편지들이 먼 훗날 나를 수필가로 만들어 놓은 위대한 습작이 되었다. 분주한 내면들을 제자리로 정리해 가며 나의 삶을 가끔 서정적으로 바꿔 놓은 편지는 새로운 힘을 만들어 주었다. 역사와 인생을 바꾼 세기의 편지들이 바로 그것이다.

한 통의 편지에는 구구절절 한 인간의 감정이나 느낌이 보이지는 않지만 육신과 언어를 대변하는 문자의 영적 정신적 배양인 교양, 사랑은 물론 좌절과 절망과 나약한 정신의 자포자기마저도 새 출발의 희망으로 북돋아 주기도 한다.

18세기 말—. 온 유럽의 청년들이 사랑을 이루지 못한 나머지 격분의 권총자살을 유행병처럼 번지게 한 베르테르의 편지처럼……

인도 건국의 아버지 자와하를랄 네루가 여섯 번째 옥중생활에서 13세 된 외동딸 인디라 간디에게 2년 동안 보낸 편지(교양, 교육), 무기수 신영복 님의 20년간 감옥의 편지……. 이것들은 시대를 배제한 교양, 사색, 민주화, 사랑으로 정신적 지침서가 되어 황폐한 도시인들이나 현대인들에게 희망과 감동을 선사했다.

나는 초등학교 시절 국군 아저씨께 썼던 위문편지에서부터 사춘기에 접어들면서 주고 받은 펜팔 친구의 애절한 연애편지, 그리고 내가 군에 입대하여 생전 처음으로 써보던 이등병 시절 때 부모님 전 상서에 이르기까지 우리는 추억 어린 편지라는 이름을 지워 버릴 수 없다.

인터넷 시대, 속도의 시대에 살고 있는 오늘의 우리들에게 편지를 쓴다는 것은 현실에 맞지 않는 미련한 일처럼 보일지도 모른다. 하지만 우리는 항상 무엇인가를 쓰고 싶은 자기 표현의 욕구 속에서 살아가고 있지 않는가. 그래서 오늘도 지면 위에 펜을 쥐고 떨고 있는 내 손가락……. 핑크색 색종이에 깨끗이 쓴 글씨, 고이 접어 풀칠하고 우체통을 찾는 길은 어쩌면 아름다운 모습으로 보일지도 모르리라.

편지는 전화보다 늦게 전해지지만 조용하고 서정적인 상대의 느낌을 마음으로 전해지는 정의 소리……. 꽃소식처럼 기다리던 그리운 혼불의 메시지.

노란 은행잎이 소리 없이 나부끼는 가을로 접어들면, 누구나 앓는 계절병의 외로움을 느껴 정처 없이 어디론가 떠나고 싶은 공허감을 느낀다. 그러면 그리운 님에게 한 장의 편지라도 보내고 싶은 애절한 마음이 울컥 솟구친다. 아! 사랑하는 여인에게, 효도를 못다 한 부모님께, 오해하던 친구에게, 인과 관계의 매듭진 끈을 풀지 못한 이들에게 하얀 백지 위에 곱게 써 내려간 편지는 가슴의 빗장을 풀어 주는 아름다운 시가 아닌가 싶다.

| 좋은 물은 향기가 나지 않는다 |

예로부터 강은 문명 발생의 근원이며, 마을은 물을 중심으로 형성되어 왔다. 농경민족이나 산악지대에 살던 수렵민이라 할지라도 물이 있는 곳에 자리를 잡고 물 따라 자리를 옮겼다. 물은 이처럼 인간의 생명을 유지시키는 데 없어서는 안 될 중요한 것이었다. 우리 조상들은 물을 은혜로운 것으로 생각했었다. 물은 곡식을 키워 자손을 번성하게 해주는 것이므로 자연히 물에 대해 신앙심을 가졌다.

우리 민족 가운데는 용왕 숭배와 관련된 것이 많았으며, 용왕은 물이 나오는 곳이라면 어디에든 존재한다고 믿었다. 우리는 해마다 물이 잘 나오게 해달라고 정월 보름에 곳곳에서 용왕제를 모셔 왔다. 나는 이러한 물의 의미를 생각하면서 정월 보름날 밤 좋은 물, 즉 용수(龍水)를 떠오려고 남한산 기슭 효자 약수터를 찾아나섰다. 내가 그곳에 이르렀을 때는 벌써 먼저 온 사람들이 서성거렸다.

그런데 이상한 일이다. 딴 곳도 물이 많은데, 왜 하필이면 이곳에만 많은 사람들이 모여드는 것일까? 이유는 좋은 물을 떠가려고 온 것이란다.

내 어린 시절도 어머님들은 좋은 물을 딴 사람보다 먼저 떠 신(神)께 바치면서 정성을 드렸었다. 보름날 밤 망월이 둥그렇게 뜰 무렵, 정한 수 한 사발을 장독대 위에 놓고 두 손 모아 빌던 어머니의 모습……. 가끔 바람이라도 일렁이면 펄럭펄럭 흰 치마폭이 휘날렸다. 그것은 우리의 모든 액운을 저 멀리로 날려 보내려는 어머니의 인자하신 힘이었고, 우리 집안 식솔들이 건강하고 안이한 생활을 할 수 있게 해주던 것이었다. 생각하면 어머니의 그때 모습들은 너무도 경건하고 존경스럽게 느껴졌었다.

물의 힘은 강하다. 물은 모든 생명체의 구도자다. 동물과 식물은 물에서 미네랄, 즉 광물질을 끊임없이 공급받으며 살아간다. 일부 광물질을 제외한 대부분의 광물질은 직접 섭취할 수 없다. 물은 물질을 녹이는 성질이 있어 일반 채소나 약용 식물은 땅 속으로부터 선택적으로 광물질을 빨아들여 저장한다. 물은 생약을 만들어내는 기본 매체다.

탕약도 약재에 함유된 광물질을 물에 끓여 추출시켜 우리가 섭취하는 한 가지 방법에 지나지 않는다. 물은 우리 인간 생활에서 절대로 제외할 수 없는 필수적인 자연이다. 인간은 잉태로부터 수분과 함유되어 생명을 다하는 순간까지 수분을 지니며 살아간다.

우물이나 개천에서 물을 길어다 마시던 시대에는 수인성 전염병이 많아서 평균 수명이 매우 짧았다. 그러나 수돗물이 보급된 뒤로는 평균 수명이 많이 연장되었다는 데는 이의가 없다. 물과 인간의 건강에 대해서는 예부터 많은 연구가 있었다. 그러나 물이 건강과 직결된다는 데에는 이론의 여지가 없다. 세계적인 장수촌들의 물은 모두 오염되지 않은 맑은 물이라는 것이다.

수돗물을 생산하는 데 필요한 하천수가 오염되면서 수질이 나빠지고 있는 데 대해서는 우리 모두 걱정하지 않을 수 없다. 그러나 수돗물이 더러운 물의 표본인 것처럼 매도하는 것은 바람직하지 못하다. 국가가 공급하는 수돗물을 못 믿는다면 과연 생수는 믿을 수 있을까? 약수나 생수나 다 좋은 줄로만 알지만, 보건 당국에서 분석해 본 결과 대

다수가 오염된 것으로 보도되어 있다. 특히나 최근 도시 인근의 약수 터 상당수가 오염되었다는 보도는 우리의 관심을 끌고 있다. 아무리 좋은 물이라도 내음과 향기가 스며 있는 물은 음료수로서는 부적합하다는 판결을 받고 있다. 이른바 좋은 물은 향기가 나지 않는다. 즉, 향기와 맛 색깔이 있는 물은 오염된 물이다.

물은 본시 무리함을 행하지 않는다. 물은 경사를 만나도 서두르시 않고, 평지라도 재촉하지 않는다. 아무리 길이 험하고 지대가 기암괴석으로 둘러싸여 있다 할지라도 구석구석 돌아 쉼없이 순리의 원칙으로 조화를 이루면서 언젠가는 바다에 이르게 된다. 우리 인간도 저 물과 같이 모든 것에 규정을 지키며 분수대로 순리의 원칙에 따라 움직이면 인간으로서의 제 구실을 다 할 것이다.

나는 물처럼 살고 싶다. 좋은 물처럼 향기가 나지 않게 투명한 무색으로……. 오늘의 사회생활도 좋은 물처럼 흘러 가면 얼마나 좋을까? 윤회의 법칙처럼 말이다. 흐르지 않고 오랫동안 한 곳에 머물었다간 썩은 물이 되어 환경조차 몸살을 앓을 것이다.

인간이란 항상 물과 인연되어 살아 왔고, 또 살고 있고, 살아 가야 할 것이다. 옛말에 의하면, 물을 아껴 쓰면 조왕신으로부터 복을 받고, 돈을 절약하면 부자가 된다고 했다. 이렇게 물을 아껴 쓰면 1년에 5천 억의 물값이 절약된다니, 가뜩이나 물 부족 국가의 현실에 처해 있는 우리는 저 밤낮 흐르는 물을 보고 다시 한 번 생각해 볼 일이다. 그래서 정치도 치산치수(治山治水)를 근본으로 물의 순수한 원리를 요체로 삼아야 할 것이다. 해마다 겪는 홍수, 농사의 수리 대책, 가뭄의 대책을 잘 준비하면 국가의 경제는 부흥될 것이다.

세계에는 물 부족 국가가 많다. 우리나라도 물 부족 국가에 속한다. 또 앞으로 다가오는 물 분쟁의 위험이 도사리고 있으니 말이다. 또 세계 인구의 10억 명이 식수 공급을 받지 못하고, 24억 명이 적절한 위생

시설조차 갖추지 못한 실정이라니 걱정이다.

　이처럼 우리 생활에 중요한 물의 흐름 속에는 순수한 마음의 안정이
있다. 물 준비, 쌀 준비는 인간 삶의 뼈대이며, 생활의 수혈이다. 가슴
속에는 맑은 피를 보유하듯 우리는 좋은 물을 얻기 위하여 갖은 노력
을 기울여야 한다. 좋은 물이란 물 자체가 보유하고 있는 것이 아니라,
물은 보존해야 할 우리의 가슴 속과 손끝에서 이루어진다는 것을 우리
모두가 보여주어야 되리라.

| 어느 부부의 산행 이야기 |

내가 좀 다혈질의 성미라서 그럴까? 등산이나 산보를 할 때는 늘 빠른 걸음으로 걸어 남보다 먼저 목적지에 도착해야 직성이 풀린다. 그 버릇을 고치려고 해도 내 천성인지라 못 고치고 그대로 지내 왔다. 오늘도 남한산 수어장대에 남보다 먼저 올라 아름드리 노송 밑에서 체조로 몸을 풀며 오가는 사람들의 표정을 무심코 바라본다.

인간이란 자연의 일부인지라 천태만상 각양각색이다. 좋은 일을 하는 사람, 평범하게 지내는 사람, 나쁜 일을 하는 사람……. 하지만 산에서 만난 사람들이란 대개 거짓이 없고 인간미가 넘치는 착한 사람들이다. 음식도 혼자 먹지 않고 나누어 먹는다. 이는 자연을 닮은 탓이다. 하기야 산에서 잠깐 만나는 사람들의 속마음을 샅샅이 알 수는 없지만, 소매깃만 스치는 것도 인연이라 했는데 그들의 이야기 속에는 버릴 것도 있고 가질 것도 있다.

이곳 수어장대 쉼터에는 여러 곳에서 사람들이 온다. 이 사람들은 대개 건강관리, 새 소식, 삶의 지혜, 사회생활 속의 도덕봉사 이야기로 시간 가는 줄 모르고 재미있게 이야기를 나눈다.

그런데 어느 날 한 50대로 보이는 남녀 두 사람이 한 손에는 비닐 봉지, 또 한 손에는 집게를 들고 땀을 흘리며 내 곁으로 다가온다.

나는 '야호～!' 하고 그 남녀에게 먼저 인사를 했다. 그 두 분도 '야
호～!'라 답했다. '야호～!'는 산에서 만나는 사람들의 첫 인사다.
나는 그 남녀를 내 옆 자리로 안내하여 쉬어 가라 권했다. 그러자 그들
은 자리에 앉아 숨을 고르며 휴식을 취했다.

나는 그들이 들고 있는 비닐 봉지를 들여다보았다. 순간 나는 내 눈
을 의심했다. 봉지 속에는 담배꽁초와 휴지가 가득했다. 내가 그들의
얼굴을 보면서 '참으로 좋은 일을 하십니다' 하자, 두 사람은 태연하
게 이 도립공원 쉼터 의자 밑에 있는 담배꽁초와 휴지를 주운 것뿐이
라 한다.

아! 이제 기억이 난다. 작년 내가 이 남한산 남문 느티나무 밑에서 이
두 남녀를 보았다. 그때도 쓰레기를 줍고 길가에 꽃씨를 뿌리고 등산
로 입구에 안내 리본을 달면서 산행하던 그들의 모습! 그때도 나는 좀
특별한 사람들이라 생각했는데, 오늘 이곳에서 또 만난 것이다. 그들
의 향기로운 이야기를 듣고 존경스럽다고 하자 겸손하게 빙그레 웃기
만 한다.

그러더니 부인이 산행의 재미있는 경험담을 하나 이야기해 준다며
입을 열었다.

"지난 주 일요일 문경새재로 남편과 등산을 갔어요. 한 5부 능선쯤
올랐을 쯤이었으나, 곱게 핀 철쭉의 아름다움에 취해 바위에 앉아 한동
안 넋을 잃고 보고 있었어요. 그 때 난데없이 숲 속에서 '컹—컹—' 하
는 산짐승의 울부짖는 소리가 들렸어요. 그 소리는 몹시 다급하고도
고통이 가득한 죽음 직전의 소리 같았어요……."

부인은 예까지 말하고 나서 잠시 생각에 잠기는 듯하다 말을 이어
나갔다.

"남편이 그 소리를 듣고 소리 나는 곳으로 가더니, '노루다! 노루가
덫에 걸렸다!' 하고 소리쳤어요. 그래서 남편과 나는 힘을 합쳐 노루를

구해 주었지요. 헌데 덫에 걸린 동안 노루가 얼마나 발버둥을 쳤는지 땅이 다 패이고, 다리는 털이 다 빠져 피를 많이 흘렸어요. 그래도 그 노루는 비실비실 몸을 지탱하면서 숲 속으로 사라졌지요."

부인은 이야기를 한 후 산행 잘 하라며 남편과 함께 자리를 떴다.

나는 생각했다. 위기에 처한 가엾은 노루의 생명을 구해 준 그 자비로운 마음씨를 가진 이 부부야말로 산을 지키는 주인이며 수행생활을 몸으로 실천하는 봉사의 선구자라고…….

무릇 모든 일이란 아주 작은 것에서부터 시작하여 큰일로 이루어지는 것이다. 나는 이 부부야말로 향기로운 사회를 만들어가는 등불과 같은 존재라 생각하며 그들이 가는 뒷모습을 바라보고 있었다.

| 지팡이 |

그 모습은 보이지 않았다.

지팡이 소리만 고요한 골목길의 평온한 공기를 울릴 뿐…….

나는 귀를 기울였다. 점점 크게 들려오는 땅을 찍는 소리ー. 바깥이 소란하였다. 개도 짖었다. 웬일인가 싶어 나는 조각 유리를 낀 방문으로 바깥을 내다보았다. 비틀거리며 들어오시는 할아버지의 모습. 이상하였다. 평소 같으면 하얀 무명 두루마기에 중절모를 쓰시고 지팡이를 휘두르며 팔자 걸음으로 손을 내젓는 그 큰 기침소리가 퍽이나 위세 당당했는데, 그러나 오늘따라 그 기침소리는 힘이 없는 것 같았다.

나는 마당으로 나갔다. 할아버지께서는 술이 몹시 취한 듯 당신의 지팡이를 그만 휙 던져 버리신다. 나는 그것을 살펴보았다. 아니나 다를까. 지팡이는 부러져 있었다. 그제사 할아버지의 기분을 알았다.

그런 어느 날 나는 친구와 뒷산에 올랐다. 지게 작대기 굵기의 노간주 나무와 보리수 나무를 찾았다. 노간주 나무는 상록수다. 질기고 유연성이 있어 송아지 코뚜레도 만드는 나무이다. 보리수 나무는 껍질을 벗기면 미색의 은은한 흐름이 좋았다.

나는 노간주 나무를 선택하여 베어 껍질을 곱게 벗겼다. 다음 새끼를 꼬아 꽈배기형으로 한 번씩 띄우면서 총총히 감았다. 그리고 짚불

을 놓아 그 위에 뱅뱅 돌리면서 한 5분간 구웠다. 조금 후 새끼줄을 풀었더니 흡사 제주도 얼룩말(馬)의 무늬로 수를 놓은 듯 형형색색의 신비한 곡선미, 나는 훌륭한 지팡이를 만들어 할아버지께 드려 칭찬을 받았던 유년시절의 기억이 새롭다.

옛날부터 지팡이는 신탁(神託)과 기적(奇蹟)의 매체(媒體)였다. 구약성서에서 신(神)은 아론의 지팡이에 꽃을 피우게 함으로써 이스라엘의 지도자로 선택한다.

모세가 지팡이로 바위를 치면 물이 솟았고, 탄호이저의 지팡이를 맞으면 면죄(免罪)가 되었다. 또 당나라 현종(玄宗)은 한 선인(仙人)이 지팡이를 던져 나타난 다리를 타고 월궁(月宮)까지 가서 항아(姮娥)들과 놀았다.

고려 때 시인 이인로(李仁老)는 나물 먹고 배불러서 물가에 나가 두 다리 담그고 용죽장(龍竹杖) 베고 누우면 흰 갈매기가 나타나 희롱했다고 했다.

조선조 초에 정승 박순(朴淳)도 지리산에 운둔할 때 그의 지팡이 소리만 들으면 온갖 새가 날아들어 지저귀는 바람에 즐겁게 수행을 했었다.

이러한 지팡이는 그 시대마다 위인들의 정신 사상과 동물까지 유인되어 신비한 위력으로 마음을 달래는 죽부인(竹婦人) 같았다. 이른바 동서 고금을 통해 우리나라를 비롯해서 세계 여러 나라의 위인들에게 낭만과 서정 약한 힘을 의지하고 선호하여 이제 하나의 예술작품으로 승화하여 지팡이 문화의 뿌리를 내려왔다.

헌데 지팡이는 다른 것과 달리 자신이 만들어 짚는 법이 없다.

우리나라에서는 흔히 자식이나 손아래 사람들이 지팡이를 만들어 쉰살이 지나면 바친다 해서 가장(家杖)이라 하고, 예순 살이 지나면 마

을에서 만들어 바친다 하여 향장(鄕杖)이라 하며, 일흔 살이 되면 나라에서 만들어 바친다 하여 국장(國杖)이라 하였고, 여든 살이 넘으면 임금님이 만들어 내린다 하여 조장(朝杖)이라 했다.

어느 한 70 노인이 국장(國杖)을 짚고 어느 한 고을에 나타나면 그 고을의 원님은 나가 융숭(隆崇)히 마중을 해야 했다.

우리 조상들에게 있어 지팡이는 노쇠한 몸을 의지하는 기구였다기보다 명예가 부가된 훈장이었다.

나는 보았다. 할아버지 돌아가신 빈청에서 지팡이를 모셔둔 것을 저승에 가서도 짚고 다니도록 해야 했으니 지팡이는 존장(尊丈)의 분신(分身)이기도 했다.

따라서 지팡이는 사치도 대단했다. 상류사회에서는 멀리 서역(西域) 지방에서만 난다는 마디 없는 무절죽장(無絶竹杖)과 벼락을 피한다는 영수장(靈壽杖) 등을 짚고 다녔다. 명아주 풀로 만든 청려장(靑藜杖)도 그런 희귀한 지팡이 가운데 하나였다.

후한(後漢) 때 유향(劉向)이 밤에 글을 암송하고 있는데 한 노인이 들어와 청려장을 땅에 치니까 불빛이 나 환해졌다는 발광(發光) 지팡이도 있었다. 가볍고 단단하여 병액을 물리친 지팡이……

이러한 지팡이 문화는 우리 생활과 밀접한 관계가 있다. 농부가 짐을 지고 일어설 때나 소경이 앞을 더듬어 갈 때 없어서는 안 될 꼭 필요한 힘을 대용하는 필수품이다.

최근 등산을 하는 사람들은 용이하게 지팡이를 짚는다. 등산용 지팡이는 약초도 캐고 높은 데 올라갈 때 어느 물체도 걸고 올라, 수풀을 헤치고 때론 창도 되어 적도 막을 수 있는 무기로 되어 주기도 한다.

주장자(柱杖子)는 인간의 정신적 선(禪)을 경지로 이끌고, 좌선(坐禪)할 때나 설법(說法)할 때 큰 스님의 깨달음의 위력을 발산하는 지팡이다. 또 붉은 칠을 한 몽둥이 무기로 형장에서 죄인을 다스리는 주장

(朱杖)의 생활 도구.

최근 관광을 하다 보면 기념품 상점에서 지팡이 파는 것을 볼 수 있다.

지금도 기억나는 것은 문경새재에서 본 청려장(靑藜杖). 신기한 것은 한해살이 명아주 풀 대궁으로 지팡이를 만들었다는 점이다.

지팡이는 삶의 주인공이다. 가정에는 가장(家長)이, 사회에서는 경찰이, 국가에서는 대통령이 지혜롭고 건강해야지 우리는 그 튼튼한 지팡이를 믿고 행복하게 잘 살 수 있을 것이다.

지금도 지그시 눈 감으면 보인다. 우리의 가장(家長)이시던 할아버지가 지팡이 짚고 훨훨 날아오시는 모습이…….

그 당당한 위풍의 지팡이 짚은 풍채는 무엇을 의미해 주었을까. 그것은 우리 집안의 훈기(薰氣)였다.

| 뻐꾸기 |

적막한 산하에
종일 네 홀로 우는 것은
분명 까닭이 있음을 너는 알리라.
들어 주는 이 있든 없든
그 외고집은
님의 숨결
아! 흘러간 산하 삶의 한(恨)
선혈(鮮血)로 토한다.
그 영혼은 바람 바람……

한국의 6월은 슬픈 달. 그 여름 억수로 장마가 지고, 불볕더위에 모내기, 보리 타작하던 날 농주 사발의 웃음은 평화스러웠다.

헌데 난데없이 포성소리 들리더니 전쟁이 났다고 야단법석이었다.

사람들은 하던 일 멈추고 정자나무 밑에 모여 앉아 하늘을 우러러 저마다 탄식의 하소연을 터뜨렸다.

인명 피해가 많았던 6·25, 그때 할매는 나를 보고 "너까지 군에 갈 랴고?" 하신 말씀. 50년이 지난 오늘 나는 군에서 제대한 지 오래 되었

고 내 아들이 군에 가서 면회 오라고 한다.

6월 초순, 내가 새벽 안개를 가르며 진부령 고개 위 단풍나무 그늘 밑에 쉬고 있을 때는 풀벌레 소리가 잔치를 여는 정오였다.

서늘한 바람이 가슴을 쓸고 간다. 이곳은 선풍기도 냉장고도 필요없다. 도시의 찜통 같은 환경과는 다른 고장이다.

문헌에 의하면 진부령은 옛날 동서로 있는 유일한 오솔길로 보부상(褓負商)이 넘나들던 길.

1631년 간성(杆城) 현감 이식(李植)께서 우마차가 다닐 수 있도록 개설하였는데 1930년 차량 한 대가 넘을 수 있는 비포장 지방도로로 지정, 1981년에 국도(國道)로 승격되었다고 한다.

고개 측면에 서면 우뚝 향로봉(香爐峯)이 품안에 들고, 태백 준령은 북에서 남으로 곱게 푸른 머리를 빗질한 듯 유유했다. 고갯마루에는 전적비, 흘리 간성출장소, 슈퍼, 식당 등이 있어 지나는 길손의 쉼터가 되었다.

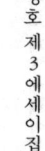

나는 6월 산을 예찬한다. 온 천지가 푸르름으로 물들었고 하늘과 땅이 한 덩이로 단합의 힘으로 타오르는 청년의 혈기가 좋다.

저 산을 보라! 윤기 흐르는 탄력, 사지에 도는 붉은 피, 용솟음치는 황소 등 같은 대산(大山)의 위용. 그 내장에는 온갖 영혼의 숨결들과 삶의 생명들이 있어 단군신화로부터 나라를 수호하고 새 역사를 창조하는 후손, 오늘도 아낌없는 개척과 통일의 벽을 허물려고 청춘을 불사르는 병사의 절규가 있다.

그리고 요지경 속 같은 찬란한 자연의 질서 속에 꽃피는 평화를 사랑하는 깃발의 휘날림과 술, 사랑, 전쟁, 비극, 훈련……, 이른바 승리를 목표로 이끄는 저 우뚝 선 향로봉의 기상이 있다.

삶의 피로를 풀어주는 산속의 노래가 들린다. 허나 언제부터 그 노래를 인간에게 들려주었던가, 아는 사람은 아무도 없다.

뻐꾹 뻐뻐꾹—, 때로는 애절하게 외롭게 한이 맺히고, 슬픈 자에게 위로를 베풀어 주고 기쁜 사람에게 아련한 추억을 선사해 준다.

진부령 뻐꾸기는 오염 안 된 금뻐꾸기. 시대의 흐름을 타고 강원도 벙어리 뻐꾸기가 금뻐꾸기로 변했으니 그를 보려고 모두 진부령으로 찾아간다. 그뿐인가. 산촌의 가수 꾀꼬리 소리 또한 옥쟁반에 구슬을 굴리는 듯 그 여운은 인간의 마음을 자연의 경지로 쓸어가는 꽃바람의 여운, 그 속삭임의 해맑음에 졸리는 듯 구름 위에 떠 가는데…….

타종소리가 들린다. 병사의 함성 개미떼 같은 부지런함. 뻐꾸기들의 점심시간. 먹걸이의 즐거움은 인간의 삶인가. 순간 부대 안은 조용했다. 불현듯 성큼 다가온 준(俊). 을지부대(乙支部隊)의 구호 인사. 혈색 좋고 깨끗한 군복차림은 믿음직한 나라의 자랑.

잠시 후 우리는 알프스 콘도로 향하였다. 몇 달만에 한 자리에 앉아 보는 만남. 처는 준의 얼굴만 살피면서 집에서 상상한 것과는 다르다는 듯이 빙그레 웃음을 띠웠다. 그 웃음은 행복이요, 이면에는 무엇인가 아들의 자랑스러운 대견함이 서려 있는 것 같았다. 준비한 음식을 놓고 권했지만 요즘 부대 메뉴가 좋다고 사양했다.

창밖으로 바라보이는 스키장, 그것은 계절의 옷을 벗어 허허했다. 나는 설화 속에 오색 꽃이 물결치는 한겨울 풍경을 묘사해 봤다. 얼마나 운치가 있을까. 그뿐인가. 잔디 썰매장, 수영장, 골프장, 볼링장, 문화인이 행할 수 있는 문화시설은 나그네의 마음을 설레이게 했다. 인간의 본능을 자극하는 낭만적인 이국의 알프스처럼 눈(雪)이 아쉽다.

뻐꾸기가 또 나를 부른다. 항상 그 소리가 그 소리지만 언제 들어도 서정의 소리로 싫증이 나지 않는다. 향수를 불러주는 그 소리, 먼 고향의 뿌리, 그 불변의 사연들은 내 정신적 구도의 맥락을 선정(善情)으로 이끌어 주었고, 그 소리에 귀를 열면 눈물이 난다.

'그만 입을 다물고 울음을 멈추어라. 내 너를 다시 찾아 주지.'

조금 후 나는 오솔길 숲속을 걷고 있었다. 내가 그 소리를 따라 갈수록 멀어지는 뻐꾸기 소리. 산딸기 꽃이 하얗게 피어 벌써부터 군침을 돋구고 진달래 벚꽃 철쭉이 보아주는 이 없어 제멋에 지쳐 아름다웠던 잔재의 꽃잎만 마지막 가지 끝에서 추한 모습으로 파르르 떠는 몸짓. 그래 인생도 저와 다를 것이 무엇 있으랴. 그를 모르고 아귀다툼하고, 시기하는…….

옆을 보았다. 곱게 밀개질한 밭고랑, 논이라곤 볼 수 없고, 이 산촌에 하얀 비닐 하우스가 판을 친다. 고지대의 기후를 초월하여 약초, 감자, 고급 농작물이 풍성하게 자라 마음의 여유를 준다.

초막에서 나른한 기침 소리가 들려 왔다. 그 소리는 외로움을 알리는 듯 건조하였다.

내가 그 집으로 들어서니 노인은 마당에서 싸리비를 매고 있었다.

"안녕하세요. 참 좋은 곳에 사십니다."

노인은 나를 힐끗 흘기며

"웬걸요 여기는 뭐 볼 것이 있어야지요. 그저 물, 산, 공기는 좋지요. 저 밭에 감자 한 알, 옥수수 한 자루를 먹어도 마음이 편하니까 살아 왔지요."

여전히 울어대는 뻐꾸기.

"아저씨 저 뻐꾸기는 왜 저렇게 슬프게 울지요."

"낸들 알겠소만, 듣는 사람 느낌에 따라 다르지요. 구꾹— 구꾹— 계집자식 다 잡아 먹고…… 굵은 남자의 음성같지요."

"할아버지. 저 새는 한(恨)이 많다지요?" 하며 그의 얼굴을 살폈다.

"예. 저 뻐꾸기는 하도 울어 목이 쉬고 선혈을 토하고, 하지만 아무 소용없는 기라요."

노인은 그 소리가 들리는 굴참나무 숲을 멍하니 바라보다 두꺼비 등 같은 손으로 손뼉을 툭툭 치며

"절로 날아가 우여—."

이상한 것은 노인의 소리를 알아들었는지 뻐꾸기는 그만 울음을 거두는 거였다.

"나는 70평생 저 뻐꾸기하고 산기라. 청명한 날은 낭만적 소박한 말씀으로 사람의 마음을 평화로 이끌고, 비가 오려는 흐린 날이나, 저녁 황혼기에는 더 슬프고 외롭게 들려와 끊어지는 듯한 애간장을 걷잡을 수 없어 나도 그만 뻐꾸기가 되지요. 전쟁은 비극이면서도 새 문화 건설의 주인공이라고 누가 말했지만, 6 · 25사변이 난 그해 여름 우리 할멈은 실종되어 근 50년의 세월을 저 새와 고독을 씹는 동반자로서 교신의 메아리를 날리면서 이야기하고 살았지요. 숫뻐꾸기가 암뻐꾸기를 부르듯 나도 많은 세월 동안 할멈을 불렀지만 동문서답이라 한이 많은 사람이요. 그리고 6 · 25 후 강원도 산천에서 군인들이 청춘을 삭이면서 통일 조국을 위하여 골짝 골짝 근무하지요. 군인, 뻐꾸기, 나 모두가 역사의 주인공이며, 나라와 자연을 사랑하고 땅을 수호하는 파수꾼이며 자신을 지키는 삶의 의무에 이바지하는 모두가 자연의 주인이며 일꾼이랍니다. 밤들면 보름달을 보고 이슬을 받고, 태양의 열기에 자신을 사뤄 모든 것을 수용하는 내 등신불(等身佛)…"이라 말한다.

그 말을 듣고 보니 이해가 갔다. 나는 생각해 보았다.

노인의 이야기나, 뻐꾸기의 노래, 그리고 병사들의 충성이나, 나 자신 모두가 삶의 표현이며, 의욕을 부상하려는 현실의 흔적이며 인간은 항상 거기에 머물며 보다 나은 미래의 꿈을 위하여 전진하는 것이다.

자동차 엔진 소리가 고도의 산굽이를 돌아 하행(下行)의 부드러운 바람결에 구르는데 뻐꾸기 소리는 여전히 속세를 행하여 나의 뒤를 따라 오고 있었다.

| 도부(到付) 장수 |

사랑이란 만나고 싶은 사람 만나서 익어가는 것이 아니라, 만나고 싶은 사람 만나지 않음으로써 익어 간다는 말이 생각난다.

이 말은 사랑하는 사람일수록 만남을 아끼고 절약함으로써 기대와 상상과 그 그리움을 부풀게 하는 것이 사랑에 영양이 된다는 가르침일 것이다.

만나고 싶다는 본능적인 충동이 생길 때마다 전화 한 통으로 만나곤 해서야 사랑의 오묘한 경지를 터득할 수는 없는 것이다. 이같은 충동적 만남의 반동으로 미국(美國) 젊은이들의 '사랑의 매듭'이 유행한다는 보도……

그 마지막 매듭을 풀면 데이트 장소와 시간이 적혀 만남이 성사되는 고전적인 사랑의 기법인 것이다.

신사임당은 곶감 한 접을 대관령을 넘으면서 굽이마다 하나씩 빼어 먹고 마지막 하나를 남긴 채 아흔 아홉 굽이를 돌아 넘어 그리운 어머님을 찾아 한양으로 갔다는 이야기와, 그리 멀지 않은 내 유년시절 사랑을 동경했던 매듭진 사연들은 지금도 아련히 시대를 초월하여 기억의 푸른 뿌리를 흔들고 있다.

인연은 누구나 가슴 깊숙이 간직한 자신만의 삭임질하는 마음의 충

동이다.

지금부터 약 40년 전 내가 학창시절이었던 그 무렵은 문화 경제가 낙후된 시대였다. 예나 지금이나 사랑이란 남녀노소 빈부귀천 국경도 존재하지 않는 그 힘은 대단한 법.

청사 홍사 매듭지어 사랑을 약속하던 밤. 출타한 님의 무사함을 위하여 정한수 떠놓고 달무리를 향하여 빌던 밤. 동구 밖 천하(天下) 대장군과 지하(地下) 여장군에게 금의환향을 위하여 기원하고 그리움을 애타게 축적하며 살아왔다.

하지만 그 매듭의 사랑은 젊은이만 존재하는 것이 아니다. 인간이라면 적어도 누구나 이성을 지니고 미래의 불행을 미리 점검하는 채찍질일 것이다. 그래서 사랑에는 국경(國境)이 없다고 했다.

우리 어머니는 도부(到付) 장수였다. 동서고금을 통하여 자연이나 예술은 유행과 계절 따라 변하지만, 자식을 사랑하는 어머니의 자비로운 마음만은 언제나 하늘의 붙박이 별이었다.

우리 어머니는 경주 이씨(慶州李氏). 횃대 밑에 처녀로 15살에 순흥 안씨(順興安氏) 가문으로 출가하여 16살에 나를 낳으셨다. 어머니는 부끄러워 나에게 젖을 안 물려 나는 할머니 젖을 물고 자랐다.

대가족의 식솔을 거느리고 일제 말기와 6·25 전쟁 치하를 가난하게 살아왔다. 땅 마지기 산다고 날마다 부자 밥 먹듯 죽(粥)으로 끼니를 때웠다. 그러다가 산짐승이 농작물을 먹어 치우는 데다가 아이들 교육 문제로 매곡면 안녕리에서 추풍면(秋風面) 소재지로 이사했다.

타향살이의 텃세, 세상 물정과 상술이 부족한 우리 집 형편, 마침 그때 이 사정을 잘 아는 이웃 할머니가 있었다.

그는 도부 장수였다. 할머니는 우리 집 형편을 잘 알고 어머니에게 도부 장수를 권했다. 30대 초반에 어머니는 승낙하셨다. 그래서 당신은 건강한 몸과 소박한 마음, 신용을 밑천으로 시골 동네를 열심히 다

녀 단골이 많았다.

　고무신, 옷감, 잡화……. 이것들을 이고 지고 동네방네 대문을 두드
렸다. 그 당시 물건 값으로는 현찰보다 물물교환이 많았다. 어떤 날은
잡곡을 한 가마씩 모아 나름대로 재미가 있었다.

　아침 붉은 태양이 동산에 뾰죽이 인사하면 나는 학교로, 어머니는
도부 장수로 길을 떠났다. 왜 그렇게 하루의 이별도 별난 슬픔이었는
지 서로 뒤돌아 보는 눈빛은 발걸음을 더디게 했다.

　그런 후 학교에 오면 공부 시간에 문득 떠오르는 어머니의 모습. 종
일 그리움의 축적은 시간마다 더해만 가고 어쩌다 간신히 그리움이 쌓
인 매듭의 아림을 하나하나 풀고 나면, 끝 시간은 하도 지루해, 하교 종
소리는 천사를 만난 기쁨이었다.

　나는 귀가하자마자 책보를 마루에 던지고 부리나케 뛰어 어머니의
마중길에 올랐다. 그러노라면 애마(愛馬)를 탄 듯 이렇게 빠를 수가
(?), 작은 내 발자국마다 모자(母子)의 정(情)이 굴러갔다.

　성큼 돌아서는 산모롱이, 어머니의 모습은 보이지 않았다. 저수지
수면을 칼질하며 안겨오는 매운 바람. 흐느껴도 흐느껴도 열기 돋는
가슴. 어느새 초승달은 새초롬히 돋아 나를 실험하듯 매정하고, 물오
리 자맥질하는 허허한 공간 뚝방의 하얀 갈대꽃은 푸른 날의 영혼을
아쉬워 하는지 그 몸부림의 서걱거리는 소리는 왜 그렇게 내게 식은땀
을 솟게 하는지. 개 짖는 소리라도 들렸으면 좋으련만……. 그래도 보
고픈 것은 밤을 지워 버린 어머니의 하얀 치마폭, 한 굽이 남겨둔 초조
한 해후.

　순간 들려오는 기침 소리─.

　나는 눈을 크게 떴다. 조금 후 그 형상의 본체가 보인다.

　어머니!

　하얀 치마폭이 어둠을 가르고 은하수로 수놓은 길─, 그리운 만남.

"식아, 추운데 왜 나왔어."

"어머니, 너무 늦으셨어요."

"어 나는 괜찮다. 니 배고프지?"

"아뇨."

"그래, 고맙다…. 니는 공부 열심히 해서 이 밤보다 더 무서운 가난을 벗어라. 알겠지?"

"네."

나는 무심코 대답을 버릇처럼 했다. 하지만 그 말의 의미를 안 것은 오랜 후였다.

나는 어머니의 등짐을 받아 졌다. 그 짐은 따뜻한 체온으로 시린 내 등을 녹여 주었다. 그때 내 손을 꼭 쥐어주신 어머니. 이제 허기, 추위, 무서움도 봄 눈 녹듯, 내 가슴 속에서 정적을 깨는 청아한 물소리처럼 순조롭게 당신과 나의 미래의 바다를 향하여 힘차게 흘러 갔다.

내 머리에 이제 서리가 내리고, 골 깊은 이마의 주름은 날이 갈수록 더해만 가도 회상의 먼 기억은 내 인생의 역사처럼 나날이 더 새롭게 반영되고 있다. 그것은 삼십이세의 젊음으로 가신 그 두메의 이름 없는 도부 장수였던 내 어머니의 한(恨)만은 풀리지 못했던 매듭 때문일 것이다.

그때 '가난을 벗어라' 는 어머니 말씀, 이름 없는 도부 장수 말씀이었지만, 지금 생각하면 나의 교훈이요, 오늘에 사는 누구에게도 꼭 한 번 생각해야 하는 현대 경제 성장의 지름길일 것이다.

누구나 매듭 속에는 갖가지, 그것을 풀기 위한 가면의 장난들이 홍수(洪水) 같다.

오늘도 사무실에 앉아 있으면 각종 행상들의 현대판 도부(到付) 장수가 방문한다. 참으로 인간의 생활이란 세월이 흘러도 풍습의 맥은

지울 수 없이 전개되는 것. 그것은 바로 삶 그 자체의 움직임이리라.

　나는 그들을 보는 순간, 어머니를 대한 듯 마냥 다정해진다. 그럴 때면 가슴마저 북받친다. 당신이 다니시던 방방곡곡 다 정리하지 못한 채 기적소리의 날림으로 천상(天上)으로 가신 어머니. 또 들려온다, 행상들의 삶의 소리가.

　그 음향은 어머니이 혼령이 소리일까?

　나는 귀를 막았다.

| 성황당 |

내가 고향을 떠나온 지 오랜 세월이 흘렀다. 눈을 감고 어렴풋이 생각에 잠겨 보면 고향의 그립던 곳이 그림처럼 지나간다.

명절이나 경축일에 어김없이 시행했던 농악놀이……. 내일이 설날이다. 섣달 그믐날 밤 상쇠잡이를 선두로 북, 징, 장구, 소구의 행렬로 이어진 걸입패의 흥겨운 몸짓들……. 구경꾼들의 어깨가 들썩들썩, 엉덩이가 실룩실룩……. 아이들은 훌쩍거리는 콧물을 반지르한 소맷자락에 닦으면서 갖은 흉내를 내며 신바람을 낸다.

걸입패의 행렬이 도착한 곳은 마을 어귀의 성황당이었다. 큰 소나무 가지에는 울긋불긋한 천조각이 걸려 있기도 하고, 소나무 등지에는 금줄이 감겨 있기도 했다. 그 밑에는 둥근 형태를 한 돌무덤이 있었고, 지나가는 사람들이 하나하나 올려 쌓은 작은 돌탑들이 옹기종기 세워져 있기도 했다.

이곳에서 걸입패들의 한 마당 신풀이가 끝나고, 액운을 막는 주문이 이어졌다. 상쇠잡이는 우리 마을 사람들의 무병장수와 한해의 풍년을 기원하고, 일년 내내 재수있게 해달라고 성황당에 빌었다.

이런 성황당의 풍경은 나의 마음 속에 떠오르는 고향 마을의 즐겁고 아름다운 장면이다.

나는 이 마을에서 살면서 윗사람들이 이런 의식을 시행하는 모습들을 눈여겨 보았었다. 설한풍에도 찬물에 머리 감고 촛불 켜고, 정한수 한 사발의 정성으로 성황당 앞에 정좌한 할머니……. 할머니는 우선 가족의 안녕과 나아가서 동네 사람들의 잡귀 질병까지 얼씬 못하게 축원을 올리고 천재지변 없이 풍년들게 해달라는 간절한 기원을 드렸다.

성황당은 마을 사람들에게 신적 존재나 다름없었다. 마을에 새로 들어오는 사람들은 성황당 돌무덤에 돌 하나를 얹어 놓고 타지에서 저지른 자신의 부정을 씻고, 또 마을을 떠나는 사람들은 여기서 마을을 돌아보며 젖은 눈가를 훔치고, 누군가를 기다리는 사람은 손을 모아 절을 하며 소원을 빌었다.

그뿐이랴. 성황당은 고향 마을의 안방이며 외롭고 쓸쓸한 사람들이 모이는 마당이었다. 입신양명과 군 입대를 위하여 떠나는 사람, 아들 딸 생산해 달라고 애원하는 사람……. 청상의 애절한 한을 풀어 주는 성황당의 위력은 인간의 미래를 행복한 생활로 이끌어 주는 원동력이었다.

이러한 성황당 앞에서는 마을 사람들은 누구나 부정한 행동이나 거짓말을 삼가고 조심해야 했다. 특히나 성황당의 신목(神木)에 해를 가하거나 쌓인 돌탑을 훼손하면 재앙을 받는다고 믿었다. 신목인 성황당 나무에 때 묻은 저고리, 동정, 백지 5색 천을 다는 것은 성황신께 드리는 예단이었다.

지나는 사람들도 성황당을 지날 때는 경건한 마음으로 돌을 주워 얹고 세 번 절하고, 침을 세 번 뱉었다. 지방에 따라서는 돌을 던지고 솔가지를 꺾어다 놓고 세 번 절함으로써 여행길의 안전을 비는 의식이었다.

성황당은 이처럼 우리 삶과 밀접한 관계를 맺고 있는 심적 풍경이었기에 정비석의 〈성황당〉이라는 소설이나 "부엉이 우는 산골 나를 두

고 가는 님아 성황당 고개 마루……" 하는 노랫말로도 유행되어 서민들의 감성을 직접 표현하는 소재가 되기도 했다.

성황당의 유래에 관한 설은 몇 가지가 있다. 옛 중국의 한 강태공이 재상 자리에 오른 후, 자신을 무시하고 떠나간 아내가 잘못을 빌며 찾아왔다. 그러나 재상이 된 강태공은 사발의 물을 땅에 쏟아 부으며 이를 다시 주워 담으면 같이 살겠노라고 답했고, 이에 실망한 아내가 숨지자 마을 사람들이 돌무덤을 만들어 준 것이 성황당의 시초라는 것이다. 또 일부에서는 옛날 마을 사람들끼리 돌팔매싸움을 위해 준비해 놓은 돌무더기라는 설도 있다.

그런가 하면 어원에서 그 유래를 유추해 우리 전통의 삼신(三神) 신앙이 성황당의 유래라는 설도 있다. 그래서 성황당 돌탑은 이집트 피라미드와 같은 성격이며, 성황목은 세계수를 상징하는 것으로 보기도 한다.

인간이란 자연과 신 앞에는 약한 존재다. 너무 어려운 처지에 있을 때는 지푸라기라도 잡고픈 답답한 심정이다. 이것은 누구나 한 번쯤은 경험해 본 일일 것이다.

어느 해 봄날 나는 우연히 고향 마을을 찾게 되었다. 그 옛날 산마을 굽이굽이 돌던 길을 쭉 뻗은 도로가 뚫리고 성황당 주변 노송나무 숲은 온통 벌목되어 있었다. 마을 어귀에 있었던 성황당은 흔적도 없이 사라져 버리고 말았다. 순간 나는 정신이 멍 하니 허허로운 마음에 슬픔이 차올랐다. 허기사 십년이면 강산도 변한다고, 고향 마을을 떠난 지 50년의 세월이 흘렀으니 그럴 만도 했다.

지나는 길손의 말에 의하면 이 성황당 주변의 몇 백 년 묵은 소나무들을 벌목하여 그 자금으로 동네 전깃불을 켰고 성황당 제단은 도로 확장 공사로 철거되었다고 한다. 이야기를 듣고 보니 한심한 일이었다. 대대로 내려온 동네의 보배 소나무를 베고 동네를 지켜온 성황당

까지 철거했으니…….

그렇다. 인간의 삶이란 무서운 것이다. 개발에 대한 인간의 강한 의지 앞에서 이제 소나무도 성황당도 보존의 가치를 상실당한 것이다. 시대의 변함을 누가 막으랴. 인간의 사사로운 믿음쯤은 현대가 요구하는 경제 부흥 앞에서 이렇게 쉽게 사라져도 되는 것일까?

고향을 떠나 있던 시간 동안 개발의 발자취는 자연에 어지럽게 빌자국을 남겼다. 하지만 그 터를 지켜왔던 물소리, 새소리, 바람소리는 여전히 나를 반겨주었고, 나에게 백두대간의 정기를 내려준 가성산 산맥의 줄기찬 힘은 사라진 마을의 성황당을 대변하며 나에게 힘을 심어주었다.

| 인수봉(仁壽峰)을 바라보며 |

언제부터인가, 나는 먼 산을 바라보는 버릇이 있다. 그때마다 산은 내 우울한 마음을 번번이 이상향의 산정으로 유인한다.

어떤 곳이라도 사람이 지나가면 길이 생기고 길 따라 사람 따라 문명도 옮겨가게 되고, 인간의 가능성 역시 확대되고 재생산되기 마련이다. 바람과 어둠과 추위와 쏟아지는 잠과 싸울 때 고난의 그림자는 등짝에 업혀 있었고 공포는 내 가슴을 짓누른다. 어려움을 달랠 때마다 등산은 하지 않겠다고 맹세하지만 집에 돌아와 하룻밤만 자고나면 산은 또 내 앞에 성큼 다가선다.

그래서인지 나는 하루라도 산을 바라보지 않고는 견디지 못한다.

묵시(默視)의 산, 산, 산…….

난 주일이면 먼 산의 얼굴을 보려고 새벽에 길을 떠난다. 뛰고 뛰어서 오르고 올라 가까이 접하여도 보이지 않은 산의 정상.

산의 내장만 속속 안겨올 뿐 결국 그 치부까지 접하여도 그 이상은 흐릿한 안개. 이미 산의 얼굴은 내 숨소리를 듣자 구만리 능선을 단숨에 달아나는 신동(神童).

허허했다. 내 빈 산울림만 허공을 갈라 거친 호흡은 땀으로 흘렀다.

나는 숙연한 마음으로 남한산 매바위에 좌정했다. 동녘의 붉은 햇살

이 가슴을 찌른다.

아! 좋은 아침. 그러나 북으로 뻗어내린 산맥들을 바라보면 슬프다. 산 줄기는 어디쯤 내리다 혈맥이 끊겨 붉은 피 뚝—뚝— 흘린다.

나의 아픔, 나의 조국, 반세기의 상처에 눈물, 철조망의 장벽, 색깔 있는 위정자의 말 장난에 오늘도 양심을 속이는 진실성 없는 사람들.

뒤돌아보지. 미래에 속지 말자. 답답하고 불인하다. 병든 상처를 수술하자. 조국 강산의 허리께 황량한 땅에 철책을 걷어내고 무궁화를 심어주자. 북으로 뻗어내린 분지 사람들께 가난과 고통의 쇠사슬을 풀어주자.

나는 지금 한산(漢山)에 앉아 인수봉을 건너본다.

하얀 바위 덩어리의 모습, 흡사 백발의 대머리 같다. 그에게 풍겨오는 암정(岩情)의 향기, 풍경. 그는 항상 인간의 욕구를 불러준다. 사계(四季)의 변화에 불응하고 백발의 뜻을 고수한 채 영생을 의식한다.

내가 인수봉을 사랑하는 것은 바로 거기에 있다. 그 기백과 강인·불변은 한민족의 표상이요, 의지자(意志者)의 교훈이었다.

인수봉! 너는 단군신화로부터 문민시대에 이르기까지 역사의 증인이었다. 희로애락의 사연을 가슴에 간직하고 조용히 세상을 관찰하는 백암(白岩). 바쁜 일상에 살더라도 한 번쯤 너를 바라보고 호흡하고 건강, 지구력, 진실을 생각하며 마음을 다스린다.

자연과 인간은 인연이 있다. 자연은 인간을 증오하지 않는다. 모두를 원력으로 수용하고 배신하지 않는다. 인간과 교신하는 역사의 일꾼이다. 산은 인간과 웃음으로 대화하다가 간혹 사람들의 간사함에 불끈 발길로 수백길 낭떠러지로 차 버린다.

꽃이 떨어지는 비명의 소리가 애절하다. 산은 자신도 놀라 잠시 풀이 죽지만, 인간이나 산이나 선천적 마음이야 어찌 버리겠는가.

이슬처럼 사라지는 인간의 목숨들. 인간은 일찍이 너의 빈 마음을

터득하면서도 번번이 실수하는 어리석음. 일찍 산을 울렸던 메아리의 넋들은 지금쯤 어느 산 풀잎에, 아니 바위 틈에 외롭게 자생, 신으로 나돌며 그래도 산이 좋다고 사람을 부르는 산의 아름다움……

산에 의해서 일어나는 사고는 누구의 잘못인가. 생각해 보면 본인의 부족한 수양과 준비성 없는 행동같다.

인간은 자연의 이치대로 이행하면 선의 대열에서 이탈하지 않을 것이며 행복과 불행의 방향까지 식별하여 안내할 것이다.

그런데 왜 산악인은 무상(無償)의 산을 도전함에 목숨을 거는지. 운명을 바꿀 수 있다고 했다. 오직 사람을 움직이는 것은 마음뿐. 사람마다 지니고 있는 행동, 벼랑에도 길이 있고 막다른 궁지에도 활로가 있다.

우주 공간 어디에나 이제 처녀지는 없다. 지구의 땅 끝까지 샅샅이 정복하는 인간의 발길. 얼마나 무서운가. 인간이 자연을 정복하고 도전에 목숨을 걸지만 만의 하나 실수하면 삶은 끝이다. 하지만 그 선지자의 도전이 없었던들 오늘의 산을 즐길 메아리가 어디 있겠는가. 자연에게 지배 당하면서 자연을 사랑하고 꿰뚫는 것은 인간과 자연의 인연이다.

2부. 탑 쌓는 노인

좋은 물은 향기가 나지 않는다

| 한 송이 꽃을 조국에 |

꽃! 무궁화 꽃!

나는 너를 사랑했다.

너를 피우기 위하여 20여년, 시련의 세월은 거센 나의 물결이었다. 비바람, 추위, 병충해……, 고난의 강을 건너 초원의 들에 아름답게 핀 한 떨기 생명, 너는 이제 세상에 첫 출발을 위해 국가의 부름에 분주했다.

그런 너를 조국은 산수 좋은 강원도 심산에 심으라고 명했다.

내 생애 못 다한 통일의 성취를 오늘 너에게 전수하려고 아침 일찍 북으로 출발하는 마음은 어깨가 으쓱해질 지경이다. 이제 나도 대한민국 국군의 장한 아버지가 되었다. 이 기쁨, 푸른 하늘을 가르는 은빛 비행기의 날개인 듯……. 이렇게 마음을 다짐하지만 막상 너를 데리고 정든 집을 떠날려고 하니 애착의 시달림은 눈시울을 붉게 물들였다. 거듭 생각나는 것은 준(俊)에 대한 나의 부족한 성의가 자꾸만 지난 날을 후회케 한다.

용돈 문제, 학습의 강행, 이것들은 부모들의 욕심이랄까―. 아이가 공부 잘해 자신의 출세보다 부모들의 명예를 위한 부질없는 것 같았다. 나는 떠나는 아이의 근심스러운 표정을 볼 때마다 내 목에 명태 가

시가 걸린 것처럼 되새김의 트림이 자꾸만 아린 부정(父情)의 마음을
슬프게 한다.

늦가을!

소슬 바람은 한숨의 흐름으로 물결을 자맥질한다. 아침 햇살은 북한
강을 끓이는지 뽀얀 물안개를 피워 올린다. 잠시 그를 바라보노라니
오소소한 떨림은 온화한 봄빛을 빚어낸다. 그것은 내 역류(逆流)의 강
물, 기억해 보면 삶의 추억을 노래한 끈끈한 정이었다.

1960년 나의 입영(入營)시절, 그때는 관리의 감시하에 목적지에 집
결했는데 오늘은 아들과 동행하여 부대로 가니 세월은 많이 변했다.

이제 우리나라 국민도 민주주의가 깊게 뿌리내려 국가 병역의무를
스스로 수행하니 안심이다.

골골에서 흘러 내린 물이 춘천호(春川湖)를 채웠듯이 각처에서 모인
청년들, 까까머리 젊은이들. 왜 머리를 삭발했을까. 생각하면 새 정신,
새 각오로 국가에 충성을 하겠다는 의지의 표현일까.

부대 정문.

××보충대.

축 입영 환영.

현수막은 기(氣)의 날림으로 도도히 춤을 추어 보는 이로 하여금 용
기를 더해 준다.

그뿐이랴. 코스모스, 맨드라미, 해바라기, 들국화가 부대 주위에서
나보란 듯 곱게 바람결에 한껏 붉은 정(情)을 뚝— 뚝— 흘린다.

허나 장꾼보다 풍각쟁이가 많다더니 입영하는 장병보다 동행한 인
척이 많아 흡사 대학 입학식 같다.

송병식(送兵式)에 즈음하여 부대장은 '제군들의 입영을 진심으로
환영한다. 본 ××부대 보충대에 입영한 장병은 전부 강원도에 배치된

 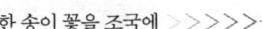

다. 동행하신 여러분께서는 아예 딴 생각 마시고 마음을 편히 가지라'
는 훈시다. 모두들 강원도라 하니까 고개를 숙이고 무엇인가 생각한
다.

　문민시대의 바람은 도시에서 농촌으로 산악의 부대(部隊)까지 강하
게 불어 신뢰하는 군 생활이 된 것 같아 밝은 표정으로 고개를 든다.

　인간의 마음이란 간사하다. 그들의 미지의 생활이 걱정돼서일까. 역
사를 저버리지 못한 마음. 강원도 산악에서 군 생활을 했던 선배들의
경험의 이야기. 그래서 친지들은 오늘 입영하는 신병들에게 고생 바가
지 못 면한다고 걱정이다.

　인간의 생활이란 환경의 지배를 받는다. 동물이나 식물이나 저 창공
을 가르는 새 한 마리까지 자신들의 소리만으로는 홀로 살 수 없는, 다
만 상대 원리의 화합으로 사회를 이룩하는 현실들. 지배하고 지배 당
하는 시대의 흐름에 따라 삶을 영위하는 것이 인간이 사는 길이랄까.

　사람들은 체험과 이상을 앉아서 판단한다. 모두들 하기 좋은 말로
요즘 군대 안 가 본 사람 있어, 하고 쉽게 말하지만 '군이란 전쟁의 의
미이고 전쟁은 꼭 승리해야 군인의 책임을 다한다' 고 그들의 피나는
노력을 우리는 다시 알아야 한다.

　그래도 모두들 장병들을 보고 덕담조로 남자란 군에 갔다 와야 박력
있고 생활력이 강하고 청년 시절은 군 생활을 삶의 추억으로 간직해야
된다지만……. 그들에게는 이런 말이 귀에 들어올 리 없다. 저 연병장
에 구르는 낙엽처럼 외롭고 허허한 마음일 게다.

　아까부터 내 앞에 아들의 손을 꼭 잡고 고개 숙인 여인(女人). 무슨
사연 그렇게 애절한지 흐느끼며 포옹한 모자(母子). 그 두 얼굴의 눈
빛. 가을 메마른 웅덩이에 천수의 진한 눈물로 가득 채운 정분, 퍼 올
려도 퍼 올려도 못 다한 타래 긴― 탯줄에는 원초의 아기 울음 소리가
어머니의 가슴을 쪼아도 시원찮은 비애의 자모상.

반면 50대의 남자는 옆을 흘금거리더니 자신의 아들에게 눈물이 보일까 봐 싱글벙글 자만심 가득하더니 이 눈물의 바다를 보고, 나만은 강한 척 파이팅을 연거푸 소리치며 자신의 아들 등을 자근자근 두들기더니 불현듯 뒤돌아 서며 두 눈을 껌벅거리면서 닭똥 같은 눈물을 주체 못하고 끝내 하얀 손수건을 꺼냈다.

참으로 진실한 정이란 육신의 힘으로 어제 못하는 혈육의 인연 이닌까. 천하장사라도 정(情) 앞에 약한 것이 인간이다.

자모(子母)의 울음이나 부자(父子)의 눈물이나, 내 슬픔이나 인간사의 헤어짐은 다 외롭고 허허하다. 이별은 만남의 약속이라 그 애절한 가슴 속에는 해후의 즐거움이 장밋빛 물결로 아롱져 그 날을 약속하며 떨리는 손을 흔드는 부모와 자식, 친지들……. 이 날은 내 생애 잊지 못할 기억으로 남으리.

호루라기 소리가 연병장을 울린다. 새 정신 소록한 국가의 방패.

그들은 안녕의 손을 흔들어 준다. 부디 용감하게 충성해라. 나는 무궁화 한 그루 심산에 심어 놓고 자라남에 희망을 걸고 통일을 기원했다.

발길이 가볍다. 차에 올랐다. 춘천호에 고운 노을빛. 내일 또 다시 잉태할 열기. 술익은 인정미는 너와 나의 사랑이었나 보다.

| 삼심(三心)의 촛불 |

새벽 산책. 아직 잿빛 여로엔 인적이 드물다. 몇 해를 똑같은 시간에 깨어나 다니는 이 산책은 하루의 내 첫 일과다.

혼자 걷는 것이 좋다. 떼로 몰려 동행하면 자칫 남의 말만 하게 되어 산책에는 별로 도움이 안 된다.

사물에 대하여 생각하는 것은 일종의 마음의 양식행위이다. 그래서 내 가슴 속의 창고를 가득 채우기 위하여 혼자 걷는 것이다.

하늘을 보고, 산을 보고, 물을 보고, 그리고 바람 한 자락을 깔고 귀를 열면 서정의 배가 부른다. 이보다 또 무엇을 소유하고 싶을까. 항상 새로운 날, 새 마음으로 새로운 삶을 창조하는 것은 인간의 진보 과정이다.

진보의 걸음을 위하여 사람들은 소리의 정보를 청취하려고 동분서주한다.

인생이란 연극이 아니던가. 가면을 잘 쓰면 부귀영화요. 잘못 쓰면 괴롭고 가난하다.

옷 소매가 선 듯하여 옆 산을 바라보았다. 옻나무에 가을 꽃이 곱다. 도시에 살다 보니 계절의 감각에 둔하다. 흐린 시야로 무엇을 보고 무엇을 찾을까.

가을은 수확의 계절. 누구나 뒤돌아보고, 한 번쯤 생각하고, 계산하여 경제를 따져보는 남자의 계절, 이 번뇌장(煩惱障)의 바람은 티끌마저 쓸어 가는 허한 세상. 정신의 살이 찌는 겨울 준비가 한창이다.

일한 만큼 심판을 받는 저울대 앞에 좌정한 사람들……, 삶에 자신 없는 자는 마음이 약해 그 무엇에 의지하려고 방황한다.

깊은 산길로 들어서니 물소리가 징직을 깨고, 수목은 으스스한 것이 누가 내 등을 잡을 듯 소름이 솟는다.

큰 기침 한 번 하고 앞을 살피니 불빛이 반짝인다. 그런데 그 불빛은 하나가 아닌 수 십개의 촛불 사열이었다. 새벽부터 여자들이 무슨 소원을 성취하려고 저렇듯 촛불 잔치를 벌렸나. 아마도 그녀들의 가슴 속에는 부(富), 출세, 수명 장수, 합격…… 등등 퍽이나 구구했으리라. 그러나 가만히 생각해 보면 과연 저렇게 한다고 해서 본인의 욕망이 성취될 수 있을까? 손을 맞대고 비는 것은 혈액순환을 도와주니까 건강에 좋을 것이지만, 바위에 흘러 내린 촛농은 자연을 오염시켜 보는 사람으로 하여금 기분을 상하게 하는 파렴치한 행동이 된다.

늦가을인 요즈음. 산을 찾고 절을 찾는 아낙네들의 발길이 부쩍 늘고 있다. 대개는 그들 자녀에 대한 대학 입시의 합격을 목표로 하는 마지막 기도를 위해서다.

그래서 절은 비단 부처님을 위해서만이 아니라 입시생과 고시생, 그리고 마음을 수양하기 위한 사람들의 깨달음의 도장이다.

나는 인근 절에 큰스님과의 인연으로 가끔 그곳에 들른다.

어느 날 새벽. 스님 앞에 정중히 앉은 신도 한 사람이 안절부절 몸살이었다. 백일기도를 올린 지 마지막 날이라면서 그 신도는 스님에게 물었다.

"스님! 우리 애가 S대학에 합격할 수 있을까요? 내가 백일 동안 얼마나 고생을 했는데요. 그러니 스님 속 시원하게 말씀 좀 해 주세요."

스님은 애절한 신도의 이야기를 듣더니 매우 입장이 난처한가 보았다.

스님은 망설이더니 말했다.

"보살님, 백일기도 공덕으로는 꼭 합격을 해야 옳은데…… 삼위일체가 맞아야 돼요. 첫째 학생이 공부를 열심히 해야겠고, 둘째 부모님의 각별한 보살핌과 정성이 있어야 하고, 셋째 스님의 기도. 즉 부처님의 원력을 구하는 삼심(三心)의 촛불을 밝게 비칠 수 있도록 하는 안정된 마음의 자세가 이루어질 때……."

하면서 이 중, 어느 하나라도 삐꺽하면 좌절된다고 했다.

"세상 사람들은 이를 알면서도 실행하지는 않으면서, 열에 하나 뭐가 잘못 되면 절을 비방하니 문제지요. 부처님이고 백일기도고 스님이고 다 거짓이라고 세상에 떠벌리는 사람들."

사람들은 자기의 탓을 생각 못한다. 모든 일을 본인이 저질러 놓고 감당 못하는 것을 남에게 전가하는 버릇. 먼저 자기 자신을 알고 난 다음 남을 탓해도 해야 옳을 것이다.

삼심(三心)의 촛불!

초 한 자루의 불빛으로 세상을 밝혀 통일하고 중생의 앞길을 밝혀주는 구도자가 또 어디 있을까.

사회란 혼자 살 수는 없다. 하나보다 둘이 크다는 것을 알고, 삼심의 불꽃 기도는 입시 학생뿐만 아니라 중생의 가슴 속까지도 삶의 합격을 축하하는 부처님의 불빛이리라.

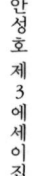

| 보리심(菩提心) |

— 사무량심(四無量心)의 사랑은 효를 이룩함

우리 부모들은 우리들 어린 시절을 풍요롭게 꾸며 주었으니 우리는 그들의 말년을 아름답게 꾸며 드려야 한다.

불경 가운데 부모의 은혜가 한량없이 크고 깊음을 역설한 '부모은중경(父母恩重經)'이 있다.

부모의 은혜를 구체적으로 10가지로 나누어 설명하면…….

아기를 배에서 수호해 주신 은혜, 해산에 임하여 고통을 이기시는 은혜, 자식을 낳고서야 근심을 잊으시는 은혜, 쓴 것은 삼키고 단 것을 뱉아 먹이시는 은혜, 진 자리 마른 자리 갈아 누이시는 은혜, 젖을 먹여서 기르시는 은혜, 더러워진 몸을 깨끗이 씻어주시는 은혜, 먼 길을 떠나갔을 때 걱정하시는 은혜, 자식을 위하여 나쁜 일까지 감히 짓는 은혜, 이상의 10대은(十大恩)을 밝혀 부모께 효도해야 함을 강조한 경전이 '부모은중경'이다.

즉, 부모은중경은 효도가 당연한 것임을 강조하기 위해 만들어진 유교의 '효경(孝經)'과는 달리 효도의 근원인 은혜를 깨우치기 위해 만들어진 경전이며 부모의 은혜가 지극하다는 것을 스스로 깨달아 자발적인 효심을 불러 일으키도록 하기 위해 만들어진 경전이라 할 것이다.

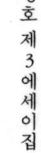

옛 말에 부모님을 업고 수미산을 백천년 돌아 뼈가 닳아 골수가 드러날지라도 부모의 깊은 은혜를 다 갚지 못한다고 했다.

헌데 요즈음 사회 주위를 돌아보면 나 역시 부모의 은혜를 모르고, 사는 사람들이 너무나 많다.

부모의 충고를 귀찮아 하고, 부모의 걱정을 세대차라고 외면하기 일쑤다. 그런가 하면 부모의 은혜는 고사하고 왜 나를 이 세상에 낳아 고생스럽게 살게 한 장본인이라고 부모에게 원망하는 세상이 되어 가고 있으니 걱정이다.

우리는 이 문제를 어떻게 치유해야 할 것인가? 이것은 삼세인과(三世因果)에 대한 믿음으로써 치유해야 한다. 그런데 나는 종신성효(終身誠孝)를 못한 사람이다. 일찍이 조실부모(早失父母)한 나로서는 항상 마음 한 구석에 부모님의 은혜에 죄책감을 느낀다. 간혹 친구들이 부모에게 효를 한다고 명절에 고향으로 가는 것을 볼 때 눈시울이 어린다.

이제 와서 풍수지탄(風樹之嘆)을 해서 무슨 소용이 있으랴마는 나는 부모님의 은혜를 저버릴 수 없다. 인간은 누구나 인과응보(因果應報)를 중요시 않을 수 없다. 세상 자체가 심은 것만큼 거두는 인과의 법칙 속에 있음을 강조한다.

그 인연법을 믿지 않고 깨닫지 못하면 아직은 참된 불문(佛門)의 제자가 아니라고 생각한다. 이것이 바로 불교 효행사상의 근본이 된다.

부모와 자식간의 관계, 이는 옛날부터 인연에 의한 것이다. 그러나 그 인연이 때에 따라 좋을 수도 있고, 나쁜 것일 수도 있다. 전생의 원수가 현세의 모자(母子) 사이로 바뀌는 수가 있고, 전생의 은애(恩愛)로운 사이가 현생에서의 아버지와 딸로 나타난다는 삼세인과의 영험담도 너무나 많이 전하여지고 있는 것이다. 어쨌든 부모와 자식으로 맺어진 것이 전생의 빚을 갚거나 받기 위해서라도 우리 불자들은 이들

의 관계가 인연법에 의해 맺어졌고 인연의 법칙을 생각하여 풀어야 한다는 것을 잊어서는 안 된다.

인(因)과 연(緣)과 과(果). 이 셋은 어느 하나만을 가지고 성립되어지는 것이 아니라 인은 연을 만나야 과에 이를 수 있게 되며, 과는 또 다시 새로운 씨앗이 되고 또 다른 연(緣)으로써 작용하게 되는 것이다.

인과 연과 과는 서로 상관관계를 가지는 하나의 수레바퀴가 되어 육도윤회의 세계에서 끝없이 돌고 도는 것이다. 이제 우리는 오늘의 세계에서 과보를 받고 인을 심어야 된다. 그래서 우리는 이 자리에서 새롭게 태어나야 된다. 맺힌 한을 풀고 원만한 상태로 회양할 줄 알아야 한다.

그런데 오늘의 불자들은 이를 수용 못하고 겉치레에 머물러 수박 속의 진한 단맛을 모르고 불교를 믿는 이가 많아 그 근본 자세가 아쉽다.

헌데 요즘 사람들은 툭하면 부모에게서 잘못 태어난 것을 원망한다. 이는 그 누구의 탓도 아니다. 다만 본인이 지은 자신들의 탓일 것이다.

인간의 인연중 부모 자식간의 인연이 가장 깊을 것이다. 그래서 서로가 마음에 안 든다고 해서 서로의 탓만 논하지 말 것이며, 이는 우리가 볼 수 없는 과거 업장이 가로막혀 일어나는 현상일 뿐, 그래서 우리는 서로의 업장을 풀어 나가야 할 것이다.

나는 비록 어려서 조실부모를 하고 사는 동안 어려움, 괴로움, 외로움, 가난이 있어도 한 번도 부모의 탓으로 생각하지 않았다. 다만 나의 노력 부족과 약한 힘만 아쉬워 했고, 우리 형제들은 모두 알뜰한 것을 삶의 철학으로 믿고 자수성가하였다. 이런 것이야말로 부모님께 대한 효행이라고 생각해 본다.

영상에 맺힌 업보를 풀려고 참회하며 자(慈)·비(悲)·희(喜)·사(捨)의 4무량심(四無量心)으로 사랑할 때 모든 문제는 풀리고 효는 저절로 이루어질 것이다.

불교의 효(孝)는 보리심(菩提心)에 그 기초를 두고 있다. 부모에게 효하고 스승을 존경하는 그 깨달음의 작용이 불성(佛性)의 묘한 작용이다.

보살은 효성심과 자비심을 억지로 불러 일으키는 것이 아니라 저절로 발휘한 깨달음이다.

불경에 의한 효도하는 법을 세 가지로 요약하면, 첫째 건강하여 부모님의 걱정을 덜어주고, 둘째 부모님을 잘 봉양하여 매사에 충실하고 건강한 생활에 부족함이 없도록 받든다. 셋째 사회에 봉사하여 부모님이 뜻하신 대로 실천해 준다.

이는 곧 보리심 개발에 의한 자리이타(自利利他)로서 보리심의 정법(正法)에 귀의한 진리의 길을 닦게 하는 효도이다. 불교의 효는 우리의 부모님을 본원심지(本源心地)에서 세계 윤회를 벗어난 영원한 생명과 무한한 자유의 세계로 나가도록 이끌어 드리고자 하는 데 있는 것이다.

우리 모두 불교 효행의 근본을 깨닫고 참된 효도로써 자리이타의 보살도(菩薩道)를 이루어야 하리라.

| 겨울꽃 |

당신의 새벽 빗질소리를 들으려고 나는 밤차를 탔다. 조용한 초가 뜰안, 마당에는 띄엄띄엄 개(犬) 발자욱만 흔적을 남겼고, 울타리 대추 나무에는 하얀 눈꽃이 나 보란 듯 피었다.

귀를 기울이고 주위를 두리번거려도 그 소리는 들리지 않고 비정의 파도가 가슴을 때린다.

그 해―. 겨울.

내가 서울에서 외숙부의 편지를 받았을 때는 이미 사건이 마무리된 후였다.

그때 매운 바람과 눈은 아직도 내 주위에서 사라지지 않고 내 가슴 속 한(恨)으로 울고 있다. 지금도 나는 그 겨울의 대기(大氣)를 벗어나 보려고 곳곳을 떠돌고 있다.

반세기의 세월동안 나는 바람의 눈을 빼려고 서성거린다. 하지만 그 형체는 보이잖고 영상으로 떠오르는 회상만 항상 가슴 속에 피명으로 맺힌다. 그것들은 어쩌면 가난으로 빚어진 내 슬픔의 상처를 야기시켰 던 것인지도 모른다.

당신의 운명은 가난과 바람, 눈의 탓도 아닌, 바로 당신 자신의 팔자 소관이라고 모두들 입을 모았다. 당신은 일 잘하는 농부였다. 마음씨

는 천심. 한 평생 흙을 다스린 외길 인생. 논 잘 갈고, 나무 잘하고, 풀 잘 베기는 추풍면(秋風面)에서 일등이었으나 그 놈의 가난은 벗어나지 못했다.

그 날은 설날이었다. 하늘에는 검은 구름이 흐르고, 살을 에이는 바람은 수정 같은 싸락눈을 몰아 메마른 길바닥에 나뒹굴게 하는 을씨년스러운 날. 그런 날은 구들장을 달구고 술이나 마셔야 제격인데 쉬지 않고 나무하러 갔던 당신. 아무래도 일복을 타고난 것 같았다.

당신은 톱과 도끼를 지게에 걸었다. 그러고 나서 아이들을 불렀다. '어서 나무하러 가자' 고. 그때 내 동생은 '오늘도 나무하러 가시게요' 하고 당신께 물었다.

그러자 당신께서는 '암! 가야지' 하고 대답하면서 장작 셋 평을 채워, 내일 장날 내다팔아 쌀말이나 사고, 나머지는 빨래비누, 동태, 공책, 양말짝이나 사와야겠다고 생각했다. 아이들은 설이라서 뛰어놀고 싶었지만, 어른의 말씀에 거역 못하고 따라 나섰다.

나무 하러 시오리를 가야 하기 때문에 일찍부터 서둔 것이다. 그 당시는 연탄도 석유도 흔치 않아, 오지 마을에서는 으레껏 땔감은 산에 가서 나무를 해다 땠다. 삭정이, 갈비(마른 솔잎), 장작……, 이런 나무들은 야산에서는 볼 수 없었고 깊은 산속으로 들어가야 있었다.

내 동생 '성식' 은 당신과 같이 눈길을 더듬어 양지쪽 비탈진 산길을 얼마 동안 따라 올랐을까. 아침에 나물밥을 먹고 갔으니 벌써 뱃속에서는 허기짐의 쪼로록 소리가 난다.

하지만 당신의 마음 속에는 미래에 다가올 자신의 행복감에 사로잡혀 배고픈 줄도 몰랐을 것이었다. 그래도 장 볼 생각에 희망찬 삶을 느꼈을 것이고 팔남매를 키우신 가장의 흐뭇한 자랑으로 위로를 받았을 것이다.

사람이 살아가는 과정이란 환경의 지배를 받으며, 그 풍습에 따라

적용하기 마련이다. 그런데 도시 사람들은 장사를 해서 벌어 먹고, 농촌 사람들은 농사를 지어 먹고 살지만……

그러나 고작 천봉답 몇 마지기 가지고 무슨 곡식의 소출을 기대할 수 있을까. 그래서 시안(설안)에 양식이 떨어져 남의 집 장리쌀(5부이자 쌀)을 내어 먹고 겨울철에는 나무장수라도 해서 생계를 유지했었다. 그때는 당신 생활뿐 아니라 영세농민들의 형세는 거의 다 그리했다.

봉화산 높은 능선에는 작년에 난 산불로 말미암아 많은 나무가 불타 죽었다고 한다. 헌데 인간의 심성이란 어쩔 수 없는가 보다. 가난한 사람에겐 물욕에 대한 상상의 꿈은 행복이고, 희망이었다.

당신은 불탄 나무 토막을 잘라 하나하나 지게에 얹었다. 욕심이 생겼다. 너무 과한 나뭇짐이었다. 그리하여 짐을 지고 험한 산길을 조심하며 내려오는데 별안간 강한 바람이 불고, 눈보라가 앞을 가로막았다.

그만 정신을 잃은 당신. 바람과 눈 속에서 허기로 인한 현기증이 일어나 마침내 발을 헛디디며 넘어졌다. 꽝! 하는 소리—. 뒤에 따라갔던 동생은 깜짝 놀랬다.

앞을 보니 당신은 넘어져 있었다. 뛰어갔지만 이미 당신은 지게 밑에 깔렸고, 나무 토막은 산산이 흩어져 있었다. 당신은 이미 꼼짝도 못했고 신음소리만 가늘게 허공을 휘감았다. 다급한 성식은 10리 떨어진 광천동 사촌형을 불러 손수레에 싣고 집으로 모셨지만, 삼일만에 이승과 영별하고 말았다.

나는 그때 그러니까, 당신께서 이승을 떠나시기 달포 전, 군(軍) 제대를 하고 노량진 산비탈 판잣집 방 하나를 얻어 장사를 했다. 이웃 사람들은 나를 산총각이라 불렀고, 한강물은 말라도 내 호주머니 돈은 안 떨어진다고 믿었다.

그런 어느 날 별안간 당신이 오셨다. 나는 당황했다. 그 모습이 초라

했다. 사람은 옷이 날개라는데 당신은 한복 바지에 양복을 걸치고, 고무신에 중절모를 머리에 얹었다. 얼핏 보기에 각설이 행장의 모습이라 웃었지만…….

나는 그만 빠른 동작으로 방안으로 모셨다. 당신은 자기 처지는 생각 않고 서울 풍경에 만족한 듯 웃으셨다. 그날 저녁 식사 때였다. 솥에서 나온 음식을 가리잖고 잘 드셨던 당신. 일등 요리는 못해 드리고 고작 자장면, 순대국밥, 빈대떡, 막걸리 정도만 대접해 드렸는데도 잘 잡수시어 좋았지만, 푸짐한 불고기 한 번 못해 드린 것이 못내 서운했다.

당신은 홍조 띈 얼굴로 나를 바라보시며 '너는 출세했다. 시골에 사는 상만, 마굴이 모두 지게 목발 두드리며 입에 풀칠하는데 그래도 너는 서울에서 구두 신고 장사하여 좋은 음식 먹고 사니 출세한기라. 그래 너는 일찍 고향을 뜬 것이 잘한기라. 거기 살았어야 지게 못 면하고 죽만을 밥 먹듯 먹어야 되니까. 내 신세를 못 면하지. 이 각박한 세상에 누구 도움없이 홀로 너의 생활을 개척해 나가니 참 가상하다' 고 말씀하셨다.

그날 밤 이야기는 이것이 마지막으로 이별이었다.

그 후 한 달 남짓 되었을 때, 나는 외가 편지를 받았다. 내용은 이미 당신의 삼우제(三虞祭)를 지냈다는 것이다.

옛말에 종신을 못하면 자식 구실 못한다는 말을 들었다.

나의 마음은 한없이 슬프고 답답했다. 그날 저녁 나는 고모님과 여동생을 데리고 기차를 탔다. 연 삼일째 날리는 눈은 좀처럼 그치지 않았다. 눈발은 하얀 육식으로 흙빛 시야의 불빛을 하나하나 지우며 도시를 탈출, 하행선으로 구르는데 불난 데 부채질하듯 강한 눈보라는 내 등을 미니 속도는 가열되어 흥분된 마음을 더 주체하지 못했다.

조물주가 원망스러웠다. 왜 나에게 이런 시련을 주었을까. 밤 여행

을 슬픔으로 생각하니 갈수록 통곡의 노래는 흐느낌으로 목이 메였다. 눈물의 겨울비가 계절을 망각한 채 내 가슴 속의 대지에 뜨겁게 내렸다. 퍼올려도 퍼올려도 못다한 슬픔의 인당수.

대전을 지나 옥천, 영동에 다다르니 눈은 그치고 창밖은 은빛이었다. 여기에 달이 있었으면 제격일 텐데……. 나는 이렇게 생각하다가 마음을 다스렸다. 마음을 비우자. 어차피 인간의 만남은 헤어짐을 뜻하는 것이 아닌가.

슬퍼하지 말자. 덕 있는 주인공은 이별이 더 슬프지만, 가신 영혼을 생각하는 것은 아무런 도움도 없다. 저 창밖 눈 덮인 대지를 보라. 눈은 천지를 지배하지만 그 얼음장 밑에 풀씨 하나 다스리지 못할 것이다. 당신은 가난의 슬픔으로 가셨지만, 나는 저 풀씨처럼 외롭고 추워도 강한 월력으로 푸른 여름날 들꽃으로 필 것이다.

추풍령(秋風嶺) 역에 내릴 때는 새벽 4시. 역원 한 사람이 플랫폼에서 외로이 서서 시그널 불빛을 힘없이 조정한다. 그렇다. 우리의 생활도 저와 다름없다. 빨간 불이 파란 불로, 파란 불이 노란 불로 바꿔지듯 세상은 윤회의 법칙에 의하여 이루어지면 인생도 저렇게 언젠가는 변할 것이다.

이러구러 개찰구를 빠져 나오니 눈이 허벅지에 찬다. 또 다시 눈보라가 친다. 겨울 날씨의 변덕, 흡사 여름 소나기처럼 올곧찮다. 끝내 신은 나에게 시련을 준다. 인적도 없고 바람 소리만 늑대의 울음소리에 섞여 들려오는 추풍령을 넘는다. 아! 무서운 고개, 인생의 고개.

엉금엉금 눈길을 가르며 우리 집 앞에 서니 개가 방정맞게 짖는다. 초가집 울타리엔 대추나무, 감나무가 이미 자식들을 버리고 앙상한 가지만 남아 하얀 겨울 눈꽃을 피워 놓았다. 당신의 넋인가. 보일 사람은 보이잖고 당신이 손수 가꾸신 그것들. 우리 집 풍경이 외롭다.

내 눈엔 그만 진한 눈물이 고였다. 통곡에 통곡을 해도 개 짖는 소리만 허공을 울릴 뿐.

이때다. 윙―, 바람 한 자락의 비명이 울음으로 허공에 멤돈다. 뒷산에 누워서 나를 바라보는 당신. 평생에 잘 다니시던 비탈밭에 하얀 눈이불을 뒤집어 쓰고 주무시는 46세의 당신.

잠시 후 방안에 불빛이 가득했다. 사립문 앞에 성큼 다가선 불씨(동생), 장승처럼 나를 물끄러미 바라볼 뿐 아무 말이 없었다.

바람이 불어도 눈꽃은 지지 않았다. 마당, 지붕, 산, 들……. 내 가슴속까지 덮인 눈꽃은 내 평생을 지지 않는 '수미산'의 설화다.

이러구러 먼동이 터온다. 또 빛을 따라 떠나야지―.

| 야래향(夜來香) |

인간은 환상에서 잉태하여 환상으로 가는 것일까? 사람들은 그 신비한 요람에서 영생하려고 그것을 찾아 방황하는지 모른다.

내가 섬의 신비한 풍경을 동경해 온 것은 꽤 오랜 세월이 흘렀다. 언젠가는 꼭 한 번 가보리라는 마음을 버리지 못한 어느 날, 내겐 봄 편지가 왔다.

1991년 4월 10일.

한라산 등반.

나는 종일 가슴이 설랬다. 미지에 안겨질 환한 미소…… 섬에서 불어오는 바람은 내 메마른 나무의 속눈을 끝내 부릅뜨게 애무의 손길을 놓지 않는다.

나는 그 새롯한 풍경을 보려고 응접실 커튼을 살며시 밀며 먼 남쪽 하늘을 응시했다. 먼 시야에 경합된 곳. 하늘과 산은 입맞추었다. 세상에 존재하는 자연은 음양의 원리에 적합하면 모두 하나가 되어 창조의 역사를 이룩한다.

나는 봄을 찾아보려고 지금 하늘을 날으는 것이다. 지상을 날으는 것은 내가 위대해서가 아니라, 인간의 지혜로 창조한 물체의 힘으로 허공을 산책하는 것이다.

고도 9천 피트! 무아지경의 선경. 양털보다 더 부드러운 운계(雲界). 3차원의 또 한 세계가 여기 있다. 천체의 중간. 구름 위에 또 하나의 형상들. 신비한 그 몸짓을 보노라니 마음은 한 점 바람. 이제 나도 구름이요, 하늘이요, 달이요, 별이다. 우주의 아름다움도 때에 따라 폭동이 일면 칼바람과 비안개로 인간에게 고통을 준다.

구름덩이를 헤집고 얼굴을 내민 태양, 자광의 빛과 열로 만물을 다스리는 은혜. 나는 다시 한 번 티 없는 원점의 새 빛을 발산하는 반사의 빛에 두 눈을 조용히 포개 버렸다.

우리가 황홀한 허공의 세계를 다발로 느끼면서 제주공항에 도착했을 때는 오후 5시─.

비가 왔다. 피카데리 호텔로 다가서니 만원이라, 저녁 식사는 얼마의 시간을 더 기다려야 했다. 무슨 비가 이렇게……. 내일 한라산 등반은 불가능하겠다고 야단들이다.

식사 후 일행은 제각기 고스톱·술·잡담을 떠벌리다 제풀에 지쳐 모두 코를 곤다. 나는 잠이 오지 않았다. 뚝뚝 떨어지는 낙숫물 소리 또한 세월을 뚫는다. 허허한 마음. 말벗이라도 있었으면 좋으련만……

빼쪼롬히 열린 창틈에서 빗방울이 날려 방안으로 구른다. 나는 창문을 닫으려고 창가로 다가섰다. 이때다. 살랑 불어오는 봄바람. 진한 꽃향기. 후각을 찔렀다.

나는 창문을 떠밀며 약간 머리를 바깥으로 내밀었다. 주위를 살폈다. 그런데 넓은 도로변에는 야자수가 군데군데 이국 풍경을 자랑한다. 강한 바람에도 파수꾼처럼 섬을 수호하고 있는 듯 믿음직했다. 또 도로 옆 작은 언덕에는 하얀 아카시아꽃 무리가 어둠을 먹고 향을 발산하면서 풍요로운 정을 준다.

옆 양옥집 정원에는 보랏빛 라일락꽃이 때맞추어 만개하여 좋은 밤

이다. 꽃들의 향기는 습한 밤공기를 헤치고 내 곁으로 안겨 야릇한 분위기를 전개한다. 나는 그만 아름다운 정원 풍경에 도취되어 얼마간 눈빛을 주다 2층을 바라보았다.

유자빛 창. 분홍빛 커튼 사이로 보이는 내면. 서방(書房)인 듯한 그곳에 젊은 여인이 빨간 꽃가지를 껴안고 책을 보고 있었다.

니는 그곳을 하염없이 바라보았다. 황홀한 내면. 그 아름다움이란 말로 다 표현할 수 없는 소설 속에서나 만난 신비한 존재의 낭자인 듯했다. 꽃에는 나비가 제격인데⋯⋯. 하지만 외롭게 보였다.

자정이 넘었는데 책을 읽는다는 것은, 문인임을 생각했다. 어느 장르일까. 호감이 갔다. 돌이라도 던져 마주보고 싶었다. 허나 조용한 호수에 파문을 일으킨다면 이는 분명 악취미의 소유자다.

나는 그곳으로 계속 시선을 찔렀다. 그는 반응이 없었다. 얼마의 시간이 흘렀다. 그제야 그녀는 피로했던지 긴 하품을 뱉으며 두 팔을 뒤로 쭉— 편다. 춘정(春情)을 푸는 그녀 몸살이다.

그러다 그녀는 창문에 기대어 바깥 풍경을 두리번거린다. 순간 내 눈빛과 마주쳤다.

우리는 얼마간 희한한 생각으로 제 정신을 망각한 듯 멍하니 서로를 마주보고 눈빛만 굴렸다. 그녀는 생머리를 길게 뒤로 내리고 미색의 한복차림에 눈이 크며 무엇으로 보나 미묘한 여인 같았다. 나는 수필집 《꾀꼬리를 위한 명상》을 손에 쥐고 흔들어 주었다. 그녀도 나의 손짓에 답하여 보던 책을 손에 들고 나를 향하여 흔들어준다.

그녀의 행동으로 보아 문인이 틀림없는 것 같았다. 먼 빛으로만 보고 웃음을 주고 받는 그녀. 안타까웠다. 한 번 만나보고 싶지만, 지척 지간이라더니, 가까운 거리에서 의사소통이 안 되고 서로는 그저 몸살만 앓으니 어쩔꼬⋯⋯.

그도 그럴 것이 시간은 자정이 넘고, 비바람은 치고, 다방도 문을 닫고, 야밤이라 소리도 지를 수 없고……. 하늘을 봐야 별을 따지.

그는 외로운 듯 나비 없는 꽃의 처소에 갇힌 듯 커튼 자락을 만지작거린다. 그러다 나를 향하여 손짓으로 애정의 밤을 녹이고 있었다.

바람이 몰아다준 허공의 인연. 그녀의 향기. 4월의 아카시아. 라일락.

나는 마른 기침을 전했을 뿐, 그녀의 가쁜 숨소리는 바람결에 묻어 야래향(夜來香)으로 스쳐오고 있다.

다시 바람이 분다. 우리는 자연의 가혹한 힘에는 더 견딜 수 없어 돌아서야 했다. 진달래꽃으로 빨갛게 피어나던 한라산 가슴의 불꽃도 스스로 시들어갔다.

바람꽃으로 왔다가 비바람으로 인연을 지워 버린 애절한 하룻밤. 초로와 같은 영상의 사랑, 허허한 마음, 버리지 못해 까칠한 눈, 잠 못드는 밤.

잠깐 눈빛과 눈빛의 만남. 가슴 속에 상념으로 남을 그녀.

내가 잠자리에 들 땐 그녀의 창가에도 불빛은 없었다.

내일을 위하여 잠을 청해야겠는데, 이처럼 밤을 지새니 벌써 먼동이 밝아온다. 술꾼도, 고스톱하던 사람도, 나도 눈알이 빨간 대추알 같다. 이것이 관광의 재미라고 누군가 덜 깬 음성으로 더듬거렸다.

나는 한라산을 바라보았다. 비바람은 그쳤지만, 그 산의 이마는 아직 보이지 않았다. 마음은 조급한데, 어서 아침 식사하고 한라산을 가자고 야단들이었다.

| 진달래꽃 이야기 |

내가 진달래꽃을 사랑하게 된 것은 꽤 오래된 일이었다.

한식(寒食) 무렵이면 나는 동네 아이들과 사태진 비탈길을 돌아다니면서 아직 채 피지도 않은 진달래꽃 가지를 꺾어 화병에 꽂아 우리 집 대청마루에 갖다 놓곤 했다. 그러면 어머니께서는 진달래꽃을 보시고 "아! 벌써 봄이 왔구나!" 하시면서 환히 웃으셨다.

그때 나에게 칭찬해 주셨던 어머니 말씀에 나는 자연과 친숙하여 진달래꽃을 더욱 사랑하게 되었다.

그러나 나는 진달래꽃을 아름답다고 했을 뿐, 그 꽃에 대한 의미를 잘 몰라 항상 궁금한 점이 많았다.

해마다 봄이 지나고 나이를 먹으면서 나는 진달래꽃에 대하여 조금은 알아 홍이 나 이렇게 진달래꽃 이야기를 할 수 있게 되어 즐겁다.

우리나라에는 진달래꽃과 피를 나눈 변종이 몇 가지 자라는데 아주 귀한 것으로 흰색 꽃이 피는 진달래가 있다. 이것은 세계적으로 희귀 식물이다. 진달래꽃은 연보랏빛으로 피어 있는 것이 대부분이지만 꽃잎의 생김에 따라 그 종류가 분홍, 흰색, 흰털, 왕진달래, 반들, 한라 제주 진달래꽃이 있다.

흰 진달래꽃은 1999년 봄, 경북 문경 야산에서 세 그루가 발견되었고, 또한 천리포 수목원에서도 만날 수 있어 퍽 다행스럽다.

진달래꽃의 꽃말은 '청념, 신념, 절제'이며, 건조한 곳과 사질 토양에서 잘 자라는 강한 번식력과 생명력을 가지고 있어서 우리의 민족성과 많이 닮았고, 선비의 얼이 담긴 청렴의 꽃이다. 그래서 진달래꽃이 우리 고향을 상징하는 꽃처럼 우리 산야에 유난히 많았던 것은 우리의 산이 그 만큼 헐벗고 척박했다는 증거이기도 하다.

진달래꽃은 시골에서 어린 시절을 보낸 아이들에게 있어 영원한 고향의 빛깔이다. 봄이면 지천으로 피어나는 진달래꽃을 따서 그 시큼한 맛을 보여 입술이 붉게 물드는 줄도 모르고 이 산 저 산을 누비고 다녔던 기억은 분명 즐거운 추억이며 그리움이다. 하지만 그때 먹을 것이 없어 꽃잎을 따서 허기를 채우던 서러움은 그 진달래빛 만큼이나 진한 슬픔인 것이다.

부녀자들은 꽃피는 봄날 자연과 더불어 화전을 부쳐 먹고 춤추며 노래하고 하루를 즐겁게 보내기도 했다. 아이들은 암술대를 휘어 서로 당겨 꽃 싸움도 하고, 어른들은 꽃잎을 따서 빚은 술을 두견주하고 해서 맛있게 먹곤 했다.

또 진달래는 먹을 수 있으므로 참꽃이라 하고 독성이 있어 먹지 못하는 철쭉을 개꽃이라고 한다. 참꽃과 개꽃의 구별은, 참꽃은 윤기가 흐르고, 독이 없고, 잎이 나기 전에 꽃이 피고, 개꽃은 꽃잎에 검은 반점이 있고 끈적한 진이 나 있고, 진달래보다 한 달 뒤에 꽃이 핀다.

진달래꽃은 예부터 우리나라 방방곡곡에서 자라 왔었고, 노랑 저고리는 개나리꽃에서, 분홍치마는 진달래꽃에서 왔다고 해서 우리 생활과는 아주 가까웠던 꽃이다. 그뿐 아니라 봄이면 화전놀이에 쓰이던 꽃이며, 보릿고개 때는 식용으로 쓰이기도 했던 유용한 꽃이다. 얼마 전 영화 〈남부군〉에서 진달래꽃을 따 먹던 빨치산의 처절함은 아직도 가슴을 아프게 하는 일이다.

중국에서는 진달래꽃을 두견화라고 부른다. 두견화는 중국 촉(蜀)나라의 황제 두우(杜宇)가 전쟁에서 패해 나라를 잃고 죽은 뒤 두견새가 되어 해마다 봄이 오면 나라 잃은 것이 슬퍼 피눈물을 흘리며 온 산천을 날아다니다가 이 눈물이 떨어져 피어난 꽃이 바로 진달래꽃이란 것이다. 또 사또의 영을 거역한 나무꾼의 딸 달래가 죽자 아버지도 뒤따라 같이 죽었는데 파란 하늘에서 빨간 꽃송이가 함박눈 쏟아지듯 두 사람의 시체를 덮어 꽃 무덤을 이루었다. 그 후 이 무덤에는 해마다 봄이 되면 빨간 꽃이 피는데 이 꽃의 이름을 나무꾼의 성인 진(陳)자와 딸의 이름 달래를 합해서 진달래라고 이름 붙였다고 한다.

이러한 사연을 가진 진달래꽃은 예부터 우리 생활과 밀접한 관계를 가지고 살아왔다. 그러나 진달래꽃은 언제나 변함없이 아름답게 피어나면서 우리 인간을 기쁘게 맞이하지만, 인간은 진달래꽃에게 아무 보답 없이 마구 해쳐 괴롭히니 진달래꽃을 만나면 부끄럽다.

몇 해 전 봄날이었다. 나는 경기도 용인 땅에 있는 고려 충신 정몽주 선생 묘지를 참배하였다. 그런데 그 주변 야산에 진달래꽃이 하도 고와 나는 그 곁에 다가가 걸었다. 군락을 이룬 진달래 산길—, 그 고운 빛깔의 분위기는 내 마음을 사로잡아 멈추게 하였다.

나는 그만 진달래꽃의 화기와 향기에 취해 그의 빨간 가슴 속으로 한 발 한 발 다가서면서 그만 불현듯 진달래꽃 가지를 살며시 잡아 당겼다. 조금 후 나의 두 팔이 풀리면서 피곤함에 진달래꽃 나무 밑에 팔베개를 했다. 그때 뻐꾸기는 슬피 울고, 진달래꽃의 빨간 눈물이 한 잎 두 잎 바람에 나부껴 떨어져 내 가슴 위를 곱게 수놓았다. 진달래꽃의 슬픈 전설처럼 내 마음도 왜 이렇게 이 적막의 순간을 눈물지게 하는가. 자연은 이처럼 인간의 마음을 흔들면서 바람처럼 지나가는가? 가만히 생각해 보면 이 세상의 모든 것들이 무상하기만 하다.

석양 무렵—.

귀가의 버스 안은 만원이다. 얼마쯤 갔을까, 졸고 있는데 어렴풋이 웃는 소리가 들린다. 나는 반쯤 눈을 뜨고 주위를 살폈다. 그런데 옆 자리 상대의 눈빛은 나를 향한 화살이었다. 정신이 번쩍 났다. 왜 내가, 무슨 잘못이 있길래? 참으로 희한한 일이다. 하지만 빈정거림의 상대는 내 눈빛의 반짝거림에 그만 외면하면서 시선을 돌렸다.

나는 찬찬히 나의 몸을 살폈다. 아니나 다를까. 내 흰 남방셔츠 가슴 부분에 진달래꽃이 마치 여인의 입술 연지처럼 흔적을 남겨 놓았다. 진달래꽃 물이 든 것이다. 아, 그렇구나! 나를 보고 웃던 그들은 진달래꽃 물을 어느 여인의 입술 연지로 오해하고 웃었던 것이 분명하다. 범인은 바로 진달래꽃. 순간 나는 진달래꽃을 너무 사랑했기에 이처럼 빈정거림을 받고 있는가 보다. 하지만 아! 춘몽이다.

다음 해 봄날 진달래꽃을 만나기 위하여 나는 그 곳을 찾았다. 그러나 진달래꽃은 나에게 많은 추억과 그리움을 남기고 멀리 떠난 것이다. 위정자들의 난개발로 마구 파헤쳐 아름다운 강산의 진달래꽃 밭은 검은 흙 무더기로 흉하게 사람들의 발길을 제지하고 있었다. 너무 허무하고 슬펐다. 이곳 뿐만 아닌 백두대간을 비롯하여 방방곡곡에 이런 파렴치한 일들이 자연을 배신하고 있다. 자연을 사랑함은 바로 나라 사랑이요, 후손들의 훗날 유산이 아니겠는가.

| 골목길 |

골목길!

생각만 해도 아늑하고 편안한 느낌이 든다. 어딘지 모르게 서성이고 싶다.

언뜻 생각하면 골목길은 좁고 분통터지는 것 같지만 그 이루어지는 생활의 추억들은 대단하다.

그 길은 사람의 가슴 속처럼 좁지만 그 우러나오는 이념의 진리는 산처럼 높고 바다처럼 깊고 꽃처럼 아름다워 골목길의 힘의 존재는 무궁무진하다.

나는 골목길의 생활철학의 이념을 피할 수 없어 매일같이 자주 대한다. 외지에 갔다 골목길로 접어들면 스스로 안정감을 느낀다.

저녁 연기의 평화스러운 날림이라든가 집집마다 풍겨오는 된장찌개, 시래기 국 내음, 아기 울음소리는 어머니의 향기며 인정의 메아리다. 그들은 내 허기와 피로한 몸을 보금자리로 안내해 주는 친구가 된다.

아침 일찍 골목길을 나서면서 하루의 계획을 세우고 무사를 기원하고, 퇴근길에는 하루 자신이 한 일에 관하여 최선을 다하고 좋은 일을 했는가, 생각하게 된다. 그래서 골목길은 내 계획과 반성의 장소다.

골목에 자리한 터전들은 인정이 있다. 쌀가게, 연탄가게, 구멍가게, 골목시장, 약방, 선술집…… 등 모두가 검소하고 신뢰하는 내 동네, 내 골목 물정 따라 흐르는 이야기에 이웃 소식이 전해진다. 이른바 골목 상점들은 내 단골이다.

골목길은 이웃과 만남의 장소다. 아이들의 놀이터, 행상인의 장사 터, 행인들의 급한 용변 터, 그리고 반상회까지도 열리는 장소다.

나는 골목길과 인연을 맺은 지 20여년이 된다. 새마을 지도자, 현 통장을 보는 오늘까지.

청소, 가로등, 민방위 훈련, 주민의 전·출입…… 등 민원 행정을 내가 맡아 선동하고 앞장을 서야 된다.

사람들은 길을 가다가 소나기를 만나거나 급한 일로 집을 찾을 때도 골목길로 접어든다. 그리고 동네 어려운 일을 당하면 골목 사람들과 대화로 풀고, 해결하는 골목…….

아지랑이가 담장 위에서 손짓하면 엿장수 가위소리 골목길에 구른다. 아이들은 손뼉 치면서 고물을 나른다. 강아지는 꼬리를 살랑이며 할머니 뒤를 따라 채소장수 리어카로 간다.

월부 장수, 약장수, 떠드는 양지 바른 담벽 밑 그들은 수다한 입담으로 생활의 지혜를 토한다.

헌데 아까부터 엿을 빨고 있는 꼬마 녀석은 맨 앞줄에 쪼그리고 앉아 자기 고추가 세상을 구경하는 줄도 모르고 엿만 빨며 괴상한 약장수 얼굴만 흘긴다.

이웃집 아가씨는 꼬마의 모습을 보고도 못 본 체 외면하면서 얼굴만 붉힌다.

날이 좋으면 불시에 시끄러운 골목 풍경. 이것이 세상 사는 이야기며 인간의 풋풋한 정의 흐름 아니겠는가.

속담에 이웃사촌이란 말이 있다. 아무리 친척이 있다 해도 먼 곳에 있으면 가까운 곳에 사는 이웃만 못하다는 뜻이겠다.

그래서 갑자기 어려운 일이 생기면 먼저 이웃 신세를 지게 마련이다. 이른바 선 이웃, 후 친척이 되는 셈이다.

이웃과 친하고 신뢰 화합하여 사랑할 때 모든 생활은 꽃피고 좋은 이웃이 될 것이다.

이 사회의 정치, 경제, 교육, 체육 등도 좁은 골목길 인정의 바람에서부터 기(氣)가 샘솟아 발생하는 것이다. 아무리 상위의 튼튼한 기반과 강한 건설의 조직적 채찍질이 있다 해도 그 기의 발단이 약하고 건전하지 못하면 상위의 부귀나 권력 정치도 허상의 썩은 나무뿌리에 불과할 것이다.

그런 의식에서 골목길은 대로(大路)의 어머니요, 부국(富國)을 싹트는 삶의 온상에 씨가 자라는 곳이다.

그래서 우리는 골목길을 청결히 가꾸어야 하고, 역사를 증언하는 곳이기에 보존하고 창조하여 보다 낳은 터전으로 만들어야 할 것이다.

청소를 깨끗이 해 놓은 골목길. 태극기가 펄펄 휘날리는 아침의 경쾌함. 발걸음도 가볍다. 선명히 명기된 문패. 그 옆의 편지통. 소식을 기다리는 안타까움 하루 한 번씩 점검하는 손길들……. 부지런하고 무엇이든 해내겠다는 골목 사람들의 의지가 뚜렷해서 좋다.

골목길은 동네 개구쟁이의 놀이마당이다. 한편 쓸데없는 장난을 해서 마음 상하는 일도 있지만 그래도 아이들이 씩씩하게 노는 모습들은 대견스럽다. 장차 커서 동네를 보살피고, 나라를 지키고, 역사를 이을 꿈나무들…….

자치기, 팽이, 말타기, 구슬치기, 숨바꼭질, 제기차기, 땅따먹기 그런 놀음은 아이들이 건강해서 좋고, 옛 풍속을 이어나가는 아이들이 귀엽다.

그런 골목길도 새마을 사업으로 오천년의 때를 벗었다. 헌데 요즈음 골목길은 삭막하다. 노인들만 서성이고 아기 울음소리도 뜸한 골목 풍경.

동구 앞 고목나무 아래서 팔짱끼고 둘러앉은 노인들, 먼 추억의 기억을 헤아리며 그때가 좋았다고 도리질하며 외로움을 저녁놀에 깔면서 산까마귀 울음에 무상의 한 세월을 또 헤아린다.

물론 개혁적인 문명은 편안하고 보기 좋고 시간과 노동을 배제한 기계화됨에 따라 좋지만, 인간의 잘못된 습관과 자기 의욕에만 눈 어두운 오늘의 실태는 허실이 많다.

골목마다 자동차를 분별없이 세워 사람들의 눈총을 받고. 그뿐인가 그 세워진 차 뒤편은 오물 투성이. 한 집에 거주하면서 이름도 모르는 현실. 이런 골목이지만 오늘도 사람들은 골목의 신세를 지면서 살아간다. 골목길의 고마움을 안다면 누구나 한 번 생각하고 보살펴야 할 것이다.

나는 오늘도 밝은 가로등 불빛을 바라보면서 주민과 대화하면서 나의 할 일을 생각해 본다.

| 갈가마귀도 떠나는데… |

인간은 예부터 자연과 밀접한 관계를 맺으며 살아왔다. 하지만 오랜 세월을 살아오는 동안, 인간은 자연을 이용하며 괴롭히고 목숨까지 빼앗는다. 그래도 그것들은 인간을 배신하지도 않고 끈질긴 생명력으로 생태계를 유지했다.

인간은 자연을 보호하고, 자연은 인간을 보호하는 인과응보의 미덕으로 서로의 역사를 이어 왔지만, 때에 따라서 인간은 자연에게 상처를 주고 할퀴고, 살을 찍어 내고, 질병과 오염으로 아픔을 주었다.

이렇게 하고도 무공해 식품을 찾고, 오염, 공해, 산성비니 하면서 이를 피하려고 주일이면 신선한 공기를 찾아 산을 오른다.

손놀림이 난잡한 인간을 산은 환영하지 않는다. 방방곡곡 희뿌연 매연, 인간은 어디로 갈 것인가? 막연하다.

나는 어느 날 고향 마을을 찾았다. 헌데 내가 기대했던 것과는 옛 풍치의 정서는 이미 상실되어 삭막했다.

유년의 친구, 새 소리, 산짐승, 울창한 수목…… 등, 보이잖고 허허했다. 그래도 산, 물, 바위는 묵묵부답 나를 도사려 보고 있다. 초라하고 가난한, 외로움을 삼키면서, 터주(地主) 대감을 자처하며 물끄러미 나의 잘못을 힐난하는 듯 성난 눈빛을 굴리고 있다.

뒷동산 잔솔밭, 어릴 적 내 병정놀이터. 불도저의 울음소리가 산을 먹고 그 가죽은 산산이 부서져 있었다. 개울물은 무법자의 에너지에 붉은 하혈로 피라미, 가재도 개울을 쫓겨나 메마른 땅 위에서 하늘을 보며 통곡한다.

그 뿐이랴. 꾀꼬리, 뻐꾸기, 소쩍새도 아름다운 노래를 걸머지고 인간의 곁을 떠났다니 가신 임의 영혼 앞에 무슨 낯으로 대할까. 하늘을 우러러 보니 갈가마귀 한 마리가 마지막 봇짐을 싸 먼 길을 떠나고 있었다. 그도 그럴 것이 정력에 좋다고 이를 마구 잡고 해쳐 자신을 슬프게 만들고 있었다.

그 뿐인가. 개똥벌레, 메뚜기, 개구리도 농약의 위력으로 어디론가 떠나 이제 동심의 추억마저 찾을 길 없으니 모두가 옛이야기다.

자연은 입을 연다.

'나를 괴롭히는 사람들. 상처를 내고, 심지어 내 목숨까지 앗아가니 호랑이 담배 피우던 때가 그립다. 자연이 건강해야 내가 건강한 것을 모르는 미련한 사람들……'.

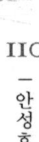

일찍이 인간이 흙에서 잉태했다고 조잘대지만 모태의 은혜를 악으로 보답하는 너. 좁은 땅에 갈수록 인구만 증가하는 현실, 수십 층 허공에 몸을 의지하고 물구나무를 서며 하늘을 들고 있지 않는가?

도시 속의 숲을 보라. 산성비에 매를 맞아 한여름인데도 철(季節) 없는 노란 가을 옷을 입고, 식은땀을 흘리며 인간의 발길에 짓밟힌다.

탐스러운 과일이나 채소류마저 빛깔 곱고 아름답지만 선뜻 애착이 가자 않는다. 의심한다는 것은 모순이라 하겠지만 하도 세상 인심이 각박하다 보니 자연에게까지 경계심을 갖게 된다.

인간의 촉감보다 빠른 동물의 후각. 그들은 녹색의 둥지를 이미 떠나고 있다. 지상에 생태계는 홀로 사는 것이 아니다. 우선 물에 벌레가 기생하고, 밭에서 감자나 고구마를 캐다 보면, 굼벵이나 벌레가 기생

하여 그를 갉아 먹으며 살고 있다. 얼른 생각하기엔 사람이 먹는 식품에 벌레가 더럽다고 하겠지만 벌레는 깨끗하고 건강하다. 그리고 좋은 식품만 가려 먹는다. 만일 그 벌레들이 그것을 먹지 않고 있다면 우리 인간도 그것들을 먹을 수 없는 것이다. 지상의 생명체를 가진 것들은 서로 공존체 의식을 가지고 먹고 먹히면서 사는 것이다.

네기 먹고 살기 위해시는 자연의 병을 고쳐주고 실찌워야 할 것이다.

나뭇잎과 풀잎은 산성비와 공해에서 벗어나야 한다. 흙은 중금속 화학약에서 세척되어야 한다. 물은 폐수를 벗어나 천연의 생수로 보존되어 인간과 생물이 건강해야 자신과 국가가 부강해진다는 것을 알면서도 사람들은 행하지 않는다.

'오염과 공해' 의 범법 행위를 지키지 않으니 마음 아프다.

요즈음 세계 강대국들이 핵 폐지법을 마련하여 인위적 공해의 침입을 벗어날 수 있게 노력하지만 뜻대로 되지 않으니 걱정이다.

날이 갈수록 인간의 수명은 연장되고 평화로운 세상에서 살려고 노력하지만 첫째 우리들의 과제가 환경오염이다. 이를 먼저 행하지 않으면 인간의 삶은 불행할 것이다.

그러니 내 탓의 잘못을 깨달아 자연에게 준 오염과 공해의 상처를 잘못으로 의식하고, 자연을 소중히 여겨 좋은 환경을 만들어 살자고 모두가 다짐한다니 기쁘다.

그러면 떠나버린 새도, 갈가마귀도 옛 둥지로 다시 돌아와 맑고 깨끗한 숲 속에서 아름다운 노래를 불러 줄 것을 상상하니 다물었던 입술에 빙그레 웃음이 열린다.

| 혼자 우는 전화벨 |

그리움은 아름답고도 희망적인 삶이다. 그 부재(不在)는 슬픔이다.

요즈음 들어 우리 집에는 소리를 기다리고 울리는 사람들의 수가 부쩍 늘어났다. 그도 그럴 것이 아이들이 대학에 다닌 성장의 증거랄까. 모든 인간의 생활은 소리로 발생하여 소리로 가는 나그네.

인간의 내부에는 늘 두 가지의 소리가 있다. 하나는 마음에서 오는 소리요, 다른 하나는 육체에서 오는 소리다. 양심이 마음에서 오는 소리라면, 정욕은 육체에서 오는 소리다. 육체의 소리는 쾌락을 찾고, 마음에서 오는 소리는 의무를 찾는다.

여기에 하나 덧붙이면 물건도 그 상태가 평정함을 찾지 못할 땐 소리를 내어 우는 것이다. 초목은 그 자체는 소리가 없는 것이지만, 바람이 불어 흔들리면 소리가 난다. 물도 그렇다.

소리는 귀로 들을 수 있는 것만이 소리가 아니다. 피부로 느낄 수 있고, 마음으로 깨달을 수 있는 것은 모두 소리일 수 있다.

피부에 싸늘한 감촉이 느껴지면 이미 가을의 소리다. 시선이 서로 정답게 느껴지면 그것은 곧 사랑의 소리다.

여기에 사랑의 하소연을 대변하는 연애편지가 있다. 누구나 한 번쯤 경험한 것으로 이 정도의 추억을 간직 안 한 사람은 없겠지만, 어쨌거

나 그 애절한 사랑의 고백을 낱낱이 틀어 놓는 백지 위의 흔적…….

호롱불 심지를 불끈 돋우고 뜬 눈으로 밤을 지새우며 백지 위를 서성이던 밤. 그것은 내 소리를 전하는 편지. 그때 그 사연은 피를 마르게 한 아릿한 사연의 소리들. 꿈같은 이야기였다.

연애편지의 낭만을 빼앗아 간 전자력시대. 허나 지금의 시대는 서정도 매력도 없는 삭막한 벌판 같다.

자르르 가슴을 전율하는 상쾌한 터치, 누가 받을까. 사춘기(思春期)처럼 호기심 피우는 소리의 꽃.

전화도 꽃에 다를 바 없다.

자르르 흐르는 전화벨 소리ㅡ. 옥쟁반에 은행 알 구르듯 그 아름다운 전율. 그러나 전화벨은 언어의 마술사다. 사랑, 사업, 인사, 비보, 범죄의 소리까지 다양하다.

아침에 걸려오는 전화는 대개가 사업청탁 만남 약속의 전화라면, 한낮의 전화질은 장난 스트레스 해소의 전화다. 헌데 밤 이슥해서 오는 전화벨 소리는 비보나, 사고, 협박과 부랑자의 전화라서 무섭다.

따라서 우리는 전화를 걸고 받는 예의를 지켜야 한다. 될 수 있으면 밤늦게 남의 집에 전화는 삼가야 할 것이다. 이는 상대방에게 공포와 불안을 야기시키고 자신의 건강에도 해가 될 것이다.

방학이 되니까 전화벨 소리가 더 빈번하다. 그런데 아이들의 전화는 비밀이 많은 것 같다. 전화를 걸 때나 받을 때는 꼭 수화기를 들고 자기 방으로 가져간다. 하기야 비밀 전화라고 해도 별다른 이야기는 아니다. 만나자는 약속과 친구들의 소식이 고작이다. 그런데 왜 어른들의 눈을 피하여 전화하는지, 그 의도는 어디 있는지 궁금하다.

좋은 대화의 전화는 남북통일도 이룩할 수 있는 가치 있는 희망의 전화가 아니겠는가. 우선 자주 만나야 대화를 할 수 있고 대화를 해야 사랑이 싹트는 게 아닌가. 이렇게 생각하는 사이 또 무슨 약속이 있는

지 전화벨 소리를 기다리는 아이들…….

가끔 길을 가다가 보면 남의 집 전화벨 소리를 들을 때가 있다. 그 소리는 마치 어미 찾는 아이의 애절한 울음소리 같다. 그 소리를 듣는 사람들에게까지 신경을 쓰이게 한다. 도대체 집을 비우고 어디를 갔을까. 문득 도적들의 월담마저 생각나게 한다. 그럴 때 먼저 내가 불안하다.

세상은 귀를 기울이기만 하면 무슨 소리가 들려온다. 인간은 소리의 옳고 그름을 분간할 줄 알아야 한다. 그래야 세상을 바로 보는 눈동자가 빛날 것이다. 피부로 느낄 수 있고 마음으로 깨달을 수 있는 것은 모두가 희로애락의 소리다.

소리는 생명의 증거다. 그래서 우리는 아름다운 소리를 울려야 된다. 소리는 마음의 창조다. 명랑하게 자신을 밝히고 고운 언어로 간단히 상대의 마음을 편안하게 해줄 때 비로소 상대편에서 좋은 답변을 응해 줄 것이다. 아름다운 대화는 아름다운 마음을 만들 수 있고 또 서로를 유쾌하게 만들 수 있다. 그러므로 우선 전화 문화의 가치관을 꽃피울 수 있게 해야 한다. 그렇게 하자면 먼저 스스로 생각하고 전화벨을 눌러야지 일방적인 이야기로 상대의 마음을 상하게 해서는 소리는 단절되어 후회하게 될 것이다.

가끔 길을 가다 보면 공중전화가 파괴된 것을 볼 수 있다. 행인들의 바쁜 사정을 도와주는 전화, 그런데 누가 전화를 마구 쓰고 부수는지 문화국민의 수치다. 사람도 살다 보면 병이 나는데 기계라고 항상 고장 안 날 수 있겠는가.

한 번은 술 취한 젊은이가 공중전화를 때려 부수는 것을 보았다. 나는 그 사유를 물은 즉 전화가 돈만 먹고 만다는 것이다. 즉 화풀이를 전화기에게 하는 모양이다. 나는 그에게 타일렀다.

"여봐, 젊은이 아무리 전화가 돈을 먹고 안 내놓아도 그래서야 쓰겠

는가. 자네 물건 같으면 그렇게까지 하겠느냐"고 힐난하자, 그는 고개를 푹 숙이고 말없이 가버렸다.

혼자 우는 전화벨 소리, 이것은 헛된 소리가 아니다. 허공으로 흐르는 무(無)의 마음을 다스리는 진실한 마음을 울림으로 풀어주는 손님의 소리다. 빈 소리지만 마음을 채우고, 우주를 채우는 아름답고 삶을 노래한 소리다.

그래서 사람들은 전화벨 소리를 듣고 밤낮 전화통에 귀를 기울인다. 듣고도 못 들은 체 있고도 없는 체 사람들은 자신의 위상과 헛된 망상을 전화로 현실화하려고 위장하고 자신을 속이며 전화를 한다. 아마도 전화통은 요지경 속 같다.

출타하여 막 계단을 오르는 사이 전화벨 소리가 요란하다. 두 칸씩 뛰어 올라 수화기를 드는 순간, 뚝 그치는 전화벨. 안타깝다. 내가 조금만 더 빨리 왔어도 울음을 달래줄 텐데……. 헌데 애타게 나를 부르는 자는 누구일까. 무슨 일로 그토록 외롭게 나를 불렀을까. 허탈하다. 지나간 바람 같다.

나는 그만 창밖을 보았다. 산까치 한 마리가 밤나무 가지 위에서 지저귀다 나를 보더니 무엇인가 말을 대변할 듯하며 푸드득 허공을 가른다.

소리는 울리는 순간, 마음을 채우고 우주를 지배하지만, 일단 끝나면 힘없는 허공이다.

허공을 닮은 내 마음. 혼자 우는 전화벨은 그래도 혼자 우는 것이 아니다. 나와 바람, 전율의 혈관 속으로 흐르는 피의 작용으로 울리는 주인의 하소연이다.

오늘은 또 어디서 좋은 소식의 전화벨이 울려 오려나 귀를 여는 순간, 힘찬 고동의 전화벨이 나의 서재를 또 울린다.

| 심부름 |

인간은 자라나는 과정에서부터 일생을 사는 동안 웃어른의 심부름을 하게 되고 성장해서는 자신도 아랫사람에게 심부름을 시키게 된다. 이러한 경험은 누구나 있었을 것이다.

그래서 나는 심부름을 많이 했고, 남에게 심부름을 시켜 보기도 했다. 이른바 심부름을 잘 하면 칭찬과 귀여움을 받지만 반면 심부름을 잘못할 경우 꾸지람을 듣게 된다. 웃어른이나 상사가 아무리 좋은 일을 하려고 해도 심부름 하는 사람이 잘못하면 패가망신을 하거나 성공하지 못한다.

심부름에는 물건을 상대방에게 전하는 일, 남의 물건을 빌려 오는 일, 어른에게 말씀을 듣고 상대에게 전하는 약속 등 여러 가지가 있다. 그중 물건을 남에게 갖다 주는 일은 힘들지 않고 즐겁지만 남에게 물건을 빌려 오는 심부름은 어렵다. 또 어른에게 말을 듣고 상대에게 전해 주어야 하는 경우 도중에 말의 핵심을 잊고 망설일 때 그 난처함과 괴로움이란 겪어 보지 않은 사람은 모를 것이다.

유년 시절 복사꽃이 화사한 봄날 휘파람 불면서 굴렁쇠를 굴려 돌담길을 따라 심부름을 다녔던 일과 늦가을 환한 보름달이 떠오를 때 우리 집 고사떡을 이웃집에 돌리던 심부름으로 칭찬을 받았던 일은 지금

도 잊을 수 없는 아름다운 추억의 꽃으로 남는다. 그러나 비 오고 바람 부는 추운 겨울날의 심부름은 짜증스러워 게으름을 피우기도 했다.

혹여나 남의 집에 심부름을 가서 연장이나 생활 도구를 빌려 오라고 했을 때 나는 그 집 문간에 우두커니 말없이 섰거나, 겨우 인기척을 내어 주인에게 무엇을 좀 빌려 달라는 애원의 말을 했을 때, 그는 뭘 생각하는지 묵묵히 나를 바라보다가 헛기침이니 우리 집 성분을 헤아려 보는 듯 고개를 갸우뚱거리다가 겨우 자기 물건을 꺼내어 나에게 주며 잘 쓰고 가져오라고 하고 어떤 때는 물건을 빌려 달라는 내 애원을 거절하여 그냥 돌아설 때 나의 발걸음은 느리기만 했다.

남에게 물건을 가져다주는 심부름은 즐겁지만, 빌려 오는 심부름은 매우 힘이 든다. 그래서 남에게 주는 것 봉사하는 것은 떳떳하지만, 남에게 받는 것은 어쩐지 쑥스럽고 사기가 죽는다.

나는 심부름을 잘못한 사람으로 인하여 내 부친의 임종 종신(終身)을 못했었다. 1965년 그해 겨울은 눈이 많이 내렸다. 그때 나는 제대한 지 3년이 되는 해로 서울에서 살았었다. 섣달 어느 날, 나는 고모님 집에 들렀다. 그때 고종 사촌 동생에게 전보가 왔다. 내용은 '이상옥 부친 사망' 나는 별 관심 없이 며칠을 지냈다.

그러던 어느 날 고향에 사는 인척에게 편지 한 통이 날아왔다. 내용은 '안성호 부친 사망' 나는 아찔했다. 그 당시는 교통 통신이 좋지 않아 모든 사건이 끝난 후였다. 후일 알고 보니 심부름 하는 사람이 전보를 잘못 쳤다는 것이다.

참으로 어처구니 없는 일이었다. 그래서 심부름은 우스운 것 같지만 대단히 중요한 몫을 차지하는 것이다. 심부름을 잘 하면 덕이 되지만 잘못하면 패가망신하고 성패의 갈림길에서 분수령 역할을 한다.

심부름하는 입장은 편안하지만 남을 시키는 과정은 상대가 잘 이해하도록 정확하고 신속히 시켜야 하며 또 확인과 책임을 반드시 져야 한다. 나는 통장을 20년간 했다. 그래서 상부의 명을 받아 반장에게 심부름을 시켰다.

그 후 나는 심부름을 확인하고 책임지는 노력으로 주민의 화합과 신뢰를 받고 언제나 깨끗하고 아름다운 마을로 만들어 그 보람을 느끼고 있다. 심부름꾼은 항상 명령자에게 정확하고 빠르고 공정한 임무를 수여 받아 내가 심부름을 시키는 사람에게 신속히 처리하도록 할 때, 성공하여 가정과 국가는 발전할 것이다.

최근 우리 사회는 심부름을 시키는 명령자의 오판과 잘못됨이 남발하여 국민들이 많은 어려움을 당하고 있다. 현실은 위정자들의 견물생심(見物生心)과 불공평한 분배의 심부름을 시켜 혼탁하고 불안한 사회로 경제적 도덕성과 가치관이 상실되어 가고 있으니 걱정스럽다.

따라서 우리는 이를 극복하기 위하여 저마다 책임 있는 심부름을 시켜야 할 것이다. 내가 심부름을 얼마나 잘 했고 또 밑에 있는 사람에게 어떻게 잘 시켰는지 나 자신부터 반성할 때 심부름의 가치관이 되살아나 좋은 사회가 이루어질 것이다.

| 탑 쌓는 노인 |

　바위에 앉아 있는 노인의 미소는 저녁 노을처럼 아름다웠다. 돌 하나를 손에 쥐고 무엇을 그렇게 생각하는지 시선을 놓지 않는다. 그 돌이 수석의 묘를 갖춘 것도 아니요, 또 석질이 좋은 것도 아닌 그저 흔한 돌을 가지고……. 그처럼 노인이 돌을 사랑하는 것을 아는 사람은 없다.

　오늘도 나는 새벽 4시에 어김없이 남한산 등산길로 접어든다. 누가 시켜서도 아니고 다만 위장이 나빠서 약수를 마시기 위하여 산에 다닌 것이 어느덧 30년이 지났다. 그래서 그런지 이젠 건강도 좋아졌고 조기 등산이 습관화 되었다.

　숨을 헐떡거리며 남한산에 있는 약사사와 백련사로 가는 길목 언덕바지에 도착했을 때 검은 물체의 움직임이 보였다. 나는 살폈다. 그는 분명 며칠 전에 보았던 그 노인이었다. 노인은 나무 사이를 이리저리 돌아다니면서 돌을 모으고 있었다. 무엇하려고 일찍부터 저렇게 돌을 모으고 있는지……. 산을 다니며 몇 번 스쳤지만 나와 노인 두 사람은 그저 아무 말 없이 지냈다.

　며칠 후 여느 날과 다름없는 새벽 등산 길, 남한산 약사사 입구에 도착한 나는 혹시 그 노인이 오늘도 나와 있나 살폈다. 그러나 노인은 보

이지 않고 돌탑 하나가 우뚝 서 있었다. '아 이 탑!' 나는 직감적으로 돌을 주워 모으던 그 노인의 공으로 생각했다. 약 3m의 돌탑. 신기했다. 시멘트나 흙을 쓰지 않고 돌만 가지고 쌓은 탑, 나는 그 노인의 꾸준한 노력과 정신력에 감탄했다.

나는 탑 앞에 합장하며 무언의 기도를 드리고 있는데, '여보시오!' 하는 소리가 들렸다.

나는 합장을 풀면서 주위를 보았다. 아니나 다를까. 노인은 빙그레 웃으며 내게 다가와 반갑다는 듯이 나의 손을 잡았다.

"고맙소. 이렇게 탑을 사랑하는 분이 있으니……."

우리는 너럭바위에 자리했다.

"내 이름은 김재원이요."

노인은 자기의 이야기를 풀어 놓는다.

"공직 생활을 퇴직하고 집에서 놀기가 심심하여 산에 와 청소도 하고, 길에 굴러다니는 돌을 치우다 보니 마이산사에 이갑성 선사가 쌓은 돌탑이 떠올라 이런 짓을 합니다."

하며 자신이 쌓은 돌탑을 다시 바라본다. 그 노인의 밝은 눈빛, 남을 위해 봉사하겠다는 배려가 탑에 스며 있는 듯했다.

노인은 탑은 인도에서 출발한 탑파미술 건축 양식을 지닌 것으로, 그것은 불상과 같은 엄격한 규범 속에서 조성되는 것이 아니고, 자연 환경에 따라 비교적 자유로운 건축기술이 적용되는 것이라며 탑의 전래에 대해서도 이야기했다. 그래서 한국은 석탑, 일본은 목탑, 중국은 흙탑, 유럽은 철탑을 만들어 왔다고 한다.

노인이 그동안 5년간이나 쉬지 않고 쌓은 크고 작은 탑들이 무려 300여개에 달한다. 그 탑들은 마치 키 재기라도 하는 듯 지금도 똑바로 선 채 하늘을 향하여 자연을 지키고 있다.

돌탑은 성남시로부터 인정을 받아 탑공원이라는 석비를 세우고 시

민의 만남의 장소, 쉼터로 자리매김하고 있으니 이는 김재원 노인의 큰 업적이 아닐 수 없다. 지나는 사람들마다 탑 앞에 서면 종교의식이 아니더라도 우선 엄숙한 모습으로 무엇을 생각한다는 것이 중요했으리라.

향기로운 세상을 연출하는 김재원 노인은 불법 이야기를 한다. 석가모니의 설법 중의 마지막 한 대목인 자등명법등명(自燈明法燈明) — 자기 스스로를 등불로 삼고 진리를 등불로 삼아라. — 즉 남에게 의지하지 말고 자신의 노력으로 진리만을 찾아 부지런히 수행하여 해탈을 이루라는 말을 하면서 자리에서 일어섰다.

그때 마침 숲 속에서는 윤사월 뻐꾸기가 선혈을 계속 토하는데 노인은 또 다시 돌을 모으러 나섰고 나는 일터로 가기 위해 하산했다.

| 일지춘심(一枝春心) |

살구꽃이 환히 피어 있는 돌담 밑으로 봄빛 어우러진 아지랑이가 아물거린다. 그 아지랑이 속을 외치며 지나가는 행상인의 목소리에 나는 자석에 끌리듯 유인되었다. 하늘은 맑고, 흰 구름은 날고, 산은 푸르름의 자태로 일렁이고 있다.

봄은 꽃향기 그윽한 계절이요, 여름은 더위에 짜증나는 계절이요, 가을은 쓸쓸한 계절이요, 겨울은 내면으로 숙연해지는 계절이다.

봄은 때와 곳에 따라 화창해지기도 하고, 나른하고 슬퍼지기도 하며, 노래가 흥얼흥얼 나오기도 하는 계절이다.

인간의 감정이 수시로 변하는 것은 사물의 관찰에 따라 달리 나타난다. 혜풍화창(惠風和暢)에 끌려 나는 들로 나섰다.

봄바람에 버들 빛은 푸른 비단 같은데 봄빛은 복숭아나무에서 익는다. 따스한 웅덩이 물도 향기로운데 동그라미 그리며 물 속에서 노니는 고기떼들……. 그것들을 무심히 바라보노라니 먼 기억의 편린들이 희미하게나마 다가온다.

순간, 수면에 어리는 내 얼굴. 오십 봄을 맞이하는 오늘, 동안(童顔)은 간 곳 없고 이마에는 골 깊은 주름살이 인생의 고뇌를 말해 주듯 패어져 삶의 현실이 무엇인지 아리송해지기도 한다.

봄 햇살에 등이 따스하다. 봄빛에 그을리면 보던 님도 몰라본다는 말의 충격에 그만 숲 속을 걸었다. 유타앵교랄까?

연두색 버들가지가 조용히 나를 감아 싸고 낭랑한 꾀꼬리 노래 소리에 그만 마음이 비워진다. 누가 저 새를 산촌의 가수라 칭했을까? 들어도 들어도 좋은 그 음률에 나는 그만 동심의 물결에 젖는다.

쪽 ― 곧은 비들기지를 뚝- 꺾었다. 피리를 만들었다. 입을 모아 힘껏 불었다.

'삘릴리리― 삘릴리리―.'

신기하게도 나는 소리가 세상에 봄을 다시 한 번 알린다. 얼마 만에 불어 보는 피리 소리인가. 젊음이 살아난다. 생동의 대지에 내가 서 있다. 봄은 이처럼 내게 생을 더해 주는 영양제인가 보다.

도란도란 산골 물소리가 하도 다정해 귀를 기울였다. 무슨 연담을 저렇게 봄빛에 흘러 보내는지 알 수 없지만, 천년이 간들 그의 비밀이 벗겨지겠는가?

그 비밀의 염탐에 망부석이 된 나를 본 님(바람)은 살랑 산위에서 손짓한다. 어서 산을 오르자고.

산나물이 지천이다. 고사리, 취나물, 사초싹, 개미초, 깨나물…… 그뿐인가. 보약이 되는 둥글래, 청출, 백출, 당귀…… 등이 여기 저기 눈에 띈다.

이렇게 자연은 인간에게 보시(布施)로 베푸는 원력을 가졌을까?

어느덧 칠부 능선에 올랐을까. 확 트인 시야에 나는 그만 소리쳤다.

'야― 호, 야― 호.' 내가 제일이라고……. 주위를 살폈다. 화사한 진달래꽃 무리가 온 산천을 둘렀다. 산길은 진달래꽃이 터널을 이루어 발길을 지체시켰다. 분홍빛의 탐스러운 꽃나무들. 자신 모를 의욕에 나는 그만 와락 꽃가지를 끌어안았다. 긴 해후의 만남이랄까? 님의 아름다운 정취와 눈물 어린 연민의 정에 나는 그만 황홀해졌다. 그래서

절로 사랑의 노래가 나온다.

　　뜨거운 그 가슴에
　　내 얼굴을 묻었더니
　　나도 붉고 너도 붉어

　　바람아 앉으라 꽃 지면
　　서러워 어이 하리.

　뻐꾹새 울음소리에 소스라쳐 나는 닻줄을 풀듯 껴안았던 진달래꽃 가지를 놓았다. 취했다. 술에 취한 것이 아니라 꽃향에 취한 것이다. 감수성은 이처럼 인간의 마음을 애절히 사로잡는 것일까? 참 희한한 일이다.

　귀로의 버스 안은 토요일이라 붐볐다.

　다행히 나는 종점에서 자리를 잡아 편안했다. 얼마를 갔을까? 옆자리 사람들은 나를 보고 웃으며 힐끔거렸다. 영문 모르는 나는 공연히 얼굴이 달아올랐다. 아니나 다를까? 내 흰 난방에 분홍빛 진달래 꽃물이 배어 있었다. 사람들은 이 꽃물을 여인의 입술 연지로 오인하여 끼 있는 남자로 본 것이리라.

　그 진달래꽃 가지를 껴안았던 사랑의 흔적과 정열의 힘, 그리고 봄의 기쁨이 서산의 아름다운 분홍빛 저녁놀을 조용히 잡고 있다.

| 아까시아 꽃 |

신록이 짙어가는 오월, 아까시아 꽃철이다. 며칠 전 나는 기차로 경부선을 달리면서 아까시아 꽃이 우리 금수강산을 간단없이 뒤덮고 있는 것을 보았다. 오래지 않은 세월에 저렇게 번성하여 우리 산야를 아까시아 꽃구름으로 뭉실뭉실 군락을 이루어 보는 이로 하여금 아름다움에 젖게 하리라. 그뿐인가 그 꽃의 감미로운 향기는 나의 무딘 후각을 구석구석 돌아 아련히 청산에 가게 한다.

그런데 아까시아 꽃에 대한 논란이 많다. 아까시아 꽃을 아카시아 꽃으로 명기하기도 한다. 식물학자들은 아카시아는 아열대 이남에서만 자라는 열대작물로 그 식생 상한이 중국 대만이며, 우리나라를 뒤덮고 있는 아까시아는 유사(類似) 아카시아, 가짜 아카시아로도 불리는 별종이다. 이 아까시아가 우리나라, 프랑스, 영국, 일본 등지에서도 아카시아로 불리고 있고, 또 그렇게 불러온 것이다.

그래서 아카시아는 고대 이집트나 구약 성서 당시에는 불사의 상징으로 칭하고, 아메리카 인디언들은 아까시아 꽃을 가지고 사랑을 고백한다고 했으니, 꽃이 갖는 상징도 아카시아와 아까시아는 판이하게 다르다.

아까시아 나무는 번식력이 너무 강하여 다른 식생을 방해하고 온 국

토를 뒤덮어 놓고 있다. 이러한 아까시아 나무의 한국 도래(道來)에 대해서 이설이 있다.

1890년대 인천의 일본인 우선(郵船)회사 지점장이 상해에서 묘목을 구입하여 인천 월미도에 처음 심었다는 설과 한말 독일 총영사 크루거 씨가 중국 산둥반도의 독일령 칭따오에 아까시아 나무를 많이 심었더니 식생이 왕성하다 하여 이를 들여다 심은 것을 당시 조선 총독인 데이루치에게 건의하여 들여왔다는 설도 있다.

이러한 역사를 지닌 아까시아 나무는 별로 국민으로부터 선호를 받지 못하고 외면당하고 있는 실정이다.

어느 봄날이었다. 나는 충청도 시골 야산에 있는 선영의 산소를 찾아간 일이 있었다. 지난해에 와서 산소에 아까시아 나무를 전부 뽑고 갔었는데 막상 와 보니 또 아까시아 나무가 많이 나 있었다. 참으로 끈질긴 그 생명력에 걱정스러웠다. 아까시아 나무는 농지 주변에도 무성하여 자꾸 밭 면적이 줄어드니 그 생명력하고는 값 줄 만하다. 그래서 일본 사람들이 조선의 산야에 아까시아 나무를 심어 번성시켜 조선을 멸망케 하려고 심었다는 말까지 떠돌 지경이다.

그런 반면, 최근 아까시아 나무의 연구는 퍽 호의적인 내용을 발표하고 있다. 아까시아는 뿌리혹박테리아가 있어 질소를 고정시켜 토양을 비옥하게 하여 척박한 토양과 벌거숭이산에 많이 심었다고 한다.

이러한 아까시아 꽃은 밀원(蜜源), 잎은 인삼 재배의 거름, 어린 나무는 농작물의 받침대, 수레바퀴, 배를 만드는데 쓰여지고 있다. 따라서 이제는 아까시아 나무도 쓰지 못한다는 오점을 수정하여 천하 효자 나무로 승격시켜도 될 것 같다. 아까시아 나무는 가꾸어 크게 자라면 가시도 없어지고 그늘과 꽃도 아름답다.

낙엽송, 은사시나무, 포플러, 리기다 나무를 수입해 온 것을 보라. 아무리 커도 쓸모와 수익성이 별로 없는 빈 땅만 지키고 있는 신세가 되

고 있지 않았는가.

　우리 추억 속의 아까시아 꽃은 서민의 나무이기도 하다. 굶주린 배를 움켜쥐면서 걸었던 학교 길……. 아까시아 꽃을 한 움큼 따서 우물우물 먹으면서 주린 배를 채우고 대바구니에 꽃을 수북이 따서 밀가루에 버무려 쪄서 먹었던 춘궁기엔 그야말로 구황식물이었던 것이다.

　이처럼 아까시아 꽃의 소중함을 모르고는 이 시대 민중의 아픔을 알 리가 없으리라. 그 뿐인가. 그 당시 농촌 아이들에게는 지금처럼 놀이 문화가 발달치 않아 아까시아 잎을 따서 '꼬니'를 두고, 풀잎 따먹기와 가위 바위 보를 하면서 아까시아 잎을 하나 둘 따내며 이마빡 때리기를 하며 즐겼던 것이다.

　또한 우리나라 노랫말에 '동구 밖 과수원 길 아까시아 꽃이 활짝 폈네'와 같이 어린이 동요 수십 편과 시도 많다. 따라서 이제 아까시아 나무도 우리의 잠재의식 저 편에 남아 있는 추억 속의 꽃에서 실용의 꽃으로 살아남을 것이다.

　그리고 이제 하루 빨리 바뀌어져야 할 아까시아 나무의 잘못된 편견을 고치고 실용의 꽃을 피우는 데 많은 노력이 필요하다.

　뿐만 아니라 이제 아까시아 나무가 대기 오염의 방지 및 녹화수로 조성되고 산성비에 강한 환경수로도 역할을 할 것이라 믿으면서 신이 마지막 선물로 내린 아까시아 나무가 아닐까 생각해 본다.

| 새벽 산 |

모태의 정적 속에서 아직 깨어나지 않은 꿈의 궁전, 그 안이하고 해맑은 숨결들은 내 영혼의 고향, 나를 산방(山房)으로 유인한다.

24시간 중 새벽은 하루의 내 첫 출발이며, 여명(黎明)의 희망과 자연의 정서, 새벽 산의 해맑은 공기—, 이것은 내 건강을 제공해 준다.

나는 그 새벽 산의 기(氣)를 받으려고 오늘도 잠에서 깨어나자마자 방문을 밀면서 먼저 하늘을 올려다본다. 날이 맑은가 흐린가. 맑은 하늘의 별빛은 언제 보아도 상쾌하지만, 흐린 구름은 어쩐지 불쾌지수가 높다.

고독에 들어가려면 도시 거리의 한가운데 서서 천체를 바라볼 때, 그것은 얼마나 위대한가. 만일 1천년 동안에 하룻밤만 별이 나타난다면 사람들은 얼마나 별을 더 신앙하고 숭배할 것인가. 그리고 이렇게 나타난 신의 도시의 기억을 몇 세대에 걸쳐서 보존하랴. 그러나 미(美)의 사신은 밤마다 나타나 훈계하는 듯한 미소로 우주를 비추고 있다. 별은 그 어떤 경건한 생각을 깨우쳐 준다. 그래서 별은 항상 존재하지만, 접근할 수 없는지도 모른다.

산은 결코 미천한 모습을 보이는 일이 없다. 제 아무리 슬기로운 사람이라 할지라도 산의 비밀을 빼앗지는 못하며 산에 관하여 이렇게 말

할 때. 우리는 마음 속에 하나의 명확한 별을 더 가깝고 선명하게 보려고 산문(山門)을 연다.

산까치며 새 새끼들……. 그보다 더욱 반가운 것은 악몽에 시달렸던 가난한 영혼들이다.

"밤새 안녕하신가?"

산은 나를 왈카 안는다.

나는 상큼한 풋내를 씹으며 다시금 천금 같은 목숨을 확인하는 잔기침 소리를 낸다. 천지가 개벽하는 떨림이다. 뼛속으로 사무치는 전율이다.

아, 여명의 산!

나뭇가지 끝에 아직 매어달린 큰 별.

도시의 공해를 배제한 무욕한 남자.

하루의 깃대를 세워 보는 소망

손에 잡힌 진달래 한 송이

무명지에 피어난

내 유년의 두려운 핏자국.

새벽 산은 여명이 좋다. 바람 한 자락 스쳐 가면 산허리를 졸라맨 하얀 허리띠가 풀리며 산의 정상은 흰 대머리로 허공에 우뚝 선다. 꿈결 같고, 동화 같은 선명한 자연의 섭리다.

산촌의 아침은 이장(里長) 꿩서방의 종소리로 열린다. 온갖 잡새들의 수다한 인사가 오가고, 다람쥐, 청설모, 비둘기, 물소리, 바람소리, 꽃피고 나비가 춤추는 내 삶의 메아리로 퍼지는 아침 한 마당—, 산가족의 축제다.

떠오르는 태양. 사람들은 대부분 태양이 무엇인지를 모른다. 안다

하더라도 그들이 아는 정도는 피상적이다. 태양은 어른에 있어서는 그 눈을 비출 정도지만 어린이에 있어서는 그 눈과 마음속을 햇빛이 비쳐 들어간다. 외부와 내부의 오감이 여전한, 진정으로 서로 조화되어 있는 사람이야말로 산을 사랑할 줄 아는 사람이다.

산은 희극이나 비극이나 할 것 없이 똑같이 잘 맞는 배경이다. 건강이 좋을 땐 공기는 믿어지지 않을 정도로 효능이 있는 강장제다. 그러나 땅거미가 질 무렵, 캄캄한 하늘 아래 눈이 내려 험한 길을 갈 때 불길한 예감은 다시 없는 환희를 느끼는 적이 있다.

나는 매우 기뻤다. 새벽 산에 들어서면 마치 뱀이 그 껍질을 벗어 버리듯이 사람들은 자기의 연령을 벗어 던져 버리는 것이다. 그래서 산 속에는 영원한 청춘만이 있다. 산의 창고 속에는 예절과 신성(神聖)이 군림하고 영원한 기쁨이 마련되어 있으며 산을 찾는 손님은 천년 세월이 흘러도 이것에 싫증을 느낄 줄을 모른다. 산 속에서는, 우리들은 곧잘 이성과 신앙으로 돌아간다.

여기서 나는 인생에 있어 내게 일어나는 모든 치욕과 재난도 두 눈이 있는 한 자연이 고칠 수 없는 것은 없을 것같이 느낀다. 그래서 산상에 설 때 상쾌한 공기에 속된 자부심은 모두 사라지고, 나는 하나의 투명한 안구(眼球)가 된다.

나는 아침 산 속에서 붉게 떠오르는 태양을 바라보며 햇살 한 웅큼씩 수통에 담으며 또 다른 승부를 가름하는 일상적인 모든 생명의 잔가지를 움켜쥐고 산자락 끝으로 숨어드는 어머니의 품속 같은 풍요의 요람을 음미해 본다.

새벽 산에 오르면 나는 무(無)로 돌아간다. 나는 만물을 본다. 우주적 자연의 힘의 흐름이 몸속을 꿰뚫고 순환한다.

산에 들어서면, 찬지와 지인(知人), 명예, 물신주의적 욕구는 귀찮은 일이다. 산의 신령, 자연의 신비, 황홀한 느낌의 맛에 취해 그 굴레의

무리에 상부상조한 이웃이 있으니까.

    나는 무한한 새벽 산의 미덕에 매료되어 정밀한 여명의 풍경 속에 나의 천성을 펼쳐 나가려고 오늘도 새벽 산에 올라 너를 찾는다.

    너는 신성하다. 산은 영원에 끌려 재생된다.

    산의 미는 사람의 마음 속에서 재현된다. 그것은 무익한 관조를 위해서가 아니라, 새로운 창조를 위해서다.

    산과 인간은 항상 유사한 것이다. 내가 산에서 받는 정당한 생각이 나의 올바른 행동을 하고 있다고 생각할 때, 정서와 감명을 받을 때 유사한 것이지 쾌락만 즐긴다면 커다란 절제가 필요할 것이다.

    산은 휴일용 나들이가 아니라, 인간의 정념(正念)과 정동(正動)을 정비해 주는 세척제이기에 산을 예찬하며 사랑한다.

    내가 새벽 산을 선호하는 것은 새날에 제일 먼저 상면하는 신성한 기와 조용한 여명의 내 명상을 하루의 삶에 계획하는 기쁨과 건강이 존재하기 때문이며, 또한 도시에서 보는 흐린 별빛을 더욱 더 선명하게 관찰하기 위해 홀로 새벽 산을 찾는 것이다.

| 아리랑과 정선 사람들 |

아리랑은 우리 민족의 노래이다. 가는 곳마다 우리나라 어디에서나 노래의 꽃을 피운다.

그 곳 토양에 맞게 다양하게 노랫말에 녹아든다.

아리랑 고개로 넘어간다
아리랑 고개로 나를 넘겨주게.

고개는 산을 모태로 하고, 산이 유달리 많은 우리나라는 산에 대한 믿음이 강하다. 마을과 마을을 질러 갈 수 있는 산을 고개라고 한다. 사람들은 고갯마루에 서낭당, 장승, 돌탑을 세워 마을의 경계로 여기는 동시에 그것들을 수호신으로 여겨 넘어갈 때 무사를 빌었다. 아리랑 고개는 열두 고개인데 넘어갈 적에 넘어올 적에 힘들어 눈물이 난다. 우리 조상들은 고개 오르내리는 것을 인생살이에 비유했다.

아리랑 고개를 시련과 고난의 연속인 인생을 표현한 것이다. 아리랑 열두 고개를 12수, 12지(十二支)와 일년 열두 달을 상징하는 수로 우리 민족이 저승에 이르는 열두 대문을 비유하는 것이다.

아리랑은 전통 민요이다. 또한 지역 공동체 집단의 소산이라는 민족

성을 가진다.

쓰라린 가슴을 움켜쥐고
백두산 고개로 넘어가고
36년간 피지 못한 무궁화 꽃도
을유년 팔월 십오일에 민빌하고
사발 그릇 깨지면 두세 쪽이 나는데
삼팔선이 깨지면 한 덩어리 뭉친다.

이와 같이 몇 가지 노랫말만 보아도 아리랑은 근세사의 민족사를 반영하고 있음을 알 수 있다. 뗏목꾼, 광부, 심마니도 그들 생활의 애환을 순간순간 아리랑에 담고 있다. 아리랑은 애원성이나 한탄의 소리가 깃든 항거요, 비판의 소리이기도 하다.

강원도 정선 땅은 산도 아름답고 물도 맑다. 아우라지 강변에는 선조들의 한(恨)과 얼이 얽힌 아리랑 가락이 면면히 흘러 내리고 있다. 그 바닥을 들여다보면 헤아릴 수 없이 깊고 넓다. 그 특징은 한 마디로 길고 긴 사실을 느린 민요풍으로 구슬프고 구성진 곡조로 형성하고 있다.

아리랑 아리랑 아라리요
아리랑 고개로 날 넘겨주게.

아리랑의 음률을 후미에 달고 있다. 이른바 고향을 등진 선비들의 애환과 님을 그리는 마음. 산간 생활 속의 인생을 노래한 한의 노래이다.

이러한 정선 아리랑은 고려 말의 비문과 정선 옛 사람들의 증언에서 자리매김한 원조의 아리랑이다.

우리나라 4대 아리랑은 정선 아리랑을 위시해서 밀양 아리랑, 진도 아리랑, 서울 아리랑인데 그 중 정선 아리랑이 대표적 역사를 지니고 있다.

내가 아리랑을 처음 들은 기억은 초등학교 시절이었다. 그 때 농부들은 힘든 일을 하며 잠시나마 고통을 풀기 위하여 아리랑을 불렀고 청상과부가 남편과 사별한 한을 노래하거나 억울한 일을 당한 천민들이 순간순간 아리랑을 불러 자기 한을 풀며 하소연하고 생활했었다. 그 때 나무꾼의 뒤를 따라가며 같이 불렀던 아리랑은 힘드는 줄 몰랐고, 아리랑 고개는 어디 있으며, 누가 처음 불렀는지 궁금해 했었다.

눈이 올라나 비가 올라나
억수장마 질라나
만수산 검은 구름이 막 모여든다
아리랑 아리랑 아라리요
아리랑 고개 고개로 나를 넘겨 주소

명사십리가 아니라면 해당화는 왜 피며
모춘 삼월이 아니라면은 두견새는 왜 우나
아리랑 아리랑 아라리요
아리랑 고개 고개로 나를 넘겨 주소

네 팔자나 내 팔자나 네모반듯한 왕골방석에
샛별 같은 놋요강 발치만큼 던져 놓고
원앙금침 잣베개에 앵두 같은 젖을 빨며
잠자보기는 오초강산에 영 글렀으니

엉틀망틀 장석자리에 깊은 정만 두자
아리랑 아리랑 아라리요
아리랑 고개 고개로 나를 넘겨 주오.

이렇게 불러 보면 일이 지루하지 않고 근심 걱정, 그리움 분노를 잠시나마 잊어 화가 풀리고 힘이 솟았다.

아리랑은 강한 서사 속에서 자신의 한을 대입시켜 긍정적으로 풀어 버린 것이다. 아리랑 노래가 한국인의 생활 가운데 시도 때도 없이 애창된 것은 한국인의 정서 속에서도 원망과 치유, 미래를 긍정할 수 있는 비전, 노동 등에 적합하도록 한국인 스스로가 만들어 온 선택된 노래요 언어였기 때문이다.

그러므로 한국인의 한은 반드시 치유되어야 할 생활문제를 함축한 개념이다. 만약 한을 전제로 하지 않았다면 병으로 남았을 것이며, 한국 문화 저변에 아리랑이 긍정적으로 스며들지도 않았을 것이다.

이번 하계 『농민문학』 세미나는 내 생에 가치 있는 수업이었다.

최근 정선은 아리랑을 배경으로 하여 수려한 자연을 토대로 영화 촬영지로 명성이 높다. 뿐만 아니라, 새비재 고개, 동강의 래프팅, 연포 초등분교, 민둥산의 억새풀, 가리왕산 두위봉 철쭉꽃 등은 많은 관광객들과 등산객들을 불러들인다.

그뿐이랴. 산골 물소리에 어우러진 송천과 골지천이 만나는 정선 아우라지 강. 이곳은 아리랑의 발상지로 처녀상이 있어 더욱 더 애절한 정선 아리랑을 느낄 수 있어 보는 이로 하여금 가슴 설레이게 한다.

산도 내 것이요, 물도 내 것이요, 아리랑도 내 것인 정선 사람들…….
정선 사람들은 하나같이 부지런하고 수행한 인심 좋은 사람들이다. 여기에 정선의 대표적인 삶의 터전을 닦고 아리랑을 노래하며 돌을 수집하면서 살아가는 굴피집의 옥산장 주인 전옥매(全玉梅) 할머니가 계신다.

별채를 지어 '돌과 이야기' 란 간판을 달아 놓은 전옥매 할머니는 일찍부터 아리랑을 노래하며 아우라지 강에서 돌(문현석)을 수집하며 한을 풀면서 삶을 영위하였다. 그뿐인가. 백여 분의 야생화 꽃도 가꾸어 집을 아름답게 가꾸었다. 그분은 아리랑과 돌에서 철학적 의미를 터득하여 삶의 질을 높이고 봉사정신으로 여행객에게 돌처럼 아리랑의 얼을 새겨 자연처럼 살아가라는 자신의 성공 사례를 열변한다.

정선은 인심 좋은 곳이다. 가는 곳마다 옥수수, 감자가 덤으로 나오는 등 후한 인정이 있다. 특히 정선 5일장의 풍경이나 예총에서 공연하는 아리랑 연극은 보는 이로 하여금 가슴 설레게 하고, 이는 슬프면서도 순수한 농부들의 표정이었다.

줏대 있는 정선 사람들의 정신, 그것은 국가와 고장과 자신을 위한 신의 가호가 아닐까? 이른바 아리랑이 없었던들 이 고장의 역사와 문화 창달의 발전이 어찌 있으랴.

아리랑은 과연 정선뿐만 아니라 우리나라 어디에서나 애창하는 민요가 아닐까 생각해 본다. 그리고 아리랑의 힘이란 누구도 막을 수 없는 한민족의 얼이 서린 국민의 힘이 아닐까 가만히 생각해 본다.

3부. 되로 주고 말로 받는 삶

흐은 물은 향기가 나지 않는다

| 설 이야기 |

설이 되면 우리는 나이를 한 살 더 먹는다. 그리고 지난 해를 반성하고 깨끗이 청산하며 새해의 좋은 계획을 세워 신년을 맞이한다. 또한 조상에게 제사를 올리고, 웃어른들에게 세배를 드리며, 맛있는 음식을 먹고, 세뱃돈을 주고 받으며 덕담(德談)을 듣는다. 뿐만 아니라, 민속놀이로 즐겁게 지내면서 가족과 친척 이웃과 함께 정을 나누며 설을 맞이한다. 그래서 우리 민족은 예부터 설을 일년 중 가장 큰 명절로 여겨 왔다.

나는 어려서 설이 돌아오는 것을 매우 좋아했다. 하지만 나이를 먹을수록 설이 와도 별로 반갑지 않다. 나는 어려서 어른들에게 이런 말을 듣고 왜 저렇게 생각할까 했는데, 내가 성장하여 어른이 된 지금, 그때 어른들의 말씀이 이해가 갔다. 그 이유는 경제 문제, 교통 혼란, 시간 등 여러 가지 문제가 있기 때문이다.

그런데 요즈음 와서 설 명절이 차차 간소화되면서 풍습과 예절까지 서서히 사라져 가는 것을 느끼니 왠지 쓸쓸하고 추억의 삶의 뿌리가 흔들리는 듯하다.

오늘의 젊은이들은 설에 관하여 그다지 탐스럽게 생각지 않는 것 같다. 그래서 먼저 경험한 어른들이 설에 대하여 이야기를 하여 주어야

할 것 같다. 우리 고유의 설을 잘 알고, 지키고 받들어야 생활 풍습과 예의 도덕이 정립되어야 명랑한 사회가 될 것이기 때문이다.

설은 옛 기록들에 의하면 세수(歲首), 연수(年首), 원단(元旦), 원일(元日)이라고 하였다. 이것은 모두 한 해의 첫날이란 뜻이다. 그래서 설은 묵은 해를 보내고 첫 아침을 맞는 송구영신의 명절이다. 사람들은 저마다 설 명절을 질 보내려고 준비를 한다.

설과 관련한 기록은,《삼국사기》부터 찾아볼 수 있으며, 설은 다사한 생활을 했던 한 해를 보내고, 새로운 희망을 안고 맞는 새해 첫날 명절인 만큼 특별이 잘 준비하고 당일에는 조상들과 웃어른들께 예의를 표시하고 다양한 놀이를 즐겼다.

설날이 가까이 오면 식구들의 설옷(설빔)을 마련하고 설을 깨끗한 환경에서 쇠기 위하여 집 안팎을 청소하고 손질도 한다. 이러한 뜻은 묵은 먼지와 때를 지난 해와 더불어 시원스럽게 털어 버리고 청신한 기분과 결심을 가지고 새해를 맞이한다. 또 더 중요한 것은 설 음식이다. 설 음식을 잘 마련한 풍습은 오랜 염원을 가지고 있다. 가문의 법도에 따라 음식의 맛, 모형, 종류는 지방마다 좀 차이가 난다. 그것은 《삼국사기》백결 선생전의 내용이 잘 말해 주고 있다.

백결 선생은 당시 글이나 읽고 벼슬이나 돈벌이를 모르는 고지식한 선비였다. 백결이란 이름은 집안이 가난하여 옷을 누덕누덕 기워 입었다는 데서 붙은 별명이었다. 설 대목에 그의 아내는 탄식을 하면서 '딴 사람들은 모두 떡방아를 찧는데 우리만 아무것도 없으니 설을 어떻게 맞이할까?' 걱정하였다. 그 말을 들은 백결 선생은 자기가 아내를 위하여 방아 소리로 위로하겠다고 하면서 거문고를 타며 방아 소리를 내었다. 이것이 후세에 '방아타령'으로 전해졌다고 한다. 이 이야기는 방아타령이 나오게 된 경위를 말해 주는 동시에 우리나라에서는 오랜 옛날부터 설에 떡을 만들어 먹는 풍습이 있었다는 것을 보여 준다.

섣달 그믐날 밤―. 이날 밤은 잠을 자면 눈썹이 희어진다고 하였다. 그래서 나는 어린 시절 섣달 그믐날 밤은 자지 않으려고 애를 썼다. 하지만 결국 나는 자고 말았다. 그런데 자다 일어나 보니 내 눈썹이 희어졌다고 모두 야단들이었다. 나는 그때 눈물을 찔끔찔끔 짰지만 알고 보니 하얀 떡가루를 내 눈썹에 칠해 놓은 것이었다. 그런데 이유는 설 명절 준비에 바쁜 그믐날 밤은 잠자지 말고 모두가 일을 하라는 데서 유래된 장난짓이란다.

설을 맞이하면 아이들이 제일 기대하는 것은 설빔이었다. 나는 언제나 검은 바지에 파란 저고리, 검은 조끼였다. 며칠 동안 어머니께 졸라 대어 새 옷을 짓게 하여 차려 입고 자랑하며 동네 아이들과 세배하러 다녔다. 그러다 보면 인심 좋은 집에서는 콩강정, 단술, 떡, 부침개 등을 대접하기도 했다. 그러면 내 배는 동산만큼 부르고 또 어른들께 덕담도 듣는다. '건강하고, 공부 잘 해. 그리고 명문학교 가거라' 라고. 청년들에게는 '승진하고, 생남하고, 돈 많이 벌어서 효도하라' 고 했다.

우리들은 팽이 치고, 윷 놀고, 딱지 치고, 연 날리며 해 지는 줄을 몰랐다. 《열양세시기》에 원일(元日)에 설날부터 사흘 동안 동네마다 옷차림이 길거리에 빛나며, 길에서는 아는 사람끼리 만나 반갑게 '과세 편히 쉬었습니까?' 인사하고 '소원 성취하십시오.' 하고 덕담 인사를 나누었다고 했다.

내 어린 시절엔 인구도 적고, 교통도 불편하고 해서 멀리 안 나가고 동네마다 자체적으로 설을 맞이했지만, 50년이 지난 지금은 설도 많이 변했다.

교통이 발달하여 전국 일일 생활권이 되면서 가족들이 생활에 따라 전국 어느 곳이나 가서 살다 보니 설이 되면 모두들 부모 형제가 한 곳에 모여 설을 쇠려고 움직이다 보니 인구의 대이동으로 교통난을 빚게

되어 고생을 하게 된다.

한 달 전부터 차표도 사 놓고, 선물도 준비하면서 설을 맞이하려고 준비한다.

해마다 돌아오는 설! 나는 그때 어머니에게 지나친 욕심을 부렸던 것이 생각난다. 그것은 내 설빔 옷이었다. 그 많은 식솔을 거느리고 어렵게 생활하시는 어머니. 시금 생각하면 효도 한 번 못한 것이 죄스럽고 한으로 남는다.

하지만 어려운 설맞이 명절이 무섭다지만 그것은 잠시뿐 또 누구나 설맞이를 해야 하는 현실.

만산에 흰 눈이 떡가루처럼 다복하다. 그것은 인간의 양식이다. 백결 선생의 정신처럼 경제적인 부(富)의 벽을 넘은 고운 마음, 그 고운 마음은 좋은 설을 준비하는 영원한 원천의 샘물일 것이다.

| 어떤 산행 |

나는 걷기를 좋아한다. 웬만한 길이라면 걸어 다닌다. 딸네 집 가는 길이다. 주위 경관이 좋고 시간이 있어 길 옆 의자에 앉았다. 발밑에 버려진 종이 조각인데 그림이 좋아 주워 보았다. 진달래꽃 자랑이다.

그렇지! 지방자치제가 실시되면서 그 곳 관리자들은 실익을 위하여 아낌없는 홍보에 신경을 곤두세운다. 볼거리, 먹을거리, 향토색 짙은 토민의 생활과 문화, 역사를 소개하면서 진달래 꽃 잔치에 오란다. 봄이 절정으로 치닫기 시작하는 시기가 되면 이 땅 어느 곳에서도 진달래가 만발하지만, 특히 여수 영취산, 창녕 화왕산, 장흥 천관산이 좋다한다. 하지만 그중 제일 좋은 곳 영취산으로 오란다.

유록화홍(柳綠花紅)의 봄, 녹음방초(綠陰芳草)의 여름, 만산홍엽(滿山紅葉)의 가을, 건곤일색(乾坤一色)의 겨울에 이르기까지 대한민국은 사계절 내내 아름답다. 그러나 가장 애틋한 때를 고르라면 나는 주저없이 봄을 떠올린다. 오는 듯 가버리는 가장 짧은 계절이기 때문이다.

소설가 김훈 님이 "봄에는 봄을 바라보는 일 이외에는 다른 짓을 할 시간이 없다. 지나가는 것들의 아름다움 앞에서 두 손은 늘 비어 있다. 나는 봄마다 속수무책으로 바빴고, 올 봄도 역시 그러하다"고 말한 것은 그래서 절절함에 대한 표현이다.

지나가는 것들의 아름다움을 상찬할 수 있는 방법이 어디 한둘일까마는 봄철을 테마로 한 산행을 빼놓을 수 없다. 본래 산을 이루 다 말할 수 없는데 그러한 산이 봄꽃으로 물들어 아름다운 꽃 사태를 이룬다니 환장할 일이다. 그리하여 봄철 산행에 알맞은 곳으로 찾은 곳이 바로 여수의 영취산이었다.

언제나 산행하는 전날의 밤은 내일 시집갈 신부의 마음처럼 설렌다. 부풀어진 마음의 부동은 산행의 차질 없는 준비와 산행에 대한 회원들의 만족과 무사고에 대한 기원으로 밤을 지새운다. 어떤 이는 나를 보고 사서 고생한다 하지만 내가 산이 좋아 하는 일, 누가 시킨다고 할 수 있으랴. 나는 천직처럼 30년간이나 산행대장으로 내 책임을 다 하였다. 그래서 이제는 가벼운 빈 몸으로 산과 이야기하며 산을 오르는 것을 산울림의 수행으로 생각한다.

10년 전만 해도 산행 가족을 모으는 데에 버스 한 대 채우기도 힘들었는데, 그 동안 경제사정이 많이 나아지고 산행이 건강의 모체임을 터득한 사람들이 늘어, 이제 산행을 생활화한 많은 사람들로 버스가 세 대로 늘어났다. 그래서 그런지 버스 안은 언제나 밝은 미소의 거무스레한 얼굴들이 다정히 앉아 있어 건강미가 흐른다.

나는 힘이 난다. 오늘 산행에 대한 설명을 한다. 시간 약속, 좋은 분위기 만들기, 산행 수칙 지키기, 산행에 대한 안내도 잊지 않는다. 영취산은 해발 510m의 산. 기세가 등등하고 위엄이 있는 산은 아니지만, 고향 동네 뒷산처럼 포근한 산이라 만만하며 온 산이 진달래꽃 천지로 꽃불 타는 산이라 한다. 우리나라 제 1의 진달래꽃 군락지로 손색이 없는 데다가 이 진달래 꽃동산을 가꾼 주민들의 자부심도 대단하다. 5 ~ 20년생 진달래가 수만 그루 모여 군락을 이루고, 군락과 군락이 맞붙어 넓은 초원에 꽃수를 놓은 분홍색 물감을 풀어 놓은 듯 실로 엄청

어떤 산행 >>>>>

난 곳이라고 열변을 토한다.

어른 키보다 높게 핀 진달래가 사방을 막고 곳곳에 진달래꽃 터널이 이어져 "꽃 세상이 바로 여기구나!" 하는 탄성이 절로 터질 것이요, 다도해를 거쳐 연분홍 꽃물결을 타고 불어오는 봄바람은 달콤하기 짝이 없는 아름다운 영취산이라고 하였다. 정상에 서면 멀리 남해까지 한눈에 들어와 꽃으로 붉게 물든 산행자의 몸과 마음을 시원하게 식혀 주는 영취산. 진달래꽃 잔치에 온 산행인들에게 만족감을 주는 산. 영취산만큼 아름다운 산도 드물 것이라 이야기한다.

내가 회원들에게 영취산에 대하여 이렇게 자랑하는 동안 버스는 산 입구까지 들어섰다. 말만 들어도 영취산 진달래꽃 잔치에 솔깃한 회원들은 안절부절 못하며 성급하게 짐을 챙긴다.

산행은 홍국사(興國寺)를 지나 능선으로 오르니 본격적인 진달래꽃을 대한다. 과연 듣던 그대로의 진달래 꽃빛은 눈물겹도록 아름다워 그 빛에 눈이 시리다는 감탄사가 절로 쏟아진다. 어쩜 이런 곳이 있을까. 혼자 보기 아까워 쌓은 감정의 표현을 님에게 어떻게 전할까.

그래서인지 산행의 고통도 지루함도 잊고 가벼운 산행으로 천상을 오르는 듯 안으로 삭이는 황홀의 꽃길―. 이곳은 지상의 천국을 오르는 곳일까. 오늘의 산행은 힘들어도 보채는 사람이 없다. 인간이란 자신이 하고자 하는 일을 성취하면 역경이 닥쳐도 힘 안 들고 모든 일에 자신감을 갖는, 이러한 것이 이른바 성공의 비결이란 것이 아닐까.

우리는 8부 능선쯤에서 쉬었다. 어딜 가나 꽃밭, 회원들은 저마다 끼리끼리 취향에 맞는 곳을 선택하고는 무슨 이야기를 나누는지 조잘조잘 온통 깨가 쏟아진다. 그러고 보니 온통 진달래 꽃방이다. 참으로 선경인 듯 눈이 황홀하다.

또 다시 꽃을 본다. 꽃이 나에게 주는 사랑처럼 나는 꽃에게 무엇을 선사할까. 오늘 꽃에게 과다한 잔칫상을 받고 그저 싱글벙글 철없는

산 사람의 웃음이 터지는데······. 꼭 한 가지 꽃과 약속을 지켜 인간의 본심을 꽃에게 보여주리라.

지금 나는 황금과도 바꿀 수 없는 이 마음의 재산으로 자연과 꽃을 사랑하고 있다고, 그리고 앞으로도 사랑하리라 약속한다.

오늘의 산행······. 저 숱한 진달래의 아름다운 정을 세월이 흘러도 어찌 잊으리오. 아, 이제 니는 정말 산처럼 살리라. 저 연분홍 진달래 꽃들처럼 흔들리지 않는 좌표의 눈빛으로 걸어서 산을 정복하리라. 살 랑 봄바람의 스침에 앞을 바라보니 파랗게 산, 산, 산······. 온통 거기 산이 있을 뿐이다.

| 방생(放生) 이야기 |

우리 불가에서는 매년 정월 신년을 맞이하면 절에서 행하는 방생을 잊지 않는다. 나는 어려서 신년이 되면 어른들을 따라 살아 있는 물고기를 사서 강이나 하천에 방생을 했었다. 그 방생을 하면 일년 내내 액운을 막아 주고 건강 재수가 있을 것이라고 믿으면서 방생에 동참했었다.

그러나 나이 들면서 방생에 대한 설법을 듣고 싶던 차에 오늘 약사사 큰 스님의 방생에 관한 설법을 듣게 되었다.

봄은 모든 생명에게 약동과 환희를 주는 계절입니다. 나무를 심고 자연을 한층 더 보호해야 하는 이 계절에 중생을 차별 없이 아끼고 사랑하신 부처님께서는 식물에게 어떻게 대하시고, 어떻게 가르치셨는지 여기 경전의 말씀을 들어 보겠습니다.

신 목숨을 죽이는 버릇을 끊지 않고 수행한다는 것은 제 귀를 막고 큰소리를 치면서 남들이 듣지 않기를 바라는 것과 같습니다. 그것은 숨길수록 드러나는 법입니다. 청정한 수행자들은 걸어다닐 때에 산 풀도 밟지 않으려고 조심하는데 하물며 손으로 뽑겠습니까?

옛날 부처님께서 사위국 기원정사에서 많은 제자들에게 이와 같은

설법을 하시고 계셨습니다.

"제자들이여, 어느 날 여러 비구(스님)들이 넓은 들판을 걸어가고 있었다. 마침 그 때 지나가던 도둑 무리들이 달려들어 비구들의 옷을 죄다 빼앗아 버렸다. 그리고 두목은 부하들에게 살려 두면 마을로 달려가 우리를 고발할지 모르니 모두 죽여 버리라고 하였다. 그 때 그 도둑 중에 절 법을 좀 아는 자기 있어 말했다. '두목님 굳이 죽일 것까지 없습니다. 저 중들은 산 풀도 상하게 하지 못하니까 산 풀로 저들을 동여매어 놓으면 풀을 다치지 않기 위하여 꼼짝 않고 그대로 있을 것입니다.' '응, 그래 아주 간단하구나' 하고 도둑들은 곧 비구들을 모두 산 풀로 묶어 놓고 달아났다. 산 풀로 묶인 비구들은 계율을 범하지 않기 위하여 풀을 끊지 못하고 묶인 채로 있었다. 알몸으로 묶여 있는 비구들에게 뜨거운 태양이 사정없이 내리쬐고 모기, 파리, 독충까지 달려들어 괴롭혔다. 밤이 되자 맹수들의 위협과 추위와 배고픔의 고통은 더 심해졌다. 이때 한 노비구가 설법했다. '모두들 잘 들으시오. 목숨은 극히 짧아 강물이 흘러가는 것보다 더 빨리 지나갑니다. 그러므로 죽게 해서는 아니 됩니다. 여기서 이렇게 목숨을 버리는 것은 부처님의 가르침을 더 이상 듣지 못하는 것입니다. 부처님의 가르침은 참으로 만나기 어렵고, 또 만났다 하더라도 신심(信心)을 내기는 더욱 어려운 일입니다. 우리의 수행은 바로 이것입니다. 죽음이 눈앞에 와도 뜻을 굽히지 않고 계율을 굳게 지켜 주는 것이 낫습니다.' 젊은 비구들은 노비구의 설법을 듣고 모두 마음과 몸을 단정히 하여 도를 생각하였다. 마침 그 때 그 나라의 왕이 사냥을 나왔다가 이 광경을 보게 되었다. 이상한 생각을 한 왕은 신하를 불러 저기 알몸으로 묶여 있는 사람들의 연유를 알아본즉 몸이 건강하고 젊은 스님들이었다. 그런데 스님들은 모두 풀에 묶여 있었다. '주문에 걸려 움직일 수 없습니까? 아니면 고행을 하시는 중입니까?' 왕의 질문에 비구들은 대답했다. '연약

한 이 풀을 끊어 버리는 것은 어렵지 않지만, 오직 금강경 같은 계율을 지키기 위하여 끊으려는 마음은 조금도 없습니다. 나무도 풀도 끊어 버리는 것은 그것도 부처님께서는 살생이라고 하셨습니다. 그래서 이 풀을 끊지 않았습니다.' 비구들의 대답을 듣고 왕은 큰 기쁨으로 묶은 풀을 풀어 주고 '장하십니다, 스님들이시여.' 하고 감탄했다. 그리고 나서 '법문에 순응하는 스님! 나는 부처님께 귀의하고, 스님들께 귀의하여 내 마음의 번뇌를 없이 하렵니다' 라고 말했다."

한 그루의 나무, 한 송이의 꽃, 한 포기의 풀이라도 사랑하는 마음이 가득할 때 이 세상은 평화롭고 아름답습니다. 부처님께서는 이 몸이 살아 있는 한 어쩔 수 없이 곡식도 먹어야 하고, 채소도 먹어야 하고, 또 농사를 지으려면 밭의 김도 매 줘야 하지만, 쓸데없이 풀 한 포기라도 함부로 뽑지 말고 밟아 버리지도 말라고 하셨습니다.

우리들의 가장 소중한 것은 목숨이며, 그것은 모든 생물이 살아가는 자체임을 잘 알고 있습니다. 그런데 흔히 세상엔 자기 목숨은 소중히 여기면서 남의 목숨은 함부로 생각하거나 무자비하게 해치는 수가 많습니다. 그것을 생각하지 않으니 슬픈 일입니다.

스님의 설법이 끝나자, 나는 절 후원 누룩바위에 앉았다. 넓고 푸른 하늘을 응시해 본다. 아! 이 환희, 육신과 정신의 자유, 이 나의 방생, 이처럼 기쁨의 공간, 나는 무동을 타는 걸까? 살아 있다는 즐거움과 살아간다는 의욕에 큰 힘의 전율에 새로운 눈빛이 뜨인다.

저 푸른 잎새의 떨림처럼 모든 생명체는 요동하며 살 권리와 의무로 움직이고 있다. 그러나 세상의 생물들은 먹고 먹히는 약육강식의 순리를 어떻게 해결하겠는가?

일찍이 부처님의 자비로운 사랑의 손길이 이 세상에 밝은 빛으로 어두운 곳을 소멸하고 있지만 지금도 알지 못하는 사회 곳곳에는 하나밖

에 없는 목숨을 살생하는 무리들이 있으니 걱정이다.

농부가 밭에 나가 풀을 뽑고, 나무를 베고 가축을 부리는 것은 꼭 인간의 생활에 필요한 행위로 부처님도 용서해 주시겠지만, 욕심과 무자비한 행동의 굴레에서 벗어나지 못한, 부처님 말씀에 귀가 먹은 자의 소행은 스스로 아귀의 나락으로 빠져 들게 될 것이다.

방생이란 목숨을 실려 주고 생명을 가진 것들을 해치지 않는, 자유로운 환경을 만들어 주는 자비로운 부처님의 법도인 것이다.

《삼세인과경(三世因果經)》에 보면 이 세상에서 많이 아프고, 일찍 죽는 사람들은 전생에 살생을 많이 한 과보로 병고에 시달리는 고통을 받는다고 했다. 살생의 과보는 중생을 영원히 편안하게 하는 일이므로 우리는 방생을 권장해야 한다.

방생은 인간의 원통한 원한을 말끔히 씻어 주는 것이므로 많은 복을 금생에서 받게 해 주고 건강하게 오래 살게 해 주어 선근(善根)을 자꾸 더하면 좋은 경사가 다음 세상에까지 미치게 된다. 그래서 일상생활에서 열심히 방생하면 부처님의 가호의 힘으로 즐거운 생활을 누리게 될 것이요, 건강하고 자유로운 육신의 날갯짓으로 그 미침 또한 영원할 것이다.

| 자장면 |

자장면처럼 우리들의 생활과 밀접한 관계를 가지고 있는 음식도 없다. 원래 자장면은 인천 차이나타운의 공화춘에서 한국인의 입맛에 맞게끔 요리해서 탄생한 것으로 그것이 탄생된 지도 올해가 100주년이 되었다니 참으로 많은 세월이 흘렀다고 할 수 있겠다.

나는 어린 시절 어머니를 따라 자장면을 먹기 위하여 중국 자장면 식당을 자주 갔었다.

우리는 홀 안에 자리잡은 큰 연탄난로 옆자리에 앉아 김이 모락모락 피어오르는 보리차를 마신다. 보리차 향은 우선 안정감을 준다. 흰 가운을 입은 주방장은 밀가루 반죽을 나무 송판에 '탕— 탕—' 치고 휘리적 감아 두들기면서 미색의 수타(手打)면을 뽑았다. 한 번만 더 휘리적 감아 올리면 배로 늘어나는 면 가닥…….

그때 주방장은 나에게 마술사처럼 신기하게만 보였었다. 나는 코를 훌짝거리면서 어서 빨리 자장면을 먹고 싶었으나 언제나 오랜 시간을 기다려야만 했다.

얼마 후 물이 설설 끓는 가마솥에서 면을 건져 올려 넓은 사기그릇에 가득 채워지고 그 위에 묽은 자장이 한 국자 부어지면, 파란 오이채에 강낭콩의 고명까지 올라 식탁 위에 올려졌다. 한눈에 봐도 그것은 먹음직스러워 보였다. 나는 나무젓가락으로 자장면을 휘휘 저어 감아 입에 털어 넣었다. 달콤하면서도 부드럽고 쫄깃하고 구수한 자장면 맛은 기가 막히게 맛있었다. 그 맛은 오래오래 내 어린 동심을 사로잡아 지금도 나는 그 오묘한 자장면 맛을 잊지 못한다.

6·25전쟁 직후 가난했던 시절 자장면과 우동은 손님도 접대하고 여러 모임이나 친구들과 어울린 자리에서 즐겨 찾던 음식이었다. 그래서인지 중국 음식점에는 아름다운 옛 추억들이 스며져 있다. 1950년대 도시에는 중국집 자장면이 유행을 하여 관이나 반점은 만남의 장소였다. 조용하면서 밀폐된 방이 많아 밀담의 장소로 적합했다. 그래서 더러는 결혼의 맞선 상견례까지도 자장면 집에서 하곤 했다.

그뿐인가. 바람둥이 건달들은 연인과 같이 중국집 골방 안에서 자장면을 먹으며 정담을 나누어 깨가 쏟아지고 손짓 발짓 신바람이 나다 보면 시간 가는 줄도 몰라, 화가 난 자장면집 주인 왕서방이 '무슨 자장 한 그릇 먹고 이렇게 오래 있어' 하며 문을 두들기면 깜짝 놀란 방안 표정…….

그러던 것이 1980년대 들어와 중국 자장면 집은 서서히 사라지고, 우리나라 사람들이 대다수 자장면 집을 운영하기 시작했다. 그래서 도시와 시골 가정에서도 중국 된장과 채소, 돼지고기를 썰어 넣고 손수 자장면을 만들어 먹었다.

누구나 부담 없이 먹는 자장면은 가다 오다 허기지면 간단히 사 먹는다. 대개 학교 근처, 시장 주변, 공장, 기숙사, 사무실, 여인숙, 자취방이 있는 곳이면 자장면을 만드는 중화요리 집들이 있다. 그래서 돈이 별로 없어도 먹고 또 단골손님들은 외상도 하는 자장면은 어려운 사람들의 편리를 봐 주는 대중 음식 중의 음식이었다.

그런데 중화요리 집에서 제일 고마운 사람은 자장면 배달원이었다. 비가 오나 눈이 오나, 밤이나 낮이나 자장면 한 그릇이라도 가져오라

고 전화를 하면 마다하지 않고 배달해 준다. 금액으로 따진다면 누가 배달해 주겠는가. 어디까지나 봉사 정신을 발휘하여 자장면을 공급하는 데 의의가 있는 듯하다.

이젠 참 좋은 세상이 되었다. 몇 해 전만 해도 어디 상상이나 했을까? 한국 음식들은 서양 음식들보다 다양하고 만드는 과정이 힘들어 주부들에게 피곤함을 안겨준다.

시간은 돈이란 말이 있다. 하루 24시간을 생업에 종사하는 사람들이 늘어남에 따라 농촌은 농촌대로, 도시는 도시대로, 가정은 가정대로 항상 사람들은 시간에 쫓긴다. 이제 자장면은 농촌의 논둑 밭둑 일터까지 배달이 되고, 기숙사, 공장, 사무실, 가정 어디에서나 배달이 되어 자장면을 먹을 수 있으니 우리는 참 편리한 세상에 살고 있다.

지금은 핵가족 시대인 만큼 인력이 부족하다. 옛날같이 음식을 만드는 데 많은 시간이 소비되는 것을 생각하면 자장면은 경제 부흥의 음식이기도 하다.

자장면은 본래 중국 산동성이 원조라고 한다. 중국 된장과 야채, 고기를 넣고 볶아 먹던 것(간짜장)이 우리나라에 들어와 먹히다가, 우리는 그것을 묽게 해서 우리 식성에 맞게 요리하여 즐기고 있는 것이다.

나는 중국 여행 중에 원조 자장면을 먹어 보기 위하여 중국 음식점을 찾아보았으나 자장면은 구경도 못하고 돌아왔다. 하지만 다행인 것은 우리나라 자장면이 그동안 맛과 질을 높여 원조국인 중국과 동남아 여러 나라로 역수출된다니 반가운 일이다. 이처럼 음식문화의 발전은 선진 국민의 자랑이요 국력이다. 힘이 절로 난다.

오늘도 나는 자장면 한 그릇을 시켜 먹으면서 옛 추억을 회상하니 슬며시 웃음이 난다.

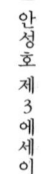

태백산(太白山)

— 문수봉(文殊峰)과 천제단(天祭壇)

태백산은 추가령지구대(楸哥嶺地溝帶)로부터 강원 경상남북의 동부를 남북으로 달리는 한국 최대의 산맥인 태백산맥의 주봉으로 장중한 위용을 갖추고 있으며 높이로는 오대산에 이어 여덟 번째인 고산이다. 정상 일대에는 주목이 군락을 이루고 단군 신앙의 성지로 천제단이 있으며, 한강과 낙동강의 발원지가 되고 있다.

6월 하순. 나는 이 영산을 등산하기 위하여 태백산을 향하여 달리고 있다. 관광버스는 새벽 안개를 가르며 상동광업소, 단종 유배지 청령포를 지나 꼬불꼬불한 희방재를 숨가쁘게 돌아 넘어 소도리행 도로를 쭉 굴러가다 9시경 당골 버스 종점에 도착하니 여름해가 중천에 떴다.

산성산악회 일행은 단군성전을 출발. 계곡을 따라 오른다. 삼복더위라 땀이 많이 흐를 것으로 예상했지만 하도 골이 깊고 물이 맑고 차서 시원했다.

약 30분 올라갔을까, 쌍갈래 길이다. '문수봉과 천제단' 갈림길인데 나는 좌편으로 문수봉을 택했다. 가파른 산길 철계단은 없으나 로프줄이 군데군데 가설되어, 숨가삐 오르는 등산객에게 힘이 되어 준다. 숲을 헤쳐 나가니 순간 라일락 향이 후각을 찌른다. '이 산중에…… 때 아닌 꽃이' 하며 주위를 살피니 보랏빛 라일락꽃이 군락을 이루고 있

다. 이 자생의 향기 잎새를 대등한 꽃이야 어찌 말로 다 표현하리. 꽃은 자연적인 뭐랄까. 은폐적 수줍음의 의미를 가진 아름다움이 있어야 가치가 있는 법. 나 보란 듯 산처녀의 모습이었다.

그 뿐인가. '산 목련!' 이는 삼월 초순 도시에서 외로움을 혼자 가진 은방울의 요령소리로 바람결에 울리더니, 오늘 이 산상에 잎새의 은혜 입어 소박한 삶의 그 자태 목화송이로 푸른 치마에 수 놓은 듯 탐스럽다.

산정으로 올라가니 아름드리 주목(朱木)이 여기 저기 삶의 연륜을 과시한다. 고목의 나이가 몇 백년 되었는지 속은 허공인데 껍질만 유지하여 천년 세월 하루같이 세월을 다져 그 까칠한 잎새는 그래도 윤기마저 잃지 않고 강한 생명을 유지한다.

후미진 골짝을 들어서니 찬 바람이 인다. 그런데 짐승 똥이 보였다. 자세히 보니 변에 털이 섞여 있었다. 틀림없이 짐승을 해쳤구나! 하는 생각에 그만 등골이 오싹했다. 이때다. 기침소리가 났다. 사내 한 사람이 내 앞으로 다가온다. '수고하십니다' 라고 먼저 인사하니 그는 반가운 표정으로 답했다. 인간과 인간의 인심은 산에서 만나면 전부 좋다. 산에서 만난 사람들은 서로 거짓없고, 나누어 먹고, 도와주는 것을 산행인의 수칙처럼 생각한다.

별안간 여인의 자지러진 웃음소리가 들린다. 아마도 문수봉(文殊峰)을 다 온 것 같다. 빠른 걸음으로 몇 발자국 다가서니 집동 같은 바위가 깔려 있다.

문수봉 정상! 민속신앙의 제1번지, 옛 화랑도의 훈련도장. 민족자존심의 사상, 외래종교의 거부, 민족종교의 자존심을 지킨 산. 국토의 뿌리산. 그 이름이 전설처럼 살아 있는 곳.

천여평 될까. 큰 바위로 덮인 너덜지대이다. 돌밭! 아— 장관이다. 구석진 곳에 있는 향나무 그늘에는 몇 명의 여인들이 촛불을 켜 놓고

합장하며 손바닥이 닳도록 부비며 그 무엇인가 하늘에 기도한다.

'문수 보살상의 전설이 서린 곳.' 나의 일행은 아직 오지 않는다. 여기서 북향을 바라보니 천제단이 눈에 들어온다. 거기까지 40분 거리라니 망설이는데, 저쪽 바위 뒤에서 누가 나를 부른다.

그는 40대로 보이는 여인이었다. 그는 내 앞으로 달려온다. 이상히 여긴 나는 그의 거동만 살폈다. 빨간 등산복을 걸친 복스럽게 생긴 여자가 부탁이 있단다.

그의 사정인 즉 '선생님 저기를 보세요. 저 돌부처 문수보살상을……' 6·25전쟁 때 공산군 폭격에 두 동강이 났다고 했다.

그런데 두 동강난 부처님을 남녀 같이 힘을 모아 입석시켜 놓으면 성불할 수 있다고, 나의 힘을 빌려 달라는 것이다.

생각해 보니 난처했다. 시간은 없고 일행은 오지 않고 또 남녀 같이 돌부처를 세운다는 의미도 이상하고 해서 망설이는데 그 여인은 애걸복걸이다.

나는 하는 수 없이 그 여인을 따라 돌부처 있는 곳으로 갔다. 아뿔싸, 과연 돌부처의 목 부분이 떨어져 있었다. 높이 1m, 둘레 80㎝의 그 돌부처……. 애석했다.

나는 그만 배낭을 내려놓고 돌부처의 상체를 꼭 껴안고 움직이려고 하는데 그 여인은 선생님 잠깐만 하며 멈추란다. 남녀 두 사람이 합하여 깨진 부분을 맞추어 입석시켜야 성불할 수 있다는 것이다. 나는 그녀의 뜻을 어렴풋이 알고 합세하여 겨우 문수보살상을 입석시켰다. 그리고 합장하며 기도했다.

그렇게 시간을 보내는데, 산악회원 B와 K, C, L이 도착했다. 그들은 그만 "아이고 더워." 하며 상의를 홀홀 벗어 버렸다. 구릿빛 근육들이 반지르르 육체를 과시하는데, 어느 여인의 소리—. 이 성지에서 남녀가 유별한데, B는 이 말을 듣고 별꼴이 반쪽이야, 내뱉는데 여인은 그

만 억센 경상도 사투리로 '니 옷 못입나!' 그제사 B는 먼저 예의에 벗어난 것을 알고 가자 하며 길을 떠났다.

천제단을 향하여……

황소등을 밟고 가는 듯한 이 장엄한 자연의 요새지 태백산. 고산이지만 산이 순하여 편안한 등산 길이다. 이 산의 원력이 활력소가 되어 주니, 나에게 솟아 오른 강한 지구력에 스스로 힘이 났다.

천년기념수인 주목(朱木). 살아서 4천년, 죽어서 1천년, 도합 5천년을 버티는 우리 민족의 역사를 새긴다는 나무가 기(氣)를 대변하지만 먹고 먹히는 자연의 생태계. 그것들은 생의 그늘을 벗어나지 못하나 보다. 잡목 속에 우뚝 선 노송의 절개라던가. 하찮은 이름없는 산꽃, 키 작은 산죽(山竹)의 푸름 속에서도 우리의 삶을 영위해 주는 유인이 있기에 오늘도 인간은 태산을 오르는 것일까.

태백산 장군봉(1566.7m) 천제단(天祭壇, 1560.6m)에 도착했다. 시원한 바람이 분다. 천제단은 검은 수성암으로 차곡차곡 쌓아 올려져 있고 중앙에는 '한배검' (하늘과 땅을 이어주는 제사지내는 곳)이라 새겨진 입석이 있다. 높이 2.4m, 둘레 27.5m, 좌우폭이 7.36m, 앞뒤쪽이 8.26m의 타원형 중앙에 석단이 9단. 이단 탑이었다. 거기에 태극기와 칠성(七星)기를 꽂고 주변에는 33천기와 28수기를 세우며 이종 유제물을 갖춘다.

천왕단(天王壇)은 옛 사람들이 하늘에 제사를 지내기 위하여 우리나라 최고 명산으로《삼국사기》를 비롯한 서적에서 신라 때는 태백산을 3산 5악(五岳) 중의 하나인 북악이라 하고 제사를 받들었다. 예부터 영산(靈山)의 태백산. 그 정상부에 위치한 천제단을 중심으로 북쪽에 장군봉. 이 산은 고대 민속신앙 연구에 귀중한 자료로 평가받는 산…….

그 거룩하고 장대하고 고원(高遠)한 리듬. 내가 무엇을 한들 이보다 더 엄숙한 감격에 넘칠 것이랴. 천지에 비치는 하늘 그림자는 성자의

얼굴이 아니면 신의 얼굴이었다. 또 성자의 기도와 설교를 몇백 번 들었어도 오늘 이보다 더한 감격에 묻힐 수가 없을 것이다.

이 태백의 기상에 비로소 나는 무한대를 알았다. 나는 단군의 후손이며 천제단에 올라가 천제를 지냈다는 글을 생각하고 작은 돌을 주워 석탑을 모은 후 천공에 국궁 삼배를 올렸다.

천제단 주위에는 까질한 철쭉나무 무리가 지천이고, 친제단 앞에 자생하는 질경이는 수많은 푸른 별을 쏟아 놓은 듯 인간의 발길에 짓밟혀도 굽히지 않고 한민족의 긍지로 생명력을 과시, 산정의 매운 비바람의 매를 맞고 황토의 메마른 대지에서 천수와 이슬을 먹고 푸름을 고수하는 질경이의 숭고한 사상에 나는 숙연했다.

아득한 예부터 이 영산에 한민족의 시조 단군의 뜻을 길이 받들어 제사하고 역사를 이어, 오늘 나를 답사하게 한 추억의 등산……

하산 때엔 만경사 가는 길로 내린다. 천신을 모신 신종(神宗) 비각이 고목(古木) 가지 사이로 보인다. 그 고색 짙은 형상은 산을 수호하기에 넉넉한데 승가(僧家)에서 들려오는 풍경(風磬)소리, 내 무상의 심정(心情)에 흰 구름만 오락가락……, 울어대는 산새소리……, 모두가 한 점 바람이었다.

| 되로 주고 말로 받는 삶 |

희뿌연 산성비에
퇴색되는 나뭇잎들
그 육신 바람에 실려
방황하더니

하룻밤
자고 나니
발길 묶인 내 삶터

자연의 재난이 세계 도처에서 계속되고 있다. 오존층, 태풍, 산불……. 육난과 해난의 사고가 속출하고 있다. 자연보호라는 차원에서 해결될 수 없는 파괴의 한계선을 넘어선 지구촌에 위기가 다가오고 있다.

고도화된 산업 문화와 기술, 진보와 발전을 최우선 과제로 내세우며 경제 개발과 발전을 지상 과제로 추진해 온 한국 또한 자연 환경 상태가 더 이상 개발을 감당하기 어려운 지점에 이른 것이 오늘의 현실이다.

지금 인간 생활에서 쏟아내고 있는 오염 물질들은 지상과 지표는 물론, 지하 깊은 곳까지 공해를 심화시키고 있다. 누구 한 사람 탓이라 할 수 없을 만큼 거국적인 발생으로 가혹한 자연의 착취가 이제 그 파괴의 주체자인 인간에게 되갚음으로 돌아오기 시작한 것이다. 이는 슬픈 일이다.

파란 별이 그립다. 동심으로 가득힌 내 한 세월의 추어은 그리움을 부추긴다. 한낮인데도 저녁 어스름, 처마 끝엔 제비도 날지 않고, 스치는 바람에도 악취가 풍긴다. 아, 그 옛날 자연의 신성함은 어디로 사라졌는가?

푸른 산 맑은 물 파란 별을 보려고 산으로 올랐다. 푸르게 살아 호흡하는 생명의 합창을 드높이는 산.

산의 새벽.

상큼한 산 내음 파란 하늘에는 좁쌀을 뿌려놓은 듯한 별무리, 어디 도시에서는 생각이나 할 수 있는 환경일까. 참으로 오랜만에 대하는 어린 내 동심의 하늘이었다. 감회의 연속은 파란 동그라미의 회전으로 안정의 숲속으로 유인했다. 그래 바로 여기야. 그리웠던 환상의 자연이……

날이 밝아지자 조금 전의 분위기는 순간적인 감상이었다. 자연에게 상처를 준 행위가 쉼터마다 흔적을 남겼다. 쓰레기 자연 파괴, 낙서, 참으로 GNP 만불을 자랑하는 우리의 양심이 참으로 부끄러웠다. 인간과 생명체가 서서히 사라져 버린 지구가 거대한 무덤이 되어 은하계를 따라 흐리게 사라져가는 상황을 가정해 본다. 그것은 핵의 파괴적 힘에 비추어 생각한다면 결국 인간의 행위가 과장은 아닐 것이다.

고형력이 던지는 문명의 비판적 경고는 자연 생태계의 위기상황에서 심각하고도 사려 깊은 태도를 받아들여야 할 것이다.

공해와 물신주의에 대한 강도 높은 비판을 전개한 것은 전통 지향의 시(詩)의 사상들이다. 시란 본질의 날개인 상상력의 원리(原理). 사물의 본질을 진상과 속임 없는 실체로 하는 인간의 욕망을 가난한 마음으로 만드는 아름다움. 핵의 사용도는 모두 인간의 욕망적 대본이며 공해의 주인공 자연의 살인자다.

그런데 사랑의 원자탄―. '인간이 자연에게 모든 공해를 제공한 죄의 사면으로 인간의 양심적 사과와 청결의 다짐적 봉사적 대 국민운동'은 어디에 잠들고 있기에 터질 줄을 모르는가.

작심삼일로 언행 불일치한 자연보호에 대한 구호만 외칠 것이 아니라 생사의 문턱에서 과감하게 환경을 보전하고, 인간의 시적 깨우침의 근본을 내세워 내가 먼저라는 양심적인 삶의 행동화로 생태계를 살리는 혁명적 사랑의 핵탄이 터져야 할 것이다.

한국의 명산들…….

천태 만상의 기암. 거대한 암봉 암릉은 천고의 수림과 더불어 조화를 이루면서 계절에 따라 변모한다. 그 변모하는 아름다움은 산악미의 극치다. 그런데 이러한 자연의 아름다운 극치적 경지에 무서운 오염의 흔적들이 즐비하다.

이제 더 이상은 견딜 수 없는 위험 수위의 상황이다. 우리나라 생물 28,462가지 중 0.3%인 76종이 이미 멸종이라니 생태계의 심각한 경종을 울려 주었다고 할 것이다. 그 원인 제공은 바로 인간의 삶의 욕망적 공해를 번제 올린 처사다.

그뿐인가. 상상조차 할 수 없는 산상(山上)봉까지 쓰레기가 풍년이라 파리 떼가 극성이다.

인간의 과대 욕망과 이기주의는 이렇게 자연에게 상처를 주어 우리의 무덤을 스스로 파는 격이 되었으니 우리 모두 정신차려 생각해 볼 일이다.

인간은 일찍부터 자연으로부터 은혜를 받고도 그 고마움을 모르고

오히려 자연에게 오염으로 피해를 주어 오늘 그에게 보복을 받는 '되로 주고 말로 받는' 인과응보……. 사람들은 그 이치를 알면서도 행하지 않고 자연을 사랑하지 않으니 한스럽다.

이제 한(恨)을 달래면서 마음껏 호흡할 바람 한 줄기 어디서 만나며 어머니의 녹색 빛 비단 치마폭과도 같은 아늑한 아름다움을 어디서 찾아볼까?

푸른 산이 울고 강물이 썩고 있다.

우리는 미래를 바라보고 현실에 칼을 갈며 시퍼런 서슬로 그릇된 손버릇과 비뚤어진 양심의 고리를 바로잡아야 한다.

산의 청아한 물소리는 동심적 환상으로만 존재하는 옛이야기가 되고 말았으니 말이다.

산과 강을 선호하는 사람들……. 그 주변의 식당, 호텔, 골프장 등……. 이것을 애용하여 한 사람의 욕구를 위하여 환경의 파멸을 예사로 알고 오늘도 즐거움에 광분한 사람들을 부르고 있으니 유감이다.

'산 속에는 쓰레기 투성이. 한 치의 앞을 못 보는 사람들. 이른바 자신들의 뱃속에 오물을 가득 싣고 있는 거와 하나 다를 것 없다'고 산을 청소하는 어느 봉사자가 한 말이 생각난다.

그 자연의 풍성함은 모두 다 어디로 사라지고, 오염에 의해 썩어가는 것은 산과 흙, 물뿐만 아니라, 경제 개발이란 명분 아래 각처에 들어서고 있는 위락 시설, 원자력과 그로 인한 핵전쟁의 위기까지 미치고 있다. 이는 개발 논리 극단에서 부딪치게 될 위기 상황이 무엇인지 적절히 요약해 주고 있다. 정당한 인간적인 삶의 권리가 이제 자연의 파괴와 함께 생존권 적멸의 위기에 처해 있는 현실.

이제 우리 주변의 환경은 오염의 한계에 온 것 같다. 이 재기 불능의 사태에 위험을 받고 있는 우리들. 이 문제는 어제 오늘의 일이 아닌 작심삼일의 구호에만 그친 처사의 결과이다.

우리는 의무적으로 환경 공해를 다스리는 국토 가꾸기에 전력을 다해야 한다.

인간의 욕망은 자연을 물질로 파악하려 하고, 자연을 인간이 자의적으로 변화시킬 수 있는 대상이라고 하는 데서 비롯한다. 진보, 개발, 관리를 내세우는 것이 바로 그것을 매우 확실하게 설명해 준다.

이제 자연과 인간, 기술과 인간을 수평적, 상호 보완적 관계를 파악하고 고도화된 기술로써 파괴된 자연과 생태계를 복원시킬 어떤 방법에로의 모색이 적실히 필요할 것이다.

| 삼림욕(森林浴) |

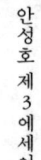

숲의 주인이 되자.
숲을 사랑하자.
숲 속을 거닐자.

봄바람이 살랑이는 휴일날 오후. 오랜만에 산을 오른다.

긴 겨울을 보낸 숲과의 해묵은 인사가 오가고 나면 봄 차림이 한창
인 숲이 먼저 이리 오라 손짓한다. 봄의 계곡에선 물소리가 재잘거린
다. 골짜기는 어느새 얼음 옷을 벗고 물은 이제 냇가로, 강으로 먼 여
행길을 떠나려 한다.

물은 먼 여행을 하다가 다리가 아프면 어느 이름없는 바위 밑에 잠
시 머물러 쉬고 또 흘러가면서 어머니의 품속 같은 바다로 안겨 들 것
이다.

산은 봄을 기다렸던 봄꽃, 봄나무들이 형형색색의 꽃망울을 터트리
며 서로 질세라 저마다의 미모를 자랑하고 있다. 그리하여 언제 보아
도 반갑고 아름다운 숲의 모습들……

나는 이글거리는 자연의 멋스러운 날갯짓에 포옹되어 잔디밭에 주
저앉았다. 순간 티없이 맑아지는 듯한 나의 마음과 자유인이 된 듯한

해방감······.

이처럼 나의 마음이 맑아지고 해방된 것은 산에 올라 숲에 안긴 덕이요, 더불어 자연 법칙에 순응하여 사는 까닭이다.

이곳은 성남의 외곽지대 분당이 있는 불곡산 능선. 태재고개, 맹산, 이배재, 숯봉, 검단산, 남한산 성벽을 거쳐 수어장대로 가는 긴 능선이다.

6월로 접어들면 등산보다는 삼림욕이 적합하여 사람들은 그것을 즐긴다.

숲속에 들어가면 특유의 연한 숲내음을 맡을 수 있는데 이는 식물이 내뿜는 항생물질인 피톤치드(Phytoncide)인 것이다. 피톤치드는 나무가 세균과 해충으로부터 자신을 보호하기 위해 배출하는 항생물질로 살균효과가 매우 뛰어나다.

나무 종류에 따라 발산하는 피톤치드의 양이 다를 뿐만 아니라, 약 작용도 각각 다르다. 연구에 의하면 소나무 종류는 디프테리아균에, 떡갈나무는 결핵균과 장티푸스균, 콜레라균에 대한 살균력이 특히 높다고 한다.

그래서 나무가 많은 숲에는 인체에 해로운 세균이 거의 없다는 것이다. 새들은 알을 낳기 직전에 둥지 안에 푸른 나뭇잎을 물어다 까는데 이는 나무 잎에서 발산되는 피톤치드를 이용해 태어날 새끼들을 세균으로부터 보호하기 위한 본능에서라는 것이다. 이른바 피톤치드는 박테리아, 곰팡이 등 작은 곤충을 죽이거나 발육을 억제하는 병균을 죽이는 살균 작용을 한다고 한다.

또 나무로 지은 집엔 3년간 모기가 들지 않는다는 말도 있다. 그만큼 피톤치드는 인체의 자율신경을 자극하여 심신을 안정시키고 내분비를 왕성하게 하는 효과가 있다.

그래서 피부에 닿으면 소염과 소독 효과도 발휘하고, 피부 노폐물의

분비를 도와주며 호르몬 분비를 원활하게 해줌으로써 인체에 생기는 균을 죽이기도 한다.

그래서 우리 가정의 주방에 있는 냉장고 속에 떡갈나무 잎이나 칡 잎을 따다 넣어 주면 냄새도 제거되고 음식의 신선도가 좋다고 한다.

피톤치드는 겨울보다는 식물의 성장이 왕성한 여름 시기가 좋고, 하루 중 아침 해 돋을 무렵에서 정오까지기 삼림욕을 즐기는 데 제일이라고 했다.

나는 숲이 주는 약의 의미를 알고 삼림욕과 조기등산을 25년 동안 거의 하루도 빠짐없이 숲을 찾아 나선다.

삼림욕은 등산과는 달리 공기가 잘 통하는 반바지에 런닝셔츠, 가벼운 운동화 차림이면 된다.

산책하듯 천천히 걸어서 공기를 가슴에서 목까지 가득 채우는 기분으로 공기를 깊숙이 들이마시며 잠시 숨을 멈추었다가 조금씩 내쉬는 복식 호흡을 반복하다 땀이 약간 날 정도로 가벼운 운동을 하면 더욱 좋다.

또 산 밑이나 정상보다는 6부능선 산의 중심일수록 방출되는 피톤치드의 양이 많아 효과가 더 높다고 한다.

삼림욕을 할 만한 곳은 어디든지 숲이 짙은 곳이면 된다. 산림청에서는 국민 복지 건강을 위하여 전국 곳곳에 건강과 운동문화의 꽃으로 삼림욕을 건장하고 있다.

몇 년 전만 해도 삼림욕이나 등산은 국민의 관심조차 없다가 최근 경제성장이 좋아지면서 자신의 건강을 지킨다는 신념으로 이제 오늘의 우리 주변은 하나의 일과처럼 삼림욕·등산이 행하여지고 있다.

참으로 삼림욕과 등산은 국민건강의 감초요, 곳곳에서 그 수효가 점차 늘어나니 박수라도 치고 싶다. 개인의 건강이 좋아지면 집안의 웃음이 있고, 나아가서 국가적으로도 국력이 강하여 행복한 나라 강국으

로 성장할 수 있으니 얼마나 좋은가.

　따라서 그 힘을 제공하여 준 숲에게 우리는 감사해야 하고, 또 그 숲을 가꾸는 데 정성과 노력을 다하여 깨끗한 숲을 보존해야 할 것이다.

　삼림욕은 숲의 기(氣)를 받아야 하니까…… 내 숲의 향기를 어찌 잊으리요. 내 가야 할 영혼의 안식처 삼림욕은 내 인생의 병원…….

　나는 오늘도 가벼운 옷차림으로 삼림욕을 즐기려고 아침 일찍부터 산을 찾아 나선다. 하루라도 산에 오르지 않으면 무엇을 잊은 듯이 정신이 멍하니까…….

| 삶의 향수 |
− 가슴에 남는 기억들

내가 자란 1940년대만 하더라도 보릿고개란 게 있어 봄이면 나물죽, 나물밥 아니면 초근목피로 연명하며 살았었다. 그래서 그때 사람들은 대부분 쌀밥 한 번 배부르게 먹는 것이 소원이었다.

보릿고개를 어렵게 넘기고 가을 추수가 끝나도 장리 쌀을 갚고 나면 남는 것은 가난뿐이었다.

인간의 삶이란 과거, 현재, 미래의 행적들을 가식없이 받아들여 그것이 추억이 되고 그리움으로 남아 기억을 심는 데 인색하지 않는 것이다. 호랑이는 죽을 때 제 굴을 찾듯 우리의 삶도 현실을 탈피 못하여 황량한 도시의 살기 다툼에 시달려 서정의 말 한 마디 못한 채 저녁놀 고운 빛에 반사시키는 기억의 풍경들…… 모듬밥, 천렵, 콩서리, 감자서리…… 등 그 잊지 못할 추억과 어머님의 젖맛 같은 구수한 먹거리들. 안 보고 안 먹어 본 사람은 어찌 이 가슴 속의 아름다운 추억과 풍경의 기억들을 이해하리?

모듬밥
추수가 끝난 초겨울밤, 문풍지의 울림소리에 호롱불이 춤을 춘다.

인수는 아까부터 바늘에 콩을 꿰어 호롱불에 구워 먹는다. 자르르

기름이 끓는 콩. 그 콩을 깨물고 씹을 때의 고소한 맛. 그 재미에 시간을 망각하고 호롱불 그을음에 코밑이 까매져도 그걸 모른다.

먹을거리가 부족한 어린 시절. 끼니만 기다리는 긴 겨울밤을 그대로 지내기에는 배에 쪼로록 소리가 나고……. 하지만 입은 궁해도 먹을 궁리에 마음만은 가난하지 않았다. 그래서 가끔씩은 콩볶아 먹고 배추뿌리, 무, 고염, 감껍질, 고구마…… 등을 군것질로 삼았다. 그러나 이런 것들도 있는 집에나 있지 어느 집에나 다 있는 것은 아니었다.

통— 통— 통—, 발동기 소리가 들린다. 해마다 이맘 때면 들려 오는 벼 찧는 소리. 바람소리 따라 고요한 산촌 마을을 밤새껏 울려도 누구 하나 안면 방해라고 말하는 사람은 없었다. 그 소리 속에는 우리를 배불리 먹게 하는 쌀의 생산이 들어 있기 때문이었다.

그런데 어느 날이었던가? 밖에서 진수를 부르는 소리가 들려왔다. 진수는 석진인 것을 알아챘다. 방문을 왈칵 밀며 석진에게로 갔다. 석진과 진수는 마당에서 무엇인가 소곤거렸다. 이를 지켜 본 어머니.

"또 무슨 짓들을 하려고 쑥덕공론이냐?"

진수는 그 말을 들은 체 만 체하다가 그만 어두운 골목길을 내뺀다. 석진과 진수는 막 고샅을 돌아 미리 나와 기다리고 있는 칠성이 있는 곳으로 나오는데 컴컴한 헛간에서 "나 여기 있어 진수야" 한다.

세 사람은 잠깐 헛간에서 '모듬밥'을 해먹기로 약속하고 발동기 소리가 나는 공회당으로 갔다. 거기 어른들은 벌써 벼를 찧고, 쌀가마를 묶고 하면서 야단법석이었다.

우리는 그 기회를 놓칠세라, 이때라고 생각하면서 쌀가마 곁으로 가 확인하고 눈치 안 채게 술래잡기를 했다. 그 놀이는 쌀을 가져오기 위한 술책이었다. 어른들의 눈치를 슬슬 살피면서 쌀을 한 주먹씩 호주머니에 집어넣었다. 그렇게 한참 동안 그 짓을 하다가 우리들의 호주머니에 쌀이 가득 채워지면 그제야 비로소 칠성이네 집으로 돌아왔다.

마침 칠성이네 집은 어른들이 나들이 가시고 칠성이 누나와 둘이 집을 보고 있어 호젓했다. 모두들 호주머니에서 쌀을 내어놓으니 한 되나 되었다.

진수는 칠성이 누나에게 밥을 해달라고 부탁했다.

칠성이 누나는 쌀을 보더니 "너희들 공회당 방아 찧는 데서 가져 왔지? 이것은 도둑질이야. 어른들 알면 큰일나. 오늘은 내 눈 딱 감고 밥해 줄 테니 다음부터는 이런 짓 하면 용서 안 한다"며 충고했다.

우리들은 고개만 끄덕이며 서로 얼굴을 바라보고 웃었다.

그런데 칠성이네 방 윗목에 저녁때 먹다 남은 나물죽 그릇이 놓여있었다. 그 때만 해도 나물죽 먹는 집이 많았다. 우리는 서로 얼굴을 쳐다보니 하얀 버짐 꽃이 얼굴을 수놓고 있었다.

얼마 후였다. "문 열어" 하는 소리가 들려왔다. 칠성이 누나 목소리였다. 문을 밀자 누나는 놋 양푼에 하얀 쌀밥을 가득 담아 가지고 방으로 들어왔다.

그런 누나는 "너희들 밥 먹어" 하면서 꽁꽁 언 김치를 손으로 쭉— 쭉 찢어 놓았다. 구수한 밥 냄새가 풍겼다. 김이 소록소록 피어올라 호롱불을 휘감으며 어디론가 사라졌다. 우리는 밥 양푼을 가운데 놓고 둘러앉아 기름이 자르르 흐르는 쌀밥에 김치를 곁들여 모처럼 포식을 했다.

비록 고기는 없어도 진수성찬을 받은 듯 만족한 웃음이 절로 터졌다. 아이들은 순식간에 게눈 감추듯 밥을 먹고…… 배가 동산만큼 부를 때면 한지에 비친 보름달도 감나무 가지에 걸터 앉아 빙그레 웃어주었다. 아! 그때 그 시절의 겨울밤…….

모듬밥을 해 먹는 것은 우리만의 짓이 아니었다. 으슥한 겨울밤이면 사랑방에서, 안방에서 모두 끼리끼리 모여 그것을 해먹었다. 그래서 쌀이나 김치는 주인 몰래 갖다 먹어도 흉허물이 아니었다. 또 알아도 아량과 인정으로 베풀어주는 미덕, 거기에는 한 동네의 협동하고 상부 상조하는 힘이 서려 있어 오늘의 각박한 생활보다 한결 아름다웠다.

지금도 자꾸만 내 유년의 모듬밥 해 먹던 시절이 그리워지는 것은 그래도 그때는 서로 주고받는 진실한 믿음과 사랑이 제법 스며 있었기 때문이다.

천렵

삘리리— 삘릴리— 피리 소리가 들린다.

그 소리는 겨울의 티를 훨훨 날리며 초원을 달린다. 꽃을 찾으려는 나비가 난다.

봄이다. 아이들아 모여라. 산과 들로 나가자. 솥단지, 냄비, 젓가락 챙기고 쌀, 좁쌀, 국수도 가지고 가자.

이 무렵 농촌 사람들은 쉬는 날을 이용하여 좋은 산수를 찾아 천렵을 나간다. 대개 어른들은 개장국이나 삼계탕을 주로 끓여 먹고, 아이들은 가재, 피라미, 미꾸라지를 잡아 찌개를 끓이고, 조밥을 해서 배부르게 먹은 후 휴식을 취하면서 건강을 유지했다.

그 때마다 아이들은 동구 밖 개울가 정자 옆에 자리를 깔았다. 그런 다음 자기가 맡은 대로 나무도 주워 오고 솥도 걸고 물고기도 잡았다.

나는 물고기를 잡으러 갔다. 가재를 잡기 위하여 산골 도랑을 뒤졌다. 물 속의 납작한 돌을 뒤지다 보면 불그레한 껍데기를 쓰고 있는 가재란 놈이 가만히 엎드려 있는 경우가 많았다. 그러면 나는 이놈을 무심코 잡아 올리고 그러다가 가끔은 녀석이 빠른 동작으로 내 손을 찝어 빨간 피를 흘렸다.

아픈 줄도 모르고 가재를 잡는 그 재미에 흥이 났다. 또 족대를 웅덩이에 넣고 후리면 골뱅이와 미꾸라지가 잡혔고, 맑은 냇가에서는 피라미, 쏘가리도 건져 올렸다. 아이들은 그때마다 좋아라고 소리치며 강

중강중 뛰었다. 또 해머로 큰 돌을 내려치면 하늘을 보고 뒤집어진 허연 물고기의 배, 지나는 사람들도 그걸 보고는 '고추장에 찍어 소주 한 잔 했으면……' 하고 군침을 흘렸다.

한 패는 매운탕을 끓이기 위하여 양지쪽 밭뙈기로 가서 파도 캐어오고 또 한 패는 고기 배도 따고 하면서 맡은 일에 책임을 다했다. 이렇게 하여 알맞게 간을 보아 매운덩 솥과 밥솥이 다 걸러졌다.

삭정이와 솔방울에 붙은 불꽃은 솥바닥을 고열로 날름날름 핥아댔다. 아이들은 불 앞에 쪼그리고 앉아 벌써부터 침을 흘리며 초조히 기다렸다. 얼마 후 삭정이 불꽃이 사위어질 때 밥솥의 김도 가늘어지면서 피리 소리를 푸― 푸― 내며 맛있는 냄새를 풍기는데 뱃고래가 큰 석구는 배고픔을 못이겨 조바심 속에 그만 솥뚜껑을 열어 젖혔다. 순간 물씬 풍기는 허연 김 속의 밥 내음. 얼큰하면서도 담백한 매운탕의 냄새와 함께 그 훈기는 파란 하늘을 향하여 꼬리치고 아이들은 희희낙락이다.

젓가락이 없어도 나뭇가지 하나 뚝 꺾어 쥐면 그만이다. 그 야릇한 맛, 우리에게 그야말로 더할 나위없는 진수성찬이었다. 빨간 가재를 바작바작 씹는 맛. 피라미, 쏘가리는 담백하여 조밥과 함께 먹으면 부자가 부럽지 않았다. 우리들에겐 보신탕, 삼계탕보다 더 값비싼 영양가 높은 음식이었다.

이러한 음식을 포식하고 나서 꽃그늘 자리에 누우면 나는 그야말로 왕자가 되고 신선이 된 기분이었다. 그런데 요즈음도 내 유년 시절처럼 천렵을 하는 사람들이 있다. 그러나 대개는 정서를 망각한 처사로 주위를 오염시키는 수가 많다. 그들은 천렵의 의미를 모르고 있는 듯하여 안타깝기만 하다. 지금도 가끔 야외로 나가 보면 옛 풍경들은 오염에 병들어 있고 내 유년의 맑고 깨끗했던 자연의 서정들만 그리움으로 꽃피어 살아 있다.

이제 우리들이 아무리 발전된 문명 사회에서 문화생활을 한다 해도 가난했던 시절, 그 풍경들은 모두가 아름다운 서정이었으니 원조의 멋과 맛, 생활 풍습이 지금도 내 가슴 속의 그리움으로 돋아날 수밖에……

콩서리

8월이 되면 농가에서는 철나무가 시작된다. 준비해 두었던 나무는 장마철에 다 때고, 또 다시 풋나무를 베어 말려야 바쁜 가을걷이 때 땐다.

이 무렵 남정네들은 점심밥을 싸가지고 철나무를 베러 간다. 그때 어른들을 따라 산으로 오르면 무성히 자란 왕새 싸리나무, 도토리나무, 이름 모를 키 작은 잡목들이 흐드러져 우리를 기다리고 있었다.

나무꾼들은 평지에 드문드문 지게를 내려놓고 그 주위를 자기 영역으로 맡아 풋나무를 베어 깔아 두었다가 마른 뒤에 집으로 운반한다. 그때 어른들은 노래도 곧잘 불렀다.

나무하세, 나무하세.
철나무 하세
이 나무 저 나무 베어다가
이 부엌 저 부엌 꽃불 피워
방구석에 누워 보니
따뜻한 엉덩짝
내 팔자가 상팔자지.

이렇게 노래 부르며 해 그림자가 가장 작아질 때 도시락을 풀었다. 새까만 보리밥을 찬물에 말아 노란 된장에 풋고추를 찍으면 그 맛을 어디다 비할까.

이렇게 배를 장구통같이 채운 덕구 머슴은 비스듬히 지게에 누워 하늘을 쳐다보며 "참 좋은 때구먼" 하면서 담배 연기를 후— 내뱉는다. 그리고 "요놈의 팔자 언제나 지게를 면할까? 유람이나 떠났으면……" 하고 토하는 한숨 소리에 산 까치도 목이 쉰다.

이를 지켜본 상진이 아버지는 "이봐, 덕구! 또 신세타령이야? 칭승 떨지 말고 요 아래 가서 콩이나 뽑아 와. 콩서리나 하게" 하고 말한다. 그러면 덕구도 알았다는 듯이 성난 말처럼 뛰어 가서 얼마 후에 풋콩을 한 아름이나 뽑아왔다.

우리들은 상진 아버지가 시키는 대로 말린 풋나무에 불을 붙였다. 모두 콩가지를 치켜들고 불에 그슬렸다. 불꽃이 활활 타다 사위어질 때 콩 꼬투리도 모두 잿불 위에 떨어졌다. 상진 아버지는 막대기로 자근자근 두드렸다. 그러면 덕구는 웃옷을 벗어 활활 부쳤다.

콩알만 소복이 나 보란 듯 땅 위에 모여 있었다. 이를 본 상진 아버지는 "잠깐!" 하며 콩 한 주먹을 쥐고 동서남북으로 뿌리며 고수레를 했다. 내용인즉 아무 탈 없이 산신님께서 돌봐 달라는 기원이었다.

"자! 먹자."

어른의 말이 끝나면 우리들은 저마다 잘 익은 콩알을 입으로 털어 넣었다. 고소하고 구수한 맛. 처음 먹어 보는 콩서리의 맛. 나는 어른의 눈치만 살피며 조금씩 콩을 집는데 덕구는 그 큰 손으로 한 움큼씩 쥐고 잘도 먹었다. 상진 아버지는 덕구가 먹는 것이 체면 없음을 참지 못해 "덕구. 조금씩 먹게나, 똥싸. 과식은 오히려 건강에 해로워" 하면서 욕심 내지 말란다. 재미나는 콩서리에 해 지는 줄 모르는 나무꾼들…….

내 기억의 강은 쉼 없이 흐른다. 그러나 내 가슴 속의 풍경들은 아직도 푸른 그리움으로 남아 영혼의 안식처럼 포근해, 생각하면 생각할수록 밝아 오는 추억들이 아름답게 꽃핀다.

감자 서리

보리가 패어 나면 꾀꼬리가 운다.
감자 꽃이 피면 모내기도 한다.
그 꽃 따 주면 감자알이 굵다던
어머님 말씀……
눈 감으면 아련한 그 풍경
꿈엔들 잊으리
잔잔한 고향의 서정

매미 소리가 하도 시끄러워 낮잠을 잘 수 없다. 주위를 살펴보니 옆 나뭇가지에서 계속 매미가 꼬리를 들썩거린다. 곰딴지 같은 기철이. 진수란 놈은 배틀어지게 코를 곤다.

'에이, 저놈을 잡아야지.'

석구는 잽싸게 일어나 살금살금 나무 등지로 다가서며 놈을 손으로 툭 치는데 매미는 물방울을 찍― 갈기며 푸드덕 날아간다. 석구는 얼굴을 찌푸리며 "에이, 기분 잡쳐" 하며 한 손으로 눈을 비비며 밑을 내려다보니 그때까지 친구란 놈은 곤드러지게 자고 있다. 잠을 깨우려는 심사에 도랑으로 내려가서 물을 한 입 물고 와 두 놈의 얼굴에 뿜었다. 깜짝 놀란 기철과 진수. "야! 이게 뭐야?" 하면서 그만 자리에서 벌떡 일어났다. "왜 잠만 자냐? 일을 해야지." 세 사람은 나란히 앉아 입을 쩝쩝거리며 먹을 궁리를 했다.

석구는 새별 재로 넘어가는 서영감네 감자밭을 바라보고 있다. 거기에는 하얀 감자 꽃이 햇볕에 이글거렸다. 그 꽃을 본 석구는 그만 감자

서리를 하자고 제의했다. 석구는 두 사람을 바라보며 "그럼 됐어. 그러면 내 시키는 대로 해. 기철이는 나무를 주워 오고 진수는 구덩이를 파 놓아, 알았지?"

석구는 어른들이 서리하는 것을 본 대로 생각하며 서영감네 감자밭으로 뛰었다. 다가온 감자밭. 감자 꽃이 소담스럽게 피어 그 생기(生氣)는 6월의 푸르름을 과시하듯 싱그러웠다. 그러나 감자 포기에 성큼 손이 가지 않았다. 주인 몰래 감자를 캔다는 양심의 가책 때문일까? 그러나 그 생각은 잠시일 뿐. 석구는 양심을 무시하고 과감하게 감자 포기를 파헤쳤다. 아니나 다를까. 생각했던 대로 주먹만한 감자 알이 주렁주렁 달렸다. 단숨에 한 오지랖 캐어가지고 헐떡거리며 돌아왔다.

벌써 기철과 진수는 구덩이를 파서 거기다 굵은 나무토막에 불을 당기어 활활 태우고 있었다. 우리는 자갈을 주워 타는 불 위에 얹어 달구었다. 그 사이 감자를 깨끗이 씻었다. 그때 보랏빛 감자 물빛이 하얀 손가락에 그림을 그려 주었다. 그 흔적을 지워 버리기 위하여 돌에 비벼 봤지만 피부만 멍들 뿐 쉽사리 지워지지 않아서 나중에 그것이 증거가 되어 서리의 장본인이 드러날까 두려웠다.

뜨거운 자갈에 침을 뱉어 감자가 익을까 실험해 보았더니 지글지글 끓었다. 석구는 이제 됐다는 듯이 자갈을 평평히 고르고 그 위에 아카시아 잎을 깔고 다시 감자를 나란히 깔았다. 그 위에 또 풀을 덮고 흙으로 무덤처럼 봉을 지어 손으로 다독였다. 그 주위에 구멍을 뚫고 우리는 고무신에다 물을 떠서 적당히 부었다.

주르르— 피—. 뜨거운 김이 하늘로 치솟아 올랐다. 김을 안으로 돌리기 위하여 물구멍을 흙으로 틀어막았다. 이렇게 하여 감자 서리는 어려운 과정을 거쳐 가면서 정성들인 결과 이제는 감자 익기만 기다리면 되었다.

한 시간 정도 지났을까? 마침내 감자 무덤을 파헤쳤다. 뜨거운 김이

모락모락 하늘로 치솟았다. 석구는 먼저 감자를 집었다. 그리고 껍질을 벗겼다. 보랏빛 껍질 속에 하얀 속살을 드러낸 감자. 석구는 소리쳤다.

"됐어, 잘 익었다. 성공이야."

석구는 고수레도 잘했다. 하느님께 감사하다는 뜻과 함께 주인에게 들키지 않게 해달라는 무사함을 기원하는 고수레였다.

우리는 빙 둘러앉았다. 뜨거움도 참고 감자를 입 속으로 집어 넣었다. 집에서 먹던 감자 맛보다 더 맛이 있었다. 구운 것도 아니고 찐 것도 아닌 그저 뜨거운 자갈과 김으로 잘 익은 노릇노릇한 감자맛. 그 맛은 먹어 보지 않은 사람들은 정녕 모르리라.

우리는 감자 서리로 포식을 하고 조잘거리면서 여름날을 해 가는 줄도 모르며 그렇게 자연 속에서 자랐다.

그런데 서리 문화는 내 유년 시절 풍습과 장난으로 여겨졌지만……
현대에 와서는 그런 짓들을 하면 여지없이 도둑으로 간주하니 옛 그리움의 서정은 기억으로나 간직해야 할 뿐 다만 언제까지나 그리움은 그리움으로만 생각해야 할 것 같다.

| 새 |

우리 집 앞에는 자그마한 산 하나가 있다. 그래서 그런지 간혹 우리 집을 방문하는 사람들은 공기가 참 좋다고들 한다. 게다가 새들의 노래 소리까지 울려 퍼져 생활 공간에 정서가 있다고 한다. 헌데 희한한 일이 생겨났다.

해질 무렵이나 새벽녘이면 여지없이 산자락 가시덤불에서 지저귀는 새떼들……. 무슨 사연을 그리도 지녔기에 그토록 애절히 한을 토하는 가? 새라고 해야 겨우 멧새 참새 따위들 만인데…….

그 소리는 새들이 나에게 무슨 하소연을 하듯 연속적인 발정을 터뜨리는 것이었는데, 나는 그 소리를 들을 적마다 내 추억의 회열을 꾸짖는다.

옛부터 새는 우리 인간들에게 많은 악영향을 끼쳐 왔다. 그리고 우리 조상들은 학, 원앙새, 기러기, 까치…… 등을 전설과 함께 글과 그림 속에서 기리며 길조로 상징해 왔다.

나는 유년시절 충청도 영동 매화마을에서 태어났는데 초등학교 때 친구들과 산과 들로 새를 찾아 다녔다. 들에서는 뱁새, 참새, 까치…, 산에서는 꿩, 비둘기, 뻐꾸기, 딱따구리, 휘파람새…, 강에서는 물총새… 등을 찾아 다녔다.

새는 여권 없이도 자유롭고 멋지게 이곳 저곳을 날아다닌다. 그리고 동물 중에서도 가장 아름다운 색채와 포근하고 부드러운 깃털을 지니고 있으며, 고운 목소리 역시 그 어느 가수도 흉내낼 수 없을 것이다.

새들은 나는 모습과 깃털과 그 소리가 각기 다르다. 딱따구리는 파도와 같이 날고, 백로는 수평으로 난다. 꾀꼬리와 뻐꾸기의 깃털은 서로 다른 아름다움을 간직하고 있으며, 휘파람새와 두견새는 다른 목소리를 가지고 있다. 또 새들은 이 세상의 어느 미녀가 따라갈 수 없을 만큼 저마다 날씬한 몸매를 가지고 있다.

이 지구상의 수많은 동물 중에서 조류만 해도 8천 6백여 종이나 되고 우리나라에서 볼 수 있는 새만 해도 4백여 종인데 하필이면 우리 조상들이 학(鶴), 기러기, 원앙새 3종을 유별난 길조로 선택한 이유는 어디에 있을까?

우리나라 고화나 도자기, 비단옷 등에는 꼭 이 새들이 들어 있다.

새를 찾아다닌다는 것은 옛 어른들의 입으로 전해진 새에 대한 전설이 하나도 거짓 없다는 것을 확인하는 과정인지도 모르겠다. 천년을 산다는 학은 장수하는 새로 이름나 있다. 그리고 다른 새들과는 달리 평생 가족생활을 하는 새로도 유명하다. 우리들이 학을 볼 때면 두세 마리 정도가 함께 날아가는 것을 볼 수 있다.

어미와 새끼는 서로 도우며 살아가기에 언제나 화목한 모습을 보여준다. 암수 중에서 한 마리가 먼저 사냥꾼에게 희생되어도 재혼(?)하는 학은 없다. 학은 몸 전체가 깨끗한 흰색이며, 날개에 있는 약간의 검정깃 때문에 꼿꼿한 선비나 정결한 부인, 즉 백의민족의 상징 조류로 불리운다. 뿐만 아니라 새 중에서도 신사 새이다.

원앙새는 우리나라 새 중에서 가장 아름다운 새로 이름 높다. 남녀가 결혼할 때 으레껏 원앙금침으로 수놓여지는 사랑의 새이기도 하다. 이러한 원앙새는 산수가 좋은 계곡에서 살면서 경관이 좋은 높은 나무

구멍에 번식하고, 항상 가족이 무리지어 살며 부부가 늘 함께 한다. 그렇기에 사람들은 부부의 베개와 이불에 원앙 수를 놓아 평생 사랑을 약속한다.

기러기는 질서의 동물로 병풍이나 동양화, 도자기 등에서 줄을 지어 날아가는 모습을 자주 볼 수 있다. 이 기러기들이 이동할 때 맨 앞에서 가장 나이가 많은 수컷이 서고, 그 다음부터는 금년과 직년도에 낳은 어린 새끼들이고, 맨 뒤에는 어미새가 호위를 하며 날아간다. 번식지인 시베리아를 떠난 기러기들이 우리나라 낙동강 하구까지 수천 킬로미터를 날아올 때까지 그들의 질서는 하나도 흐트러짐이 없다.

그 희귀한 새에게 얻은 철학적 교훈을 저버린 내 어린 시절, 들과 산을 유희하며 새의 목숨을 빼앗고 괴롭게 했었던 악동들의 장난…….

나는 어른들이 했었던 삶을 서슴없이 자행했었다. 눈 내리는 겨울밤이면 대(竹) 숲 속이나 초가지붕 추녀 밑을 전등불로 비추면서 새를 잡아 즐거워했던……, 그 뿐인가. 밤새워 콩을 뚫어 싸이나(청산가리)를 넣어 양지쪽 논둑이나 밭둑에 뿌려 꿩을 잡았던 쾌감.

싸리나무 가지를 잘라 반쯤 쪼개서 그 사이에 활을 만들어 끼워 서숙(조)을 달아 새차개를 가시덤불 위에 놓아 새를 잡던 일…….

생명에의 애착이란 생명을 가진 자의 영원한 소망이지만, 언제나 약자는 강자의 지배적 삶에 영양소가 되니 이를 저지할 자는 아무도 없을 것이다. 하지만 생각해 보면 인간의 삶도 미래의 도전에 얼마만큼 승부가 있을지 의아스럽다. 지금 생각해 보니 그때 그 어린 시절에 새들을 마구 잡아 죽였던 일이 무척이나 죄악스럽고 후회스럽다.

이른 새벽 새 소리가 또 들린다. 내 무지의 양심은 새벽 안개처럼 어둡고 새소리와 같아 슬프다. 새에게 한을 안겨 준 어린 시절의 철없던 그 장난. 평생 양심에 또 한 번 잊혀지지 않는 인과응보의 한의 업보를 받았으니 생명보다 더 귀중한 것은 아무 것도 없을 것이다.

| 무장수와 채칼장수 |

서리가 내렸다. 단풍잎이 곱다. 들국화가 향기롭다. 소슬바람 이는……

이 무렵 노란 금잔디 들길을 밟아 가노라면 밭에 무, 배추만 제철을 만난 듯 청청하다. 산에서 나무를 해 오는 사람이나 늦가을 들일을 하다가 허기를 당하면 으레껏 무밭을 찾는다. 자기 것이나 남의 것이나 따지지 않고 밭에 우뚝 선 싱싱한 무 한 뿌리를 쑥 뽑아 흙을 털고 우적우적 씹는 맛. 시장이 반찬이라고 맛이 그만이다.

무는 입동 무렵 김장을 하고 나서 나머지는 땅을 파고 저장한다. 옛부터 무는 동삼(冬蔘)에 비겨 왔다. 시퍼런 바람이 살을 에이고 얼음이 꽁꽁 언 깊은 겨울. 그 즈음 채소라고는 무뿐이었다. 눈 내리는 겨울밤 먹을거리라고는 무나 배추 뿌리, 고구마, 고욤, 밤, 감껍질, 산 열매 정도였다.

그때 무 구덩이에서 몇 개 꺼내어 보면 무잎은 노랗게 싹이 터 새 삶을 준비했고, 병아리 깃털의 나래 달고 훨훨 겨울 방안의 추위를 갈기갈기 녹여 겨울 속의 봄을 이미 입증해 주었다.

어머니는 곧잘 그 싱싱한 기(氣)가 서린 무를 깨끗이 씻어 채로 썰곤 하셨다. 쌀이 부족한 시대라 무밥을 하기 위한 밥밑거리였다. 아홉 식

구의 식솔을 이렇게 거느렸다.

　희미한 호롱불빛 밑이라도 어머니의 무 써는 솜씨는 꽤나 익숙해 칼 도마의 장단은 순간 한 양푼을 채워, 한석봉 어머니에 비유되었다. 나는 가끔 그 도마 옆에 쪼그리고 앉아 어머니가 주신 무쪽을 받아 사각사각 씹어 먹었다. 그러면 어머니는 나의 하얀 이빨을 바라보시며 빙그레 웃어 주셨다.

　아, 그때 나에게 사랑을 하여 주시던 어머니 모습……. 지금도 소롯한 정으로 남아, 겨울밤이면 그 여념에 잠 못이루는 나의 마음.

　무는 우리 주방 식품의 왕이다. 무로 생채, 깍두기, 국, 찌개, 나물, 적, 떡…… 등 특히 무밥은 양념 간장에 배추김치를 썰어 넣고 비벼 먹으면 그 맛은 꿀맛이었다. 그뿐인가. 노화, 감기, 성인병에 좋은 식품이기도 하다.

　나는 결혼 초에 구로동에서 채소장수를 했다. 어려서부터 무를 많이 먹었고 예찬했지만 내가 무장수를 할지는 아무도 몰랐을 것이다.

　사람이 한평생 살다 보면 소도 보고 말도 보게 된다. 그래서 이를 두고 한치의 앞도 못보는 것이 인생이라 했던가?

　돈을 벌어 보겠다는 결심 하나만 가지고 경험 없는 채소장수를 했다. 작은 점포이지만, 갖가지 채소들을 잘 정리하고 있었다. 열무, 배추, 부추, 오이, 가지, 호박, 파……. 이것들이 여름 채소라면 무는 겨울 채소의 대표적이었다.

　무라면 경상도 풍산무, 전라도 송정리무, 강원도 대관령무, 경기의 알타리무가 유명하다.

　나는 새벽 4시가 되면 어김없이 영등포 시장으로 나간다. 그때 먼저 내 눈맞춤을 해주는 것은 대관령무였다. (대관령무는 길이가 50cm, 무게가 1관씩이나 됨)

　이리 저리 살피다 이것 저것 골라 사 가지고 시장으로 들어서면 벌

써 사람들은 자기 가게를 깨끗이 청소하고 손님 맞을 준비를 하고 있다. 상인들은 누구나 첫 손님을 잘 맞이해야 그날 재수가 있다고 신경을 곤두세운다.

그 첫 손님이란 여자가 아닌 남자. 값을 깎지 않고 사는 사람. 여자라 해도 아기를 등에 업었거나 어린 아이를 손잡고 오는 사람, 또는 상제(喪制)를 손님으로 맞이하면 더욱 재수 좋은 날로 여긴다. 하지만 모든 것은 마음먹기에 달린 것 같다. 그런 사람들을 첫 손님으로 대하면 마음 자체부터 장사가 잘될 것이라고 여기고 더 열심히 노력하여 매상을 많이 올리는가 하면, 반면 재수 없는 사람은 첫 손님이 여자라든가, 이것 저것 물어만 보고 그냥 가 버리는 사람, 값을 터무니없이 깎고 말이 많은 사람은 마수에 기분이 좋지 않아 하루 종일 재수가 없다고 한다. 꼭 그런 것은 아니지만 상인들의 경험으로 보아 거의 맞는다고 한다.

장마철이 지나면 누런 햇콩이 선을 보이고 팥죽색 고구마가 행인들의 시선을 유혹하는 초가을이 다가온다.

그런 어느 날. 나는 시장을 다녀와 피곤을 못이겨 잠시 졸고 있는데, 큰 목소리로 '무 삽시다.' 누가 외친다. 나는 깜짝 놀라 눈을 떴다.

그 사람은 신사복을 입은 젊은 청년의 멋쟁이였다.

"아! 무 한 번 크다. 이 무 하나 얼마요?"

"예 백원입니다" 하자 주섬주섬 단숨에 50개를 세어 놓고 말없이 계산해 준다.

나는 마수한 돈에다 침을 퉤 뱉고 주머니에 넣었다. 어쩜 그리 기분이 좋은지, 오늘 장사는 잘 되리라고 여겨졌다. 그날은 정말 나의 생각대로 매상을 많이 올려 수지가 맞았다.

그 후 며칠을 두고 그 손님은 아침 9시가 되면 찾아와 후하게 무를 사주었다. 이를 본 옆의 상인들은 참 안씨 좋은 단골 손님을 삼았다고 부러워했다. 하긴 내가 생각해 봐도 이상했다. 그렇다고 본인에게 그

사유를 물어볼 수도 없는 일. 기분은 좋았지만 의심이 갔다.

가을 한낮. 나는 가게를 잠깐 아내에게 맡기고 세 살난 훈이를 데리고 바람도 쐴 겸 버스 종점 쪽으로 걸었다. 그런데 웬일일까. 종점 옆 공터에 많은 사람들이 왁자지껄 모여 있었다. 게다가 북소리와 피릿소리까지 어우러져 한판 굿판이 벌어진 듯했다.

나는 혹 약장사가 왔나 싶어 사람들의 어깨 너머로 주인공의 몸짓을 눈여겨 봤다. 그러나 약장수는 아니었다. 무슨 물건을 파는 것 같았다. 그 군중의 가운데 한 사람이 등에는 북을 지고 입에는 피릿을 물고, 머리에는 꼬깔을 쓰고 코에는 딸기코의 가면을 쓰고서 손짓 발짓으로 장단을 맞추며 군중들의 마음을 유혹하니까 모두들 웃음이 절로 터진다.

잠시 후 한 여인이 나오더니 물건을 번쩍 치켜든다.

살림은 눈이 보배. 여기를 보란다. 여인은 큰 무 하나를 들고 철판에 대고 밀어내니까 김장 속이 굵게 나오고, 깍두기 줍…… 등 자기 필요에 따라 무를 써는 데 용이했다. 이를 지켜 본 사람들은 그제야 채칼인 것을 알고 수없이 사는데, 나도 하나 사면서 돈을 지불하려고 그 사람을 자세히 보니 어디서 많이 본 사람 같았다. 생각해 보니 우리 가게 무를 단골로 사가는 손님이었다. 나는 그 상술에 그만 감탄하면서 말을 걸어 볼까 하다 폐가 될까 싶어 그냥 돌아섰다.

참 세상은 요지경 속이었다.

그 이튿날 아침 9시경 젊은 청년은 또 우리 가게에 들렀다. 나는 그의 손을 덥석 잡고 웃으며 악수를 했다. 그는 내 웃음에 무엇을 느꼈는지, 약간 얼굴이 상기된 듯 멍했다.

"손님, 참 보통 사람이 아닙니다. 어쩜 그리 장사를 잘 하십니까?" 하고 물었더니, 자신의 본성을 이미 다 알고 하는 나의 말에 수긍한 듯 껄껄 웃으면서 '사람 사는 것이 다 그런 게 아니냐'고 하며 내 손을 잡고 흔들어댄다. 그는 나에게 '개같이 벌어서 정승같이 삽시다. 모두

무장수와 채칼장수 >>>>>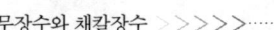

성공합시다' 하고 털털하게 말했다. 우리 두 사람은 커피 한 잔으로 헤어졌지만, 그 성실하고 거짓 없는 청년 채칼장수…….

가을이 돌아오면 무가 흐드러진다. 시장에 들러 보면 무 파는 상인들. 이들은 지난날 추억의 친구요, 내 삶을 심어준 표본의 간판들이었다.

그런데 고생하며 무장수를 했던 그 젊은 날이 그리워지는 것은 늙어짐의 허무 때문일까?

두 청년의 무장수와 채칼장수의 굳은 악수. 그는 곡마단처럼 거리의 천사처럼 채칼 하나를 더 팔기 위한 몸부림의 삶이었지만, 지금도 그때 그 환경을 회상하면 자랑스럽고 웃음이 절로 나온다.

| 수맥(水脈) · 1 |

— 백령도(白翎島) 〈노루목〉의 석화(石花)

섬에서 내릴 때는 정오가 조금 지난 후였다. 군데군데 '까나리젓' 통이 배를 불룩 내밀고 풍어를 자랑하듯 우리를 흘겨본다. 그 사잇길로 분주히 오가는 사람들. 까만 얼굴일망정 건강해 보였다. 수복지구라 질서 없는 주택들이 어수선하게 한 세월 비애로 보낸 인간의 삶을 삭이고 있다. 그런가 하면 퇴색한 민박 간판들이 우리를 부른다. 골목길로 들어서니 배웅 나온 주인이 나를 반겨준다.

그러나 실향민의 억센 사투리에 정이 붙지 않았다. 삶의 고통에 시달려서일까. 고향을 그리워하는 그 무엇에 지쳐서일까. 그런 생각으로 방을 정해 짐을 풀고 나니 더위에 견딜 수가 없다.

나는 곧 바다로 나왔다. 마구 널려 있는 어망은 해초의 잔재를 조용히 껴안고 파란 하늘을 향하여 비를 그리워하고 있다. 맨발로 바닷가를 얼마나 걸어갔을까?

훤히 깔린 '두무진' 백사장(白沙場) 그 뒤로 깎아 세운 듯한 기암괴석의 돌기둥, 키재기라도 하듯 석목(石木) 지대를 형성하고 있다. 나는 그 거대한 자연의 위력에 묵상하다 다리가 저려 그만 모래바닥에 앉고 말았다.

외로움! 하지만 혼자인 것이 좋다. 늘 사색의 뒤안길에는 자연이 배석하고 있으니까. 나는 동심이 되어 하염없이 모래를 만지작거렸다. 모래성(城) 쌓는 아픔. 쌓을려고 쌓을려고 해도 무너지는 허무감. 몇 번을 시도해 봤지만 분산되는 외고집. 그 자율성을 예찬한다. 한편 거기엔 단합을 요구하는 아쉬움이 있다.

인간이란 결국 홀로 가는 것이 아닐까. 살랑 바람이 모래를 쓸어 간다. 밀려 오는 점철된 역사의 흔적들……. 계절의 섭리에 시대의 삶은 거죽을 썼다 벗었다. 아마도 인간의 심성은 미래에 도전하는 의욕이 불타는 노예. 이른바 현실의 만족을 가지려고 한다. 허나 그 과정에는 어려움이 가려 인간의 본능을 막을 때가 흔히 있다.

수평선을 바라보니 무상하다. 언제나 보는 바다지만 볼 때마다 이색적인 감회가 서려 온다.

바다를 쩔렀던 내 눈빛. 그 황홀한 풍경에 그만 두 눈을 감았다. 흑막의 세계. 잡다한 번뇌의 아픔을 긴 여정의 기억으로 반추해 본다.

장산곶! '인당수'의 용궁이 안개 속에 어린다. 심봉사가 지팡이 짚고 더듬거리는 징검다리, 그 가련한 모습. 심청이가 공양미 삼백석에 제물이 되어 남경 뱃사공에게 팔려 울고 갔던 장산곶. 저 바다……. 넋을 잃고 한동안 나는 시선을 그곳으로 쏟았다.

찬 물결이 느닷없이 내 이마를 후려친다. 나는 깜짝 놀랐다. 눈을 떴다. 광명(光明)의 신천지. 반사의 빛들이 현란했다. 심봉사와 심청이의 해후가 오늘 이 순간처럼 그렇게 기뻤을까.

나는 잠에서 깬 것처럼 잠시 어리둥절하다가 주위를 살폈다.

조약돌이 오밀조밀한 모래밭 뒤에 해당화(海棠花)가 곱게 피어 있었다. 순간 나도 모르게 노래가 흘러 나왔다.

백사(白沙)에 낭자한 선혈(鮮血)은
청이의 넋인가

효심(孝心)의 중편가
못다한 이승의 한(恨)
한 떨기 꽃으로 피어
아!
홀로 지기엔 너무 서러워
내 눈빛 마주치자
생긋 웃는 해당화(海棠花).

참으로 가련한 꽃. 가시의 자존심. 자주빛 정열. 세월의 고달픈 인내
를 탐스러운 열매의 자랑으로 표현해 자생하는 그것은 섬 여인의 삶의
모습이런가. 순간 어디선가 들려오는 노래 소리.

석화(石花) 따세 석화 따세
한 개 두 개 모은 정성
질투가리에 보글보글
진지상에 올렸더니
아버님 고운 웃음
보름달로 뜨는 당신.

이렇게 흥얼대며 한 여인이 바구니를 옆에 끼고 바위로 오른다. 여
인의 모습을 살펴보니 얼굴은 까맸어도 길게 내린 머리, 큰 눈, 갸름한
얼굴, 오똑한 코, 볼록 나온 이마, 내려뜨는 눈빛은 성질깨나 있는 듯
아무리 어촌에 굴렀어도 세련미가 역력했다.
나는 그녀의 동정을 계속 살피다 그 눈빛과 마주쳤다. 그는 무엇을
생각하는 듯하다. 이내 고개를 숙였다. 그녀의 첫 인상을 보니 삶에 강
한 여인같이 보였다.

30대 여인. 나는 그 모습에 관심을 억제 못해 그 옆으로 다가섰다. 말을 걸었다. 그녀는 나를 흘기더니 반쯤 일어서서 고개를 갸우뚱 목례했다. 나는 공연히 얼굴이 붉어졌다. 옆에 앉아도 되느냐고 하니까, 그녀는 숙연히 고개 숙였다.

그러나 분위기가 삭막했다. 좀 편안한 마음을 가져보려고 낮에 배 '데모크라시호'에서 먹다 남은 양주와 오징어 발을 호주머니에서 꺼내 잔도 없이 병 뚜껑에 따라 그녀에게 권했다. 처음에는 사양하다 내 성의에 보답인지 잔을 여러 번 비웠다. 양은 적지만 강도 높은 알콜은 두 얼굴을 홍도 복숭아빛으로 물들였다.

그녀는 자기 바구니 속을 들여다보더니 "참, 좋은 안주가 여기……." 하며 조개를 까서 칡잎에 받쳐 왔다. 조개 안주는 양념을 안 해도 염분이 충분하여 그 자연의 향과 구수한 맛, 신선도가 일품이었다.

나는 조금 전에 그녀가 불렀던 노래를 예찬하자 그만 질색하면서 "선생님. 시(詩)를 좋아하세요?" 하고 물었다.

"예 조금 흉내는……."

그녀도 여고 때 문예반에서 활동을 했다 한다.

우리는 이제 낯설지 않은 마음으로 서로를 응시하며 한 순간 의미 있는 미소를 지었다.

그녀의 이름은 백석화(白石花).

아버님을 모시고 산다면서 먼 하늘을 응시했다. 그 눈빛은 무엇을 생각하는 듯 의아하게 보였다. 하얀 돌의 꽃, 아름다웠다. 나는 안심원(安心苑 : 녹야원의 편안한 동산), 자연과 더불어 낭만적 소유자라고 했다.

서로는 손을 꼭 잡았다. 해풍의 서늘함에 우리는 더 곁으로 다가앉으며 따뜻함을 느꼈다. 그녀는 망망한 지평선에 눈빛을 멈춘 채, 섬 이

야기를 하나하나 풀어 놓았다.

이곳은 서해 최북단 백령도(白翎島). 6·25 전쟁 후 북한 실향민들의 거주지. 장산곶 두무진 포구, 은빛 백사장, 노루목의 병풍바위, 심청이가 환생한 인당수의 연꽃바위, 자연비행장, 사곶 마을의 냉면…등. 특히, 해병대(海兵隊)의 아성(我城)으로 섬 사람들은 북의 침략을 사수하는 섬. 우리 국토를 시키는 안보사상의 신념은 대단했다. 그래서 섬 여인들은 전설 같은 효심과 사랑, 강인한 삶은 넋의 맥락을 이어받은 후예들이라고 단숨에 토해놓고, 나를 빤히 흘겨본다. 그 눈빛, 의지 강인한 생활력은 나의 마음을 사로잡았다.

그 말을 듣고 보니 인정이 더 소롯이 고개든다. 석양이 짙어 서늘해지자 우리는 바람의 소리를 지워버리는 듯 서로를 더 가까이 했다.

등대불이 눈을 뜨자 밤 갈매기가 보금자리를 찾고, 넘실대는 바다 물결의 몸살에 추위를 느껴 자리를 떴다.

석벽을 더듬어 뭍으로 오르니 개가 방정맞게 짖어댄다. 그 어두운 돌담길로 사라지는 석화. 그녀의 손 흔들림은 내일의 약속이요, 마음의 변함없는 증표였다.

나는 그 뒷모습을 지켜보며 오늘의 일을 회상으로 엮어 파란 별밭으로 깔았다.

| 수맥(水脈) · 2 |

다음날이었다.

나는 장산곶이 바라보이는 백령도(白翎島) 선대바위에 앉았다. 운무와 어우러진 가슴 설레는 감동을 만나면서 서부(西部) 전선의 파주나 동부(東部) 전선의 양구 쪽에서 바라보는 북한 땅보다 바다 건너 장산곶이 훨씬 가깝게 느껴지는 것은 무슨 연유일까. 아마도 바다에는 철책선이나 표식이 없어일 게다.

멋들어지게 깎아 세운 듯한 '노루목' 은 바다의 병풍 같다. 그 아래 펄떡이는 물개떼. 바로 이곳이 인당수, 내 유년시절 심청전을 읽고 이상향의 꿈길 같은 용궁을 동경하여 왔었다.

나는 어제 석화(石花)로부터 이곳의 심청이가 환생한 바다의 전설 이야기를 듣고 오늘 그 흔적을 보려고 서성인다.

그 먼 기억을 회상하며 나는 청남색 파도치는 수평선을 멍하니 바라본다. 허나 용솟음치는 바다의 성냄은 항상 변함없다.

그 수마(水魔)의 길은 오늘도 한 치의 양보도 없이 삶의 소리로 노래할 뿐 말이 없다. 옛날 바다의 삶을 의지한 인간의 슬픔을 동조하는 여러 사람들…… 모두가 가련했다. 그 동경, 해후, 희망, 희비애락의 바다……

금년은 내 생(生)에 처음 맞는 더위였다. 등골에는 땀이 미끄럼질해도 바다의 신비에 멍했다. 나는 더위에 몸살이 나 물을 향하여 뛰어 들어갈려고 하는데, "잠깐……" 하는 소리가 들렸다. 그것은 석화가 내 안전을 위해 주는 소리였다. 석화는 그런 말을 뱉고 조개잡이에 허둥댔다.

　나는 그 말을 듣고 내 자신의 소홀한 행동을 후회하며 그제서 육신을 부끄럼 없이 흔들어댔다. 잠시 후 나는 바다의 유혹에 풍덩 물속으로 뛰어 들었다. 물안경으로 보이는 삼차원의 세계. 고기떼, 해초……. 이 황홀한 풍경! 언어로 표현할 수 없는 아름다운 곳. 소피를 봐도 사랑을 해도 편안한 곳. 이대로 조금만 더 가면 이상향의 용궁이 있을까? 거기에서 심청이와 궁녀를 만날 수 있을 그 상상의 해후에 황홀하던 순간.

　혼령의 수백(水佰)이 내 육신을 잡을 듯, 형용하기 어려운 소리가 잔잔히 내 영으로 흘러 정신이 혼비백산, 이해 못할 오묘한 수기(水氣)의 억압에 가슴이 답답했다. 신비한 풍경. 아! 몽롱의 세계. 이제 찬란한 용궁이 보인다. 궁녀들이 그 뜰 앞 꽃밭에서 춤을 추며 손짓한다. 나는 그만 이상향의 꿈을 현실화하기 위해 그녀를 그만 포옹하려는데 누가 내 등을 툭 친다.

　나는 깜짝 놀라 눈을 떴다. 이성의 그 사람. 정신 차려 정신! 그는 내 몸을 흔들고 있었다. 살펴보니 하체는 물에, 상체는 바위에 이승과 저승 간 교신의 징검다리를 놓고 있었다.

　석화는 내 얼굴을 내려 깔며 하마터면 큰일 날 뻔했다고 중얼거렸다. 조금 전 내가 급하게 바다로 뛰어들어 신비한 풍경에 도취되어 정신을 잃은 것이 파도에 밀려 구사일생으로 바위에 걸쳐진 사연. 석화는 내 말을 듣고 혀를 차며 "거 봐요. 모든 일에 너무 반하면 오히려 상대 반응으로 화를 당할 수 있지요"라고 말했다.

나는 그 말을 듣고 내 실수를 자책했다. 그래 물은 부드러우면서도 강한 존재. 모든 것을 소유할 수 있는 큰 힘과 평균을 유지하려는 외고집을 지키려는 철학의 소유물……

석화는 그림자가 길어짐에 무엇을 생각했는지 내 손을 살며시 잡았다. 다시 바다를 보니 하얀 물꽃이 삶의 기쁨으로 내 가슴으로 안겨 온다.

우리가 선대바위 언덕에 올라왔을 때는 곱게 물든 저녁놀이 온누리에 물들어 한 폭의 수묵화(水墨畵)로 떠올랐다. 그러나 인당수, 해초, 바다, 조개, 선대바위들이 이제 싫증이 났다. 바다가 좋아서 바다에 왔으면 그를 사랑해야지 수시로 변하는 인간의 마음이야 어찌 자연에 비하랴.

나는 그녀와 수마석(水磨石) 반들한 바닷가 수말(水沫)이 이는 수량(水梁)의 포구에 들어섰다. 산 그림자를 밟으니 서늘함이 전신에 저려 온다. 주인 잃은 폐선이 나보란 듯 썩은 눈 굴리며 누구를 기다리는 듯 지쳐 그 모습이 처량했다. 그러나 시대의 변화는 그 주인공을 잡지 못했다. 그래도 한 때는 삶의 노래 소리에 행복했었고, 비린 생선의 만선이 희망의 돛을 매우 펄럭이게 했으리라.

그런데 내 몸에 잔재한 바닷물의 끈끈함 때문에 나는 괴로웠다. 몸을 씻기 위하여 밀물을 찾으려고 방죽에 올랐다.

석화는 앞장서 골 깊은 산으로 들어갔다. 오랜 가뭄으로 시들어 가는 자연들. 이곳에서는 물을 찾기엔 아득했다. 얼마를 가다 보니 경사진 도로 옆에 물이 있는 곳을 발견했다. 겨우 신발을 적실 정도의 흙탕물이었다. 다시 사방(四方)을 돌아다보았으나 물이 없어 개울을 따라 얼마를 더 올라갔다. 그만 돌아설려고 해도 소비한 시간이 아까워 망설였다.

헌데 갈대가 우거진 곳을 발견했다. 희망을 가졌다. 갈대와 물은 인

연이 있는 법. 나는 일찍이 그 이치를 체험하고 알고 있었다. 갈대가 있는 곳엔 물이 있다는 것을……. 그래서 석화의 손을 잡고 그곳으로 끌었다. 아니나 다를까 내 예측대로였다.

물이 고여 있는 웅덩이! 사막에서 오아시스를 만난 듯한 기쁨의 생명수……. 나는 물속을 관찰했다. 그 바닥에는 굵은 왕모래가 깔리고 가운데서 모래를 떠올리며 맑은 물이 퐁퐁 솟아 오른다. 바로 여기야, 우리가 찾고 있는 '수맥(水脈)' 이…….

수륜(水輪)에서 용솟음치는 물. 엎드려 물을 꿀꺽꿀꺽 마셨다. 간장을 쓸어내리는 시원한 맛. 몇 시간을 물을 찾다 보니 피곤함이 스며온다. 몸에 묻은 끈끈한 염분과 땀이 범벅되어 사지가 굼실거린다. 그만 물의 유혹이 퐁당 몸을 물속에 던졌다.

옛 전설의 나무꾼과 선녀의 사랑 이야기가 화산처럼 피어오른다. 허나 전설이 아닌 현실의 찰나, 석화는 현실을 외면하면서도 짜증스러운 표정으로 나를 흘겼다. 웅덩이 안은 천혜의 목욕탕 안처럼 편안했다.

석화는 안절부절 웅덩이 주위를 서성이다 '아!' 하는 비명소리와 함께 물속으로 미끄러졌다. 그리고 이제는 어쩔 수 없다는 듯 두 사람은 활짝 웃어 버렸다. 우리는 목을 내놓고 홍얼홍얼 나름대로 무엇을 생각하는 듯 먼 하늘을 헤아렸다.

"이봐요, 무엇을 생각해요?"라고 할 때 석화의 하얀 이빨은 박속 같아 그 소박함이 내 전신을 휘감았다. 어머니 뱃속처럼 따뜻하고 품속처럼 온유한 그 경지. 인간은 물에서 잉태되어 물로 사위어지는 그 본능. 어쩌다 그 살갗의 접촉은 봄빛 따스한 야한 열기. 맥박이 급히 타오르는 불꽃이었다.

바람이 일 때마다 서걱이는 갈대 잎, 밤 이슬, 습해지는 허공에 산새 소리ㅡ. 소쩍새 애절한 말씀에 안식을 찾는 밤의 서정, 모기떼가 극성이라 탁ㅡ 치는 손바닥, 식어가는 숨소리.

달빛이 곱게 오리나무 위에 얹았다. 세월이 흐를수록 달빛은 하향하여 갈대 잎에, 물 위에, 우리의 어깨에 머문다. 누런 금가루로 밀개질하는 그 향(香). 우윳빛 내음. 거친 호흡을 조정하는 요술의 오묘한 요동. 불독처럼 왈칵 달겨들어 물어 뜯고 싶은 충동, 거센 파도의 돛대질이었다. 그 신비의 세계에 석화는 스스로 느낀 무엇에 그만 눈을 지그시 포개고 만다. 세상의 저주에서일까, 자유로운 본능이랄까, 솟아오르는 불길은 계속 승화되고 있었다.

갈수록 달빛은 매우 강하게 우리의 구석구석을 찌르고 시퍼런 바람 등짝을 넘어도 열기의 숨결을 끄지 못할 교신의 흐름은 밤을 먹는다.

인간의 혈맥, 물의 수맥, 산맥… 등. 사람들은 의무적으로 깨끗이, 건강하게, 영원히 보존해야 한다고 외치지만 실효가 없었다. 그것은 상통한 원점(元占)의 씨알 그 본체의 생명이다.

사람들은 항상 그것을 위하여 그것을 이용하고 그 힘으로 삶을 영위한다. 그래서 나는 육지에서 섬으로 바다로 그것을 만나보고 관찰 대화하여 서정의 맥락을 보담아 생태의 신비함을 보고 느꼈다.

이제 석화 곁을 떠나려고 하니 아쉬움에 젖어 우리 두 사람은 인간과 자연 사랑으로 찌르는 달빛을 한없이 쳐다보고 있었다. 이러구러 내가 석화의 손을 잡고 꼬불꼬불한 산모롱이를 돌 때는 노란 달맞이꽃이 길을 안내해 주고 이 섬의 밤 모두가 하얀 달밤이었다.

| 수맥(水脈) · 3 |

— 백령도 '사곶마을' 의 냉면

생각하면 참 희한한 일이었다. 내가 석화의 섬 이야기에 푹 빠져 버린 사실이.

제주도나 남해의 주변은 남국의 정취를 풍겨 냈지만 이곳 백령도는 비무장지대 북쪽에 위치하여 기후조건이 육지와 같아 꼭 고향에 온 듯하니 그 텃정을 어찌 거부하겠는가?

엊그저께 그녀와 만나 수맥을 찾아 헤매였던 것이 꽤나 피로하여 쉽사리 잠자리에서 일어날 수 없었다. 그 나락의 숲에서 뒹구는데 선생님! 하고 외치는 소리가 들려왔다. 직감적으로 석화인 것을 알면서도 엉거주춤, 빨리 못나간 이유인 즉, 내 모습이 그를 만날 준비가 안 되어서였다. 나는 번갯불에 콩구워 먹듯 몸가짐을 단정히 고치고 커튼을 밀치며, 바깥 동정을 살폈다.

아침 햇살을 등지고 서 있는 석화. 퍽 아름다웠다. 입가에 피어나는 정열. 어쩜 아침 호수에 피어난 한 떨기 연꽃이랄까, 그 머리에 보랏빛 리본은 라일락 꽃잎이었다.

나는 그런 아름다움을 만나기 위하여 방문을 열었다. 마주치는 눈빛. 서로는 좋은 아침이라고 목례했다. 잠시 후 우리는 '두무진' 통일 동산에 올랐다. 원추리꽃이 노랗게 자만스런 웃음으로 곱게 수놓아 우

안성호 제 3 에세이집

뚝 발길을 멈추었다. 그리고 그것과 교신하는 순간 나의 영상은 파란 하늘에 한 점 구름처럼 신선이 되어 나의 조국 휴전선 남과 북을 오락가락 하는데 적막해상의 갈매기떼와 숲 속의 뻐꾸기의 울음소리 하지만 그 진실을 누가 알아주랴. 그들은 육지와 섬, 남과 북을 구별 않고 통일의 선두자로 선혈을 토하지만 보는 이 없어 슬프다. 그러나 통일의 시비에 한의 노래가 있다.

조국의 허리가 잘리어 지내온 반세기
민족의 아픔으로 점철된 각고의 세월
이산가족과 실향민들의 피맺힌 절규는
모든 이의 눈시울을 적시었고 민족의 하나 됨을 외치는
함성은 지금도 이 땅을 진동시키고 있다. 우리 이곳에
간절한 소망과 뜨거운 번영의 혼을 담은 통일 기원비가 있다.
남북 7천만의 숙원인 통일을 생각하면 아직 아득하기만 했다.

우리는 하산하여 택시를 잡았다. 기사가 방향을 묻자 '사곶마을'이라고 하자 빙그레 웃으며 '아— 냉면집' 하며 콧노래까지 들려준다. 나지막한 산길 도로, 풀 향기 상큼하고 새들의 노래소리, 흥이 나니 이제 나도 스스로 자연 되어 자연으로 흐른다.

이곳은 백령도 섬이라 했지만 섬 같은 실감이 나지 않는다. 그도 그럴 것이 주민의 70%가 농사에 종사하고 그것을 입증이라도 하듯 들에는 온통 곡식들이 풍요롭다. 벼가 주곡이지만, 깨, 콩, 조, 옥수수, 감자, 무, 배추…… 등도 꽤나 많이 심는 곳. 나는 초자연적인 감회에 정신이 멍한데 석화는 내 무릎을 툭 치며, 왜 말이 없느냐고 힐난한다. 하기야 말 많으면 실속이 없다고 했지만 그래도 마음을 비우고 건전한 사색에 적응한 사람들은 잘 산다고 덧붙인다.

차가 선 곳은 면 소재지인 진촌동이었다. 게 딱지 같은 집들. 시장이라기보다는 골목장터에 불과해 상인들은 촌부들이며, 고작 참외, 꼬부랑이 파, 오이, 토마토, 무, 배추, 고추…… 등 도시 상품에 비하면 하등급에 속하는 것들이지만 토속적인 그 맛이야 어찌 대대로 내려온 이 고장의 맥을 저버리겠는가? 눈치 빠른 참외 장수는 참외를 깎아주며 맛을 보란다. 향과 당분, 신선도는 뚝배기보나 장맛이라고 정말 달았다. 나는 몇 개 샀다. 상인의 상술이란 어딜 가나 동일한 것이 상례였다.

내가 돌아서자 다방 간판이 보였다. 갈증도 면할 겸 좀 쉬어 가려고 석화의 손을 잡고 그곳으로 향했다. 초라한 다방 선풍기도 냉장고도 보이지 않고 부채가 선을 보였으나 신통찮았다. 그들의 말은 50년만에 맞이하는 더위라고 올해 이렇게 덥지, 지난해는 덥지 않아 그것들이 필요치 않았다고 한다.

그런데 도시의 바람은 이곳까지 불어와 짧은 스커트에 짙은 화장을 한 아가씨는 건달들의 눈요기로 물잔깨나 먹었을 것 같았다. 그만큼 다방 아가씨의 애교는 유혹의 미소였다. 그러나 속지 말아야지, 하면서도 그에게 현혹되는 것이 남자들의 마음인지 모른다. 나는 그런 생각을 하면서도 그 눈빛과 마주치면 멍한데 석화는 내 허벅지를 꼬집는다. 앗! 소리치자 눈치 빠른 아가씨들은 '사랑싸움도 잘하서. 됐네 됐어' 한다. 하도 어이 없어 나도 웃고 여러 사람들도 덩달아 웃었다.

석화는 그만 쑥스러운 표정으로 어서 차나 들자며 내 손을 잡는다. 우리는 술 아닌 커피를 건배하자며 잔을 쨍 부딪쳤다. 그 소리는 무엇을 상징했을까? 어쩌면 잡귀를 물리치고 다가올 우리의 행운을 기원하는 소리라고 좋게 생각해 보았다.

이러구러 우리는 다방을 나와 도착한 곳이 '사곳마을' 앞 솔밭이었다. 마을 앞에는 푸른 바다가 출렁이고 뒤에는 작은 산이 둘러서서 동네를 수호하고, 주위에는 전답이 펼쳐져 부촌 같았다. 우리는 작은 돌다리를 건너뛰자 농민 후계자의 모범 농장이 잘 정리되어 있었다.

그 비닐 하우스 안에는 갖가지 채소들이 계절을 망각하고 성장의 시간을 단축하여 하루 속히 넓은 세상으로 탈출하려고 몸부림치고 있다.

석화는 갈림길에서 걸음을 멈추고 땀을 거두며, 냉면집 간판을 찾아보았다. 그러나 간판이 보이지 않아 걱정스러운 표정으로 토담벽을 막 돌아서는데 구수한 메밀국수 내음이 풍겨왔다. 석화는 서광어린 눈빛으로 나의 손을 잽싸게 잡으며 한옥의 냉면집으로 들어서는데 마당에는 멍석에 까만 메밀이 불빛을 껴안고 여름을 태우고 있다.

담 밑에는 호박꽃, 금숭아, 채송화, 파초가 만발했지만 가혹한 열기에 꽃들은 축 늘어져 무엇을 기다리다 지친 듯 퍽 힘없이 보였다. 그것은 마치 석화가 나를 기다리고, 꽃들은 비를, 냉면집 주인은 손님을 기다리듯 그렇게 기다림에 시간을 흘렀는지도 모른다.

모두가 상대원리로 사랑을 위하여 '타인을 위함이 아니라 자신을 위한' 생명의 보존과 삶의 표현을 지속하면서 수맥을 찾을려는 욕망의 노예들 같아 보였다. 주인은 언제 보았는지 서성이는 우리를 친절히 안내한다. 먼저 온 사람들은 마지막 젓가락을 던지고 맛의 여운에 아쉬움을 느끼는지 빈 그릇에서 눈길을 놓지 않는다.

주방에는 50대 남자가 머리에 수건을 동여매고 냉면 반죽을 하는데 그의 얼굴에는 연신 땀을 흘리면서도 웃음이 가득하고 여인은 재빠른 손놀림으로 설설 물이 끓는 가마솥에서 분통을 통하여 내미는 메밀 국수가락을 칼채로 끊어 내리면 곤두박질하는 국수를 조리로 건져 사리 지워 놓는다.

이 집에는 모든 기구 하나하나가 고풍스럽다. 얼마 후 찬 육수가 담겨 왔고, 이어 냉면 김치가 들려져 왔다. 그 뿐인가? 이곳 특유의 까나리젓으로 담은 열무 김치가 덥석덥석 담겨 왔다. 이는 이곳의 후한 인

심의 자랑이었다.

시장기가 들어 찬을 찝쩍거리던 차 냉면 그릇이 들어왔다. 먼저 국물을 마셔 보았더니 퍽 오랜만에 먹어보는 그 맛이었다. 청년 때 먹어본 원조의 평양냉면. 그 때 그 맛 지금 또 대하는 것이었다. 내가 먹는 이 냉면은 우선 색깔, 육수, 고명까지 품위가 있어 맛 좋고 산뜻한 향, 원조 특유의 맛, 그 지방마다 土俗음식으로 전하는 맥락은 하나의 전통예술이었다.

석화는 나를 흘겨보며 '선생님 냉면집 간판이 없다고 시들하게 생각했지요. 아무리 홍보시대라 해도 겉보기보다 내실이 충실해야지, 빛 좋은 개살구가 되어서는 안 되지요. 저봐요. 이 구석진 곳인데도 사람들이 구름같이 모여드는 손님들을……' 석화는 자기 고장 자랑이 자자했다.

석화는 맥주를 따라주며 건배하잔다. 나는 잔을 받아 쥐고 하얀 거품을 바라보고 우리 일상을 거품 속에 살아가는 초로와 같은 흐름이라고 하자, 석화의 얼굴에는 약간의 서운한 표정이 지나가는 것 같았다.

살랑 스치는 바람, 잎새의 갈림 사이로 날개 펼친 갈가마귀의 울음소리, 이는 휴전선을 넘어온 북쪽 소식의 피곤함인가?

순간 두러룩 두러룩 바퀴 구르는 소리가 난다. 병사 두 사람이 전선줄을 깔고 있다. 또 전쟁! 누구를 위한 피 흘림인가? 정치의 목적이 정권이라면 군인의 목적은 승리, 상인의 목적은 상권, 백령도 주민의 사상은 성을 사수하는 데 목적이 있다고 한다.

세계는 바야흐로 정보시대 일인자만 살아남는 생태계의 법칙처럼 사랑도, 경제도, 자연도, 냉면집도 모두가 수맥의 흐름 속에서 조화와 창조의 깃발을 높이 들어야 할 것이다.

석화는 마당으로 먼저 내려가 멍석에 넌 널어 놓은 메밀을 만지작거린다. 짙은 갈색의 세모꼴의 씨앗. 그는 한 주먹 내 손에 쥐어주며 빙그

레 웃는다.

먼— 훗날 백령도 '사곶마을'의 냉면이 생각나고 석화가 그리워질 때 이 씨앗을 심어 하얀 메밀꽃이 피어날 때 날 본 듯이 보아 달랜다.

순간 나는 눈물이 핑 돌았다.

"그래. 암 그러구 말구……"

나는 석화의 손을 잡고 오늘의 냉면, 이 아쉬운 여정을 어떻게 간직할까 망설이는데 냉면집 주인은 잘 가라고 계속 손을 흔들어 주었다.

| 수맥(水脈)·4 |
─ 백령도 용기포 해수욕장과 자연비행장

백령도에 입도한 지도 며칠이 지났다. 그동안 석화와 이 지방의 볼거리를 많이 답사했고 내일은 자연비행장을 보기로 했다.

바다를 안은 용기포 마을. 작은 횟집들이 어깨를 겨누고 우리를 손짓한다. 해풍에 시달린 찬란한 네온 불빛들이 제멋에 흥청거리며 들뜬 나그네의 발길을 부추겨 마음 산란케 한다.

갈색 추억으로 잠을 거부한 곳곳의 노래 소리는 별빛이라도 삭여 먹을 듯 유유하다.

허공을 부채질하는 밤 갈매기라든가, 미루나무 잎은 바람의 애무로 어느 왕관의 과시처럼 그 미세한 율동에 황홀했을 때 석화가 왔다. 그는 볼수록 인간의 진실함이 돋보여 마음 든든했다. 하늘에서는 소낙비 같은 불기둥이 내려 꽂히는데 석화는 나를 바라보며 바다로 가잔다.

미루나무 숲 속에서 매미란 놈의 고운 목소리가 하도 신명나기에 나는 그 노래 소리를 따라갔다. 숲 속! 거기엔 매미들이 연주회를 가졌는지 음파의 파도는 내 더위를 잠시 거두었으나 내 육체의 열기는 식히지 못했다.

그러나 오직 내 마음을 사로잡는 것은 무한한 푸른 파도의 물결소리였다. 그래서 나는 또 바다를 응시했다. 거기엔 하얀 물거품의 웃음이 손짓한다.

인간이란 모두 거품시대에 살고 있으면서 왜 거품을 동경할까? 하이타이, 비누, 인간 고뇌의 거품은 몸을 세척하지만 그리움의 표현으로 밀려오는 저 바다의 거품은 정신적 낭만의 서정을 눈빛에 안겨주어 좋았다.

이런 생각에 머물다 나는 그만 석화의 손을 잡고 바다로 이끌었다. 작열하는 불빛. 걸음마다 발바닥이 따끈따끈 모래 대신 멍개 흙의 촉감은 면주비처럼 아주 보들보들했다. 아! 바로 여기가 백령도 자연 비행장이란다.

폭 80미터, 전장 6킬로미터. 언제부터 앙금의 흙이 역사처럼 아물게 다져 오늘 자연비행장으로 승화했는지 아는 사람은 아무도 없다. 화학적인 기계의 첨단 시설을 외면한 이곳은 6·25전쟁 때 비행장으로 사용, 이름이 흘러 한국 비행기가 정착, 백령도를 사수하는 데 중추역할을 했다고 덧붙인다.

참으로 희한했다. 기계를 이용한들 이렇게 야물게 다져 신적 창조로 이룩하여 우리 인간에게 도움을 주었으니 모두 땅을 보며 숙연한 자세였다.

땀이 계속 흘러 더 참지 못하고 풍당 바닷물로 몸을 날렸다. 때 마침 밀려오는 파도에 밀려 얼마를 굴렀다. 정신이 아찔. 입으로 들어온 염분. 짜다 못해 쓰고 기침이 났다.

순간 어부들의 생활이 생각났다. 삶을 위하여 매일 바다로 나가 물과 싸우는 이에 비하면 농민과 상인은 편안한 생활 같았다. 우리가 수영을 하다 쉬고 있을 때는 비치파라솔이 여기 저기 꽂혀 꽃밭 같았다.

주변에는 물개마냥 반지르르한 육체의 무리들이 히히덕거리며 본능의 아름다움을 과시하려고 안간힘을 쏟는 7월 용기포 해수욕장에 들려오는 칼날 같은 휘파람 소리는 한 폭의 이글거리는 이국적 해변의

풍경이었다.

석화와 나는 머리만 내민 한 쌍의 물총새같이 조잘대며 미소짓는 데……. 석화는 이곳 해수욕장의 으뜸을 이야기한다. 용기포 해수욕장은 모래는 없어도 육지 해수욕장보다 물이 차고 맑아 땀띠까지 죽는다고 하며 자랑이다.

나는 석화의 이야기에 솔깃하여 입술 언지리기 보랏빛 꽃잎으로 떨릴 때 비로소 무력감을 느껴 바다에서 조금 떨어진 솔밭 그늘에 앉았다. 석화가 미리 준비하여 온 김밥, 소주, 오징어는 우리들의 시장기를 면하게 해주었다. 주고받는 술잔, 그런데 석화의 안색은 어딘가 수심에 젖은 듯 추억을 깊이 생각하는 것 같았다. 종전의 만남과는 달리 그 눈빛은 흐렸다. 석화는 내 얼굴빛이 붉게 상기된 것을 보고, 신문지를 깔아주며 잠깐 눈을 붙이란다.

나는 그 성의가 고마워 파란 하늘을 가슴에 안고 술의 노예가 되었다. 얼마나 시간이 흘렀을까? 잠결에 허벅지가 따끔했다. 급히 일어났다. 개미란 놈이 깨문 것이었다. 주위를 살폈다. 그러나 석화는 보이지 않았다. 혹시 화장실에라도 생각했지만 그는 시간이 지나도 돌아오지 않았다. 마음이 허탈하고 불안했다.

바다로 나가보았다. 벌써 서녘에는 저녁놀이 물러가고 서늘한 바람은 어딘가 떠나게 했다. 몇군데 기웃거려 보았으나 그녀는 보이잖고 미처 떠나지 못한 낯선 사람들이 귀가를 서두르고 있었다.

하루의 태양은 자연을 지배하고 봉사와 의무의 직분을 다하고 여름을 성숙히 물들여 놓고 내일의 희망을 위하여 꿀깍 흑막의 호수로 저버린 태양……. 참으로 숭고하고 하루의 그리움을 대지에 물들여 놓았다.

그리움을 안겨주고 가버린 석화……. 태양의 숭고함처럼 그녀의 체취는 아름답고 추억이었다. 그에 대한 애절한 마음은 돌아 오르는 새

싹처럼 갈수록 돋아 올라 나는 그만 슬픔의 메아리로 소리쳤다. 그러나 석화의 소리는 끝내 불귀의 허공만 높아갔다.

나는 홀로 그녀가 찍고 간 흔적을 더듬어 걸었다. 인생이란 바로 이런걸까. 아무도 없는 먼 길을 가야할……. 불빛도 객도 친구도 사랑도, 끝내 자신도 한 줌의 흙인 것을…….

숙소로 돌아왔다. 세수도 발도 안 씻고 나는 방안에 벌렁 나뒹굴어졌다. 그런데 석화가 참 희한했다. 그렇게 자상했던 사람이 왜 말 없이 가버린 것이 이해가 안 갔다. 나는 답답하여 창가로 나가섰다. 스치는 바람이 시원했다.

석화의 향기일까. 바닷바람. 비릿한 섬내음. 거기엔 내 그리움의 눈빛과 마음을 달래줄 그 무엇이 존재하고 있을 것이다. 코를 벌렁 세상을 다 호흡해도 허사였다.

나는 무심코 호주머니에 손을 넣었다. 무엇이 손에 집혀 보니 하얀 종이학이었다. 나는 이상하여 그것을 펼쳐 보았다. 그 속에는 석화의 시 한 편이 쓰여져 있었다.

두무진 포구에서 상면의 심원
이슬 같은 나날의 이야기들…… 어이 할까?
망설이는 마음
차마 못잊어
술빛 정 님의 가슴에 적셔 놓고
코!!!
코 고는 소리에 나는 울었다.
인간이란 만나면 헤어져야 하는
철칙의 의미를 모르는 바 아니었지만
내 인연은 하얀 종이학이었다.

나는 정신이 아찔했다. 이제야 석화의 마음을 알았다. 효의 섬으로 이름난 백령도. 심청이 넋을 이어 받아 삶을 영위한 섬 여인들. 두무진 포구의 어느 섬마을에 사는 석화. 그녀의 아버지는 홀아비. 석화는 끝내 그를 겨냥하고 인간의 근본인 효의 길을 택한 것이 가상했다.

나는 맥이 쭉 빠졌다. 이제 그만 창문을 닫으려고 창가에 섰다. 공해를 배제한 북두칠성이 파란 성을 불끈 내고 은하수를 거느리고 다정히 속삭이는데 밤 갈매기 끼럭끼럭……. 큰 부채질로 훨훨 등대불을 희롱하여도 그녀의 그리움에 세월만 간다.

자연의 원리는 사랑이었다. 모두가 언젠가는 외롭다. 나, 석화, 갈매기, 등대, 병사……. 모두가 수맥으로 이루어진 그리움의 사랑이요, 씨앗이요, 인간이다. 그래서 인간이나, 동물이나, 자연이나 정에는 약하지만 그 힘은 태산이라도 지배하리라.

| 수맥(水脈) · 5 |

― 백령도 심청(沈淸)의 전설과 섬마을 여인

백령도 용기포 해수욕장에서 내가 잠든 사이 석화가 홀로 떠나 버린 것은 나에게 왜 그리도 슬픈 일로 기억되는지. 석화는 끝내 나 모르게 종이학을 접어 내 호주머니 속에 살짝 넣어 주고 내 곁을 떠났다. 그런데 학의 가슴 속에 핀 사연이 나에게는 두고 두고 가슴 칠 일이었다.

그날 나는 내일 섬을 떠날 준비로 뜬눈으로 밤을 지새우고 해뜰 시간을 기다리는데 해는 보이잖고 구름이 먹장 같았다.

바람이 불었다. 장대비가 지상을 때렸다. 안개마저 짙었다. 큰일이었다. 섬을 떠나야 되는데……

조금 후 안내방송이 들려왔다. 인천행 출행 금지. 답답했다. 아린 마음 생각나는 것은 단 한 가지 석화에 대한 그 그리움이었다. 나는 그만 '될 대로 돼라' 하며 방구석에 나뒹굴어졌다.

얼마나 시간이 지났을까? 서서히 창문이 밝아 오더니 쨍― 햇빛이 눈부셨다. 산들바람이 불어 왔다. 잎새들의 싱그러움이 나의 마음을 부추겼다. '오늘은 무슨 일이 잘 될 것 같다.' 꿈 같은 행적의 기억이 소록소록 아지랑이처럼 피어 올랐다.

펑!

봇물 터지는 힘. 석화에 대한 그리움이었다. 용기포에서 두무진까지는 바로 한 시간 거리. 버스 안은 한가했다. 내린 비로 도랑가 물소리가 더 수다스럽고 윤기 흐르는 풀빛의 들판은 평화스럽게 이글거렸다. 무공해와 아름다움의 땅. 누가 이 섬을 전쟁터라 하겠는가?

선뜻 스치는 후미진 산자락, 얼룩무늬의 병사, 방공호 방패막 속의 탱크가 보였다. 대포도 보인다. 또 전쟁 준비? 등골이 오싹하다. 여기는 준 전쟁지ナ, 한 치의 앞을 모르는 인간의 삶들. 인간의 마음은 아무도 모른다. 더구나 여자의 마음은 갈대라 했는데 행여나 석화의 마음도 나를 아직 생각하고 있을까? 잡다한 생각들이 나를 조롱하는 듯하다.

두무진의 해거름이었다. 한 번 와보았던 섬마을, 낯익었다. 어렴풋이 회상되는 석화네 집. 돌담 위에 그물이 걸쳐 있고, 골목길에는 까나리젓통이 옹기종기 그 비린내 나는 어촌, 흡사 석화의 내음이랄까.

그 골목안에 불빛 허름한 가전물. 그때 뒤를 흘끔거리며, 나를 보며 걸어가던 석화의 뒷모습이 생생했다.

그래 바로 여기야, 석화의 집이었어. 내 눈빛은 그의 주위를 잘 그려내고 있었다. 그러나 석화의 모습은 보이지 않았다. 나는 그 집 동정을 살폈다. 마당 동편에는 장독대가 있고, 사립문 옆 배나무에서부터 부엌쪽으로 이어진 빨랫줄엔 옷가지들이 바람을 타고 펄럭거렸다. 또 기둥에 걸려 있는 물허박이 고달픈 인생의 내력을 말해 주듯 바람에 덜렁거렸다.

어느덧 앞산의 등대불이 반짝이고 어둠이 짙어 온다. 선박을 보호하듯 가로등불이 석화의 집안을 잘 비추고 있었다.

나는 추녀밑에서 석화의 동정만 살폈다. 그런데 그때 천둥소리가 요란했다. 이어서 빗방울이 툭— 툭— 튀었다. 그러나 갑자기 방문이 왈칵 열리며 한 여인이 뛰어 나온다. 석화였다. 그는 빨래줄에 걸린 옷가지에 손을 댄다.

그때 나는 인기척을 하고 석화를 불렀다. 그러자 '어머!' 하며 그녀는 뒤돌아 본다. 두 눈빛이 마주쳤다. 석화는 놀란 표정이었지만 이내 밝은 미소를 짓는다.

우리는 얼마 후 그녀의 집 허청에 놓여 있는 평상에 마주 앉았다. 뜻밖의 만남이라고 몇 번 되풀이하면서 다 일기덕이라고 하늘에 감사했다.

그런데 창문의 흐린 불빛을 타고 새어 나오는 마른 기침 소리―. 그 소리는 분명 석화 아버지의 노쇠한 모습을 대변하는 것 같았다. 순간 야릇한 기분. 뭐랄까? 동정의 마음 같은 기분이랄까? 눈빛이 흐려졌다.

비가 온 뒤라 그런지 여름 해변의 밤바람은 싸늘했다. 구름이 걷히고 새달이 둥두렷이 떴다. 나는 석화의 어깨에 살며시 팔을 올려 놓고 한 몸이 되었다. 체온의 열기가 숨가쁘게 차오른다. 안도감이 짙게 서로를 교류한다.

나는 석화의 이야기에 귀를 기울였다. 석화는 내 눈빛을 응시하며 입을 열었다. 그녀는 지그시 입술을 깨물며 한 인간의 존재란 가장 고귀하고도 약한 생명의 끈질긴 삶이라고 말했다.

그런 그녀는 또 어린 시절에 어머니를 사별하고, 자기는 아버지가 동냥 젖과 암죽으로 키워 주셨다고 했다. 그 가련한 집안 형세를 바로잡아 아버지는 오직 자기를 위하여 일생을 다한 분이라고 슬픈 눈물을 짜내며 아버지의 방을 하염없이 바라본다.

그래서 결국 석화는 하늘 같은 그의 아버지 은혜를 버리지 못하여 섬을 못 떠나고 꽃 같은 젊은 시절을 바다에 의지하며 산다고 했다.
"그래, 듣고 보니 참 기구한 운명이구먼. 흡사 심청이 이야기 같애……."

사실 석화는 보통사람이 아니었다. 나는 그 효심에 숙연했다. 요즈

음도 이런 사람이 있다니⋯⋯. 잠시 나는 멍했다.

그런데 참 희한한 일이었다. 그런 이야기를 듣고 난 다음부터는 석화의 체온과 하나가 되고 싶었던 마음에 갈등이 생겼다. 빨간 체온의 불길은 까만 숯덩이로 변해지고 포옹의 밧줄은 서서히 풀려 반짝이는 두 갈래 철길로 나란히 펼쳐졌으니⋯⋯.

석화는 순간 변한 내 몸짓에 의아해 하면서 공연히 우리 집 이야기를 했다고 말끝을 흐렸다.

나는 석화의 효심 앞에 작아졌다. 석화는 내 눈빛을 보면서 처음 만난 그때부터 무엇인가 좀 특이한 빛을 보인 사람이라고 했는데 라며 잠시 긴 침묵을 흘렸다.

나는 분위기를 살리기 위하여 석화에게 백령도 심청이 이야기를 듣고 싶다고 했다.

석화는 말한다. 심청이는 황해도 도화동 사람. 부친 심학규의 딸로 공양미 삼백석을 부처님께 시주하면 눈을 뜨게 해준다는 스님의 말씀에 중국 남경 뱃사공들에 의해 인당수 해신에게 바치는 제물로 되었으나 용궁의 황제는 심청이 효심을 가상히 여겨 다시 인간세계로 환생시켜 부친의 광명을 보게 했다는 이야기들⋯⋯.

그 심청이에 대한 효의 전설을 오늘날 더 강도 높게 기리고 본받기 위해 최근 옹진군은 백령도 진촌리에 심청각(沈淸閣)을 세운다고 발표되었다.

효의 고장 백령도와 심청이의 효가 어우러진 풍경들은 오늘도 옛 모습으로 남아 있다.

석화는 이런 고장의 여자였다. 심청이 넋인 효의 이수자⋯⋯. 부귀영화의 의미를 갖고 있는 연꽃을 사랑했다. 그런 석화를 나는 그곳에, 석화를 둔 채 떠나지 않으면 안 되었다.

내가 떠날 때 석화가 말했다. 철새처럼 왔다 가버리는 사람. 아니 자

연의 섭리 따라 왔다가 바람처럼 떠나는 사람. 하지만 나는 이를 꽉 깨물고 지금껏 잡았던 석화의 손을 살며시 놓았다. 그러나 석화는 눈물을 글썽거리면서 "나쁜 사람" 하고 울먹이며 말했다. 그러나 결국 우리는 그렇게 헤어질 수밖에 없었다.

두무진 앞바다에서 처음 하나 하나로 만나 하나 하나로 떠남은 인간의 철칙이요, 무상이요, 한낱 바람인 것을…….

효(孝)는 하나밖에 없는 아버지의 은혜요, 사랑은 흐르다 보면 물처럼 고일 수도 있고 걸릴 수 있는 한 인간의 정이랄까?

참된 사랑이란 수맥(水脈)과 같은 뼈대 있는 진실한 생활의 쉼 없는 흐름이 아닐까.

4부. 그 해 겨울 눈꽃 이야기

은 물은 향기가 나지 않는다

| 그 해 겨울 눈꽃 이야기 |

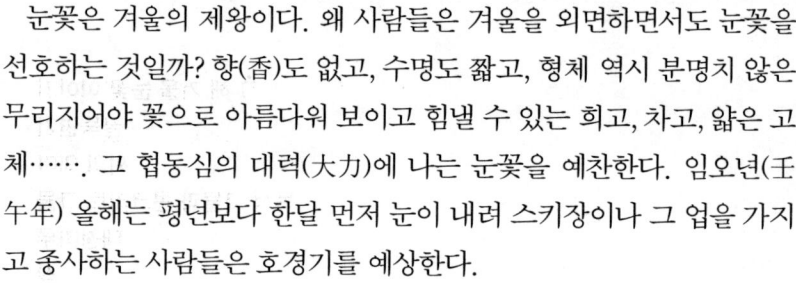

눈꽃은 겨울의 제왕이다. 왜 사람들은 겨울을 외면하면서도 눈꽃을 선호하는 것일까? 향(香)도 없고, 수명도 짧고, 형체 역시 분명치 않은 무리지어야 꽃으로 아름다워 보이고 힘낼 수 있는 희고, 차고, 얇은 고체……. 그 협동심의 대력(大力)에 나는 눈꽃을 예찬한다. 임오년(壬午年) 올해는 평년보다 한달 먼저 눈이 내려 스키장이나 그 업을 가지고 종사하는 사람들은 호경기를 예상한다.

눈이 내리는 것을 보고 있노라면 생각나는 곳이 있다. 어린 시절 고향집 초가 처마 밑에서 잿빛 하늘을 바라보면서 한 송이 두 송이 눈꽃을 세며 눈이 더 많이 오라고 바라던 시절, 많이 오면 학교도 안 가고, 눈사람 만들기, 새잡기, 썰매타기에 넋을 잃던 동심…….

1960년대 그 해 겨울은 유난히 눈이 많이 내렸고 추웠다. 그때 나는 철의 삼각지 철원 북쪽 한탄강 상류지대 11사단 20연대에서 군복무를 했다. 연대본부에서 대대본부 중대까지는 6km 산길. 도로가 났지만 험하고 적막한 강산이다. 들리는 것은 자연의 소리뿐 민간인들은 볼 수 없는 비무장지대였다.

골짝골짝 진지에서 병사들이 까만 눈동자를 굴리면서 적의 가슴을 겨누고 있는 삼엄한 모습……. 생각만 해도 무시무시해 정신 바짝 차

려야 했다. 왕새로 덮은 막사이지만 젊은 피가 펄펄 끓는 용광로처럼 더워 겨울을 이겨내는 데 부족함이 없었다.

나는 그때 대대장 사무실 상황실에서 근무했다. 해거름이었다. 병사들은 저녁 식사를 하기 위해 취사장 앞에 긴 행렬로 섰다. 콩나물국에 두부, 무쪽 김치는 시장기를 느끼는 젊은 병사들에겐 일미의 맛을 더해 주었고, 그 어떤 진수성찬보다도 꿀맛을 자아냈다.

무심코 하늘을 올려 보았다. 검은 구름 떼가 얇게 깔렸다. 모두들 눈이 오겠다고 했다. 눈 자체는 낭만이라 하겠지만 제설작업만 생각하면 짜증스럽다.

식사도 끝나기 전에 눈이 내린다. 보통 눈이 아닌 마구 퍼붓는 눈이었다. 길거리는 눈이 벌써 발목까지 차오른다. 이렇게 오다간 무슨 일이 날 것만 같다.

눈 치울 생각을 하면 꽤나 걱정이 된다. 병사들은 제각기 근무지로 배치, 제설작업 준비를 한다. 넉가래를 챙기고 삽과 싸리비, 산내끼도 준비하고, 의복도 두껍게 입었다. 그리고 많은 병사들이 눈을 쳐냈지만 워낙 양이 많아 당할 도리가 없다.

저녁 10시가 되자 전방 부대에 폭설에 대한 비상경계령이 내렸다. 산고지 OP에서 근무하는 병사가 제일 걱정이다. 초소에 있는 병사, 동초 근무자들이 어려운 상황이라도 근무지 철수는 있을 수 없고 더욱 더 전방 경계를 주시해야 했다.

모두들 밤잠을 설치며 근무하고 아침을 맞이했다. 눈의 천국! 어디서 이 설경을 만끽할 수 있을까. 나뭇가지마다 눈꽃이라 감탄의 소리로 인사가 오고 가고 말로 못다한 표현을 누구에게 어떻게 이 아름다운 풍경을 전할까 안타깝다.

1m나 내린 눈. 산에 나무도 마구 꺾이어 찬바람 소리와 함께 슬픈 장송곡을 부른다. 또 전화 불통, 교통마비 병사들은 답답하여 안절부

절이다. 우선 화장실 가는 길부터 치우고 막사 간에 길을 내고 취사장, 우물이 있는 쪽으로 가는 길도, 연병장도 도로까지 눈을 다 친다면 며칠이 걸릴 것이다.

그 이튿날. 기온은 자그마치 영하 18도. 강추위다. 과연 겨울다운 날씨였다. 한나절쯤 되어서 햇빛이 반사되자 눈(眼)이 시리도록 충혈되고 산에는 새 한 마리 날지 않고 보이는 것은 온통 백설뿐이다.

나는 업무 관계로 대대장실에서 6번(대대장 숙소)으로 올라갔다. 거기는 김병장과 백상병이 수행 요원으로 근무하고 있다. 그런데 내가 물을 먹기 위하여 부엌에 들렀을 때 나는 그만 깜짝 놀라고 말았다. 산토끼 몇 마리와 꿩들이 구석진 곳에서 은신하고 있다가 사람을 보자 깃털을 곤두세우고 공격적 자세를 취하고 있는 것이었다. 나는 조용히 뒤로 물러서면서 어떻게 이 짐승들을 보호할까 생각했다.

우선 안정을 시키고 먹이를 주기로 했다. 그도 그럴 것이 이 비무장지대(길이 248km, 폭 4km)에 서식하는 동물이 폭설로 먹이를 찾으려고 사람이 거처하는 곳으로 온 것이 틀림없는 것 같다. 생각하면 참으로 귀한 산 손님이었다. 병사들은 잡자고 야단이었다.

나는 결사반대하며 그 산토끼와 꿩을 보호해 주자고 설득했다. 나는 사람들이 안 보이게 칸을 막아 주고 먹이를 주었다. 그리고 김병장과 백상병에게 이 짐승들의 보호를 부탁했다. 어서 추위가 풀려 산 짐승이 산으로 돌아가야 하는데…….

며칠 후 정오. 내가 6번으로 올라갔다. 오늘은 겨울 날씨답지 않게 따뜻하였다. 그런데 이상한 풍경이 일어났다. 토끼와 꿩이 우물가에 나와 깃을 틀고 토끼는 깡충깡충 뛰며 서로 장난을 치고 활동하는 것을 보니 동작이 민첩함을 느꼈다. 이제 사람을 대하는 경계심이 생겼는지 내가 먹이를 주려고 하자 자꾸 뒤로 물러선다. 그러더니 옆 양지 쪽 잔솔밭을 향하여 재빠르게 도주한다.

그렇다. 인간이나 동물이나 배가 고프고 추워 생명이 위태로워지면 물불 안 가리고 지푸라기라도 잡으려는 게 본심이 아닐까 생각해 본다. 과연 먹고 사는 것이 그처럼 힘이 든다는 것을 봤다. 그래서 우리가 전쟁을 하고 이 고생을 하는 것인지.

나는 속으로 바랐다. 이제 눈이 그만 오고 어서 봄이 왔으면 그들이 건강하고 또 산 가족 수가 늘어났으면……. 그때 산토끼는 칡순을 먹고 산꿩은 찬란한 깃털을 활개치며 꿩…… 꿩…… 하면서 이 비무장지대를 비상하며 날 것이고 나는 군 복무를 마치고 이 산의 부대를 떠날 것이다.

눈과 이제까지 진저리치게 싸웠지만 과거는 젊은 날의 추억이요 역사다. 눈은 모든 것을 덮어 주는 어머니의 솜이불이요, 비단결처럼 아름답고 고운 흰 명주천의 마음이었다.

나는 그해 겨울 심한 감기로 목까지 쉰 채 삼동을 끙끙 앓으면서도 눈 속 터널을 지나 봄의 여신을 그리워하며 내일을 기다리고 있었다.

| 굴뚝연기 |

'이 산 저 산 다 잡아 먹고 으흥~ 하는 것이 무엇이냐?'

이 말은 수수께끼에 곧잘 나오는 물음으로 그 답은 옛 농촌 부엌 아궁이를 가리켜 하는 말이었다.

산업문명이 발달하지 못한 그 시절 연탄, 기름, 가스가 없어 산에서 나무를 마구 베어다 때다 보니 나무의 씨가 마를 지경이었다. 부엌에는 으레껏 입을 딱 벌린 시커먼 아궁이가 있어 나무를 삼키면 당연히 굴뚝으로 연기가 나기 마련이다. 먹으면 싸야 되고 들어가면 나와야 되는 순환의 원리를 의미하는 것이다.

대장장이 집에 식칼이 없다고 나무장수 집에 나무가 떨어졌는지 아까부터 옆집 굴뚝에서는 청솔가지를 때는지 매운 연기가 뭉얼뭉얼 솟아 오른다. 나는 혼잣말처럼 '날 좋은 때 땔나무를 준비해 둘 것이지 웬 연기를 이렇게 풍겨…' 라고 중얼거렸다.

나는 연기를 피해 눈물을 짜며 기침까지 쿨룩이며 뒷동산으로 올라갔다. 사방을 살폈다. 그런데 저녁 연기가 하얗게 머리를 풀어 산허리를 감돌고, 먼 산 노을도 연기에 그을려 붉다 못해 회색 빛으로 물들었다.

소를 몰고 언덕을 넘어서는 농부, 쟁기 진 피로한 모습, 돌담 뒤에서

피어 오르는 굴뚝 연기에 힘을 얻어 빨라지는 발걸음. 흥얼흥얼 해거름 저녁 연기의 농부들의 노래가 흘러 나온다.

노을빛 고운 마당
연기에 얼룩지고
굴뚝마다 생의 기쁨
하늘 가득 토하는데
허공에 뜬 갈가마기도
보금자리 찾는다

나는 이 농부의 노래를 들으며 동네를 내려보았다. 굴뚝마다 피어 오르는 삶의 연기꽃. 그것은 어느덧 운무로 형성되어 흰 바다를 이룬다.

어느덧 하늘에는 별들이 반짝이고 소쩍새 울음소리 저녁 연기 머금고, 송림 사이로 보이는 달빛… 아! 동화의 마을. 평화롭게 밤은 깊어만 간다.

아침 굴뚝 연기는 늦잠을 깨워 주고, 점심 때의 연기는 좀 여유 있어 어느 마님의 후덕한 인심같이, 들밥 먹을 때 길손이라도 참여할 수 있는 사랑의 날림. 해거름 굴뚝 연기는 안도감과 행복감, 피곤을 감싸주는 촉진제다. 그래서 아무리 못 생긴 굴뚝 연기라도 연기가 나오는 한 그 집에는 삶이 있고, 희망과 꿈이 서려 있다. 이는 역사를 창조하고 생의 기쁨을 주는 생산의 분화구다.

연기는 냄새와 색깔도 다양하다. 나무나 풀이 타는 과정에는 향긋하고 고소한 약재 타는 냄새를 느낄 수 있고, 반면 연탄, 고무, 비닐, 두엄… 등 화학적 물질이 타는 연기는 맵고, 눈물나고, 숨 막히면서 생명에도 위험을 준다.

굴뚝 연기는 기상대다. 고기압과 저기압을 잘 가려낸다. 비가 올려면 굴뚝 연기는 땅으로 깔려 흩어지고, 날이 좋을려면 하늘 높이 올라간다. 또 굴뚝 연기의 날림을 보고 바람의 풍량과 강약도 알 수 있다. 따라서 굴뚝연기는 우리 생활문화의 꽃이다.

농가의 굴뚝에서 퍼지는 양털처럼 흰 연기, 그 유령 같은 연기가 건초(乾草)에서 솟지만 바람 없이는 흩어지지 않고, 그 거룩한 연기는 아침의 맑은 대기 속을 뭉게뭉게 훈향(薰香)을 피우며 천천히 승천한다.

굴뚝 연기는 이제 시대의 변화에 따라 그 원형의 개발과 산업화의 발달로 과다한 매연으로 전락해 버렸다.

요즈음 공장이나 고층 건물의 굴뚝은 아름답게 채색하여 하나의 예술 작품처럼 보여 신비스럽다. 그러나 간혹 농촌을 지나다 보면 아직도 더러 재래식 굴뚝에서 연기가 평화스럽게도 피어 오른다. 이는 한국인의 토속 생활의 표출이며 옛 유래를 이어주는 문화의 혼이다.

연기가 나지 않는 굴뚝은 죽음이요 폐허의 사회다. 저 화장장 굴뚝에서 나오는 연기를 보라. 슬픔을 태우는 연기, 이성의 영혼을 저승으로 이어 주는 구름다리다.

오늘도 굴뚝에서 나오는 연기를 보라! 티 없는 높은 하늘에 변화무쌍한 선을 그리며 어디론가 사라진다.

연기는 이제 더 이상 인간의 생활쓰레기를 소각하는 거칠고 코를 찌르는 오염된 연소물이 아니라 우리의 약동하는 강한 생명력의 표현이며 희망의 상징이다.

오늘도 나는 굴뚝에서 피어 오르는 저녁 연기를 바라보면서 그러한 느낌 속에 새 생활의 의미를 다시 한 번 되새겨 본다.

| 씨의 의미 |

씨(種子)!

씨는 모든 생명체의 근본이다. 종족번식을 위하여 자연의 순리대로 행하여지는 결정체다. 동물의 씨나 식물의 씨나 생산하고 보전하며 다스리는 데 유구한 역사를 지녔고, 그것을 지키고 미래에 더 발전적인 전통을 보전하기 위하여 학자들은 많은 연구와 노력을 하고 있다.

만물이 소생하는 봄. 씨앗을 생산하기 위하여 움이 돋고, 꽃이 피어 온 천지가 아름다운 채색으로 짙어 온다.

그 준비 작업의 숨소리에 아지랑이 무리가 곳곳에서 잔치의 춤을 춘다. 이 호시절을 맞이하는 우리의 삶터.

IMF 한파도 서서히 봄빛에 지워 버린 강언덕 수양버들의 줄기찬 연두빛 물결. 겨울동안 우리의 몸과 마음, 의복에 끼어 있는 먼지를 깨끗이 털어버리는 봄바람. 화사한 봄옷의 걸침은 발걸음마저 경쾌하여 도시의 환경이 새롭게 펼쳐진다.

그뿐인가?

농촌의 들녘. 과수원의 오디빛 나목이나 양지쪽 밭뙈기에 달래, 냉이 캐는 아낙들의 웃음소리—. 그 풍경을 주시하는 순간 그동안 답답했던 가슴 속이 풀리는 듯 이미 봄은 내 주변에 스치고 있었다.

비가 내린다. 해동비인지 지적지적 힘없이 게으른 사람 낮잠이나 오게 하는 이런 날은 생각나는 것이 많다.

내 유년 시절. 농촌의 사랑방에서는 새끼 꼬고 씨앗 봉지를 확인한다. 먼지 묻은 봉지가 벽의 못에 걸린 것을 확인하고 감자, 고구마도 꺼내어 손질한다. 봉지를 헤집고 보면 까맣고, 희고, 붉은 씨앗이 반짝 빛나면서 한참 봄을 기다리고 있다.

옛 속담에 '농사꾼은 굶어 죽어도 종자 자루는 베고 죽는다' 는 말이 있다. 이는 굶어 죽어도 씨는 먹지 않는다는 뜻이다.

어느 날이었던가? 나는 동네 아이들을 불러 집을 보면서 몰래 콩씨를 볶아 먹고 호되게 야단 맞은 적이 있었다. 철부지의 소행이지만 생각해보면 그때 어머니가 하신 말씀……. 종자가 그처럼 농민에게 소중한 것임을 비로소 알았다.

때가 되면 씨를 뿌려라. 모든 생활에는 시기가 있다. 한 번 시기를 놓치면 평생 후회하는 수가 있다. 인간이나 식물이나 때를 잘 이용해야 잘 살 수 있고 좋은 씨앗을 생산할 수 있다. 학업이나 사업도 시기를 놓치면 안 될 것이다. 식물 역시 계절에 맞게 씨를 뿌려 가꾸어야지 좋은 씨앗을 얻을 수 있다.

그래서 농촌은 농사철이 되면 고양이 손이라도 빌리고 싶다는 말이 나온 것이다. 따라서 그때그때 때를 미루지 말고 배움도 결혼도 씨뿌리는 것과 같이 행하여야 한다.

인간과 자연은 인연의 고리로 매듭짓는 창조의 정신과 그 이법으로 살아가는 것일까? 참으로 생각하면 오묘한 일이다.

나쁜 곡식에서는 결코 좋은 씨앗을 얻을 수 없다. 거기엔 신중한 선택과 정성과 노력이 필요하다. 또 설령 좋은 씨앗을 얻었다 해도 저장과 관리에 소홀하고 많은 정성을 쏟지 않으면 좋은 종자를 얻을 수 없다.

씨 뿌리는 날은 즐겁다. 인간의 씨나 식물의 씨나 생산하려는 과정은 무엇보다도 그 준비 작업이 매우 중요하다.

농자금, 노력, 정성이 합하여 행하여지는 과업. 결혼식을 보더라도 맛있는 음식과 술, 아름다운 의장은 씨를 창조하려는 과정이다. 보리씨, 마늘, 감자, 콩, 밀, 깨, 벼씨 뿌리는 날은 가슴이 설렌다. 씨 뿌리는 날은 바람 없고 햇빛이 따스한 닐을 댁한다.

나 어렸을 때 어머니는 씨 주머니를 옆에 끼고 머리엔 하얀 수건을 쓰고 한 주먹씩 곡식을 손에 쥔 채 고루고루 뿌리는 정성을 보이셨다. 정말이지 그 모습은 알뜰하고 포근했다. 그때 씨를 뿌린 후 들밥은 얼마나 푸짐하고 맛있었는지? 뿌린 만큼 거두어 들인다는 희망과 즐거움, 웃음꽃을 피웠던 농민의 이야기들. 그 구수한 보리 숭늉과 농주의 맛은 씨앗의 덕이요, 노력의 대가이다.

'농자(農者)는 천하지대본(天下之大本)'이라 했다. 종자가 없다면 어찌 우리의 삶이 존속할 수 있을까? 우리는 이를 소중히 여겨 씨의 고마움과 토속의 씨앗을 영원히 전개하는 데 노력해야 한다.

구름이 어리더니 간밤에 비가 내렸다. 옥상에 올라가 보니 장미 가지에 움이 트고, 난초 작약도 고개를 처들고 조용히 세상을 관찰하고 있다.

나는 이 새싹의 생명력에 힘을 얻어 씨앗을 구하기 위하여 모란장엘 갔다. 도시에 사는 사람일지라도 봄이 되면 한두 가지 종자는 구할 수 있다. 농촌같이 논밭이 없어도 옥상에다 흙을 뿌려 채소도 심고 꽃도 심는다. 꽃이 피고 열매도 맺어 나의 생활을 아름답게 꾸며 주고 마음을 평화롭게 정서의 안정감을 준다. 그래서 나는 호박, 상추, 수세미, 박, 고추씨를 사다 뿌린다.

뭇 사람들은 그 씨앗을 무엇하려고 사느냐, 물 값도 안 될 것이라고 곧잘 힐난한다. 하지만 나는 생활의 리듬을 찾고, 아이들의 산교육과

취미와 옛날 토속적 정취의 멋을 느끼고, 자연을 사랑하고 보전하기 위하여 씨를 뿌린다고 한다.

씨앗의 생명력은 매우 강하다. 심지 않아도 집 주위의 밭과 묘지와 들녘에 자생하는 풀과 꽃. 아무리 가물고 추워도 인고의 정신으로 싹 터 자라나는 우리의 생명력과 무엇이 다를까?

씨는 맛과 향과 영양소의 창고다. 잎이 돋고 꽃이 아름답게 피고 씨가 맺힘은 인간의 욕망을 위한 것이 아니라 자신의 종족을 널리 퍼뜨림에 그 의미가 있는 것이다.

씨!

어둠의 세계에서 밝은 태양을 향하여 항상 고개를 들며 탈출의 준비를 아낌없이 시도하는 존재!

그 모습은 신비하고 오묘하다. 미래의 결실을 위하여 우주의 자전과 공전의 법칙에 따라 종족번식의 의미를 철학을 바탕으로 하면서 그 매력 있는 세계에 씨를 생산하는 사랑을 나는 예찬한다.

씨는 우리의 분신이다. 따라서 인간의 씨나 식물의 씨나 구별 없이 좋은 씨, 건강한 씨를 배양하여 우리 삶의 터전에서 영원히 보전해야 한다.

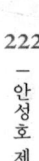

| 녹색 그물과 콘크리트 그물 |

산도 아니고, 들도 아닌 허공의 어디쯤에서 언제부터인가 나는 세상을 조용히 관찰하는 버릇이 생겨났다. 숲, 꽃, 채소…… 등 인간 생활의 필수적인 것들을 인공의 텃밭에 인위적으로 가꾸어 놓은 자연의 녹색 옥상. 그 녹색 옥상 밑에서 자리하여 밀접한 도심의 콘크리트 그물을 벗겨 보려고 나는 오늘도 망원경을 벗 삼아 요지경 속 같은 도시의 아름다움을 보고 황홀해 하다가 이따금 인간 애사에 시달리고 있는 삭막한 공해에 울고 있는 사람들을 볼 때 그만 가슴이 찡해진다.

그리 오래 되지 않은 80년대에 나는 우리 집을 신축하여 3층 옥상에 흙을 뿌려 꽃, 채소, 관상수를 심어 놓고 생활에 미덕을 쌓음과 동시에 마음이 울적할 때면 그 곳으로 올라가 가슴을 풀어 놓고 자연에 의지하여 자연과 이야기하며 지낸다.

사계절을 하루도 빠짐없이 오르는 옥상. 물론 거기에는 순간순간 미쳐 오는 느낌에 따라 선호도의 차이는 있겠지만 자연의 오묘한 멋과 맛만은 항상 불변의 자세로 거기에 있는 까닭에 이제 옥상에 오르내리는 것이 나의 일과요 취미가 되었다.

소규모의 인공택지지만 아기자기한 녹색 그물의 풍경을 안은 자연의 섭리는 회전목마처럼 돌아, 그 때면 나의 기(氣)가 왕성하고 어머니

의 품 속 같은 온화함에 미소가 흐른다.

거기에는 나를 반겨 주는 다알리아꽃, 군자란, 채송화, 도라지, 장미, 들국화, 고추, 상추, 치자, 대추나무, 사철나무, 벤자민, 유도화, 호박넝쿨, 박넝쿨, 포도넝쿨이 어우러진 녹색 그물이 펼쳐져 있다. 이렇게 펼쳐진 목좌에 앉으면 어디선가 희망찬 음악 소리가 들려 온다. 이렇듯 들려 오는 음악 소리와 함께 떠오르는 아침 햇살에 나 역시 목청껏 노래하면 학창 시절로 돌아간 듯한 젊음을 느낀다.

그 때마다 나는 스쳐 오는 바람결을 느끼며 떠오르는 생각과 함께 녹색 그물에 감사한다.

만약 옥상에 흙을 안 뿌리고 나무와 꽃을 심지 않았다면 이 행복을 어디서 만날까? 나는 일찍이 자연을 사랑하고 소중히 여겨 미쳐 오는 미덕을 먼저 알고 있었기에 내 인생의 건강에 다소나마 보약이 되었다고 어느 정도 자처해 본다.

나는 가끔 망원경 속으로 도심의 풍경을 바라본다. 그러면 도시의 풍경은 온통 공해다. 그만큼 자연은 오염되었다. 콘크리트 그물을 뒤집어 쓴 삭막한 터전 속에서 땀을 흘리며 분주하게 허둥대는 많은 사람들…… . 그들은 휴식 공간이 없고 공해의 벽에 부딪쳐 몹시 피곤하다.

그런데 자세히 보면, 도시에는 쓸모없는 공간이 너무나도 많다. 이는 건물 사이에 미관을 해치면서 방치돼 있는 자투리 땅만을 두고 말하는 것이 아니라 곧 지면에서는 잘 보이지 않는 고층 건물 옥상의 빈 공간을 지적한 말이다.

그대로 내버려 둔 저 많은 옥상에 흙을 뿌려 그 땅에 녹화 작업을 한다면 엄청난 부지 매입에 돈을 들이지 않고도 도시를 아름답고 풍요롭게 가꿀 수 있지 않겠는가? 인공지반을 이용한 녹화 시스템을 개발함이 필요하다고 생각한다. 그러면 도심 전체가 온통 녹색으로 변한 가

운데 좋은 환경이 이룩될 것이다.

　요즈음 대다수의 옥상 면적이 넓은 일부 병원이나 예식장에서 인공 숲을 조성하여 시원한 바람을 쐬도록 해 놓고 신혼부부의 사진도 찍고 환자들의 휴식처로 활용하면서 많은 생활문화의 혜택을 주고 있다. 하지만 옥상 녹화는 건물의 하중과 배수에 적합한 수종 선택 등 건축학과 생태학 측면에서의 정밀성이 요구되기 때문에 그리 간단한 일은 아니지만, 현재 일부 업체들은 자연상태의 흙보다 70% 이상 가벼운 객토를 대신할 무기질 인공토양을 개발하게 되었다니 미래의 도시 환경은 우리가 요구하는 녹색 숲 속에 신선한 공기와 현대인이 바라는 심산유곡을 대신 관광할 수 있는 좋은 거처가 될 것이다.

　최근 옥상 녹화로 유명한 일본의 '후쿠오카 테라스 숲'의 계단식 숲을 옥상까지 걸어서 올라가면 4m 관상수가 야산을 이루는 인공의 산이 유명하다. 이는 사람이 토하는 이산화탄소를 나무가 흡수하며 신선한 환경을 만들어 준다고 한다. 그리고 일본에서는 옥상 녹화 운동이 국가 차원에서 의무화 된다니 우리도 한 번 생각해 볼 일이다.

　요즈음 사람들은 모두가 제 잘난 멋에 산다지만 자연의 거대한 힘 없이는 문화생활을 하기엔 미흡하다.

　나는 나의 옥상 녹색 그물 밑에서 자만심을 버리고 내 스스로 만들어진 마음의 휴식처에서 매미 소리, 새 소리를 들으면서 나비와 함께 춤을 추며 마음을 비워 보리라.

　후일 녹색 그물이 도시 전부까지 펼치는 우리의 삶은 보람 있고 행복해지리라. 그 땐 나 하나만이 아닌 여러 사람들이 더불어 녹색 문화의 아름다움을 찬양하리라.

| 대청마루 |

라일락 향기에 코가 시리다. 목련(木蓮)도 지고 진달래 빛 엷어가니
습습한 마음 어이하리. 그 향 바람에 지면 청청한 잎새에 내 마음 의지
할 수밖에…….

가자! 오늘의 만남을 둘이면서 하나로 엮어 그저 그렇게 어디론가
떠나고 있다. 정오 무렵 청기와 초가 마을에 이르니 대청마루가 눈에
들었다. 남녀노소의 많은 사람들이 멋과 맛을 소유하려는 물결의 어울
림들……. 그들은 토종음식을 먹기 위하여 먹거리 시장(市場)에 와서
쉬고 있었다. 그런데 주인들은 나그네들을 자기 몫으로 챙기려고 분주
했다.

토벽과 이엉을 엮어 이은 초가집. 여름에는 시원하고 겨울에는 따뜻
한 안방과 건넌방 사이의 대청마루. 나는 대청마루가 좋았다. 송판(松
板) 쪽으로 깔려 있는 마루, 솔향과 색깔의 조화, 요즈음 현대식 아파
트가 좋다 한들 어찌 우리 고유의 한옥 초가와 비교할 수 있겠는가? 물
론 아파트의 건축 자재는 그 질이 월등하고 미적 감각 역시 두드러진
다.

하지만 초가의 온화하고 편안한 분위기를 대변해 주는 정신적 사고
방식은 그 실체를 능가할 수 없을 것이다. 그래서 나는 대청마루가 있

고 마당에 화단, 장독대, 샘, 뒤란이 있는 우리의 옛 초가집이 좋다.

내실을 들여다보니 사람들은 벌써 마루 방안에 끼리끼리 둘러앉아 정담의 미소로 삶을 이야기하고 있었다. 특히 이 집의 도토리묵, 빈대떡, 칼국수, 순대, 추어탕, 동동주 등 전통음식이 눈길을 끌었다.

보슬보슬한 마룻바닥, 천장의 서까래는 다정히 질서 있게 대들보를 베고 누웠고 안방, 건넌방, 사랑방, 부엌, 광은 황도 색깔로 화장을 하고 고풍스럽게도 고요히 옛 호흡을 하며 더위를 쫓고 있었다. 그 뿐인가. 이엉을 엮어 인 지붕 밑 추녀는 아이들의 머리 내림같이 퍽 자연스러웠다.

나는 대청마루에는 뒷문이 있을 텐데…… 하고 살폈다. 아니나 다를까. 벽 중간에 작은 쇠고다리가 달린 쪽문을 발견했다. 나는 서슴없이 그 문을 살짝 밀었다. 바람이 살랑 스며들었다. 그러자 모두들 눈빛을 그 문 쪽으로 주며 진작 문을 열어 놓을 것을 미처 알지 못함을 후회했다.

집은 역시 통풍이 잘 되고 건조한 목조 건물이 제격이란 것을 실감했다. 아파트는 아름답다 해도 성냥갑을 포개놓은 듯 생활공간이 좁아 불안전한 마음까지 없지 않다. 그러나 대청마루에 이렇게 앉아 있으니 우선 마음에 안정을 찾게 되고, 편안한 주인 의식을 가진 듯 안온한 분위기다.

그렇게 얼마나 앉아 있었을까? 한복차림의 쪽머리에 수건을 쓰고 고무신을 신고 앞치마를 두른 바쁜 여인의 움직임……. 어쩜 그리 우리 어머니의 모습일까. 풍겨오는 인정의 이야기……. 한국적 여인상이랄까. 정겨웠다.

뒤란 쪽으로 곱게 빗질한 듯한 파란 잔디의 아름다운 산자락에는 참나무가 주류를 이루었고, 가끔 소나무도 띄엄띄엄 솔향기 풍겨내고 목가적인 꾀꼬리 소리 옛 향수를 그대로 떠올린다. 그 뿐인가. 돌담 사이의 하얀 조팝나무 꽃은 늦봄의 정서를 부여잡고 흰 구름을 잡으려고 몸둘 바를 모른다. 또 머위, 취나물 등 봄나물은 쌈의 자랑이요, 더덕 넝쿨은 풋나무를 껴안고 승천하려는 용의 기상이라 힘이 절로 보여 한 뿌리 캐어 고추장에 찍어 먹었으면—, 군침이 돈다.

꽃에 취한 나비, 봄의 서정에 한껏 몸을 푸는데…….

"자! 손님, 식사 올립니다."

돌쇠풍의 사내가 밥상을 내린다. 진수성찬이다. 시장이 반찬이라더니 먼저 빈대떡에 수저가 간다. 물론 도시의 식당에도 이런 음식이 있긴 하지만 신토불이의 본질을 상실하여 아쉬웠다. 인간의 간사한 입맛은 환경과 분위기, 장소를 새롭게 한 까닭이었을까?

이런 생각에 머물고 있을 때, 청아는 나에게 동동주의 술잔을 권한다. 뽀얀 도자기 술잔에 가냘픈 그녀의 손가락으로 잔을 잡고 따른다. 유자빛 액체가 폭포수처럼 꽂힐 때 다가오는 연민의 정이 소롯이 타올라 나에게는 황진이의 주석보다 더 아름다운 순간이었다.

가는 정과 오는 정. 나는 그녀에게 잔을 채웠다. 우리는 잔과 잔을 건배하며 스쳤다. 쨍—하는 가냘픈 울림. 그 잔의 소리는 기공(起工)의 혼을 심은 자기(磁器)의 맥이요, 선인들의 얼이 담긴 흔적이다.

좌중은 천태만상이다. 옆에 자리한 아가씨들은 그저 술을 '벌컥' 마시며 히히덕거린다. 생각하면 내 어린 시절만 하더라도 처녀가 주점에 앉는다는 것은 꿈에서도 생각지 못했다.

"술 가지고 와—."

난데 없이 사내의 고함소리가 들린다. 저쪽 구석진 자리에서 아까부터 젊은 청년이 석연찮은 표정으로 홀로 앉아 있더니 결국……. 그는 자기 옆에 젊은 친구들이 쌍쌍이 앉아 히히덕거리는 꼴이 아니꼬와 내뱉은 소리 같았다. 그 눈초리는 비정과 저주의 시퍼런 독이 서린 인상이었다. 그리고 그 청년은 또 한 마디—, 내뱉는다.

"입 닥쳐! 조용히 못해."

그의 소리는 칼날 같다. 그렇다. 대중이 모인 좌석은 좀 예의가 있어야 하는데……. 그 사내의 속마음의 비위를 누가 알랴.

이 때 이를 지켜 본 백발 노인의 인품은 꽤나 지혜가 있어 보였다. 인간의 세상사 경험을 고루 갖춘 듯 퍽 위엄 있어 보였다.

"이봐! 젊은이, 일시를 참으면 백닐이 편다고 했어. 참을 인자 셋이 모이면 살인도 면하는데……. 또 세상사는 다 그런데 어떻게……. 저— 푸른 하늘을 봐. 구름은 있다가도 없고, 없다가도 있는. 우리 인생살이도 같은 거야. 인생이란 저 구름과 하나도 다를 것이 없지 않는가? 생각을 편히 가져. 만병의 근원은 바로 마음 속에 있는 것이니 화를 내지 말고 웃음으로 모든 것을 대해 봐……."

젊은 청년은 그만 고개를 숙이고, 미안하다고 몇 차례 인사를 하고 자리를 떴다.

그렇다. 모든 사고는 사소한 그 때 기분에 따라 야기되는 것 같다. 그 사내의 젊은 패기는 좋으나 참지 못하는 인내심의 부족이 아쉽다. 모두들 노인의 덕담에 찬사를 주는 눈빛이었다. 최근 사회의 사고는 이런 데서 문제가 되는 것 같다. 참으로 술이란 인간을 웃기고 울리는 요술사다. 술이 술을 먹고 인간이 인간을 개조하는 약이다.

혼미한 내 정신, 선하품이 난다. 술이 취한 증거다. 그런 나에게 그녀는 또 잔을 권한다. 나는 강력한 결단으로 그녀의 정을 사양하기 안타까웠지만 이성을 상실할까 봐 마지막 잔을 사양했다.

아마도 인간의 삶이란 환경과 분위기에 마음이 좌우되는 것 같다. 이 대청마루는 오늘을 이어 나가는 우리 고유의 얼이 깃든 옛 지혜의 대청마루다. 우리 선조들은 대청마루에서 식사도 하고 가족회의도 열었다. 때로는 결혼식장으로 사용했고 연극도 공연하는 인생무대, 생활의 쉼터, 안식처의 요람이다.

내 술잔의 정교는 두 얼굴을 복사꽃 빛으로 피워 올렸고, 밀싹은 트림의 향으로 한 인간을 폭넓은 사회의 봉사자로 창조한 내음이었다.

조금 후, 그녀와 나는 손을 잡고 느티나무 숲을 지났다. 그때 뒤에서 외치는 이조 여인의 손짓, 인사. 그것은 무엇을 의미하는 것일까. 그 인심, 대청마루와 술빛, 청아……. 이들은 곧 민속촌의 아름다운 서정과 함께 옛 생활의 흔적, 그리고 잊지 못할 풍류로 영원히 남을 것이다.

| 잠 |

꿈은 잠시 피워 놓은 꽃, 인간은 그 황금색 향기에 밤마다 그리움을 풀고, 잠은 짤막한 죽음의 혼불(魂火) 달구어 식혀 교류한 정(精)의 빨간 피.

잠은 아가의 요람. 거기에 안겨 자라난다.

어린 시절 고모님 등에 업혀 칭얼거릴 때 강요당했던 잠의 기억……

나는 그때부터 딴 사람보다 잠이 없었나 보다. 지금도 새벽 3시면 꼭 일어나니까. 그때 내 엉덩이는 고모님의 자장가로 자근자근 불이 나도록 두드려 맞아도 더 초롱초롱한 눈빛. 그래서 나는 유년시절 허약했나 보다.

옛말에 밥 잘 먹고, 잠 잘 자면 건강하다고 믿었다. 잠은 그만큼 우리 인간에게 중요한 위치를 지배하고 있다. 인간의 성장 단계에 따라 가장 바람직한 수면 시간은 '유아가 15 ~ 20시간, 15세 미만 12시 ~ 15시간, 15 ~ 30세는 10 ~ 12시간, 40세 미만은 8시간, 60세 이상은 4시간' 만이면 건강을 유지할 수 있다 했다.

헌데 요즈음 젊은이나 늙은이의 수면시간이 뒤바뀌어지고 있다. 중·고등학교 시절에는 얼마만큼 잠을 줄이고 공부하는 시간을 늘릴 것인가에 신경을 쓰고 있는 듯하다.

　최근 조사한 바에 의하면 20대에서 40대에 이르는 도시 젊은 층의 사람들은 잠자리에 드는 시간을 과반수 이상이 12시를 넘겨 다음날 출근시간까지 계산하면 6시간도 못되는 수면을 취하고 있다.

　그뿐인가. 우리 집 고등학교 다니는 녀석을 보면 대학 입시 준비로 하루 3시간 정도 수면을 취하니 건강을 해칠까 두렵다.

　최소한 하루 7 ~ 8시간 정도는 자 주어야 하는데도 잠을 자는 시간을 마치 인생을 낭비하는 시간인 것처럼 여기는 사람들이 많은 것 같다. 하지만 잠이란 장기적인 안목에서 본다면 내일의 건강한 삶을 위한 휴식인 것이다.

　미인은 밤에 이루어지며, 인간의 보약은 수면이라 했다. 피부미용의 측면에서도 잠을 충분히 자는 것이 좋다 했다. 미인치고, 그리고 피부 좋은 사람치고 잠이 적은 사람은 드물다. 잠을 자는 동안에는 마음을 쓰지 않아도 되고 일상의 생활신경과 걱정에서 벗어나게 된다. 이처럼 몸과 마음을 편히 가짐으로써 피부는 저절로 좋아진다.

　우리가 눈을 뜨는 인시(寅時, 오전 3시 30분 ~ 5시 30분)가 되면 위기는 다시 피부 속으로 들어가 버린다. 따라서 피부의 긴장 상간부터는 자칫 나쁜 찬 기운이나 건조한 공기 등에 노출되어 손상을 입기가 쉽다. 그러므로 해가 진 후는 속히 귀가하여 한두 시간 휴식 후 잠자리에 드는 것이 좋다.

　자연의 원리로 살펴봤을 때 아침에 해가 뜨는 것은 빨리 일어나 활동을 하라는 뜻이고, 해가 져서 어둠이 깔리는 것은 그만 움직이고 쉬라는 뜻이다. 사계절에 해가 지고 뜨는 것은 이러한 의미를 지니고 있어 그 원리를 잘 알 수 있다.

　우리 몸 속의 피(血)는 인시(寅時)가 되면 서서히 돌기 시작하여 낮 동안 왕성하게 활동한다. 이때 피는 활발하게 움직인 만큼 온도가 올

라가서 피는 혼탁해진다. 피가 혼탁해짐은 어혈이 생기는 등 비생리적인 피가 되어 질병을 일으킬 수 있다. 그 혼탁의 피가 우리가 잠자는 동안 조용한 기운데서 서서히 정혈(淨血)이 된다. 심신이 고요한 가운데 만들어 온 몸에 공급되는 뇌수, 즉 '정(精)'이 우리 생명을 유지하고 피를 보호하는 가장 중요한 물질이다.

이처럼 우리가 삼을 사는 동안 고요한 시간에 모든 장기(臟器)들은 휴식을 취해 피는 정혈되고, 이러한 가운데 정이 만들어져 몸 속에 모든 병을 없애주고 피부를 곱게 아름답게 해 주는 것이다.

인간의 일생 중에 3분의 1 가량을 잠으로 소모시키고 있는데 거기에는 이유가 있다. 따라서 우리는 잠자는 시간을 아쉬워 할 필요는 없다.

노인이 되면 자고 싶어도 잠이 오지 않는다. 정(精)이란 일종의 물 종류이므로 나이가 들수록 수(水)가 고갈되고 화(火)가 성하게 되어 잠이 잘 오지 않는다. 젊은 사람 중에도 화(火)가 성한 사람은 잠이 잘 안 오는 것이다.

봄철부터 여름까지는 해뜨는 시간이 차츰 빨라진다. 따라서 이때부터는 일찍 자고 일찍 일어나는 것이 좋다. 일찍 일어나서 새아침의 기운을 듬뿍 받고 하루를 값지게 보내다가 일찍 잠자리에 들어가서 쉬는 것이 정(精)의 기(氣)에 가장 적합한 생활의 리듬이다.

그래서 나는 저녁 9시면 잠자리에 들고 아침 3시 30분이면 일어나 남한산(南漢山) 산책길로 들어선다. 남들은 나를 보고 얼마나 오래 살려고 극성을 부리며 잠을 안 자고 산에 가느냐고 곧잘 묻는다. 그때마다 나는 오래 살려고 하는 짓이 아니고 사는 동안 건강하게 살면서 몸을 가볍게 움직일 수 있게 하려 한다고 답한다.

유년시절부터 나는 초저녁 잠이 많았다. 저녁 밥이 조금 늦은 날은 꾸벅꾸벅 졸다 그냥 자버려 손해를 보는 때가 많았다. 반면 새벽이면 그 누구보다도 일찍 일어나 텃밭의 과일들은 내 차지라 이득을 보았

다. 그때 어른들한테 '애가 어떻게 잠도 없어' 라고 핀잔을 받을 때도 없지 않았다.

참으로 잠이란 무정해 당할 장사가 없다고 했다. 어떻게 생리 현상을 육신의 정신으로 막겠는가. 차를 타고 다니다 꾸벅꾸벅 하는 사이 내가 내릴 정류장도 지나치고, 자동차 사고도 빈번한 위험한 일도 종종 있다. 그때마다 내 자신을 꾸짖어 봤지만 허사였다.

재미나는 이야기가 있다. 내가 군 입대시 논산 훈련소에서 한참 이론 교육을 받고 있을 때 옆 친구 녀석이 앉으면 조는 버릇이라 꾸뻑하는 순간, 조교에게 발각되었다. 그때 조교가 하는 말이 '졸더라도 눈을 뜨고 자라' 고 하니까 친구 녀석은 그 다음 그만 성냥개비를 짤라 눈에 고여 놓고 다시 자는 바람에…… 모두들 웃어버렸다.

그뿐인가. 내가 군 생활을 할 때, 휴전선에서 근무할 때도 초소에서 상관의 당부가 '졸면 붉은 마귀가 목 잘라 간다' 고 해도 아랑곳 없이 졸리는 바람에 잠자던 일도 있었다.

그리고 보면 잠이란 인생무대의 행복의 꽃이요, 사랑의 묘약이 아니겠는가. 사주팔자에도 나타나듯이 사람마다 자는 모습도 각각이다. 이를 갈고, 코를 고는 사람, 헛소리 치는 사람, 또 정면으로 반듯이 누워 숨소리도 없는 사람……. 생각하면 잠이란 인간의 영혼과 육체를 보듬는 기둥의 주인이다.

그래서 잠이란 단순히 시간을 죽이는 무용지물이 아니라, 그 날의 피로는 그 날로 푸는 것이 건강한 생활의 아름다운 피부를 갖게 하는 기본 조건이며 심신의 휴식을 위한 가장 좋은 방법이라고 하겠다.

역사는 밤에 이루어지고, 미인은 잠에서 만들어지고, 인간은 잠에서 성장한다는 그 말의 의미를 가슴에 아로새기면서 습관화해야 할 것이다.

| 인동초(忍冬草) |

인동초!

인동초는 우리 사회에 그리 대중화되지 않아 생소하게 여기는 사람이 많다. 들이나 야산 돌더미 가시덤불 사이에 자생하며 덩굴을 뻗어 꽃을 피우는데 하필이면 왜 이렇게 험하고 환경이 좋지 않은 곳에서, 겨울에도 생명을 끊임없이 유지하며 살아가는지 그 꽃의 생명력이 매우 궁금하다.

인동꽃은 늦은 봄날부터 덩굴을 뻗으며 초록색 잎을 단 타원형, 거기에서 피어난 4cm 가량의 나팔 모양으로 노란 색과 하얀 색의 꽃잎을 달고 있다. 그 잎은 엄동설한에도 양지쪽에서는 볼 수 있어 생명은 매우 강하여 인고의 정신만은 값 줄 만하다.

인동꽃을 내가 처음 본 것은 유년시절 어느 봄날이었다. 그때 나는 쇠풀을 베기 위하여 들로 나섰는데 인동꽃을 따 모으시는 할머니를 보았다. 나는 그 꽃을 따서 무얼 하시려느냐고 여쭈었더니 할머니께서는 약에 쓴다고 하셨다. 할머니께서는 그 꽃을 깨끗이 손질하여 채반에 널어놓으신다. 그 즈음 농촌에는 병원과 약방이 없어 대부분 자연에서 채취한 식물을 이용하여 효험을 보았다. 인동꽃은 신경통에 좋다고 해서 술도 빚고, 차도 끓이고, 담배의 역할도 하여 우리가 선호하는 꽃이

다. 또 그 향(香)이란 우리의 감각으로 형용할 수 없는 상큼하고 향긋한 내음을 은닉한 산녀(山女)처럼 한국적 토속의 의미를 간직한 서민적인 꽃이다.

나는 할머니에게 인동꽃에 대한 이야기를 들으며 꽃심에서 꿀을 빨며 봄날을 그렇게 보냈다.

인동초에는 이름도 많다. 약효가 영험하다 하여 통령초(通靈草), 꽃이 노랗고 하얀 두 색이라고 해서 금은초(金銀草), 덩굴을 외로 꽈 오른다 하여 귀신 쫓는 벽귀초(壁鬼草)라고도 했다. 그리고 꽃심에 꿀이 많아 영어로는 '허니 서클' 이라 하고, 영국의 시인 키츠나 워드 워즈가 읊은 걸 보면 영국인에게 있어 향수를 자극하는 인동초 향내이기도 하다. 인간은 누구나 고향과 원조의 뿌리는 저버리지 못하나 보다. 카터의 고향 조지아주의 땅콩, 공자의 고향, 곡부의 공가주(孔家酒), 양귀비의 고향, 사천성의 귀비차. 그 특성의 물품을 상품으로 승화, 산업 문화로 발전시켜 원조의 뿌리로 내세워 고향의 명산품으로 자랑하고 있다. 우리 사회는 예로부터 인간을 자연의 법칙, 즉 순리의 철학에서 인생관을 터득하고 행했다.

인동초! 겨울의 한파를 참고 살아가는 정신, 우리는 삼전사기(三顚四起)의 대통령으로 당선된 김대중(金大中)을 이 인동꽃에 비유한다. IMF 한파를 인동초 같은 삶으로, 찬바람을 따뜻한 바람으로 꽃피워 이 나라 경제를 부흥으로 복귀시킨다는 대통령의 의지, 그 비범한 인고의 원력으로 국민의 안정과 경제적, 안보적 차원까지 우리에게 신뢰를 준다는 각오. 참으로 반석같이 단단한 그 힘에 우리의 얼굴들이 환히 빛난다.

그래서 원조의 뿌리로 상품화 된 옛 선인(先人)들의 손길 따라 이제 우리의 인동초도 늦게나마 인고의 정신, 약효 등을 고려, 홍보하고 있다. 약삭빠른 사람들은 인동꽃을 선호 재배하여 산업화시키기 위하여

개인에게 배분하고 인동차나 인동주를 빚어 상품화하는 데 안간힘을 쏟고 있다.

나는 남한산 등산길에서 오랜만에 인동초 꽃을 보았다. 귀인이랄까? 신기했다.

불현듯 내 유년시절이 회상되었다. 인동초에서 꿀을 빨고, 할머니의 애착으로 인동꽃을 살 갈무리했던 그 꽃잎. 양악과 강한 삶의 외지에 유혹되었던 그때 기(氣)를 선사 받았던 내 유년의 풍경들이 선연히 떠오른다. 그래서 향심에 사로잡혀 나는 아직 이 꽃을 보지 못한 사람들에게 자랑하려고 인동꽃잎 몇 잎을 따 호주머니에 넣었다.

몰골은 변해도 언제나 때 묻지 않은 인동꽃. 내 동심은 세월은 흘러도 항상 그 자리 그 모습으로 거기에 머물고 있는 것일까? 오늘처럼 하얀 내 마음은 인동꽃이 되고 싶다. 우리 현대 문명에서 자존심과 교만, 체면을 거두고 인동꽃처럼 피어나는 소박하고 강한 서민 정신이 서린 저 꽃의 교훈을 익히면서 살아야 한다.

인동꽃은 옛 문헌에서도 입증했듯이 고대 희랍이나, 중국의 종교적인 차원에서 그 자취를 볼 수 있다. 어려운 환경에서도 끝내 꽃을 피우며 삶을 영위하는 인동초.

우리는 이러한 인동꽃을 더 많이 재배하여 온 국민의 정신으로 승화시켜서 인고의 정신 개혁을 바탕으로 강한 삶의 의지력을 동원하여 이 어려운 경제 난국을 극복해야 할 것이다.

인동꽃을 본다.

인동 시대를 본다.

IMF도 지울 수 있는 그 인고의 힘.

나는 찬양한다. 저 줄기 왕성한 꽃과 잎으로 차나 술을 빚어 사랑하는 벗과 마주앉아 대화하며 인동초에 비유한 김대중 대통령의 지도력 인동꽃을 오늘도 조용히 지켜볼 뿐이다.

| 화장(化粧)의 의미 |

여자들은 자기를 예뻐 보이게 하기 위하여 화장(化粧)을 한다. 그래서 대체로 남자보다 더욱더 아름답기 마련이다. 이러한 여자에게 추한 모습은 슬픔이다. 색깔, 옷차림, 음성이 아름다울 때 여자는 한결 값져 보인다.

인간은 누구나 자신을 아름답게 꾸미고자 하는 욕구를 가지고 있다. 이러한 욕구는 인간의 본능에서 비롯된 것이다. 사람들은 항상 아름답게 살려고 노력한다. 물품을 구입할 때도 우선 아름다운 것을 선택한다. 하물며 이상을 가진 인간으로서 어찌 아름다움을 거역하겠는가.

인간은 자기 아름다움을 더욱 돋보이도록 하고 약점이나 추한 부분을 감추거나 수정하여 상대에게 아름답게 보이려고 한다. 이른바 욕구를 충족시키기 위한 수단으로 발달한 것이 화장이라 하겠다. 원래 화장이란 낱말은 우리나라 고유어가 아니라 개화기 이후에 일본으로부터 도입되어 일반화된 말이다.

화장에 해당하는 우리의 용어는 시대에 따라 달리 나타난다.

삼국시대에서 고려시대에 이르기까지는 분대(粉黛 : 백분과 눈썹먹)나 지분(脂粉 : 연지와 백분)이 주로 쓰였으며, 조선에 와서는 야용(冶容)이란 말이 쓰였다. 야용은 본래의 아름다움을 표현하기보다는 억

지로 아름답게 꾸민다는 의미를 내포하고 있다.

조선시대는 화장법이 신분과 장소에 따라 달랐다. 피부손질 위주로 꾸민 것을 담장(淡粧), 색채 위주의 농장(濃粧), 짙은 화장에 요염하게 꾸민 것을 염장(艶粧)이라 불렀다.

그런데 그 시대에 살았던 사람들의 마음이야 얼마나 초조했을까. 신분에 따라 화상하는 법이 다르다니 니무 천대받고 살았던 상노의 신세가 얼마나 따분했을까. 그렇고 보면 요즈음 사람들은 모두 행복하다. 돈 있고 시간만 있으면 흩치마 입고 물구나무를 선들 탓할 사람이 없다. 세상은 제 잘난 맛에 산다고 했으니까. 하지만 그래도 갖출 것은 갖추고 지킬 것은 지키고 살아야지.

나는 아침 산책길에서 여러 사람들을 대한다. 어떤 사람들은 운동을 하러 나오면서도 짙은 화장을 하고 나온다. 물론 남에게 아름다움을 보여주는 의도는 좋으나 장소와 때를 분간 못하는 것 같다.

그들과 스치는 찰나 쿡 찌르는 화장내음. 그 좋은 산공기를 지워 버려 속이 메스껍다. 또 분별 없이 화장을 한 사람들. 잠시 후 그들을 다시 보면 그 곱던 얼굴은 땀에 얼룩져 화상이라도 그린 듯 꼴불견이다.

화장은 자신을 남에게 아름답게 보이기 위한 진실이라면 때와 장소를 가려서 하면 어떨까. 무조건 아름답게만 보이려고 하지 말고 그 허를 버리고 실을 위하여 상대의 기분을 좋게 했으면 얼마나 좋을까. 화장은 넓은 의미에서 보면 몸을 청결히 하고, 얼굴을 치장하고, 머리를 손질하고, 옷을 갖추어 입고, 하지만…… 여기서는 화장법을 중심으로 살펴보려고 한다.

신화에 의하면 신라의 시조인 박혁거세는 용모단정한 아름다운 남자였다. 그의 왕비 알영(閼英)은 몸매와 얼굴이 매우 아름다웠다. 단, 입술이 닭의 부리와 같이 생긴 것이 결점이었는데, 북천(北川)에서 목욕시키자 부리가 떨어져서 완벽한 미인이 되었다고 한다.

그 내용은 지혜와 용기, 미모를 겸비한 자라야 그들의 지도자로 삼았음을 의미한다. 또 심신을 수련하고 무술을 연마하는 원화(源花)나 화랑(花郎)으로 모두 아름다운 여자와 미소년을 선택한 것을 보아 아름다움을 숭상하고 아름다운 육체에 아름다운 영혼이 깃든다는 미의식이 형성되어 있음을 말해 준다.

우리나라 사람들의 화장 경향은 엷은 색조의 은은한 화장법을 소유했다. 백제와 신라의 화장 풍습은 중국의 짙은 화장법을 떠나서 은은한 화장법이다. 조선시대 초기에는 고려시대의 진한 퇴폐풍조의 사치를 억압, 엷은 화장으로 촉진되었다. 그리고 면지법(面脂法)을 사용 효과적인 화장술을 터득하여 그 어느 시대보다 세련되었다고 할 수 있다.

조선의 유교적 신화에서는 표면적인 겉치레나 화려함보다 후덕한 행실, 미(美) 행실과 단정한 몸가짐 등 내면의 미를 중시하여 얼굴 화장에는 크게 관심을 두지 않고 손님을 맞이하거나 나들이할 때는 반드시 엷은 화장을 했다.

예술이란 결국 인공적인 미(美)의 창조다. 그런 의미에서 화장도 일종의 예술이라고 말할 수 있다.

반면 기녀(妓女)의 화장법에는 백분을 얼굴에 하얗게 바른 후 입술과 뺨에 연지, 눈썹을 먹으로 칠한 진한 화장이었다. 여성의 입술 연지는 여자다운 항구를 찾아드는 남자의 배를 안내하는 등대와 같다.

연지를 바르는 풍습은 먼 고대부터 비롯된다. 역대의 왕들은 많은 비첩을 거느리고 있었다. 그들 중 누가 경도가 있을 땐 왕을 가까이하지 못하게 되어 있다. 그래서 그것을 표시하느라고 연지를 바르는 것이다. 이러한 것을 여자의 정희(程姬)의 질(疾)이라고 한다.

또 굵은 털은 쪽집게로 뽑아 주고 잔털은 명주실로 꼬아 가면서 뽑아 주었다. 곱고 우아한 손은 바로 신분의 고귀함을 나타내는 징표요

자랑거리였다.

　남자들은 주로 분화장을 했다. 예나 지금이나 화장은 여성들만의 전유물이 아니라 남성들도 관심을 가졌다. 당시 남성의 화장은 하얀 얼굴과 고운 손, 아름다운 수염을 상류층일수록 더 가꾸었다. 그래서 여기에 무관심하여 추한 것을 보여주는 남성은 천한 신분으로 취급받았다. 그러기 위해 소선소 남성들은 하루에 수치 례 냉수(冷水)와 온수로 씻고 피부를 부드럽게 하기 위하여 모종(某種)의 액을 사용했다.

　조선조 시대 화장법은 당시 생활의 모든 면에서 엄격한 규범과 예절이 있었다. 화장의 최우선적인 예우는 청결이었으며 나들이할 때와 손님을 맞이할 때는 반드시 엷은 화장을 하는 것이 예의였다. 다만 부모의 병환이나 상(喪)을 당했을 때는 화장을 금한다.

　또한 가족 중 마마를 앓은 사람이 있을 경우 화장을 안 했다. 이는 마마이 여신(女神)이며, 이 여신이 미녀에게 질투를 한다는 풍습이라 하겠다. 이러한 화장법, 화장 예의는 오늘까지 이어지고 있어 맑고 깨끗한 얼굴에 엷고 은은한 화장을 가장 아름답다 여기며, 때와 장소에 맞는 적절한 화장 예의를 지켜 주었으면 더욱더 아름답다 하겠다.

| 소 |

오랜 세월 동안 인간과 가축은 한 울안에서 살아왔다. 그 중 소는 사람을 위하여 농사일을 돕고, 물건을 운반하고, 고기와 가죽을 주는 등 목숨을 다 할 때까지 희생하는 것을 천성으로 알고 있다. 그런 덕성스러운 소를 인간은 은혜의 보답없이 그 육체에 비수를 꽂는다. 참으로 비정한 일이지만 우리는 그렇게 살아왔다.

나는 소를 길러 봤다. 그래서 소의 이야기를 좀 해 보련다.

유년의 농가 울타리에 개나리꽃이 화사하고, 노란 병아리가 삐약삐약 세상을 관찰할 때 겨우내 외양간에서 되새김질을 하던 소도 마당가 두엄더미에 우뚝 서게 된다. 아롱아롱 아지랑이가 돌담 위에 피어오르다가 복숭아나무 가지 끝에 사뿐히 내려앉아 봄춤에 붉다가 마지막 반석 같은 황소 등에 쪼르르 미끄럼을 탄다. 소는 봄의 가슴앓이를 앓는 듯 큰 귀로 부채질을 하다 봄빛에 사르르 두 눈을 감는다.

그때 그 공동에는 흰 구름이 감돌았다. 이때 할아버지는 큰 솔로 소 등을 슬슬 긁어 내린다. 소는 고맙다는 듯이 그 육중한 몸을 투루룩 털고 굵은 목을 빼며 기지개를 편다. 그러다가 소는 인간의 욕망을 아는 듯 옆눈질을 하며 마당 앞 문전옥답 서마지기를 응시하며 자신이 땀 흘릴 것을 생각하는지 고개를 내젓는다. 할아버지는 하던 일을 멈추고

나를 보며 소에게 섞어줄 쇠풀을 베어 오란다. 아직 좀 이르기는 하지만 일찍 햇풀을 먹어야 털갈이를 하고 살이 찐다는 속셈일 것이다.

나는 다래키를 메고 동구밖으로 나갔다. 벌써 양지쪽에는 아이들이 모여 각씨풀로 소꿉장난이 한창이었다. 논두렁 밭두렁은 아직 풀베기에는 이르고 저쪽 개울 양지쪽에 버들이 제법 연둣빛을 자랑하며 나를 유인했다. 맑은 물소리를 머금고 도랑을 긴너뛰는데 피리미 새끼들이 새 세상을 만난 듯이 분주하다. 이렇게 봄의 화기는 자연에게 힘을 실어주는 섭리의 작용으로 세월은 흐르나 보다.

나는 버들과 갈대, 각씨풀을 다래키에 채워 집으로 돌아왔다. 어느덧 저녁 쇠죽 끓일 때가 되었다. 여물과 콩깍지와 새 풀을 섞어 가마솥에 넣을 때는 벌써 아궁이 불길이 널름널름 가마솥 밑바닥을 핥고 있었다.

얼마 후 피— 하고, 김이 나며 구수한 내음이 풍겼다. 소도 햇내음을 아는지 큰 혀를 연방 감아 돌린다. 구유에 쇠죽을 퍼 넣었다. 소는 뜨거움도 참고 잘 먹는다. 소가 맛있게 먹는 것은 내가 햅쌀밥을 먹는 듯 배부르고 만족했다.

소는 육중하고 기운이 세지만, 순하고 겁이 많은 동물이다. 어떤 날은 바빠서 소를 산에 매어 놓고 어둠이 짙어질 때에야 늦게 가 보면 은신처를 이용하거나 나무 밑에 쥐 죽은 듯 가만히 서서 눈만 껌벅거리고, 또 소낙비나 천둥 번개 치는 날에도 매어 놓은 고삐를 끊고 집으로 급히 달려온다. 또한 어두운 밤중 소를 앞세우고 길을 가다 보면, 전방에 무서운 적이 있음을 느낄 때 뒤돌아서며 앞으로 안 가려고 한다.

그러나 일단 적과 싸움이 벌어지게 되면 그때는 인정사정 볼 것 없이 힘과 지구력으로 대결하여 소의 우직함과 근성을 보여준다.

나는 유년 시절, 소 싸움을 경험한 일이 있다.

농사 일을 거의 마친 7, 8월은 소의 휴가 달이다. 나는 소를 몰고 넓은 초원으로 갔다. 이곳은 물과 풀이 풍부하여 소 먹이는 데 좋은 곳이다. 벌써 옆집 친구네 소와 인근의 소들이 풀을 먹고 있었다. 나는 소를 매어 놓고 책을 보았다. 그런데 사람들이 모이면 남의 흉을 보듯이 짐승들은 모이면 싸움이 벌어지나 보다.

처음엔 소들도 가만히 있는가 싶다가도 암소를 보자 그만 옆에 있던 황소가 고성을 지르며 뒷발로 차 흙을 계속 뿌린다. 자기 힘을 과시하려는 듯이. 이를 본 우리 집 황소도 더 이상 그 꼴을 못 보겠다는 듯이 그 큰 눈으로 옆 눈질하며 고개를 숙이고 뿔을 하늘로 치켜 올려 뛰어가 딱! 상대 소의 뿔에 부딪친다. 연속 딱딱 들이받는 소리는 돌 부숴지는 소리 같았다. 그도 그럴 것이 1톤이나 밀어붙이는 힘으로 서로 들이받으니…….

아이들은 "우리 소 이겨라. 우리 소 이겨라" 하고 야단법석인데 계속 싸움은 치열하다. 두 소는 온 몸에 땀투성이로 물에 빠진 듯 입가엔 게거품을 물고 식식거리고 눈 언저리와 코에는 피가 낭자하여 처참했다. 황소 고집이라더니 그래도 서로 양보가 없다.

무서웠다. 그제서야 아이들은 "아버지! 아저씨! 소 싸워요. 소 다 죽어요." 하고 소리쳤다. 이 소리를 듣고 들에서 일하던 어른들은 급히 달려와 장나무 토막으로 소를 가로막고 물을 뿌려 싸움은 끝났다. 하지만 그때 나는 소 싸움의 우직함과 황소 고집을 처음 느꼈다.

그때 내가 보았던 소 싸움은 우연히 일어나 대가없이 끝났다고 할 수 있는 것이었다. 하지만 요즈음 소 싸움은 어떤가? 상품이나 금전을 걸어놓고 돈 벌기와 관광을 목적으로 한다.

소 싸움은 옛부터 스페인, 포르투갈이나 서구 여러 나라에서 시행하여 왔으며, 우리나라에서도 경상도 청도에서 일 년에 한 번씩 소 싸움을 한다. 또 투견, 투계…… 등 여러 동물을 이용한 싸움은 삶을 영위한 인간의 비정한 일면을 보여주는 것이며, 그로 인한 사회의 비도덕

적인 행위는 유감스럽기만 하다.

싸움이란 본인은 물론, 그 준비 과정이 힘들다. 우선 소 싸움을 시키는 주인은 좋은 보약과 강도 높은 훈련을 계속 시켜 승리를 목표로 한다. 그리하여 자기 소가 싸움에서 이기면 어깨춤이 절로 나고 의기양양하지만 패자의 슬픔이란 눈물나는 현상이다. 특히 청도 소 싸움에서 한국 소와 일본 소의 싸움은 승리도 승리지만 역사에 새긴 힌 · 일 감정의 분노로 말미암아 두 주먹을 불끈 쥐고 손에 땀이 나게 한다.

이때 싸움에 이긴 소는 한국의 농우로서 좋은 품평을 받고, 가장 힘이 센 종족의 번영을 확산시키는 데 목적이 있단다. 또 청도 소 싸움은 세계적으로 관광문화 신상품권을 승화 경제면으로도 기대하고 있다

우리나라는 오천년 농경 생활에서부터 소와 인연을 맺고 농사를 지으면서 서로 가깝게 살아왔다.

그런데 2000년 화두에는 이 소를 정치적으로 이용하여 현대 정주영 회장은 소 1000여 마리를 몰고 휴전선 비무장지대를 넘었고, 그 여름 장마에 이북에서 떠내려 온 황소를 비무장지대인 우도에서 우리 해병대가 건져올려 통일소라 이름 붙여져 잘 살고 있다.

한국의 소는 꿈 속에서 조상으로 상징 신봉하였다. 그런데 뜻하지 않게 과학 문명의 발달로 환경오염은 세계적으로 퍼진 광우병이라는 적을 소에게 옮겨 주었다. 그래서 최근 우리는 그 버릴 것 없는 소를 외면하고 천대하고 있다. 우리는 아름다웠던 한국의 농촌 생활의 추억을 이야기하기 전에 소와 인연을 계속하기 위하여 광우병의 피해를 하루 속히 예방하여야 한다.

그리하여 언제나 건강한 소로 길러 우리의 풍요로운 농촌 생활을 위하여 봉화의 횃불을 피워 올린다면 얼마나 좋을까?

| 등공양(燈供養)의 의미 |

인간에게 어떤 경우에 이르는 것이 가장 행복한 것이냐고 묻는다면 그것은 생로병사를 초월하고, 이 무상한 예상을 깨닫는 기쁨에 사는 경우, 곧 자아완성(自我完成)과 자유자재(自由自在)의 진실한 평화에 임하는 경우일 게다.

인간은 모두가 자성과 자아가 갖추어져 있는 것이며 이것을 깨닫지 못하여 고통받다 허무하게 살다 가는 것이다. 부처가 오신 것은 바로 인간의 고통을 해탈하여 일깨워 구원하기 위해 오신 것이다.

그래서 불기 2545년 4월 8일은 부처님 오신 거룩한 날이며, 이날만은 남녀노소, 빈부귀천 할 것 없이 사찰을 찾아 등공양(燈供養)에 동참한다. 사찰에서는 큰 행사가 있을 때마다 연등(燃燈)을 밝히고 있다. 연등은 불교에서 여러 가지 의미를 담고 있는 상징화 된 공양물로서 연꽃과 같이 중요하게 여기고 있다.

특히, 매년 4월 초파일 부처님 오신 날 연등을 밝히는 이유도 바로 거기에 있다. 어떤 물건이라도 명칭이 붙게 되면 그에 상응하는 의미를 지니고 있는 것과 같이 연등을 밝혀 불교행사에는 더욱 종교적 의미를 잘 반영시키고 있다.

이 유래와 단순한 흥미 위주로 되어 있는 희극적인 사건이 아니라

불교가 지향하고자 하는 본래 목적인 인간 부흥을 위한 것을 더욱 가깝고 친숙한 가르침으로 일깨워 주고자 하는 바람으로 종교적인 의미가 내포되어 있는 것을 현실적인 표현방법으로 나타낸 것이라 할 수 있다.

우리가 알고 있는 것으로는 일찍이 석가모니 부처님께서 전생에 수행시절인 보살행자로 있을 당시 연등부처님으로부터 후세에 수행을 완성하여 석가모니 부처님이 될 것이라는 수기(授記)를 받았다는 것이다.

이때에 연등부처님으로부터 석가모니 부처님에게 연등은 전수되어졌다고 한다. 그렇다고 형상화된 연등을 연등부처님께서 직접 전수해 주신 것이 아니라, 석가모니 부처님께서 보살 행자 시절에 연등부처님으로부터 수기를 받았다는 이 신심(信心)의 등불을 말하는 것이라 한다.

연등부처님은 모든 어둠인 무명(無明) 번뇌를 밝혀 그대로 자비광명을 밝히는 연등과 같이 모든 중생을 구제하는 부처님이었다. 그러기에 이 등불은 그대로 석가모니 부처님께 지혜의 등불, 대자비심의 등불, 일체 공덕의 등불인 법의 등불로 수기되었다.

이 연등은 꺼지지 않아 석가모니 부처님 재세시에도 '난다' 라는 여인의 정성으로 발보리심인 등불공양을 올리어 후에 부처를 이룰 수 있는 수기를 받는 것으로 나타나 있다. 뿐만 아니라, 부처님 전에 연등을 밝혀 등공양 올리는 장면들이 많은 경전에 나타나고 있다. 이러한 모습에서 볼 때 불교에서의 연등은 종교심의 큰 생명력이 함축되고 있다. 다시 말해서 등불은 어둠을 밝히는 지혜와 법의 등불이라고 한다.

사람의 죄와 복을 받는 것은 각자 지은 업력에 따라 일어나는 것이며, 생사윤회를 돌고 도는 것도 미혹된 결과로 나타나는 삶의 모습인 것이다. 따라서 미혹의 어리석음을 밝혀 인생과 세계를 바로 볼 수 있

는 여실한 지견(知見)을 갖추기 위해서 연등을 부처님 전에 공양을 올리는 인형(人形)은 곧바로 자기 인격의 한 부분을 그만큼 진리의 등불로 밝혀 채워놓는 것이며, 그로 인한 발심은 더욱 망식(妄識)을 진식(眞識)으로 전변하는 공덕행을 이루는 것이라 한다.

한 등이라도 정성이 깃든 연등은 그만큼 나와 이웃을 위한 것이 되므로 우리는 깨달음을 이루신 부처님께 등공양과 연등을 밝혀 서원을 다짐하는 것이다.

인도(印度)의 사밧티(金衛城)에 '난다'라고 하는 한 가난한 여인이 살고 있었다. 그는 밥을 빌어 먹고 사는 걸인이었다. 어느 날 사찰에서 부처님께 등공양을 올린다는 소문을 들었다. 그 여인은 무일푼 이를 고심하다가 지나가는 사람에게 겨우 동전 두 닢을 얻었다.

부처님께 남과 같이 등공양을 해야겠는데 좋은 등을 못하고 기름을 사 불을 켜 부처님 다니시는 길목을 밝히면서 빌기를 "이 공덕으로 내 생에는 나도 부처님이 되어지이다"라고 하였다. 가난하지만 정성껏 마음 착한 여인의 넓고 큰 서원으로 켜진 등불……! 그래서 부처님은 다음과 같이 말씀하셨다.

"불도(佛道)란 그 뜻이 매우 깊어 헤아리기 어렵고 깨치기도 어려워 그것은 하나의 보시(普施)로써 얻을 수 있는 것이기도 하지만, 백천의 보시로도 얻을 수 없는 경우가 있다.

그러므로 불도를 얻기 위해서는 먼저 여러 가지 보시로써 복을 짓고, 좋은 벗을 사귀어 많이 배우며, 스스로 겸손하여 남을 존경하여야 한다.

등공양을 올리는 선행은 작은 등불이라도 오직 부처님만이 그 마음을 아신다고 경(經)에서 말씀하시고 있다. 그만큼 등공양의 의미는 큰 공덕의 등불이 된다는 것이다.

두타산(頭陀山)과 청옥산(靑玉山)

태백산맥의 주릉에 솟아 있는 두타산(頭陀山)과 청옥산(靑玉山)은 동해시의 서남쪽 14km 지점에 있는 산이다. 이 산들 주위에 있는 암반 계곡 무릉계에는 무릉반석, 두타산성, 용추폭포 등 비경의 승지가 많으며 고려의 학자 이승휴(李承休)가 충렬왕 때 정3품의 벼슬에서 물러난 뒤 은거한 동해안 대표적인 명소 중의 하나이다.

나는 이 명산에 대한산악연맹 산성산악회 산행대장으로 1998년 10월 청옥산을 등산하게 되었다.

정오였다. 가을이지만 너무 더워 계곡의 물과 나무 그늘에서 쉬고 싶었으나 오랜 두타산행의 계획을 포기할 수는 없었다.

산성산악회 회원들은 전쟁터 고지라도 점령할 듯이 모두들 힘을 내어 두 주먹을 불끈 쥐고 내 뒤를 따른다. 무릉계곡에는 무릉반석군의 비경이 인간의 발길을 이끈다. 오늘 이처럼 감탄의 풍경을 눈부시도록 만끽해 가슴 부풀도록 배부르니 심신의 영혼은 푸른 창공을 날으는 듯 기쁘다.

삼화사(三和寺)의 종소리는 길손의 욕구불만을 하나하나 실어 바람결에 지워 버리고 풀잎, 돌멩이에게까지 자비의 정을 베푸는 편안한 산길, 기암괴석의 석형, 그 사이를 돌아내린 청아한 물빛, 그 위에 무수

히 뜬 낭자한 핏빛 단풍잎, 그 조각배의 운명이란 예고할 수 없는 안타까운 서러움에 눈물어린다.

백여 평의 하얀 반석 위에 앉아 티 없는 가을 하늘을 보라. 보고 또 봐도 유년의 고향 하늘 같은…… 물의 흐름은 바위를 핥아 억만 년의 애무로, 군데군데 사랑으로 애정의 흔적을 남기고 홀로 어디론가 흐르면서 노래한다.

한 여성을 사랑하듯 나는 산을 사랑한다. 산은 올라오는 자에게만 인생을 정복한다고 나는 나를 향해 말한다. 그래 힘을 내자.

얼마 후 저 청옥산의 거대한 산봉을 한눈으로 바라보다가 이미 구름 위에 서 있는 나 자신을 발견했을 때 아 그 얼마나 상쾌하고 위대한가?

점심 때가 지났는데도 점심 밥을 먹지 않았다. 밥을 안 먹은 이유는 식사 후 식곤증이나 배가 불러 호흡에 부담감 때문에 자제한 것이다.

산곡을 울리는 물소리. 나는 물소리에 안겨 용추폭포에 올랐다. 물의 쉼터 50m에서 내리꽂히는 흰 물줄기엔 태백산의 등뼈처럼 힘찬 삶의 기(氣)가 서린다. 그 하얀 물기둥 위에 서린 무지개꽃— 선경의 풍경처럼 감탄의 소리들이 아우성을 친다. 이렇게 자연은 오묘한 기법으로 인간의 마음을 사로잡아 이 폭포에 머물게 하는가.

수풍(水風)의 날림에 놀라 뒤를 보았다.

회원들은 보이지 않고 가을 햇살이 조용히 내 얼굴을 깔고 있었다.

하산과 정상의 갈림길. 나는 정상을 택했다. 외롭지만 평소부터 한 번 꼭 오르고 싶었던 희망의 도전이었다.

나는 청옥산 정상을 향하여 박달계곡으로 올랐다.

산은 마음의 고요와 고상함이요, 큰 산은 높고 덕이 솟은 것 같다. 나는 덕을 쌓아 높은 청옥의 정상을 향하여 내 발길마다 정성과 지구력을 모아 70도의 비탈길을 오른다. 이제 내 마음은 큰 산의 주인임을 자처한다. 힘이 난다.

이마와 등줄기에는 구슬땀이 흐른다. 이 고뇌, 누굴 위함이 아닌 자신을 위함이라고 생각한다.

산행의 고뇌에 지쳐 다시는 산에 안 온다고 맹세해도 하룻밤 지나고 나면 또 산에 가고파서 오늘 또 이렇게 걷지 않는가. 산은 내 친구요, 내 애인이다. 산 정상을 쳐다보고 한숨 쉬지 말고 앞만 보고 꾸준히 걷다 보면 산상은 눈앞에 오는 깃이다.

천자만홍(千紫萬紅)에 만학천봉(萬壑千峰)이라 한바탕 흐드러지게 웃는 듯 산색은 붉을 대로 붉었다. 자세히 보니 홍(紅)만은 아니었다. 청도 있고, 녹이 있고, 황이 있고, 등색이 있어 산 전체가 무지갯빛 아름다움으로 수놓아 틀에 박힌 듯 단정하다. 그 용체 그 용모가 범속이 아니었다.

이제 박달령 능선에 접어 들었다. 이정표의 안내 표시는 남으로 두타산, 북으로 청옥산, 두타보다 청옥이 51m 더 높다. 나는 청옥산으로 걸었다.

산에는 우정이 있다. 그러나 내 주위는 아무도 없다. 다만 자연의 무리들이 나를 반겨준다. 다람쥐, 청설모, 이름 모를 풀벌레……. 그들은 겨울 준비에 마지막 가을 햇살 아래 분주히 움직인다. 인적에 놀란 산새들도 푸드득 창공을 박차 오른다. 가을은 결실의 계절이라 동식물 모두가 윤기 흐른 몸짓으로 제 살 길을 찾나 보다.

너무 조용한 산길 아침 이슬처럼 맑은 마음. 스스로 도인을 자처해 본다. 옛부터 도(道)에 통달한 사람들은 산에서 자연의 이치와 무상의 상념에서 이루어졌다니 그럴싸하다.

쇄— 바람소리 밀림을 울리고, 선계(仙界)에 맴도는 마음 산 위에 흐른다. 간혹 보이는 짐승의 배설물들, 물기 어린 윤기로 보아 간밤에 배설한 것으로 보인다. 짐승을 잡아먹고 좋은 약초를 섭취한 놈, 나는 등골이 오싹했다.

소리쳤다. 빈 산울림만 돌아쳐 내 이마에 꽂힌다. 무서움과 외로움, 그래도 내 소리는 안정의 기로 살아 영혼을 달랜다. 산신은 나를 위로한다. 어서 정상을 향하여 힘을 내라고…….

이정표는 500m만 더 가란다. 피로했던 마음과 몸이 다시 생기가 난다. 나를 좌절시키던 피로와 무서움, 외로움이 날개 돋친 범마냥 더 빨라진다.

무릉계곡 주차장을 떠난 지 3시간 만에 청옥산(1,403.7m) 정상에 섰다. 나는 두 손을 높이 들고 야호! 하고 소리쳤다. 이 쾌감, 이 순간! 무엇이 부러우랴? 얼마 후 나는 세상을 지배한 듯 상쾌한 기분으로 하산하련다. 오색찬란한 비단 같은 치마폭의 산맥들이 자연의 순리에 흐름으로 곱게 빗질한 듯 내려 뻗었다. 미끄럼이라도 타고 내렸으면…….감탄의 느낌이 하늘 높이 솟구친다.

맑은 하늘, 헬리콥터장 넓은 광장은 청옥산을 대표하여 나를 안아준다. 어떤 해후의 그날처럼 매우 즐겁다.

시인 단테는 산 위에서 이 세상을 굽어보는 것을 즐기기 위해 높은 산을 자주 올랐다고 했다. 그래서 역사학자 부르크 하르트는 '등산을 위한 등산'을 한 유럽 최초의 인물이라고 단테를 평했다 한다.

그런데 내가 한동안 나름껏 감격하고 있을 때였다. 누가 수고했다고 박수를 친다. 옆을 보니 한 청년이 단풍나무 밑에서 웃고 있다. 이 호젓한 산상에서 처음 사람을 만났다. 나는 그 곁으로 갔다. 반갑다고 서로 인사했다.

경상도 안동땅에서 왔다는 30대 청년, 그는 백두대간을 걷는, 지리산에서 시작하여 여기까지 왔단다. 한 마디로 그는 산사람이었다. 산에서 자고 산에서 먹고……. 팔과 다리에는 가죽을 감고 가죽신을 신었다. 그는 산에서 가장 무서운 것은 뱀이라 한다. 그러면서 산삼도 캐고, 작약, 더덕 등 약초를 수거했단다.

그는 나와 식사를 하며 이제 정선 가리왕산으로 간다고 했다. 청년은 물이 있으면 좀 달라고 했다. 산에서는 물이 가장 중요한 것이라서 내 가방에 조금 있기는 했지만 없다고 했다. 그랬더니 그는 노란 참외 하나를 꺼내어 마지막으로 먹었다. 내가 그에게 물을 안준 것이 미안했지만 어쩔 수 없었다.

산에서 만난 사람, 잠깐 내화하는 사이 신의 경험담으로 서로를 알고 산을 알고 인간을 알게 되었다.

나는 남쪽으로, 그 청년은 북쪽으로 등을 돌렸다. 인연이란 언제나 이렇게 끝나고 빈 몸으로 가는 것일까? 얼마 후 뒤돌아보니 그 청년은 가을 석양에 외로운 길을 홀로 낙엽에 쌓여 가고 있었다. 나는 나대로 갈가마귀 우짖는 하산길을 개선장군의 마음으로 삶의 의욕을 다시 느끼며 발걸음을 재촉했다.

두타산과 청옥산 >>>>>

| 연꽃(蓮花)의 의미 |

연꽃(蓮花)은 인도를 중심으로 한 열대 아시아가 원산지인, 연꽃과 (科)의 다년생(多年生) 수초(手草)다. 앞줄기가 부채살처럼 퍼져 있는 연록색의 크고 둥근 잎이 뿌리 줄기에서 나와 물 위에서 자라는데 잎은 물에 젖질 않는다.

7, 8월이 되면 분홍이나 백색의 꽃이 한 꽃대에 한 송이만 피고, 연씨는 10월경에 익는다. 연씨는 수명이 길어서 3000년이 지나도 싹을 틔운다고 한다. 뿌리 줄기는 녹말 성분이 많아 고급식품으로 쓰이고, 뿌리는 즙을 내어 약용으로 쓰기도 한다.

또 '법화현찬(法華玄贊)' 에는 연꽃은 파랑, 노랑, 빨강, 하양의 네 가지가 있다고 했다.

열대성 기후인 인도에서는 시원한 못가의 나무 그늘이야말로 더위를 피할 수 있는 가장 이상적인 쉼터다. 이런 이상적인 쉼터의 못에 피어 있는 연꽃이야말로 괴로움의 현실에서 벗어날 수 있는 이상향을 상징하는 꽃이라 할 수 있다. 그래서 인도인은 옛부터 연꽃을 사랑했고 친근하게 여겼다.

인도 신화를 노래한 대서사시(大敍事詩) '마하 바라타' 에 연꽃이 나온다.

비쉬누신(神)이 천(千)의 머리가 달린 용왕 아난다의 몸 위에 누워 세계에 관해 명상을 하고 있었다. 비쉬누가 신비로운 명상에서 깨어나자 배꼽에서 황금색 연꽃이 피어 나고, 그 꽃에 범천(梵天)이 앉아 있었다. 이 브라만이 만물을 품은 세계를 창조했다는 것이다.

이처럼 인도에서는 오랜 옛적부터 연꽃을 신성하게 여겼으며, 불교에서는 진흙 수렁에서 피어나되 더러움에 물들지 않고 청정하게 피는 연꽃의 생태를 마치 오탁악세에 살지만 번뇌에서 해탈하여 청정한 니르바나열반의 경지를 지향하고자 하는 불교의 이상에 비유하여 일찍이 연꽃을 불교의 상징으로 삼았다. 그래서 어려운 이치(교리)를 연꽃에 비유해서 설명하기도 하고, 또한 수행의 어려움을 일깨우기도 했다.

따라서 연꽃에 관련된 일화나 에피소드도 많다. '청백연화유경(淸白蓮華喩經)'에서도 "푸른 연꽃과 붉은 연꽃, 흰 연꽃이 물에서 나서 물에서 자라지만 물 위에 나와 물에 집착하지 않는 것과 같이, 여래(如來)는 세간에서 나서 세간에 살지만 세간을 벗어나 세간에 집착하지 않는다"라고 했다.

연꽃은 세간을 초월한 등정각(等正覺)에 비유됐다. 그래서 불교의 이상향인 청정한 불국토, 예컨대 서쪽에 있다는 서방정토 곧, 극락을 표현할 때 시원한 못의 청량함, 그 물에 피어난 아름다운 연꽃을 비유해서 표현했다.

극락세계에는 칠보(七寶)로 된 못이 있는데 그 못에는 항상 팔공덕수(八供德水)가 넘쳐 흐르고 갖가지 색의 천묘(天妙)한 4종의 연꽃이 있다고 했다. 그 중 푼다리카(pundarika)와 같은 흰 연꽃을 진리의 상징으로 해서 묘법연화경과 같은 가르침을 만들어 냈다고 했다.

불교에서는 경전에서 연꽃을 비유한 데 그치지 않고 회화, 조각, 공예, 건축 등 시각적인 면에서도 널리 연꽃을 표현했다. 좀 과장해서 표

현하자면 불교문화는 곧 연꽃의 문화라 해도 과언은 아닐 것이다.

불교와 연꽃은 매우 깊은 관련이 있으며, 특히 화엄경에서 보았듯이 불세계는 곧 연화장 세계이므로 모든 불보살은 앉거나 서 있거나 항상 연꽃으로 자리를 삼는다. 모든 불상은 연꽃자리 위에 모신다. 뿐만 아니라, 불단·불상을 모신 천장의 닷집, 우물반자단, 창살문 무늬, 기와, 탑석, 부도, 경을 싸는 보자기, 탱화, 벽화 등 불교 문화의 상징인 연꽃은 매우 값줄 만하다.

해마다 맞이하는 4월 초파일— 연등의식이나 행사가 있을 때는 전통조화로 장엄하게 연꽃등을 만들어 불 밝힐 자비의 불심이 고맙기도 하다. 뿐만 아니라 우리나라에는 유난히 연꽃과 관련된 지명이 많다. 추려 보면 연고개, 역곤동, 연당못, 연화리, 연못배미, 연바위 등 부지기수다.

이러한 연꽃과 인연된 우리는 그 청정한 진리로 행복한 삶을 영위하였고, 따라서 이런 의미를 지닌 연꽃을 더 많이 가꾸어 그 자비로 평화의 시대를 이룩하여 성불했으면 좋겠다.

| 허수아비 |

허수아비는 외로움과 가난의 상징물이다. 또한 슬픔과 민초의 얼굴이다. 하지만 침묵하는 허상이다.

이러한 의미를 지닌 허수아비는 지방에 따라 허숭아비, 허시아비, 허재비, 허사비 등으로 불리어졌다. 그 모양도 각 지방이나 시대마다 제각각이다. 하지만 그 근본 어형은 허수아비와 크게 다르지 않다.

그런데 허수아비가 언제부터 등장했는지는 알 수 없다. 허수아비를 주술이나 유희의 도구로 사용한 기록들은 많이 남아 있다.

고구려 시대 때는 괴로회(傀儡戲)라는 꼭두각시 놀음이 있었다. 또 조선조 궁궐에서는 비빈이나 궁녀들 사이에 허수아비를 만들어 바늘을 찌르거나 물에 빠트리는 등 증오의 대상을 해하기 위하여 주술적인 용도로 사용되기도 했다.

소설 《홍길동전》에서는 홍길동을 가짜 허수아비로 만들어 관군을 농락했고 〈옹고집전〉에서는 영암 월출산 취암사 도승이 허수아비로 가짜 옹고집을 만들어 구두쇠요, 불효자인 옹고집을 혼내주었다고 했다.

허수아비는 탄생 유래가 민담으로 전해진다.

한 마을에 계모의 학대를 못 이긴 허수가 가출, 남의 집 머슴살이를 하게 된다. 허수를 찾아나선 아비는 어느 논둑에서 지쳐 쓰러져 죽었다. 그 자리는 허수가 새를 망보던 곳이었다. 허수의 아비가 죽은 자리에는 새들이 날아들지 않았다. 이후 민가에서는 사람의 형상에 허름한 옷을 입혀 새를 쫓는 풍습이 생겼는데 이를 허수아비라 했다는 것이다.

이 민담의 허수아비 이야기로 전하여진 한국의 농촌 곳곳에 허수아비를 세워 산짐승이나 새의 피해를 막아 풍요로운 생활을 하여 왔다.

입추(立秋) 무렵.

이맘때면 생각나는 허수아비. 새 떼의 극성에 고심하는 농민들…….

하룻밤 사이 여름내 땀 흘려 가꾼 농작물을 먹어 치워 막대한 피해를 안겨준 산짐승과 새 떼들…….

그땐 인위적인 방법뿐 과학적 장비와 좋은 약이 부족하였다. 그래서 원시적인 소리와 냄새, 불빛, 연기, 인간 형상의 허수아비를 만들어 속임수로 농작물을 보호했다.

나는 어른들의 심부름을 하면서 허수아비 만드는 과정을 살폈다. 막대기와 볏짚, 헌옷, 밀짚 모자, 갓, 중절모를 허수아비 만드는 재료로 사용했다.

먼저 막대기에다 볏짚을 감아 매고 헌옷 떨어진 것을 입힌다. 그러고 나서 눈은 왕눈을 부릅뜨게, 수염은 대갓집 샛님같이 위엄 있게 그려 놓고 머리에는 낡은 밀짚 모자나, 갓, 중절모를 씌워 하나의 허수아비를 탄생시킨다.

옛날 나 어렸을 적에 허수아비를 지게에 진 아버지는 뒷산에 있는 감자밭과 콩밭, 볏논에 하나씩 세웠다.

허수아비는 우리 논밭의 파수병이었다. 비가 오나 바람이 부나 천둥번개가 쳐도 꼼짝 않고 적을 응시했다.

새를 쫓는 데는 허수아비가 아닌 왕골로 처녀 머리채같이 따 내린

또아리가 있다. 그걸 빙— 빙— 돌리다 힘껏 옆으로 내리치면 딱하는 소리는 쩌렁쩌렁 산을 울려 주었다.

어느 날 밤이었다. 산돼지를 쫓기 위한 초막에서 밤을 새웠다. 자정 무렵쯤 되었을까. 피워 놓은 모깃불의 자색 향연은 밤하늘을 향해 구름인 양 달을 그슬려 주어도 달은 제 빛을 잃지 않고 평화스러운 밝은 빛으로 언제나 분배의 공정한 사랑으로 만물을 어루만져 주었다. 그리하여 깊어가는 가을밤의 서정은 더 한층 아름답게 무르익어 산촌의 밤 풍경을 은빛으로 물들여 주어 허수아비도 환하게 웃고 있었다.

나는 초막에서 바깥 시야를 살폈는데 목이 쉰 풀벌레 소리가 들릴 뿐 으스스 냉기가 서려 왔다.

밤 손님은 오지 않고 피곤의 하품이 입을 쪼갠다. 앙칼진 풀벌레 소리도 조용해지더니 응달진 숲 속에서 내려오는 검은 물체가 보였다. 나는 아버지 등 뒤에서 숨을 죽이며 직면한 그 물체의 거동을 살폈다.

"애! 자세히 보아라. 앞에 오는 큰놈이 어미 돼지 같다. 뒤에 따라오는 작은놈들이 새끼가 틀림없다. 산돼지는 벼나 감자, 고구마 등 아무거나 잘 먹는 동물이고, 노루는 연한 용순을 잘라 먹어 농사를 망쳐놓는 데는 일인자다."

돼지는 주둥이를 실룩거리며 볏논으로 들어오다가 사람 형상의 큰 허수아비를 보고 깜짝 놀란 듯 한 길이나 뛰며 그만 뒤돌아 산 속으로 돌아선다. 우리는 덩달아 양철통을 치며 '우여—' 하며 소리쳐 돼지를 놀라게 해 주었다.

그러나 이것도 영구적인 것은 되지 않았다. 산짐승이나 새떼들도 사람의 속임수를 꿰뚫고 같이 먹고 살자는 부랑자 심보였다.

그 짐승들도 시일이 갈수록 허수아비와 우정을 다졌는지 산돼지는 논, 밭의 곡식을 잘 먹어 주었고 새들은 허수아비 머리와 어깨에 앉아 노래하며 춤을 춘다.

참으로 세상이란 혼자 먹고 살라는 법은 없는 것 같다. 인간과 동물은 인과응보로 지구상에 삶을 유지하며 살라는 신의 조화가 있는 듯 묘한 일이다. 인간의 지혜나 동물의 지혜나 다 살아가는 먹기 위한 유전의 법칙을 위하여 사는 것 같다.

그런데 요즈음은 허수아비를 잘 볼 수 없다. 환경 오염과 농약, 오색찬란한 반짝이 테이프로 인한 독성의 마당에 허수아비의 힘이 부지하겠는가.

어느 날 나는 산행중 강원도 홍천땅 산간 산전에서 오랜만에 허수아비를 만났다. 고향 사람을 본 듯 반가웠다. 인정이 갔다. 그는 묵묵부답, 힘없는 표정, 언제 보아도 떨어진 의복과 가진 것 없어도 변함없는 천사의 마음이었다. 만고풍상을 겪고 인고로 땅을 지켜 주는 주인을 위한 충성심이 값 줄 만하다.

요즈음 신문보도에 양평 땅의 허수아비 축제가 성황이라고 홍보한다. 나는 지나는 길에 잠깐 들렀다. 참으로 수백 개의 허수아비가 품평회라도 하듯 뽐내고 있다. 색채도 다양하고 전깃불과 각국 사람들의 의장과 디자인이 볼 만했지만, 주위의 음식점 등 상업성이 있어 보여 께름칙했다. 참으로 의도는 우리 고유 토속문화를 승계하고 어린 세대에 얼을 심어 준다는 의미는 좋으나 너무나 화려하고 겉치레적인 것이었다.

이왕이면 좀더 고유의 허수아비의 어원을 진실하게 살려 그대로 토속의 본질을 탈피 안 했으면 얼마나 좋을까 생각해 보았다.

허수아비는 한국의 민담으로 전하여 우리 농민사회에 옛부터 인연이 있어 도움을 받아왔다. 가난하고 힘없고 서민적 의식을 지녔지만, 그 농촌을 위한 진실한 정신만은 옹고집으로 전하여지고 있다.

그런 걸 보면, 우리는 '허수'의 뜻을 기리는 농민의 이름으로 허수의 비석이라도 하나 세워 주었으면 얼마나 좋을까.

| 비닐 문화(文化) |

바람 부는 날 골목길을 거닐어 보라. 형형색색의 비닐 조각이 허공을 곡예한다. 그것은 참으로 꼴불견이다. 누가 버린 포피(包皮)였을까.

도시 주변— 들에는 나날이 푸른 물결의 초원은 서서히 사라져 가고, 하얀 비닐 물결의 하우스가 파도를 친다.

비닐 하우스 속은 생물의 온상지다. 거기에는 식물도 자라고, 사람도 살고, 가축도 산다.

한겨울 오들오들 떨고 있는 우리의 마음을 포근히 감싸주는 꽃, 채소, 과일 등, 이것들은 내 육신의 피가 되는 영양소의 산물(産物)이다. 몇 해 전만 하더라도 겨울에 그런 맛과 향기, 아름다움을 상상이나 했을까.

동지 섣달 꽃 본 듯이라고 노래에서 들었다. 꽃을 본다는 어려운 그 시대와는 달리 이제는 꿈의 환상이 현실화 되어 좋은 세상이다.

포장(包裝) 문화가 발달된 우리나라. 우선 마음부터 싸 놓고 산다. 우리 한국 사람들은 내면적으로는 하고 싶으면서도 겉으로는 하고 싶지 않다고 말하는 경우가 얼마나 많은가. 긍정과 부정을 애매하게 한 경우 또한 비일비재(非—非再)하다. 본심은 은닉할수록 미덕이 돼 있는 것이 한국인의 안으로 삭힌 예일 것이다.

우리의 옛 주방을 살펴보면 크고 작은 식기(食器)의 밥 사발이나 바가지에 담아 둔 보리밥도 호박잎으로라도 덮어 두고 대소쿠리의 밥도 하얀 보자기로 덮어 두는 것이 위생적인 예의였다.

책 한 권을 사도 서양의 책들은 대체로 한 겹 표지가 고작이다. 그런데 우리 한국의 책들은 여섯 겹의 포장을 하고 나서야 소비자에게 인도된다.

가끔 시장에 나가 보면 비닐 포장이 판을 친다. 건과류나 채소류, 쇠고기 반 근을 사도 비닐로 한 번 싸고 신문지로 다시 싼 후 비닐 봉지에 넣어 준다.

서양에서는 내용물에 손상을 입히지 않게 하자고 가방 문화가 발달한 데 비하여 한국에는 내용물을 남들 눈으로부터 은폐시키기 위한 보자기 문화가 발달하고 있음도 같은 맥락일 것이다.

포장문화의 발달은 인구의 증가로 나날이 그 수요가 단가(單價)를 높이지만, 반면 쓰레기 양산(量産)의 원흉이기도 하다. 이른바 종이 포장이 비닐 포장으로 전환되면서 환경공해의 범인이 된다.

요즈음엔 비닐 제품이 너무나도 많다. 장판 카펫, 그릇 종류, 농업용 온상지 등 부지기수다. 이렇게 여러모로 비닐 제품은 인간의 문화생활을 편리하게 해 주지만, 반면 환경공해의 오물을 생각하면 심각한 문제다.

장마가 끝난 어느 날, 나는 수석(壽石)을 채취하기 위하여 남한강변으로 나갔다. 그러나 생각과는 달리 강 주변은 지저분하였다. 강기슭 나뭇가지나 강둑 방파제에 색색의 비닐 조각이 마구 걸리고 깔려 있어 꽃이 핀 듯 착각을 일으켰다. 그만큼 우리 주변에는 공해요인으로 산과 들에 널려 있는 비닐 조각들……

최근 산이나 강변 유원지에 공해의 83%가 비닐봉지였다는 통계의

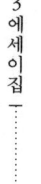

지적은 그만큼 공해의 심각성을 단적으로 말해 주고 있다. 그렇다면 비닐봉지를 줄이는 좋은 방법은 없을까.

저 들판의 하얀 비닐, 가정의 쓰레기로 나오는 비닐 조각을 어떻게 할까 생각하면 내일의 자연계와 우리 세대의 앞날이 걱정이다.

몇 해 전에는 비닐 폐품의 단가가 좋아 비닐을 수집하는 사람이 많아 마구 버리는 사람이 덜 했지만, 요즈음은 비닐 폐품의 가격이 인하되어 모두 그것을 외면하고 마구 버린다.

비닐은 우리 인간생활과 밀접한 관계가 있다. 하루만 사용하지 않아도 불편을 느낀다.

바람이 분다. 비닐 조각이 거리를 휩쓴다.

우리는 소중히 사용한 비닐 포장을 이제라도 자기 스스로가 깨끗이 치워 폐품을 알뜰히 모아 재생(再生)하여 수입 물품을 줄이고 산업 발전에 이바지해야 한다.

우리는 환경오염을 입으로만 외치지 말고 환경미화원이나 수집인의 책임을 묻기 전, 나 자신이 책임지고 거두어야 할 것이다.

이렇게 함으로써 땅은 더 기름지고 맑은 물이 우리의 마음을 씻어 주고 쾌적한 자연 속에서 명랑한 일상(日常)을 유지하며 건강하게 웃고 살 수 있을 것이다.

비닐 문화 >>>>>

| 하늘 방(房) |

나의 기억 속에는 세월이 흘러도 불이 꺼지지 않는 자그마한 방 한 칸이 있다. 방이라곤 겨우 초가 삼간의 토방. 달랑 이불 한 채, 벼루 한 개, 동몽선습(童蒙先習) 책 한 권, 회초리 하나. 그리고 선생님과 나. 방 뒤에는 대숲이 울창하고 옆으로는 산골 물소리가 항상 내 귓전을 열어 주었고 산새들의 지저귐은 내 벗이 되었다.

그때 소견으로는, 나는 선생님을 무서워했고 고독했다. 들려오는 소리라곤 내 마음을 유혹하는 친구들의 웃음소리와 자연의 소리들 뿐이었다. 이 자연의 소리와 인간의 소리는 왜 그렇게 다정하고 아름답게 보였던지. 내 곁에 있는데도 멀리서 오시는 님처럼 기다려져 마음의 병을 고칠 수 없었다. 그럴 때면 정신차리라는 눈빛은 항상 내 가슴 속의 마음을 파수꾼처럼 헤아리고 있었다.

하루는 "천지지간 만물지중(天地之間 萬物之衆)에 유인(有人)이 최귀(最貴)하니……" 하는 내 글 읽는 소리를 들은 이웃 사람들은 저 아이는 이 다음에 높은 사람 될 거라고 칭찬했고 선비의 모습 같다고 부러워했었다.

그러나 나는 그런 말을 귀담아 듣지 않으면서도 한편 생각하니 나쁜 말은 아닌 것 같아 힘을 냈지만……. 내 가슴을 동요시킨 자연의 소리

와 친구들의 소리를 스스로 해소시키는 데는 꽤 많은 시간이 흐른 후였다.

그런 세월이 2년. 내 나이 열두 살 되던 해 선생님은 나에게 견물생심(見物生心)이란 말을 전하고 노환으로 세상을 뜨셨다. 인간의 인연이란 지나고 보면 슬프고 후회스럽고 잘못을 뉘우치게 된다. 철없던 시절. 나의 방을 회상하면 심지 깊은 학문의 방이었으며 나를 키워 준 원심력의 기초가 되었던 방이었다.

그 후 나는 군에서 제대를 하고 고향을 떠나 노량진 한강변 산자락에 정착했다. 처음으로 방을 마련하여 혼자 쓰게 되니 기뻤다. 방이라고 고작 루핑 지붕의 하꼬방. 그것도 산언덕 2평 정도였으니 초라했다. 그도 그럴 것이 그때 농촌 실정이란 5·16 군사혁명 직후라 경제 사정이 나빠 하루 밥 세끼 먹기가 어려웠다. 그것도 나로서는 만족했다.

방안은 닭털 침낭 하나, 책 몇 권, 양은 냄비 한두 개가 재산이었으니 그래도 바람과 이슬, 추위를 막을 수 있는 게 다행스러웠다. 방안의 기온은 연탄 한 장으로 내 체온을 위하여 쾌적하였고 방안의 칠칠한 정도 역시 내 안력을 위하여 제법 쾌적하였다.

나는 내 방 이상의 좋은 방을 희망하지는 않았다. 내 방은 늘 나 하나를 위하여 요만한 정도로 꾸준히 지켜 주는 것 같아서 감사했으며 이런 방을 위하여 태어난 것 같기도 했다.

밤 들면 환한 달빛은 창문을 넘나들며 웃음과 희망을 선사해 주었고 사방이 내 생활의 발가벗은 벽뿐이라도 다정하고 아늑한 내 방, 산방(山房)에서 보는 도시의 풍경은 항상 아름답지 않았다.

창문을 비추는 일출은 힘을 주었고 일몰은 언제나 아쉬운 여정으로 허무를 자아냈다. 비바람은 내 마음의 고요를 흔들어 나에게는 불청객이요, 조용한 봄밤의 아름다움은 이상적인 정서와 삶의 의욕을 만끽한

산방의 정취, 벗과 마주 보고 술의 향기에 젖은 날은 하꼬방이면 어떠하리, 고대광실이 뭐 그리 부러우랴 싶었다.

산방에서 내려다보는 도시의 풍경은 광활하고 높고 컸다. 한 청년의 꿈이란 어찌 저기에 대결하겠느냐? 작아지는 내 가슴의 좌절은 언제나 좁쌀 같은 불빛의 집 한 칸을 원했지만 아득한 꿈결 같았다. 좌정한 회심으로 나락하여 막연한 위치에 처한 나의 좌상.

그러나 쉬지 않은 한강물과 꺼지지 않은 불빛, 생기 넘치는 발걸음들은 내 몽환의 정신에 침을 주어 나의 입지(立志)의 뜻을 세워 주었다. 내 방은 꿈의 궁전이 아니더라도 명창정궤(明窓淨軌)였다.

그러다가 70년대에 성남으로 이사를 했다. 장년이 된 나는 세상 물정을 조금은 알 듯했다. 나는 그동안 상업 끝에 3층 건물 한 채를 마련하고 3층 방을 사용하게 되었다.

피곤하고 우울하고 괴로울 땐 옥상에 올라 세상을 관찰하고 조용히 회상에 잠긴다. 그럴 땐 모든 것을 다 잊고 잠시나마 마음의 위로를 찾는다. 나는 저녁을 먹으면 곧잘 3층 옥상에 올라본다. 내려다 보이는 풍경들……. 며칠째 내린 비로 아파트 건물들이 새롭게 보이고 시원하게 불어 오는 바람은 체증을 내려 주는 것 같아 마음이 경쾌했다.

하지만 갑작스런 게릴라식 폭우에 의한 대홍수의 물결은 파주 · 문산 · 동두천 · 포천 · 철원을 물에 잠기게 하여 온 국민을 놀라게 했다. 그러더니 뒤미처 닥친 태풍 폴로 농작물과 과일 선박들은 피해를 입어 경제적 손실이 천문학적이라 했으니 안타깝다. 하늘의 뜻을 우리 인간이 어찌 거역할 수 있으랴.

나는 높은 옥상에서 하향의 눈빛으로 그 지역을 생각해 보며 다행으로 그런 지역에 살지 않는 것만 해도 행복하다고 느꼈다. 주택 공간이 부족한 현실, 좁은 공간을 다목적으로 이용하다 보니 그 피해는 더 극심했다.

내가 살아온 과정만 해도 초가 삼칸 방에서 하꼬방, 3층 옥상까지 60여년 동안 많은 변화를 가져왔다. 생활할수록 하늘 높이 승천하는 우리의 주거문화는 3층, 17층, 30층으로 무한한 공간의 경쟁이나 하듯 하늘 높이 솟아 오른다.

그런데 초가집 방이나 하꼬방, 아파트의 고층 방 모두 다 그 나름대로 사는 사람 개성에 따라 장단점이 있겠지만 저지대 방들은 습하고 시끄럽고 이웃과 시비가 많을 것이고. 고층의 방들은 노약자의 불편과 사람의 만남이 적어 고독하고 오르내리기에 불편하고 공포증이 유발되어 단점도 있다.

그러나 현대 젊은이들은 고층 아파트를 선호한다. 이유인즉 전망이 좋고 깨끗하고 조용하여 맞벌이 부부에게는 안성맞춤이라는 것이다.

나의 방은 3층이지만 언젠가는 내려 가야 하는 원칙을 마음에 두고 있는 것이다. 인간의 심성은 일단 높은 곳에 오르면 하향의 뜻은 망각하고 상향의 자리를 지키려는 속성이 있다. 이것이 바로 오늘날의 사회 풍조가 아니겠는가?

나의 방은 동창이 열렸고 남향을 좌정하여 통풍이 잘되어 시원하다. 옥상에서 내려다보이는 풍경들. 한없이 미물스러워만 보이는 세계. 가련하고 가소롭기 짝이 없는 인간들의 자만심을 되새김질하고 있다.

그런데 높은 곳에서 내려다보면 밑의 인간사에는 파렴치한 일들이 눈에 거슬린다. 가진 자들의 추태, 구석진 곳에 쓰레기 버리는 사람, 술 취한 사람의 무단방뇨. 불법주차…….

반면에 봉사적인 활동으로 사회 모범이 되는 사람들도 많다. 나는 모든 인간의 처세를 낱낱이 훔쳐볼 수 있어서 좋다. 인간이란 높은 곳에 오르면 자신을 망각하고 하향의 의미를 모르고 평등한 주민이라는 것을 잊고 사는 파렴치한 사람들이 있다.

인간의 참된 삶의 꿈을 찾기 위해서는 그가 처해 있는 곳의 주민이 되어야 하고, 또 미물스럽고 속물스럽게 사는 마지막 꿈의 세계와 가난에서 벗어나기 위한 꿈의 현실이 있어야 한다.

그 꿈을 실현시키려면 낮은 곳인 인간의 땅에서 희망의 꿈을 거두어야 될 것이다.

나의 3층 '하늘 방(房)'은 이상적인 꿈을 실현시킬 수 있겠지만, 현대판 가나안. 물질로 구현된 꿈의 성전에는 도전하지 못할 것이다. 인간의 발자취, 대지를 버릴 수 없는 일. 언젠가 가야 할 고향의 터전이기에……

오늘도 하늘 방에 좌정한 나는 공허한 마음을 버리고 이상적인 꿈의 설계를 이글거리는 대지의 품안에 쏟으며 조용히 세상을 훔쳐보고 있다.

5부. 천상의 화원

좋은 물은 향기가 나지 않는다

| 봄이 오는 소리 |

남한산 산자락에 살면서 철이 바뀔 때마다 느끼는 일인데 계절의 변화는 바람결에서부터 시작되는 것 같다.

봄, 여름, 가을, 겨울이 그때에 갖추어 바람을 타고 오는 것 같다.

예년 같으면 입춘(入春)을 고비로 훈훈한 바람소리가 들려야 하는데 올해는 입춘이 지나고 나서도 얼마동안 매운 날씨가 계속되더니 엊그제부터 부드러운 바람소리가 들리기 시작했다. 그 음향에 귀를 열고 있으면 스쳐가는 나목의 가지마다 각기 다른 소리가 들린다.

늦가을 파초잎과 대잎을 스쳐간 소소함, 허나 봄은 이미 그 속을 엿듣고 잠재한 훈훈한 바람의 파란 봄, 그것은 꽃과 잎의 꿈을 일깨워 주는 청량제다. 수양버들과 개나리, 진달래…… 등 그런가 하면 나목들이나 겨울잠을 자는 모두가 가고 오는 순리의 공통점을 지니고 있다.

웃음이 쏟아지는 봄의 서기. 여기에는 또 다른 공통의 바람소리. 그 바람소리는 봄이 묻어 흐른다. 바람은 인간의 정서에 적잖은 영향을 끼친다. 꽃향기를 싣고 오는 부드러운 봄바람에 우리들 가슴은 부풀어 오른다. 그래서 '봄바람에 바람이 난다' 는 말도 생겼을 법하다. '바람기' '바람둥이' 란 말도 이 바람에 연유한 것이다.

훈훈한 봄바람 소리는 아련한 그리움이 있어 낭만적이다. 그러면서

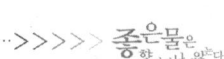

도 사람의 마음을 충동시키는 거둥의 기가 서려 있다.

겨울의 살을 에이던 까칠한 서리. 냉혹함은 지워 버리고 여름날 더위와 물 것 때문에 멀리했던 등불이 다시 정답게 다가온다. 그래서 봄을 가리켜 춘삼월호시절이라 칭한 모양이다.

겨울옷을 거두고 화사한 봄옷을 펼쳐 방안이 한결 환하고 봄옷이 귀찮을 경우엔 손쉬운 화분이라도 손질하여 봄빛 그윽한 베란다 위에 내놓으면 이미 내 마음은 봄의 정취를 누릴 수 있다. 정서와 영혼의 휴식을 위해서는 육부가 환히 들여다보이는 눈부신 내부와 불빛보다는 은은한 촛불이 좋다. 아무리 일상에 지쳐 피로하고 분주해도 마음만 먹으면 취침 전 오분이라도 독서를 하면서 심성을 맑게 다스리는 향기로운 시간을 가질 수 있다. 그 시간을 통해 잃어 버린 생기와 삶의 리듬을 되찾을 수 있을 것이다.

낮동안 서로 살기 다툼에 진저리치던 사람들과 사소한 의견 충돌로 말다툼한 직장동료들과 악의 없이 무심히 뱉은 말 때문에 오해의 벽이 두터워진 사이도 아지랑이 기웃거리는 봄 바람에 귀를 기울이며 움 불거진 가로수 밑을 거닐면서 삶의 자취를 되돌아 보고 바람처럼 스치고 지나갈 일들이라는 걸 알아차리게 될 것이다.

며칠 전부터 훈훈한 바람은 버들가지에게 연두빛 옷을 선사했다. 이제 그것은 곧 피리가 되어 여행을 떠날려고 불끈 성을 내고 있는 아침, 장독대에 나가 보면 성급한 난초 싹이 뾰족이 춘설을 헤치고 꿈에서 깨어난 듯 연약한 노란 주둥이로 세상을 조용히 관찰하고 있다.

겨울날에 앙상한 나뭇가지들이 봄바람에 묵묵히 자리를 비켜주고 있다. 우리들 자신도 언젠가는 낡은 옷을 벗듯이 현재의 이 육신을 벗어 버리고 지상의 관계에서 풀려날 것이다.

이 엄연한 자연의 질서 앞에서 모든 섭리를 알고 있다면 남에게 피해를 입히거나 서운하게 해서는 안 된다. 결국 상대의 피해와 서운함이 곧 내게로 돌아오게 될 것이니까……

　1995년 여름 삼풍백화점 붕괴 사고로 뜻하지 않은 생명들이 수없이 희생당하고 그중 운 좋은 사람들은 생사 갈림길이 어떤 것이라는 걸 전존재로서 실감했을 것이다. 한 생명이 얼마나 소중한 것인지 살아 있는 사람들은 생에 감사할 줄 알아야 한다. 그 사고로 사회가 몇 달간 떠들썩하게 슬퍼하다가 병자 신춘을 맞이하여 겨우 시들어 갔다.

　이제 점점 우리의 기억에서 사라져 갈 걸 생각하니 시대의 삶이 얼마나 허무하고 덧없는 것인가 새삼스레 되새기게 된다.

　봄빛이 곱다. 커튼을 밀쳤다. 먼 남쪽 하늘을 응시하니 겨울을 토하는 선하품 병아리 소리, 피리소리, 봄은 이미 가슴 속으로 스며들어 내 용안의 화기는 홍도 빛으로 변하여 가는데 춘경을 바라보고 있으니 그것들은 이미 내 은은한 삶의 속뜻을 들여다보고 있는 것 같다.

　봄을 재촉하는 단비가 오고, 내일이면 잔설을 녹인 산골 물소리가 도란도란 더 크게 들릴 것이고, 달래, 냉이, 꽃다지도 지천으로 색을 보여 겨울을 앓던 여인들의 체중을 말끔히 가셔줄 것이다.

　봄 서기에 들뜬 나는 꽃나무를 한 그루 심어 보려고 연장을 챙겨 놓고 남쪽을 향하여 심호흡을 하는데 어느덧 아지랑이 둘러리에 싸인 나는 한껏 봄바람에 탄다.

　해맑은 봄소리는 편지를 쓰고 싶게 만들기에 족하다. 전화의 목소리보다 편지에 스며있는 음성이 훨씬 정답다. 겨울날처럼 냉랭한 사연이 아니라 봄하늘처럼 생기 있는 삶의 향기를 나누어 보내야 한다.

　앞산 자락에는 산수유가 피어나기 시작한다. 오는 한식에는 소백산 허리 추풍령으로 가서 산소도 보살피고 봄바람에 물결치는 진달래 무리 따라 산바람 쏘이면서 되새겨 보리라.

| 떠오르는 화가(花歌) |

　요즘 우리 집 둘레는 꿀 참나무와 벚나무가 활짝 문을 열어 환한 단풍잎으로 가을꽃을 피우고 있다. 또 바위 끝 벼랑에는 들국화가 피어나 산의 정기를 훨훨 뿜어내고 있다.

　꿀참나무와 벚나무는 여름에 푸른 잎만 달아 별 볼품없고 쓸모없는 나무인 줄 알았더니 온 몸에 아름다운 단풍을 물들인 걸 보니 그 존재를 새롭게 인식하게 됐다. 그 푸르던 나무들이 한겨울 폭설에 매를 맞고 비바람에 찢겨져 봄에 싹틔워 여름에 병충해의 고통을 겪어 가을에 고운 단풍잎을 달고 있는 걸 보고서야 이제 가까이서 그 등치를 쓰다듬고 자주 눈길을 보내게 됐다. 들국화는 야산이나 밭둑보다 벼랑 위나 돌 틈 사이에 몇 포기 외로이 피어 바위와 조화를 이루어 있는 것이 훨씬 곱다. 들에 흐드러지게 핀 꽃보다 바위 틈 벼랑 위에 핀 꽃을 사람들이 더 갖고 싶어 하는 의미는 어디 있을까?

　수로 부인에게 소를 몰고 가던 한 노인이 '나를 아니 부끄러워 하시면 꽃을 꺾어 바치오리다' 라고 노래한 향가(鄕歌) 중 꽃을 바치는 노래인 헌화가(獻花歌)가 떠오른다. 꽃과 나무들은 자신을 남과 비교하지 않는다. 꿀참나무는 자신의 표피가 험상궂다지만 명성 높은 박달나무를 닮으려고 하지 않는다. 들국화도 벼랑 위에서 들국화로 족할 뿐

장미꽃 흉내를 내려고 하지 않는다.

이와 같이 꽃과 나무들은 저마다 자신의 특성을 지니고 그때 그 위치에서 최선을 다하며 피어나고 다른 꽃과 나무를 비교하지 않는다. 남과 비교할 때 자칫 열등감과 시기심, 우월감이 생긴다. 견주지 않고 자신의 특성대로 제 모습을 가꿀 때 그 꽃과 나무는 순수하게 존재할 수 있다.

헌데 유달리 우리 인간들만 타인을 의식하고 비교하려고 든다. 부와 빈, 학벌, 출신교를 비교하고, 그 결과로 상대의 시기심과 열등감 등……. 자기 분수 밖에 것을 소유하려고 무리한 행위도 서슴지 않는다. 오늘의 학교 교육은 개인이 지닌 특성을 무시하고 사람의 값을 점수로만 매기고 따지는 어리석음을 자랑하고 있다. 그래서 동료간에 협력 대신 시기의 경쟁력과 좌절감을 안겨준다. 이른바 그가 어떤 특성의 기능을 가진 사람인가를 묻지 않고 대학을 나왔느냐 안 나왔느냐, 또 어떤 대학 무슨 과 출신인가를 보고 인간을 평가하려고 한다.

금세기의 대학은 학문의 전당으로 여기지 않고 마치 결혼을 위한 수단과 사회생활의 발판쯤으로 격하시키고 있는 실정이다. 이 부조리하고 비인간적인 사회의 흐름 때문에 그 대학이 어떤 자질을 지닌 사람들에 의해 어떻게 운영되며 무슨 짓을 하는 곳인지 묻고자 하지 않는다. 그저 온갖 수단 방법을 통해 결사적으로 매달린 결과가 작금에 드러난 이 땅의 대학과 교육계의 한 단면이다.

현재까지 알게 모르게 이어져 내려온 사회적 비리의 통념적 가치의식의 일대 전환, 그리고 교육에 대한 일대 근본적인 개혁없이 들추어내고 잡아들이는 일만 가지고 새로운 시대를 이루기 어려운 것이다.

삶은 개인과 사회의 인과관계로 엮어진 하나의 고리다. 이는 누가 들어서 이루는 것이 아니라 내 자신과 우리들 각자가 뿌리고 가꾸면서 거둔다. 사람은 각자 그릇이 다르다. 그래서 남을 탐하고 넘볼 필요는

없다. 각자 자신의 삶의 몫을 챙기면 된다.

그릇이 차면 넘치고, 남의 몫을 가로채면 자기 몫을 잃고 마는 것이 우주의 질서요, 신의 섭리임을 우리는 알아 차려야 한다. 세상은 공것도 거저 되는 일도 없다. 눈앞의 이해관계만 따지면 공것과 횡재가 있는 것 같지만, 시작도 끝도 없이 흐르는 인간관계의 고리를 보면 내가 지어서 내가 받는다.

무자식 상팔자란 말이 있다. 그렇고 보면 이 세상 자식도 땅도 사랑도……, 모든 것이 없으면 걱정이 없을 것이다. 허나 그중 하나만 없어서도 불평불만의 삶의 가치를 상실한 낙오자가 될 것이다. 종종 듣는 소리지만 무자식 상팔자란 말은 한 쪽만 보고 하는 소리다. 막상 자식이 없는 사람은 속을 썩이건 말건 하나만이라도 자식을 두고 싶을 것이다.

그러나 사람들은 아예 모든 것으로부터 자유로워지고 싶어 인습의 대열에서 이탈되려고 한다. 아마 그런 사람들에겐 문제 밖의 일일 것이다. 불교의 초기 경전인 〈숫타니파타〉에 이런 구절이 있다.

'자녀가 있는 이는 자녀로 인해 기뻐하고, 땅을 가진 이는 땅 때문에 즐거워 한다. 그래서 사람들은 집착으로 기쁨을 찾는다. 그러니 집착할 데가 없는 사람은 기뻐할 것이 없을 것이다.'

'자녀가 있는 이는 자녀로 인해 조심하고 땅을 가진 자도 그러할 것이다. 가진 것 없는 사람일지라도 맑고 조촐하게 살아가는 사람에게 무엇을 얻으려고 해서가 아니라 그와 함께 모든 것을 버리고 싶어서인 것이다.'

산바람에 낙엽이 흩날리고 있다. 떡갈나무와 벚나무에 늦으나 또 다시 새잎이 돋아날 것이다. 인간이나 초목이나 다 삶의 과정은 같다 하겠지만, 그래도 보잘것 없는 풀잎 한 잎의 조화를 바라보면서 살아야 진실한 삶의 대열에서 이탈되지 않을 것이다.

275

산행과 보리밥 공양(供養)

새벽 이슬을 털며 한산(漢山)으로 오른다. 아직 잿빛 산길에는 사계(四季)가 침침하여 수목의 형체들이 곳곳에서 험상궂게 나를 노려보고 있는 듯하여 으스스하다.

아직 단잠의 깨어남도 가시지 않아 나락의 무거운 몸짓은 나를 바위에 주저앉게 한다. 칠부능선쯤 될까. 하향의 시선은 운무를 안은 채 수평의 편안함을 느낀다.

끈적한 체취에 모기떼가 극성이다. 작은 미물이지만 생명을 유지하려는 악다구니 같은 공격의 끈질김은 대단하다.

세상 만물은 과연 먹기 위하여 사는 것일까? 살기 위하여 먹는 것일까? 따지고 보면 강자만 무한의 세월 따라 이렇게 이어 살지 않는가. 피곤하다. 들린다, 목탁 소리가—. 중생을 위한 반야(般若)의 소리일까. 내가 남한산 조기 등산을 시작한 지 25년 이 시간이면 어김없이 들려오는 저 목탁소리……!

나는 저 목탁 소리를 들을 때마다 순간이나마 마음의 안정과 뒤돌아볼 수 있는 삶의 기억들을 조명할 수 있는 순간을 맞는다. 생각하면 한치 앞도 모르는 중생들의 삶, 가련하기 그지 없을 뿐이다. 마침내 서서히 밝아오는 새벽.

자연의 기(氣)는 나에게 힘을 준다. 가벼워진 몸 맑은 정신.

나는 남한산 동쪽 허물어진 고성(古城)의 망대에 올랐다. 님은 갔어도 그 산재한 흔적들……. 돌덩어리 하나하나와 기와 조각들……. 바람이 일렁일 때마다 허공에 맴도는 성채의 분진들. 그 시대 영웅호걸의 부귀영화가 한줌의 티끌로 풍화한다.

무쟁(無諍)의 마음. 조용히 나는 동녘을 바라보았다. 밝아 오는 여명. 아침 노을은 아름답고 희망을 준다. 떠오르는 태양은 꿈을 실어 주고 만물의 힘을 주어 생기차게 이글거린다. 그러나 허물어진 폐허의 성은 주인 잃은 분신으로 속수무책. 세상은 무상이랄까? 인생이 허무하고 초목도 슬퍼한다.

사물의 생기란 그 시대 주인공의 기백과 아우성의 승리적 깃발의 날림으로 꽃을 피워 의기양양했던 웃음은 간 곳도 없고 오로지 성만이 세월의 흐름 속에서 저렇게 역물(歷物)로 남아 오늘도 나그네의 마음을 사로잡는구나. 그러나 조국 강산을 끝내 지키려는 그 충혼의 넋이 자꾸만 나를 한숨짓게 한다.

인생이란 찬란한 업적으로 한 시대를 충성과 명예와 부귀로 살았다고 후세에 전하여 민족과 땅을 사랑했다고 하지만 이를 관심 있게 보는 이가 과연 몇이나 되겠는가?

나는 작은 불씨 피워 그렇게 살자고 성을 보고 다짐하지만 하는 일마다 부실찮아 님을 보기 부끄럽다.

땀이 흐른다. 삼복(三伏)의 이글거리는 태양을 포용해 본다. 태워 보자. 태워 보자. 내 육신의 오염과 마음의 번뇌를 불심으로 까맣게 태워 보자. 내일 다시 떠오르는 태양으로 잉태하여 해맑고 향기 어린 자연으로 성불했으면 얼마나 좋을까?

순간, 부처님의 죽비가 내 등짝을 내려친다.

"이놈! 망상이다. 성불은 비지원만(悲智圓滿)을 갖추어야 하고 우선 반야(般若)를……."

죽비가 또 등짝을 친다. 나는 정신이 번쩍 났다. 아— 내가 잠깐 망상의 세월 속에 아름답게 부유했을까. 허무했다. 과연 부처님의 세계란 그렇게 아름답고 행복한 낙원의 동산일까?

오늘 하루도 태양의 열기에 많은 사람들이 얼마나 고통을 느낄까? 반면, 또 초목들은 낮동안 시들시들 앓아가 밤들면 이슬과 별빛의 입맞춤으로 꽃을 피워 씨를 잉태하면서 종족 번식을 영위하려는 삶의 안간힘을 얼마나 쓸 것인가? 어쨌거나 이러한 삶의 진실이 어찌 부처님의 가호가 아니겠는가. 그래서 사람들은 산에 오르고, 운동을 하고, 밥을 먹어 건강하려고 노력한다. 아니 매일 푸른 산 맑은 공기를 호흡하면서 산에 등산을 하지 않는가. 그러나 등산도 쉬운 일이 아니다. 거기엔 강한 지구력과 남다른 노력이 필요하다.

해는 벌써 중천에 올랐다. 시장기가 들었다. 나는 검단산 정상에서 서쪽의 청계산을 바라본다. 그 중간 탄천 주변 분지에 성남시가 있다. 나는 검단산 산자락을 타고 하산한다. 소문에 덕운사(德雲寺)에서 보리밥 공양(供養)을 한다고 들었다. 그 사찰에 가서, 절 밥이나 한 그릇 먹을까 하는 생각에 사찰을 향하여 산을 내린다. 얼마를 내려왔을까. 허기가 지고 고달픈데 웬 뻐꾸기가 그렇게 슬피 우는지 그 새도 가뭄에 지쳐 허기를 만난 것일까?

이러구러 나뭇가지 사이로 보이는 덕운사 고색 짙은 찬란한 절의 풍경이 숙연한 마음을 자아낸다. 풍경 소리가 은은하게 중생의 귓전에 전해진 탓일까. 벌써 군집을 이룬 남녀노소들…….

강월암(姜月岩) 주지 스님은 새벽 4시부터 절 앞 마당 구석진 곳에 큰 무쇠 가마솥을 걸고 보리쌀과 감자, 콩을 넣고 보리밥을 짓는다. 아궁이에는 장작불을 피워 불꽃이 혀를 널름널름 솥 밑 바닥을 핥아 얼마쯤 시간이 지나자 피— 피리 소리를 내며 김을 뿜는다. 대기중인 사람들은 이를 지켜 보고 보리밥의 진미를 미리 느끼고 침을 삼킨다.

스님은 죽비 같은 주걱으로 보리밥을 저으며 땀을 흘린다. 뽀얀 김이 스님의 얼굴에 올라 괴로워도 마다하지 않고 밝은 표정으로 환히 미소 짓는 연꽃의 모습으로 보리밥을 배식하며 맛있게 많이 드시란다. 반찬으로 내온 채소는 스님이 절 앞 밭에서 손수 가꾼 무공해의 배추, 상추인데 겉절이를 무쳤고 된장도 끓여 고추장에 비빔밥을 만드셨나.

사람들은 줄로 서서 차례를 기다린다. 여기 동참한 선남선녀들은 스님의 설법 여설수행(如說修行)으로 공양에서부터 모든 질서와 예의를 자행하여 분위기 좋은 식사가 된다. 그리고 스님의 말씀인 즉 보리는 삼동(三冬)을 눈과 얼음 속에서 인동초(忍冬草)로 자라 보리로 잉태하여 우리 인체에 더위를 식혀주고 혈압과 당뇨에 효과 있는 음식이라고 선호하며 굵은 감자와 빨간 울콩을 주걱으로 툭툭 이겨 가며 배식을 한다.

나는 보리밥 한 그릇을 받아 등나무 그늘 평상에 앉아 쓰윽쓰윽 비며 먹었다. 그 맛이란 어린 시절 고향의 맛이며, 토속 음식에 대한 감미가 새롭게 느껴졌다. 나는 이 보리밥 공양은 부처님이 주신 은혜의 피와 살이 되게 베푼 힘의 근원이며, 바른 마음과 바른 말, 곧 정심(正心), 정언(正言), 봉사(奉事)하라는 의미의 공양으로 생각해 본다.

이 순간에도 법당에서는 무구지옥(無救地獄) 무기왕생(無記往生)을 위하여 열심히 합장하는 사람들……

오늘 아침 덕운사 도량(道場)에서 보리밥 공양을 드는 시간 나는 부처님께 귀의하여 번뇌를 버리고 잠깐이나마 마음의 행복과 건강한 불사(佛事)에 머무른 채 이 생각 언제나 변치 않는 불심(佛心)의 생활로 간직했으면 그 얼마나 좋을까?

| 해맞이 |

1998년 무인년(戊寅年)도 저물고 있다. 올해처럼 뭇사람들의 애간장을 태웠던 때가 있었을까. IMF. 수해. 50년만의 야당 승리……. 샐러리맨부터 굵직한 기업체까지 숨 돌릴 틈도 없이 달려왔다. 폭풍처럼 몰아치던 세파에 눈물과 한숨을 보였던 올해. 이제 아픈 과거를 사그라뜨릴 새해가 다가온다. 달음질쳐 맞고 싶은 새 아침, 암흑의 바다를 붉게 녹이는 태양은 가슴 속에서 먼저 떠오른다. 마음을 다잡고 해맞이를 향해 달려가 보자.

삶이 어려워도 시간과 경제 부담을 배제한 발걸음들은 산과 바다의 명소를 찾아 어디론가 도시를 떠난다. 그렇지 못한 사람들은 해맞이를 하러 떠나 버린 여풍에 들떠 그 적지의 아름다운 환상에 사로잡혀 조바심에 허둥댄다.

강릉의 정동진, 영덕의 강구항, 여수의 향일만, 당진의 왜곡마을, 그리고 설악산과 태백산, 지리산과 제주에서의 해맞이는 명소로 이름 높다. 그중 해가 세계에서 가장 먼저 뜨는 곳은 내덜란드 채참군도(5시 25분)며 우리나라에서 해가 제일 먼저 솟는 곳은 울릉도 성인봉(7시 24분)인데 약 2시간 차이가 된다. 사람들은 저마다 해가 제일 먼저 뜨는 것을 보고 소원을 비는데 구태여 그럴 필요가 있겠는가?

단, 날마다 뜨는 해인데 항상 해뜨는 순간처럼 진실하고 꼭 마음먹은 그대로 실천에 옮기는 것이 중요한 것이라 생각해 본다.

산과 바다! 생각만 해도 아름답다. 산은 변함없고 진실하다. 세월이 흘러도 원초의 그 빛은 그날 그 빛이다. 몇 년 전만 해도 해맞이를 그리 관심없이 여겼다. 그러나 90년도 즈음하여 해맞이는 신년 화두에 행사처럼 하고 있다.

누가 시키지 않아도 국가의 주도도 아닌 해맞이를……. 알고 보면 자신을 위한 일. 생각해 보면 자신의 소망과 IMF를 맞이한 어려운 생활을 순간이나마 거대한 자연의 힘에 그 무엇을 기원하는 마음의 의지를 가질 수 있는 희망이리라. 그러나 삶을 포기한다면 이 북새통의 시련은 없을 것인데…….

그래서 실낱 같은 희망의 욕구에 해맞이 축제에 경제적, 시간적 소모를 아끼지 않고 육신의 고통을 참고 밝은 빛의 서광을 받으려는 욕구, 삶의 실체는 마음에서 오고 마음에서 가는, 이른바 가슴의 동산에 해맞이를 정성껏 진실한 마음으로 발화한다면 이 이상 더 좋은 해맞이가 어디 있을까 생각해 본다.

산의 일출이 소박하고 서정적이고 침묵적인 뫼의 꽃이라면 바다의 일출은 장엄하고 화려한 해양이 꽃이다. 산이나 바다를 아름답게 보지 않는 사람이 어디 있으랴마는 그 원초의 입지에서 솟아오르는 큰 꽃이야 누가 부정하며 진실의 깨끗한 태양의 떠오름을 환영으로 맞이하지 않을 사람이 또 어디 있으랴.

무인(戊寅)과 기묘(己卯)년의 갈림. 새해는 무엇을 어떻게 보람 있게 보낼 것인가? 나태해진 정신을 버리고 송림의 기상으로 새해의 첫 소망을 기원하기 위하여 남한산성(南漢山城)의 '수어장대' 산의 해맞이를 생각했다. 20세기의 마지막 해맞이를…….

6시 30분 수어장대에 올랐다. 이미 발 빠른 사람들은 먼저 와 모두 동쪽을 향하여 엄숙하게 마음을 다스리고 있었다. 손발이 시리고 귀가 아려도 아랑곳없이 자기 정성에 일념하는 사람들…….

해맞이는 해뜨기 1시간 전부터 준비해야 한단다. 검은 산이 푸른 빛을 띠기 시작하는 여명부터 봐야 제맛이 난다고 모두 밤잠을 안 자고 설친 것이다. 산도 일출을 맞기 위하여 숨을 죽이고 엄숙과 정서, 새로운 출발의 시각을 나뭇잎 하나 까딱 않고 인간의 마음으로 태양의 빛을 조용히 기다리고 있다. 어쩌면 인간과 자연은 일심동체로 지상의 생물인 것을 감미할 수 있다.

칼바람 스쳐간 산상(山上)의 매바위나 검은 띠 졸라 맨 산허리 산성(山城)은, 오늘도 얼룩진 역사의 비분을 참지 못해 밤새껏 습기 어린 육체의 끈끈함을 우리에게 보여준 거룩한 충(忠)의 넋이 오늘도 새벽의 여명을 같이한다.

매바위! 매는 간 곳 없고 병자호란의 아우성이 오늘따라 과거를 반추하듯 안개 숲에 어울려 춤을 춘다. 세월은 누가 말하지 않아도 스스로 돕는 자를 향하여 밝게 비쳐주지 않는가? 살피니 모두들 합장한 모습들. 기묘년 화두에 선 순간, 새해는 건강하게 밝은 웃음을 주고, IMF를 지워주고, 통일의 문을 열어 주고, 재해 없는 행복의 땅에 잘살게 점지해 달라는 소망의 기원으로 동녘 하늘을 눈 시리도록 응시한다. 그 하늘가에 주홍빛 우단을 깔아 놓은 듯 이상향의 아름다움이 펼쳐진다.

그 원점에서 떠오른 천신(天神)의 해를 맞이하려는 내 바람, 마음의 꽃밭, 애타도록 기다리는 신(神)의 눈, 그 찬란한 눈빛은 아직도 보이지 않는다. 과연 누구의 눈빛과 처음 마주칠까? 아! 그 기다림.

이때다. 어디서 누군가 외친다. '야, 해가 뜬다! 해가 떴다!' 다음 군중의 우렁찬 화합의 목소리가 동시에 해가 떴다고 저마다 소원을 성취한 듯 힘찬 목소리, 그 소리들은 산을 울리고 하늘을 울려 그 기(氣)가 활화산의 화력 같은 피의 끓음으로 타오른다.

면— 산 위에 살포시 올라앉은 태양. 그것은 우주와 대자연의 대장부였다. 모습은 잘 익은 벙긋한 석류 속 같은 새로운 빨간 피등이었다. 천하를 지배할 왕자였다.

찬란한 부채살 빛으로 물들이는 수어장대의 해맞이, 묵은 해의 고난은 소멸하고 새해의 희망을 선사해 준 빛. 조용한 주위, 자기 성취에 만족하고 소망을 기원한, 일면 허탈하면서도 밝은 내일이 성공을 가슴에 안은 하산(下山)의 기쁨들…….

1980년대부터 유행한 해맞이는 이제 연중 행사다. 국가 차원도 아닌 개인 소망을 기원하는 묵은 해의 청산과 새해의 계획을 비는 생활문화의 축제다.

해맞이, 우리나라 금수강산의 명승고적과 관광차원의 문화답사로 여행의 의미를 느끼면서 이로 인하여 맺어진 연인과의 추억, 친구간의 우정, 가족간의 사랑, 그리고 모든 사람들의 대화의 장으로 이어진 해맞이. 국민 전체의 화합과 만남의 나들이기도 한 생활문화의 꽃이다.

하지만 꽃을 아름답게 보는 것은 인간의 기본 심리지만 우리는 자연을 가꿀 줄도 알아야 한다.

그것은 자연을 위한, 국가를 위한, 자신을 위한 것임을 분명히 느끼고, 다같이 아름다운 환경에서 해맞이를 해야 할 것이다.

| 축생도(畜生道) |

개(犬)는 충복(忠僕)의 상징이다. 오랜 옛날부터 사람과 함께 살아온 개는 동서양을 가릴 것 없이 사람에게 헌신하는 동물이다.

한국문화에 나타나는 개는 충성과 의리의 충복, 심부름꾼, 안내자, 지킴이, 조상의 환생, 인간의 동반자 등의 상징적 의미와 함께 서당개, 똥개 등과 같이 비천함의 대표격으로도 자주 등장한다.

동물학자 독일의 알프래트 브레햄의 연구에 의하면, 개는 각기 그 나라 국민성을 닮는다고 했다. 그에 의하면 영국 불독은 착실하고 집요한 영국 사람을, 독일 세퍼트는 사납고 이지적인 독일 사람을, 프랑스 푸들은 유쾌하고 낙천적인 프랑스 사람을, 중국 차우는 둔중하고 꿍꿍이속인 중국 사람을 닮았다고 했다.

문헌에 의하면 우리 한국개는 유교정신이 투철한 한국 사람을 닮아 오륜(五倫)을 갖추고 있다. 주인에게 대드는 법이 없으니 군신유의(君臣有義)요, 큰 개에 작은 개가 고분고분하니 장유유서(長幼有序)하며, 아비의 털빛을 새끼가 반드시 닮으니 부자유친(父子有親)이요, 때가 아니면 암수가 함부로 어울리지 않으니 부부유별(夫婦有別)이며, 한 마리가 짖으면 동네 개가 모두 호응하니 붕우유신(朋友有信)이라 했다.

이러한 상징으로 개는 옛부터 인간과 밀접한 관계를 가지고 가깝게 살아간다. 애견가들은 개를 자기 가족처럼 애지중지하다가 이별의 순간에는 깊은 상처를 남겨준다. 반면 그를 외면한 사람들은 개와의 정과 인연을 불사하고 도살하고 마구 처리하여 때론 불쾌감을 준다.

'유유강'이란 이름의 우리 집 개가 생각난다.

내가 너를 그리워 하는 것은
네가 다른 개보다 큰 개도 아니요
강아지를 낳은 것도 아니요
식성이 좋은 것도 아닌
방정맞고 앙살스러운 개였기 때문이다.
명석한 네, 눈빛
후각과 청각이 인간을 능가했고
사슴의 머리와 캥거루의 몸매, 족제비 털의 아름다움.
한 사람을 가슴에 담고,
한 번 주인이면 평생 주인으로
나를 즐겁게 해 주었던
유유강……

1992년 어느 늦은 가을날이었다. 동창생 문 여사가 치와와 새끼인 강아지 한 마리를 준다기에 잠실역으로 나갔다. 막 전철역 계단을 오르고 있었는데 문 여사는 노란 강아지를 안고 계단을 내려오고 있었다. 그는 간단히 인사만하고 강아지를 내 품에 안겨주었다. 먹이는 고구마, 당근, 우유, 빵을 주라고 하고 잘 기르라는 말을 남기고 뒤도 안 돌아보고 횡하니 달아났다.

나는 어이가 없었다. 졸지에 어린아이를 안은 기분이었다. 저 사람이 전에는 안 그랬는데 오늘 하는 행동은 고향 사람의 동창이 아니었다. 나는 그가 무슨 까닭으로 그랬는지 이상히 여겨졌다. 개 값을 달라면 줄 텐데 하면서 버스를 탔다. 얼마를 왔을까? 강아지는 끙끙대며 토한다. 모든 사람들의 시선이 내게로 왔다. 아까부터 눈여겨 보는 노인 한 분이 "여보! 그 강아지가 차멀미를 하는구먼" 하더니 집에 갖다 놓으면 괜찮다고 걱정 말란다. 나는 잠념을 하다 차에서 내렸다.

집에 갖다 놓으니 강아지는 비실비실 구석진 곳을 찾아 눕는 것이다. 아이들이 먹을 것을 주어도 먹지도 않고, 귀여워해도 거부하는 눈빛으로 외면한다. 이삼일이 지났다. 그제서야 내가 부르면 기어와서 손을 핥으며 먹이도 조금씩 먹었지만 다른 사람이 부르면 못본 체 외면했다.

생각해 보니 사람이나 동물이나 환경의 변화를 받는 것은 동일하다는 것을 비로소 알았다.

나는 개 이름을 유유강이라 불렀다. 너는 너는 강아지란 뜻이었다. 그 후 얼마의 시간이 흐르자 유유강은 안정과 환경에 적응되었는지 그 본질의 개성으로 활기차게 재롱을 떨며 놀았다.

쫑긋한 귀, 맑은 눈, 사슴의 머리와 캥거루의 몸매, 노란 털……. 내가 부르면 머리를 갸우뚱거리며 생각하는 모습이 참 귀여웠다.

유유강은 사람을 잘 따르고 배신을 하지 않았다. 아무리 때리고 미워해도 나를 반가이 맞아준다. 잘 때도 내 눈치만 살피다 내가 잠든 사이 내 옆에 다가와서 코를 골며 잔다. 개는 청각과 후각이 사람의 15배나 되는 동물로 그만큼 인간보다 앞서가는 전초자라고 할 수 있다.

유유강은 우리 집 3층에서도 1층에서 올라오는 사람을 구별한다. 우리 식구가 오면 꼬리를 살랑살랑 흔들며 끙끙대고 타인이라면 털을 곤두세우면서 공격적인 행동으로 짖어댄다. 또 주방에서 우리가 무엇을 먹는 것까지 알고 있다. 과일이나 제 식성에 맞지 않는 것은 본 체 만

체하다가 고기나 비린내 나는 음식을 먹으면 귀가 아프게 짖어대어 결국은 얻어 먹는다.

집이 빈 날엔 문 앞에 혼자 쪼그리고 앉아 하루종일 우리 식구들을 생각하며 기다린다. 그러다 외출갔다 내가 돌아오면 때르르 뒹굴며 반겨준다. 이름이 개지 인정없는 사람보다 낫다. 이를 두고 사람 못 된 것은 개만도 못하다고 했을까?

유유강을 데려온 지도 일년. 개로서 성숙한, 발정(發情) 기(期)가 왔다. 새끼를 낼까 생각했지만……. 털과 집안에 냄새가 난다는 구실로 번번이 그냥 보냈다. 그러나 발정이 된 개의 짓은 사람과 동일했다. 사랑을 애무하는 짓은 사람의 경우 과부가 사랑을 억제하는 것과 똑같아 애처로웠다. 동물이나 식물이나 사랑의 결합, 즉 종족 번식의 의무를 아낌없이 주고, 받는 것은 생명이 살아가는 기쁨인지도 모른다. 그런데도 그 기쁨을 무시해 버리는 나. 인간의 욕구만 생각하는 나 자신에 대한 죄를 의식한다.

개를 기르는 데 애로가 되는 것은 털이 빠져 날리고 냄새가 나는 것이다. 그래서 우리 집을 방문하는 사람들은 왜 개를 실내에서 기르냐고 없애라고 한다. 참으로 나에게는 어려운 일이었다. 생각 끝에 모란장에 갔다. 팔자니 보신탕 감도 못되고 생소한 사람에게 주자니 개를 잘 기를까 의심이 갔다.

몇 달을 유유강의 처리에 대하여 고민을 했다. 털이 날리고 냄새가 풍기면 아내의 짜증스런 표정…….

"저 유유강 어떻게 할 거예요."

"알았어요. 내가 거처를 염탐하는 중이오."

순간 유유강은 그만 귀를 축 늘어뜨리고 의자 밑으로 들어가 나를 빤히 쳐다보며 눈물을 흘린다. 참으로 그 정상이 딱했다. 그러다 다정히 부르면 유유강은 엎드린 채 기어와서 내 손을 핥고 살아났다는 듯

이 기쁨을 표현한다.

개는 죽을 때 자기의 추한 모습을 사람에게 안 보여주기 위하여 은폐된 곳을 찾아 죽는다. 개는 집안 분위기도 잘 안다.

우울한 때는 같이 기가 죽고, 명랑할 땐 껑충껑충 뛰며 온갖 재롱을 다 부려 나에게 기쁨을 준다. 또 자신을 제일 귀여워해 주는 사람도 알고 인정과 비정을 잘 구별하여 그에 따라 순응하며 행동하는 것이 다르다.

유유강과 3년이 지난 어느 늦은 가을날 나는 등산을 갔다가 돌아왔다. 그런데 유유강이 안 보였다. 그 사유를 물었더니 아내는 아는 사람에게 목장의 소를 지키라고 보냈단다. 나는 멍했다. 그래 올 때가 왔구면— 생각하면서도 매우 서운했다. 나는 아내에게 책망을 했다. 그날 저녁 우리 집 식구들만 텅 빈 집안의 분위기 속에서 의견이 자자했다.

"그래 추운 겨울에 그 작은 개가 어떻게 몇 십 배 되는 소를 지켜?"

아내도 그만 내 말에 잘못을 시인, 아무 말 없이 텅 빈 개 집만 바라보고 있었다. 맑은 눈빛, 주인을 안 떨어지겠다고 끙끙거리는 개를 눈을 감겨 푸대 속에 넣어 갔다는 이야기……. 나는 그만 눈물이 핑 돌았다.

유유강이 그곳에 가서 낯선 환경에 어려운 고초를 당할 것을 생각하니 씁쓸했다. 털과 냄새를 생각한다면 속시원하지만, 3년간 든 정을 생각하면 잊을 수 없다.

어느 날 밤 꿈속이었다. 유유강이 바짝 마른 모습으로 내 곁에 와서 꼬리를 살랑살랑 흔들어댔다.

"아! 유유강" 하고 부르자, 순간 어디론가 사라졌다. 좀체로 사라지지 않는 유유강, 길을 가다가도 그와 비슷한 개를 보거나 광고에 등장하는 개 백구(진도에서 대전으로 팔려간 진도개. 6개월만에 다시 귀가)를 보면 그리움은 더 한층 짙어지고, 동물에 대한 인간의 비정함이

한으로 남는다.

유유강은 나의 마음을 알 것이다. 그 후각과 청각으로 항상 나를 기다릴 것이다. 그러다 세월에 지쳐 바람으로 지워지는 날, 다시금 밝은 날의 세상을 맞이할 것이다.

인간이나 동물이나 생명이 가장 중요한 것은 삶의 원칙이요, 생태계의 역사를 보존하는 증거일 것이다.

나는 어렴풋이 생각나는 것이 있다. 유유강을 데려 오던 날, 나에게 냉정히 대한 문 여사의 마음을……. 안 보고 안 듣는 것이 약이 되듯이 문 여사는 그때 그 개의 이별을 차마 보기 서러워 대담하게 돌아선 뜻을…….

정이란 인간이나 식물이나 상대원리의 윤회적 법칙에 따라 만남과 이별의 연속 인연이란 애착의 아름다운 선의 흐름이며, 세월이 지나가면 잊어지는 것을……. 그런데도 이토록 유유강이 자꾸 회상되는 것은 그 유유강의 눈빛 때문일까? 그 개를 못 잊는 것이 인간의 마음인가 보다.

| 고목(古木) |

낙엽이 진 앙상한 고목. 솜 같은 흰 눈이 바람에 휘날려 짙은 그림자
가 가라앉은 남한산(南漢山), 그 고갯마루엔 황량을 그려 줄 허허뿐이
었다.

나는 이 늙은 느티나무 밑을 지나며 내 지난 세월을 되새기듯 풍우
에 시달린 고목생화(枯木生花)의 목피(木皮) 부분을 쓰다듬으며 그 은
혜에 감사해 본다.

올 여름만 해도 이 고목나무는 많은 잎새를 거느리고 매미소리 새소
리의 고운 노래로 인간의 마음을 즐겁게 해주었다. 때론 쉼터로 땀을
식혀준 청량제 역할을 해준 고목나무. 하지만 그 누구 하나 고마움의
눈짓 한 번 없다.

나무는 훌륭한 견인주의자(堅忍主義者)의 현인이다. 불교의 소위
윤회설이 참말이라면 나는 먼— 훗날 진달래, 소나무, 아니 이 고목의
느티나무가 되어 가난하고 외로운 사람들의 벗이 되어 주리라.

한국의 고목들은 그 한 그루 한 그루가 한국의 문화사(文化史)다. 서
울 회현동에 있는 충목(忠木)의 은행나무가 의정부 신곡동에 있는 느
티나무. 이 나무는 일제 때 자연의 신비한 원력으로 우국충정이 깃들
어 당시 억울한 백성의 울분을 풀어 주었던 것이다. 또한 강화 정족산

성 안에 있는 은행나무는 불의(不義)를 감시 고발하는 의목(義木)이다.

그뿐인가. 이 나무에 열린 은행은 굵고 약효가 좋아 진상품이 되었는데 임금과 수령이 선정을 베풀면 은행이 열리고 악정을 베풀면 열매가 열리지 않았다. 이러한 은행나무는 일제 35년 동안에는 단 한 번도 열린 적이 없었다고 한다.

정사에 의로움을 감지하여 결실 여부로 고지하는 것으로 알았던 것이다. 현풍(玄風)에는 열녀목(烈女木)이라는 고목이 있었다. 임진왜란 때 겁탈하려는 왜병을 피해 열일곱 살 난 허녀(許女)가 이 나무 밑동을 부둥켜 안고 저항을 했다. 이에 왜병이 한 손을 칼로 자르자 다른 한 손으로 버티었다. 그러자 다시 그 한 손마저 잘라 놓고 가버렸던 것이다.

팔이 없는 허녀는 입으로 붓을 물고 시를 쓰며 산사를 유람하며 살다 죽었던 것이다. 1백여 년 전만 해도 살아남아 있었다던 그 열녀목을 마을 처녀들이 계를 하여 사월초파일에 제사를 지내 그 원혼을 달랬다고 한다.

내가 살던 고향…… 곰뒤 마을에 800년 된 은행나무가 있다. 사람들은 수호신처럼 섬기며 재앙이 있을 때나 그 소망의 목적을 목신(木神)으로부터 구원받아 마음의 편안함을 베풀어 달라고 기도했다. 또 나라에 액운과 길운, 즉 왜정 35년, 2차대전, 3·1절, 8·15 해방, 6·25사변, 5·16군사쿠데타. 그 때마다 비운의 예감을 알려 울어 주었던 고목 은행나무의 울음소리ㅡ. 그 울음소리가 난 다음 꼭 변이 일어났다고 한다.

그럴 때마다 동네 사람들은 제를 올리고 마을의 평온을 기도하곤 했었다. 또 한쪽 나뭇가지가 벼락을 맞아 있을 때 그것을 베어 공예품을 만들어 쓰면 잡귀를 면한다고 불타나게 잘라 갔다.

생각해 보면 약한 것이 인간의 마음이라, 토속신앙을 숭배하는 사람들은 이렇게 하여 삶을 영위해 살았었다. 아직도 구석진 곳에 사는 사람들은 비과학적인 행위를 자행하지만 이제 뿌리 깊은 유래도 서서히 세월의 껍질이 벗겨지고 있다.

그러나 한갓 나무의 잎새로 그늘을 제공하고 산소로 기분을 상쾌하게 해주어 최근에는 인간의 서정생활로 삶의 터전을 마련해 준 나무에 대하여 그것만은 부정하지 못할 것이다.

우리 금수강산에는 곳곳에 나무에 대한 전설의 흔적들이 있다.

물론 나무한테서 언어와 체온의 직접적인 정감은 느껴보지 않는다 해도 무언의 대화와 신(神)적 감동으로 인과응보의 동반된 생을 유지해 왔으니 내 어찌 나무를 사랑하지 않으리…….

속리산 법주사 입구의 노송(老松)을 보라. 정이품(正二品) 벼슬까지 하사받은 소나무가 아닌가.

우리는 만고풍상을 겪은 나무에게 경제적 손실과 아낌없는 성의로 생명을 연장케 한 노력과 그 보람으로 최근 임상연구원에서 솔씨를 싹 틔워 묘목으로 성공한 사례를 알고 있다.

벌써 여섯 그루 소나무가 2m나 자랐으니……. 그런가 하면 그 중 제일 부모 소나무를 많이 닮은 소나무를 장자 소나무로 정했으니 감개무량하기만 하다. 인간이나 식물이나 차례가 있는 것은 자연의 법칙에 순종하는 것이니라.

은행목처럼 마주 봐야 열매를 맺는 사랑이 꽃피는 나무. 가까이서 자란 두 나무의 가지까지 합쳐 한 나무가 되었을 때 연리목(連理木)이라 하여 나라에서는 상서로운 조짐으로 받아들였고 여염에서는 이 나무에다 빌면 금실이 좋아지는 것으로 알았다.

이 연리목에 올라가 기도를 하면 마음에 둔 여인은 그날 밤 상사병이 생겨서 잠을 못 이룬다고 알았다. 내외가 싸움을 했거나 불화할 때

손잡고 이 연리목을 돌면 화해가 되며, 또 이 나뭇잎을 달여 먹으면 속살이 찐다고 한다. 속살이 찐다는 것은 성적 감정이 강해지고 아들 낳을 음력(陰力)이 강해진다는 뜻이다.

우리 한국의 고목에는 이처럼 무슨 사연이 깃들기 마련이며, 그 사연이란 우리 한국 민중의 공감대에서 형성됐다는 데 일관되고 있다.

곧 한국의 고목은 한국 민중의 문화사였다. 따라서 성부에서는 그 문화를 내포한 대표적인 고목들의 유형 무형의 모든 것을 조사 보존하기로 했다.

우리 민중의 풍습이나 정신이 적잖이 그 나무에 기생하고 있어 더욱더 기대되는 것이다.

| 꽃 문화 |

가끔 집 주변을 거닐다 보면 구석진 곳에 화분들이 나뒹굴고 있는 모습과 아직은 제법 성성한 화환의 생화(生花)들이 그대로 버려져 있는 것을 볼 수 있다. 생각해 보면 이는 참으로 우리 사회의 소비성 경제면의 단면을 보여 문제되거니와 상대의 마음을 내버린 듯해서 안타까워 보인다. 꽃을 선사한 사람의 축하 기원이 단 몇 시간 뒤에 바로 초라한 모습으로 버려져 있기에 공연히 허전하고 짜증스럽다.

한 포기 꽃을 피워 올리기 위하여 얼마나 많은 나날의 손길과 정성, 그리고 경제적 시간을 낭비하여 작품화한 화환과 화분들인가.

우리 한국 사람의 과반수가 한 해에 한 번 이상 꽃을 사고 또 꽃나무를 심어 본 경험이 있다고 한국갤럽이 조사결과를 밝히고 있다.

남의 집을 방문할 때나 생일 축하, 그리고 꽃 공양이 제일이라고 부처님께 헌화(獻花)하는 동남아나 우리의 불교……

그래서 그런지 오늘날 꽃을 사랑하는 사람들이 나날이 늘고 있다.

10년 전에 30%선에 불과했던 꽃의 생활화율이 이제 50%를 넘어섰다면 장족의 신장이 아닐 수 없다.

사람들이 좋아하는 꽃도 통계 조사를 통해 순위를 매기고 있는데, 장미, 국화, 백합, 무궁화, 안개꽃, 코스모스의 순(順)이다.

이중 국화와 무궁화를 빼면 서양 무드의 서양꽃들로 좋아하는 꽃에까지 서양 취미에 오염되고 있음을 알 수 있다.

옛 선조들도 꽃을 좋아하였지만 꽃을 좋아하는 시각이 지금과는 전혀 달랐다. 사람에게 인품(人品)이 있듯이 꽃에도 화품(花品)이 있었다.

사람을 판단할 때 잘 생기고 못 생기고, 예쁘고 밉고, 벼슬이 높고 낮고, 재물이 많고 적고 하는 외색(外色)으로 따지지 않고, 뜻이 있고, 의로움이 있고, 곧음이 있고, 덕이 있으며, 정이 있고, 없고의 내색(內色) 곧 인품으로 따져 가까이 하고 멀리 했듯이 우리 옛 선비들은 꽃도 외색이 아니라 내색을 보고 선호의 기준을 삼았다.

옛 선비들이 상대와 처음 만나 인사를 나누며 대화할 때 꽃에 대하여 좋아하는 화품의 순서를 곧잘 물었던 것이다. 왜냐 하면, 좋아하는 꽃으로 그 사람의 인품을 내색(內色)할 수 있어 상대의 인격을 예측할 수 있었기 때문이다.

눈 속에 피어나는 매화, 서리맞고도 피는 국화, 진흙 속에 피는 연꽃, 사시사철 푸르고 곧기만 한 송죽(松竹) 등은 뜻이나 절개(節介)가 그 화품(花品)이요, 치자, 동백, 사계화 등은 깐깐한 기골(氣骨)이 그 화품이요, 모란과 작약은 부귀(富貴)가 화품이요, 해바라기, 두충(杜沖)은 충(忠)과 열(烈)이 화품이며 박꽃, 맨드라미, 봉선화는 박실(朴實)하고 성실함이, 진달래와 개나리는 분명한 거취(去取)가 화품이다.

어느 선비의 품격(品格) 매김은 1품으로 매화, 2품으로 소나무, 3품으로 연꽃, 4품으로 국화, 5품으로 박꽃, 6품으로 두충, 7품으로 봉선화, 8품으로 개나리…… 하고 매겨 나가면 그로써 그 사람의 인품을 가늠하여 의기를 투합하고 있느니 그야말로 한국 고유의 멋이 풍겼다.

그 뿐인가. 사람들이 예부터 자기 집 뜰 안에 심어 놓은 꽃을 보고도 그 집안의 가품을 내색했을 정도였다. 부귀영화를 등진 한사(寒士)는 붉고 빛나는 모란이나 작약을 심지 않고 박이나 앵두를 심어 하얀 꽃을 피울 정도였을까.

이처럼 우리나라는 예부터 꽃의 문화가 대단했음을 알 수 있다.

하지만 인간이란 누구나 꽃을 사랑하지 않는 사람은 없을 것이다. 우리 인간사에서 사람이 꽃을 사랑했듯이 사회생활에서도 서로 상대를 꽃같이 사랑해 준다면 사회는 웃음이 꽃피고, 국가는 초석(礎石)으로 다져질 것이다.

꽃을 사랑하는 아름다운 마음, 그 마음은 곧 천사의 그것이다. 어찌 거기에 가면이 존재할 수 있을 것인가? 그러나 이 말은 현대에 걸맞지 않을지도 모른다. 오늘의 시점은 가면과 오만, 욕구 사리사욕에 너무 집착되어 있기에 말이다. 최근 애경사의 예를 들어 보더라도 그렇다. 꽃의 의미인 향과 미, 애락을 떠나서 자만과 위신, 명예, 체면을 순수한 꽃으로 치례하여 가면을 감추려고 하는 화환의 소유자가 얼마나 많은가?

꽃도 시대의 유행으로 수입화가 판을 친다. 물론 경제적 차원에서도 문제성이 있겠지만 그럴수록 우리나라 꽃부터 소중히 여겨 연구하고 개발한다면 얼마나 좋을까?

정신적으로나 생태학적으로 따져 봐도 외화(外花)의 맥 없고, 중심 없고, 가벼운 흐름보다 기백과 절개, 수명, 청초한 화품을 지닌 강산에 흐드러진 우리의 꽃들이 그 얼마나 값진 것인가?

우리는 우리 꽃에 대한 철학을 저마다 지녀야겠다. 그렇지 않으면 금세기의 꽃 문화를 이룩하기 어려울 것이다.

한 떨기 꽃을 심어 가꾸는 것도 중요하지만 아름답게 피어 있는 조국의 어린 꽃들을 꾸준한 관리와 정성스런 보살핌과 진실한 사랑으로 피어낼 수 있는 환경과 자연을 소중히 여겨야 할 것이다.

| 쑥을 뜯으며 |

쑥 향(香).

그 향(香)은 내 그리움이었다. 어머니가 피워 놓았던 쑥불!

가느다란 날림의 향연. 그 내음은 천지를 지배하려는 능력의 소유자였다. 요즈음도 가끔 골목길을 지나다 보면 생활의 주변에서 새어 나오는 쑥 타는 내음을 대할 수 있다. 성큼 다가온 내 어린 시절. 그 향은 옛날 우리 집 누기 서린 퀘퀘한 공기를 제거해 주었던 청량제였다.

예부터 우리 인간은 쑥을 식용과 약용으로 널리 애용하여 왔다.

쑥은 비타민 A와 C를 다량으로 함유하고 있다. 쑥 술의 담황색의 액체, 이것은 야맹증과 피부미용, 위장, 천식에도 효과가 있으며, 특히 가난했던 시절 굶주림의 부황(浮黃)을 막아주었던 약제였다.

오늘도 생활을 해맑게 날리며 쓸어오는 쑥 바람—.

나는 그 바람에 안겨 이야기하고 놀고 싶었다. 그 향수의 그리움이 피어오르는 봄의 서기에 나는 그를 보려고 들길로 나섰다.

양지쪽 밭이랑에 냉이, 달래, 고들빼기……. 하지만 진정 애모하여 찾는 것은 그 게 아니었다. 연초록색 옷을 입고 허리에는 보송보송한 하얀 잔털을 소유한 쑥, 저쪽 양지 바른 논둑 아래 아직 냉기 어린 바람에 고개를 살랑 외면하며 숙연히 고개 숙인 쑥. 계절의 순리에는 멈출

수 없는 새 생명들……. 그러나 인간의 변덕스럽고 간사한 입맛들은 그를 섭취하려고 산과 들을 헤매인다.

우리들은 이 잡듯이 잔디 속을 헤치며 어린 쑥을 사냥한다. 봄 향기를 밥상 위에 올려 본다. 쑥국에서 상큼하게 피어 오르는 향의 기력(氣力)에 눈을 뜬다.

어머님은 내 어린 시절 겨울 껍질을 벗겨 주셨고, 새 맛을 보여주려고 대지로 출발케 해주셨다. 그런 어머님의 지혜에 나는 항상 감사를 느낀다.

5월 접어들면 쑥은 한껏 자라 어딜 가나 지천이다. 무엇이든지 흔할 때 많이 먹고 영양을 섭취하라고 하시던 어머니의 말씀…….

어머니는 단옷날 쑥떡 해 먹는 풍습을 항상 잊지 않으셨다. 쑥을 삶아 물에 울궈내어 쌀가루를 섞어 쪄 절구에 찧어 둥글게 빚어 노란 콩고물에 굴리면 보름달로 뜨는 쑥떡. 그 맛이야 고소하고 향긋한 우윳빛. 그 구수한 맛은 내 어릴 적 젖맛이었다.

그 뿐이랴. 싸리 채반에 펼쳐진 쑥버무리. 논밭에서 일하다 간식으로 어른도 한 사발, 애들도 한 사발, 시원한 물 한 바가지면 배는 동산만큼, 우리의 행복은 쑥빛 얼굴로 푸르게 변해 갔었다.

그 즈음은 양식 걱정하는 사람들이 많았다. 하루 한 끼 밥, 두 끼 죽을 먹었다. 어머니는 우리 가족들을 위하여 쑥밥, 쑥죽, 쑥떡, 쑥버무리까지 하루라도 쑥의 음식이 식탁에 안 오르는 날이 없었다.

그중 쑥죽에다 콩을 갈아 넣고 끓이면 그 내음은 구수하여 온 집안은 물론, 골목길까지 풍겨 안 먹어도 배부른 한국 풍토의 인심과 정(精)이 서리는 환경의 분위기를 자아내 주었다.

어머니는 그렇게 하여 우리 집 식솔을 거두고 건강을 보살펴 주셨다.

들에 나가셨다가 돌아오다 길섶이나 텃밭, 어디에서나 틈만 있으면

쑥을 뜯어 말리어 대청마루나 광주리가 가득하면 우리 집은 절로 훌륭한 부자가 되었다.

어머님은 자고 나면 하시는 일에 피로도 모르시고 쨍한 햇살에 까맣게 그을리면서도 쑥 뜯는 일만은 잊지 않으셨다.

이처럼 내 건강의 뿌리를 내리게 해 주셨던 나의 어머님. 그래서 난 오늘 자랑스러운 어머님 모습을 기리며 쑥바구니 대신 비닐봉시를 챙겨 들고 아내와 아이들을 동반, 쑥을 뜯으려고 들을 서성인다.

남한산 고개 너머 묵정 밭뙈기. 그 날 그 때마냥 어머님 이마를 검게 태운 햇살은 오늘도 내 이마를 따갑게 내려 찔렀다. 쑥이 흐드러진 밭둑 모서리에 어느덧 어머니 모습이 성큼 내려 깔려 있었다.

분명 어머니였다.

나는 분간 없이 그곳으로 유인되었다. 멍한 순간. 들리는 가냘픈 어머님의 소리—.

아버지!

어디로 가셔요. 그 쪽은 산이에요. 그제사 나는 새 정신이 났다. 아뿔싸 내가 잠깐 어머님 곁으로……

뒤를 돌아보았다. 아이들은 나를 보고 방향을 바로 잡아주기 위하여 계속 손을 흔들고 있었다.

그래 이것이 바로 '인과응보' 이구나 이어 받아, 이어 주는 생활의 철학인가?

어머니는 예전 자식들의 허기를 덜기 위하여 쑥을 캐셨지만 난 오늘 부푼 회포를 풀며 우리 집 가족들의 건강을 지키기 위해 어머님 혼밭이 스쳐 가신 발자국을 밟으며 땀 흘려 쑥을 뜯느라고 허리를 휘며 해 가는 줄 모르고 있다.

봄과 어머님을 모신 비닐 봉지. 어느덧 봉지 안에는 파란 봄빛이 가득, 우리 가족의 얼굴은 희락(喜樂)에 가득차 진달래 들러리에 싸여 삶을 태우며 오솔길을 지나 남문에 도착했다.

그렇게 우리가 도착했을 때는 봄 노을이 나의 발길을 재촉했다.

나는 쑥 보따리를 소중히 들고 아내와 아이들에게 자랑할 재료로 삼으며, 옛 할머니가 뿌리로 내려주신 삶과 건강, 알뜰한 지혜의 쑥 이야기를 다시 일깨워 주기 위하여 별빛 찬란히 뿌려진 시가지의 불빛을 바라보며 우리 집 풍경을 조용히 관찰하고 있었다.

| 보리밭 풍경 |

바다가 보이지 않는 고향 그 누런 청보리 밭. 그곳은 추억을 은닉한 비밀의 요람이었다. 그래서 보리밥을 씹을 때나 보리차를 마실 때 문득 떠오르는 그 생각. 진저리쳤던 그녀와의 만남은 한판 씨름이었다.

아까부터 윤 노인은 지그시 눈을 감고 지난 날 그 무엇에 달관된 미소를 흘리며 남쪽 하늘을 그리고 있었다.

단오, 그네, 쑥떡, 달밤, 보리밭, 새소리, 물소리……. 그 어느 하나 버릴 것 없는 소중한 재산이었다.

그러나 윤 노인은 시대의 흐름으로 그것을 버려야 했다. 진달래 빛이 산천을 곱게 물들이던 날, 뻐꾸기는 그렇게 슬프게 울어 주었고, 60년간 애착의 큰 눈물을 가재산 그늘에 지워 버려야 했다.

아들 집으로 상경한 윤 노인, 도시의 잡다한 소리에 어리둥절, 성냥갑 포개 놓은 듯한 고층 아파트. 여기가 거기 같고 거기가 여기 같은 요지경 속 같은 곳.

새(鳥)들만이 새장에 갇혀 사는 것이 아니라 인간도 화학적 물결에 화살을 맞아 새장에 갇힌 노인들…….

하도 심심하여 윤 노인은 신문을 펼쳤다. 웃음은 건강의 의미요, 그리움은 삶의 보람이었다. 헌데 윤 노인의 눈을 크게 뜨이게 한 것은 한

강 둔치에 보리밭 풍경이었다. 요즈음 시골에서도 보기 드문 보리밭이 도시 속에서 소개되었으니 그는 이를 보는 순간 잃었던 서정의 낭만이 한꺼번에 세월의 껍질을 벗기며 욕망의 회춘으로 꿈틀거리는 것이었다.

윤 노인은 보리밭이 보고 싶었다. 한강변으로 나갔다. 유유한 강물.

태백의 정기를 훑어내려 잔잔한 웃음의 반짝임. 그 흐름은 천백만 서울 시민의 생명수요, 뜨거운 가슴을 식혀 주는 청량제다. 삼대 같은 밀집한 아파트, 자동차 물결, 분명 서울은 세계의 거대 도시로 출범하여 인종의 차별을 망라한 국제회의도 빈번한 한국의 소리가 세계 으뜸이라고 나팔을 분다.

우리 고유의 것들이 소외시 되어 삭막한데 이를 본 어느 독지가는 보리, 밀, 유채꽃을 한강 둔치에 심어 자라나는 세대에게 산교육으로 보여주고 국토 가꾸기에 봉사하고 있으니 고마운 분이었다.

— 안성호 제3에세이집 —

윤 노인은 뒷짐을 지고 저녁놀을 바라본다. 꽃은, 피는 순간은 아름답지만 지는 과정은 추하다. 우리 인간도 저 저녁놀처럼 마지막 가는 길이 저렇게 아름답다면 얼마나 좋을까.

헌데 어디서 보리밭이야, 보리밭! 외치는 소리가 들려온다. 윤 노인은 그쪽으로 눈빛을 깔았다. 정말 보리밭이 보였다. 웅성거리는 사람들. 윤 노인은 성큼 다가서며 그만 보리이삭을 꼬옥 손에 쥐었다. 고향을 본 듯 고향 사람들을 만난 듯 무언의 대화로 웅어리졌던 사연들을 하소연하여 본다. 또 너를 즐겼던 보리밥, 보리개떡, 이제는 고급 식품으로 상징되어 대하기 낯설은 존재가 되었으니 슬퍼질 뿐이다.

윤 노인은 보리밭 주위를 서성거리는 젊은이의 아름다움을 본다. 노출된 부분의 여성미, 익살의 사랑 이야기……. 히히덕거리는 그들……. '참 좋은 때구먼' 생각하면서도 옛날 자신의 일을 회상하면 어쩐지 쑥스럽고 얼굴이 붉어진다.

그러나 윤 노인은 아까부터 보리밭의 아름다움에 눈빛을 놓지 않았다. 보리 깜부기는 보이지 않아도 바람이 일면 초록의 잔잔한 파도가 춤을 추며 나를 부른다. 그 바람은 자신의 아린 가슴을 달래주기에 자연의 율동에 시선이 동요되어 그를 보는 순간……

이 때다. 보리밭 한 구석진 곳에서 이변이 일어난 듯 보릿대가 마구 흔들리며 약간의 신음 소리가 들렸다.

윤 노인은 조용히 그곳을 지켜보았다. 아니나 다를까, 그 보리밭 깊은 곳에 남녀 한 쌍의 놀아남, 두 입술의 포개짐과 포옹의 한 몸 됨은 목격자의 신경을 아찔하게 하는 풍경인데 그 순간을 겪어 보지 못한 사람이야 어찌 사랑을 이해하리……

이를 본 윤 노인은 그만 입가에 빙그레 미소를 지우면서 자신의 40년 전으로 돌아간다.

단오! 일년 중 가장 생물이 활성화하는 시절— 농민의 명절, 햇쑥을 빚어, 노란 콩고물을 묻혀 굴리면 보름달로 뜨는 쑥떡, 고소하고 향긋한 맛, 이웃과 나누어 먹고 뒷동산 밤나무 숲에 모이면 그네뛰기를 자랑했던 시절……

윤 소년은 강 소녀와 쌍그네, 서당집 머슴아이는 외그네, 봉순(鳳順)의 홍갑사댕기의 날림은 춘향의 그네를 무색케 한 푸른 창공의 꽃이었다. 하늘을 비상하는 그들은 허공의 꽃구름. 순간마다 지르는 함성은 젊음의 은닉된 사랑의 표현이었다.

산그늘이 짙게 내리자 개굴소리 와글와글 자갈을 굴리듯 요란한데, 아이들의 배는 쪼록소리—. 먹다 남은 쑥떡 생각……. 모두들 어둠을 뒤로 저으며 동네 우물가로 내려오는데 뒤에 멀찍이 따라오던 윤 소년은 기회는 이때라고 생각하고 빨리 뛰어 강 소녀의 손을 잽싸게 잡고 슬쩍 방향을 배나무골로 돌렸다.

배나무골은 평소 윤 소년이 잘 다니던 그의 전답이 있는 곳. 두 사람

은 어느덧 언덕 위 잔디밭에 앉아 보았다. 그러나 주위가 산만하여 다시 선택한 곳이 정분(正分)네 청보리 밭이었다. 보리는 한껏 자라 허리를 넘어 앉으면 좁은 방안처럼 은폐막이 되어 편안하였다.

두 사람은 주위를 살피면서 보리밭 이랑 깊숙이 들어갔다. 우선 보릿대를 이리저리 밀쳐 깔고 앉았다. 조용하고 둘만의 갇힌 장소라 좋았다. 그러나 자연의 축복 속에 이루어지는 역사의 밤. 달밤, 보리밭, 별, 풀벌레, 하지만 소쩍새 소리는 왜 그리 슬프게 들려왔던지.

대화는 필요 없었다. 평소 이웃에서 들며 날며 많이 보고 마음을 아는 처지니까…….

윤 소년은 많은 날을 기다렸다는 듯이 강 소녀를 가까이 하여 가볍게 감싸주었다. 강 소녀는 처음 있는 일이라 얼굴을 붉히며 반항 아닌 반항으로 윤 소년을 놀란 토끼의 눈빛으로 정면 쏘았다. 그러나 넉살 좋은 윤 소년은 당연한 표정으로 황소 같은 큰 눈을 굴리며 강 소녀를 금방 삼킬 듯 그녀의 가는 허리를 포옹으로 졸라갔다. 그 때 그 두 사람의 눈빛은 일생 변치 않는다고 하늘을 보고 흙을 보고 맹세하여 모든 것을 서로 주고 받았다.

얼마 후 두 사람은 긴 꿈속에서 깨어난 듯 새롯한 정신이 솟았다. 온 육체는 불덩어리— 바람이 분다. 이 시원한 기분 욕망의 문을 통과한 사랑의 씨앗. 그 정착의 자라남을 누가 알랴. 달과 별 우리만이 아는 비밀의 밀실을…….

윤 소년은 이제 천하를 소유한 대장부의 기세로 어깨가 으쓱해도, 한편 강 소녀는 어쩐지 쑥스럽고 후회와 허무의 압박감이 앞을 가렸다.

그 후 몇 달이 지났다. 강 소녀의 몸에는 이상이 생겼다. 이를 지켜본 강 소녀의 어머니. 딸의 의심나는 점을 꼬치꼬치 물었다. 그 성화에 자기의 비밀을 끝내 토해내는 강 소녀. 상대는 이웃의 윤 소년이라는 것

을 밝혔다. 그 날 저녁 윤 소년은 강 소녀 아버지에게 몹시 매를 맞았고 강 소녀는 어머니께 머리채를 잡혔다. 이렇게 동네 우물가에는 두 사람의 연애 이야기가 화제가 되었고 양가 부모들까지 얼굴이 붉어졌다.

윤 소년과 강 소녀는 생각다 못해 고향 마을을 떠났다. 그들은 몇 년 간 설이 지나도 소식이 없었다. 그러던 중 늘려오는 소문에 의하면 그들은 행복하게 잘 산다는 것이었다.

윤 노인은 지금 보리밭 속에서 사랑을 즐기는 젊은이의 행동을 지켜 보다가 흡사 자신의 과거를 보듯 지난 날을 반추하며 비교해 보는 것이다.

40년이 지난 현실. 세대 차이로 생활의 변화가 많은 것을 느꼈다. 예나 지금이나 사랑의 의미는 같지만, 현시대의 사랑이란 자유롭고, 당당하고, 자신이 넘치는 것이라면, 윤 노인의 소년 시절의 사랑은 상대가 서로 좋아하고 결혼의 대상자로 선택하여도 집안의 법도와 가문의 명예에 차이가 나면 결코 결혼은 성립될 수 없었다.

요즈음은 집안에 과년한 아들 딸이 있으면 오히려 연애를 권장해 주는 예도 있으니 얼마나 좋은 세상인가.

윤 노인은 자신의 덧없는 세월을 아쉬워하면서, 과거의 죄 많은 사랑도 지금 생각해 보면 아름답고 향기로운 추억이 된다는 생각에 가슴 뿌듯해 하고 있었다. 그러면서 한편 인간은 시대를 잘 타고 나야 살 맛나게 살 것이라고 덧붙여 생각하며 윤 노인은 노을진 노란 보리밭을 한없이 바라보고 있었다.

보리밭 풍경 >>>>>

폭포수(瀑布水)

　물이 떨어지면서 하얀 웃음이 자지러진다. 수정렴(水晶簾)처럼 절벽에 찬란히 걸려 있다. 거기에서 트럼펫을 분다. 사랑, 기쁨, 미움, 고통이 뒤엉켜 춤을 춘다. 여기 그런 폭포가 솟는 것을 보라. 햇빛은 대지의 수분을 증발시켜 결수(結水)의 물방울을 비로 내려 그 원천(源泉)의 흐름은 신이 주신 생명수였다.

　수맥(水脈)은 윤회(輪廻)의 법칙이요, 곧은 곳으로만 향하는 군자다. 물은 입폭(立瀑)과 와폭(臥瀑)을 형성시킨다. 대승(大勝), 구룡(九龍), 박연(朴淵)의 제폭(諸瀑) 같은 것은 입폭이요, 묘향산(妙香山)의 용폭(用瀑), 설악의 토왕성 같은 것은 와폭에 속한다. 이른바 폭포에도 명칭과 모양에 따라 남녀를 상징하니 인간이나 동물, 자연까지도 그 대화의 마찰로 느끼는 따뜻한 정(情) 없이는 존재하지 못하나 보다.

　골골마다 초목의 배설물. 그 합(合)의 소리는 심곡의 정적을 깨고 소용돌이의 사나운 기수(氣水)로 초목의 하얀 실뿌리마저 빗질하며 공공(空空)의 터전을 알뜰히 채워, 맑은 물 쉬어 흐르는 웅덩이의 숨터를 이룬다.

　그 여울에 가랑잎은 작은 돛단배로 등장하여 벌레들의 목숨들을 보호하지만, 그 미래의 운명은 가련했다. 맑은 날은 악동의 놀이터. 밤들면 선녀의 노래가 쏟아지는……, 그런 회상의 황홀함에 나는 폭포수를 바라보았다. 순간 아찔한 두려움에 그만 신경이 곤두섰다.

낙차의 물줄기에 어리는 칠색(七色) 물보라 꽃의 무지개. 나는 그 무동을 타고 훨훨 날고 싶었다. 폭포수가 흘러가듯, 잠시 머물다 가는 나 그네의 쉼터였다.

나는 동양에 산다. 그래서 동양화를 예찬하는 걸까? 산, 물, 나무, 돌 그를 배경한 폭포수는 항상 가식이 없어 좋다. 즉, 토속적 소박한 정취가 풍기는 서정의 흐름은 언제나 편안한 마음을 가져다준다.

신비와 정서, 눈요기에만 거쳐 왔던 폭포수도 이제 제 구실을 다한다. 전설을 벗은 삶의 터전으로 전락, 경제성의 대명사로 폭포는 이제 관광지로 부상되었다.

우리 강산에는 많은 폭포수가 있다. 설악의 비룡, 제주의 천지연, 강촌의 구곡, 개성의 박연폭포…… 등.

그 폭포를 바라보노라면 비경의 오묘한 신비와 황홀함에 마음은 비워지고 선계(仙界)에 떠도는 한 점 구름처럼 낭만의 평화로움으로 흐른다. 하지만 인간의 조잡스럽고 변태성 있는 눈빛 속에는 자신을 이 상향의 낙원으로 유인당하다 아차 하는 순간 세상을 하직하는 인간의 마지막 길도 있어 항상 폭포는 조심해야 한다.

가슴을 때리는 폭포수. 압축의 짜릿한 육체의 마찰. 그것은 여름날 더위를 식혀주는 병원. 또 폭포수의 울림은 자신의 의심(義心)을 강하게 울부짖는 남아의 기백 같다. 길게 내려 찌르는 비폭(飛瀑)의 물줄기는 남성의 강한 생식기의 배설 같은 시원한 기분…….

폭포수가 솟는 것을 보라. 한 번 떨어져 다시 떨어지고 기천(幾千)의 흐름이 구름 되어 흐르는가 하면, 다시 그것이 모여 높이 공중으로 물거품을 올리고 있다. 이 폭포의 변화무쌍한 음영(陰影)이야말로 진정 아름다움에 차 있다. 그 음영의 변화에서 향기롭고 싸늘한 속삭임이 사방에 퍼진다. 이것은 인생의 환상적 신비를 비쳐주고 그 폭포의 힘과 같은 오묘한 음영 속에 우리의 삶이 있는 것이다.

폭포하면 미국의 '나이아가라' 폭포를 빼어 놓을 수 없다. 그래서 정치인 예술인 사업인이 다각적으로 관광을 한다. 기자 한 사람이 나이아가라 폭포를 방문한 처칠에게 많이 변했느냐고 묻자 처칠은 '주요한 원리는 그대로' 라고 했다. '인간이 폭포를 보는 찰나의 느낌은 차이가 있을망정 자연의 오묘한 원리야 수많은 세월이 흐른다 한들 어찌 변할 수 있느냐' 고 했단다.

우리나라 폭포를 둘러보면 그에 못할 바 없다. 그 규모는 작지만 아기자기한 천 길 기암괴석에서 비상하는 맑은 물빛, 고요를 깨는 소리, 맛 그 서정이야 어디 가서 찾아보랴.

입폭의 구곡(九曲) 폭포는 한겨울 얼음기둥이 세워지면 산악인의 훈련 도장이요, 그 찬란한 등산복은 한 점 겨울 꽃을 피워놓은 한 폭의 그림이다.

식소록(識少錄)의 박연폭포 이야기를 보면 개성에 한 눈먼 딸 황진이(黃眞伊)는 그녀가 사모하는 화담(花潭) 선생을 찾아가 '송도(松都)에 삼절(三絶)' 이 있다고 말한다. 박연폭포, 화담, 황진이를 삼절이라 했다.

청파극담(靑坡劇談)에 의하면 팔도 폭포중 박연폭포만한 데가 없다고 했다. 보기에도 장관이려니와 물 맑기로 소문난, 또 장마에도 한 점 티끌도 없이 깨끗하다고 했다.

'박연폭포 핑계로' 란 속담도 있다. 개성지방의 여인들이 박연폭포에 물 맞으러 간다면 만사 제쳐놓고 허락해 주었기에 딴전 부리러 나가면서 박연폭포에 간다는 핑계를 댔던 데서 생겨난 속담이다. 왜냐하면 박연폭포수를 마시면 다산력(多産力)이 생긴다 하여 아이 귀한 집은 물지게로 퍼다 놓고 먹었던 것이다. 또한 박연폭포 한복판에 돌섬

이 있고 그 위로 폭포수가 내려 쏟아지는 모습이 성행위를 유감(類感)시키기에 폭포수에 생산력이 있다고 생각했을 것이라는 해석도 있다.

요즈음에 와서 폭포수도 경제성이 있다. 도시의 주변 관광지를 찾다 보면 인공 폭포수 분수대 또한 목욕탕 안에까지도 그를 응용한 물을 맞아, 이제 상업적인 수단으로 인간을 현혹시킨다.

최근 북한의 박연폭포수가 상품화 되어 중국과 일본, 한국에 수출할 것이라는 보도가 있었다. 한국에 수입되면 실향민이나 이산가족에게 향수라는 정신적 부가가치가 붙을 것이라고 생각한다.

고려 때 학자 이제현(李齊賢)이 박연폭포를 읊은 글에 수천 년 내리 쏟아 만들어 낸 하얀 옥과 구슬이 몇 만섬인가 라고 폭포수를 재물에 비유하더니 그야말로 오늘에 돈이 되는 것을 이미 고려 때 예감했으니 말이다.

국가를 위하고 나를 위하고 후손들을 위한다면 산의 주변 환경은 물론 원재의 초점인 자연을 보호하고 자신부터 환경관리에 관심을 갖고 나서 폭포를 찾으면 얼마나 좋을까.

| 한국의 농가 |

한국의 농가는 예부터 그 조영(造營)의 자리잡음을 가장 중요시하여 왔다. 그래서 자연의 지형지물을 변경 않고 그대로 유지하여 받아들였다.

말하자면 자연의 순리를 근본으로 아름다움을 조성하는 토질과 습지를 그대로 이용하였다.

인공적인 조형물을 속된 것으로 보아 흐르는 물, 돌덩이, 나무 한 그루까지 제자리를 지켜 주었던 그대로를 근본으로 삼았다. 그래서 농가의 계절적 변화에 민감(敏感)을 느낄 수 있게 했다.

농가뿐 만이 아니라, 왕궁, 사찰, 서원…… 등에 이르기까지 자연의 본 지형을 변경 않고 아름답고 평화로운 운치를 이용하여 인간과 자연과의 교감을 바탕으로 긴 역사를 엮어 오늘에 살고 있다. 나는 이처럼 토속적인 농가에서 출생하여 충청도 산촌의 마을에서 자랐다. 그래서 그런지 가끔씩 아련한 그리움이 점철된 내 고향의 농가가 눈앞에 선연히 떠오르곤 한다.

농가!

말만 들어도 훈훈함이 느껴진다. 된장 내음이 난다. 농가에서는 늘 어머니의 정이 흐른다. 이웃들과의 친함과 두레와 품앗이로 상부상조

하는 협동정신이 깃들어 있는 농가…….

새벽 닭 우는 소리로부터 농가의 문이 열린다. 모두가 부지런하였
다. 할아버지는 부엌마다 재를 끌어내고 마구간 쇠죽솥에 장작불을 지
피신다. 어머니는 물을 길러 아침밥을 지으시고, 아버지는 마당을 쓸
고 나서 두엄을 지고 들로 나가신다. 할머니와 아이들은 방안 청소와
이불을 정돈한다.

소는 되새김질로 눈을 껌벅거리고, 닭은 홰를 치며 아침을 알리고,
개는 쏜살같이 집안을 순회하고, 허기 만난 돼지는 벌써부터 꿀꿀거린
다. 이 뿐인가. 벌레들까지 어디로인지 생존 경쟁을 위한 출동의 아침.
이렇게 부지런함과 책임감은 농가의 훈기와 삶을 북돋아 주었다. 대부
분 집집마다 백여 평이나 되는 농가들……. 뒷산을 배경하고, 앞은 내
(川)가 흐르고, 남향(南向)을 정좌(正座)한 농가들……. 그러한 농가는
아름다웠다.

본채와 사랑채, 헛간 마당과 뒤란, 자급자족할 수 있는 넓은 공
간…….

헛간에는 쟁기, 고무래, 괭이, 삽, 호미, 낫, 도끼, 홀깨, 톱, 풍구, 탈곡
기, 물레, 베틀, 발, 멍석, 가마니, 체, 광주리, 새끼, 삼태기, 둥구메
기…… 등 농가에서는 꼭 필요한 도구, 이것들은 하나라도 없어서 안
될 소중한 물건들이다.

뒤란은 가풍을 자랑하는 장독대가 키재기라도 하는 듯 옹기종기 불
룩한 배를 자랑하며 다정하다.

울타리에는 석류, 복숭아, 배, 앵두, 호두나무…… 그 과일 나무의 고
목들은 농가의 내력을 보여 주듯 멋대로 어우러져 계절의 운치를 더욱
빛내 주었다.

우물가에 놓인 맷돌, 절구통, 디딜방아는 동네 사람들을 모이게 하
였고, 동네의 생활정보와 소식을 주고 받게 하여 생활의 웃음꽃을 선

사했다.

씨 뿌리는 계절이 돌아오면 난초와 작약, 노란 병아리는 먼저 농가의 봄을 알린다. 아직 먼 산에는 잔설이 희끗희끗한데 장독대 주변에는 연두색의 난초와 분홍색의 작약이 뾰족이 움을 트인다.

나는 성급한 마음으로 봄의 생명을 맞이하기 위하여 흙을 헤집고 들여다보며 집안의 봄을 먼저 알렸다. 그뿐이랴. 양지쪽 마당 구석에는 노란 병아리가 물 한 모금 삼키고 파란 하늘을 응시하면서 희망과 꿈을 펼치려는 듯 깃털을 곤두세우는데, 마당 멍석 위에는 씨감자를 쪼개고, 볍씨를 담그고, 종자 봉지도 오랜 먼지가 털리며 펼쳐진다. 여름의 채소 오이, 호박, 가지, 옥수수…… 등 상상만 해도 여름 입맛을 돋게 한다.

초여름으로 접어들면 농가는 가축들만 집안을 지킬 뿐 부지깽이나 고양이 손이라도 빌릴 만큼 바빠진다.

농가의 모심는 날은 우리 집 잔칫날이다. 맛있는 음식을 장만하고 동네 사람들이 많이 모여들며 절로 신바람이 났다. 오이채, 미나리, 머후나물, 콩자반, 열무김치, 콩나물, 고등어 토막이라도 오르면 이는 진수성찬. 정오가 되면 들녘 미루나무 그늘 아래에서 떠들썩한 점심 식사의 풍경이 어우러진다.

바가지 비빔밥에 농주 한 사발 참으로 맛있는 잊지 못할 모내기의 들밥……. 이웃 논 나의 친구 아버지도 밥 한 그릇, 아래 동네 길 가던 사람 술 한 잔……, 이렇듯 후한 이 농심. 농심은 바로 천심(天心)인가. 참으로 후한 인심이야 바로 한국의 농가가 아니랄 수 있을까? 이처럼 후한 인심에서 정과 협동심이 농가의 전통을 오늘까지 이어 준다.

여름 밤 마당 멍석 위에는 남정네들이 새끼 꼬고, 삼 삼는 향긋한 모깃불에 감자가 구워지고, 탐스러운 옥수수 잎 벌어지면 북두칠성은 더 선명해 별을 세다 잠들던 그 꿈 속…….

초가지붕 위에 빨간 고추가 널려지면 가을은 성큼 다가온다. 농가의 구석구석에 곡식이 가득하면 온 집안은 웃음꽃이 만발하게 핀다.

탈곡기 소리가 멈춘 마당에는 산봉우리 같은 벼 무더기에 배가 부르고, 저녁 밥상은 쌀밥과 청국장, 무생채, 배춧국에 막걸리가 곁들여지니 이보다 더 좋은 농가의 음식이 또 어디 있을까?

농가의 겨울은 내면을 장식하고 봄을 맞이하는 준비의 직업이다.

어떤 농가에서는 『농민』지를 읽으면서 다음 해 농사를 구상하고, 또 농기구 정비, 새끼와 가마니를 짜면서 농사의 증산에 대한 연구를 그치지 않는다.

그러나 슬픈 일이다.

서양 문화가 나날이 급성장하면서, 1970년대부터 새마을 운동의 근대화 바람으로 토담길은 포장길로, 농로는 넓어지고 초가는 기와, 슬레이트로, 또 종자 개량과 비닐 하우스는 농가를 부흥시킨 면도 있지만 반면 문제점도 많다.

이에 자연 파괴와 오염된 환경은 생태계의 치명을 초래하여 맞지 않은 농업 개방에 의하여 한국 농가의 전통 맥락은 위협당하고 있다.

그로 인하여 한국의 전통 농가의 풍습과 생활의 맥락은 이제 옛 추억으로 밀려나고 어쩐지 현 농촌의 농가는 훈훈함과 정이 멀어지고 농촌을 떠난 젊은이의 아기 울음소리도 농가를 울리지 않는 씁쓸한 농가로 변모했다.

노인들만 농가의 주인을 자처하고 고독에 지쳐 있다. 참으로 안타깝다. 하루 속히 젊은이가 귀향하고, 예같이 농촌의 훈훈한 정과, 두레 품앗이의 협동 정신을 부활, 한국의 전통 농가의 맥을 이어 주었으면 얼마나 좋을까.

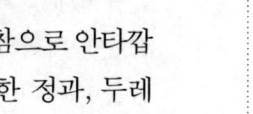

| 백색(白色)의 의미 |

세상은 색의 조화로 이루어지고 있다. 그래서 우리 민족은 고대 부여(夫餘) 때부터 흰 옷을 즐겨 입었다. 그래서 그 이름도 백의민족(白衣民族)이라 했다.

색은 인간의 희로애락과 희망, 좌절, 용기…… 등 감정의 느낌을 자아내준다.

백색의 결백, 검정색의 죽음, 빨간색의 사랑, 초록색의 평화, 노란 색의 시기, 보라색의 부귀……, 그중 백색은 모든 색의 근본(根本)이다. 그래서 우리는 백색에다 여러 가지 색을 배합하여 아름다운 빛깔로 창조하면서 광명(光明)을 상징하고 태양을 하느님같이 신봉하여 자존(自存)이라 믿고 신성한 햇빛(백색)을 옷 빛깔로 삼았다는 이야기다.

백색에는 슬픈 사연이 많다. 이수광(李粹光)의 《지봉유설(芝峰類說)》에 의하면 조선 명종(明宗) 을축(乙丑)년 후 나라에 국상(國喪)이 있을 때마다 백성들은 흰빛의 상복(喪服)을 입어야 한다. 그것이 오래 지속되어 백의(白衣)를 섬기는 습관이 굳어졌다고 한다. 뿐만 아니라, 고려 때 농민은 백저(白苧) 포를 입었다고 한다. 종교 의식이나 정치, 사회, 경제면에서도 그 당시 염료(染料)가 부족하여 흰 옷을 입었다고 한다.

황색(黃色)은 능동적인 색채인 동시에 무엇인가 흥분케 하는 과격한 속성이 있다. 허나 청색이나 바이올렛 빛은 수동적이고 싸늘하며 외로운 빛깔이다. 거기에 비하면 검정색은 무서운 멸망의 색이다.

그래서 검정색은 누구나 무서워 했다. 검은 구름은 뱃사공이 싫어하고 환자는 까마귀를 싫어한다. 또한 현대에 이르러서도, 텔레비전을 시청하는 사람들은 검은 복면을 한 괴한의 모습을 보면 왠지 가슴이 서늘함을 느낀다.

우리 선조들은 검은 옷을 싫어했다. 임진왜란 때 검은 옷을 입고 침략하는 왜적이나 검은 복면을 하고 월담하는 괴한들. 생각만 해도 끔찍하다.

흰 바지저고리에 수건을 동여맨 촌부(村夫)를 보라. 남을 해치려는 마음은 추호도 없고 순수함만이 넘쳐 흐른다.

우리는 그 많은 세월을 저주와 시련을 겪고 어렵게 살아 왔다. 그런데 간혹 길을 걷다 보면 우리의 눈시울을 뜨겁게 하는 광경을 본다. 그것은 바로 상가(喪家)집 상제들의 소복(素服) 차림이다. 그러나 그뿐만이 아니라 우리를 슬프게 하는 것은 또 있다. 그것은 사형장의 죄수의 흰 옷도 우리를 슬프게 한다. 지은 죄를 전부 사죄하고 마지막 깨끗이 이승을 떠나 저승으로 새 출발하는 그 모습이 또한 슬프다.

요즈음 그 모습이 많다. 흰 백색 드레스 자락이 빨간 카펫 바다 위를 끌며 걸어가는 신부의 모습은 가장 아름다운 천사의 모습이다. 하지만 하얀 드레스의 주인공은 축복의 눈빛보다 슬픔의 눈물이 고인다. 왜 그럴까? 소녀시절을 부모님 슬하에서 사랑을 받으며 자라 친정집 부모님 곁을 떠나려는 이별의 슬픈 마음. 그러나 그것은 부모님의 사랑보다 더 뜨거운 신랑의 만남에 대한 정의 눈물인지 모른다. 티 하나 없는 하얀 백색은 그토록 고귀한 의미를 지닌 것일까?

붉은 벽돌담의 형무소 거기에 백기(白旗)가 나부끼는 것을 보면 누구나 평화로운 안도의 마음을 가질 것이다.

평화! 인간은 누구나 평화를 원할 것이다. 그리고 그것을 위해 노력할 것이다. 외국의 어느 나라 형무소에 항상 백기의 날림을 보고 인간은 누구나 부러워하고 있다.

인간은 항상 백기의 걸림을 원했지만 사회적인 법질서나 종교의식의 결과는 무의미로 끝나는 현실이다.

또 전쟁터의 백기, 권투장 링에서의 흰 수건 보임은 패자의 슬픔을 의미한다. 그러나 그것은 평화를 존중하고 싸움을 중지하라는 것이다.

설야에 천지를 보라. 백색 그것은 모두 무상으로 있지 않은가? 인간은 항상 자연의 조화(調和)에 약해 무엇인가 의지하려고 한다. 그 본심인 백색은 최강자이다. 백색으로 여러 가지 색을 창조할 수 있고 깨끗하기 때문에 나는 백색을 예찬한다.

저 설야를 보라. 한때 찬란한 색의 이야기는 다 지워지고 순백의 세계만 펼쳐져 있다. 거기에는 욕구불만과 사심, 시기, 거짓이 부재한 하얀 순수의 들녘……

나는 그 원초의 태양 빛을 받고 하얀 마음의 백의 정신으로 밝게 살고 싶다.

| 바람 부는 날 |

— 감 줍던 시절

바람 부는 날 밤이면 나는 잠이 오지 않는다. 그 순간을 맞이하는 것이 어찌 사람뿐이랴.

바람은 나무와 풀의 목덜미를 흔들면서 바위의 얼굴을 할퀴고 옹달샘 물빛마저 흐려놓고 어디론가 줄달음치는 그 여음에 아까부터 외양간 누런 황소도 쿨쿨거리고, 닭장의 수탉도 홰를 치며 푸덕거리고 그렇게 짖어대던 삽살개도 제 몸 단속으로 음침한 마루 밑으로 물러앉는다.

그런데 이상한 것은 왜 우리나라는 7, 8월이면 어김없이 태풍을 맞아 농작물이 피해를 입는지 모를 일이다. 이 자연의 현상을 제지하는 자는 아무도 없나 보다.

삼복(三伏)이 지나자 더위가 한풀 꺾이더니 오늘 밤은 바람이 유난히 비를 뿌린다. 그래서 자연의 영혼들은 잠을 설치고 멍들어 이 비바람을 불청객으로 외면하겠지만……, 내일이면 기온이 내려 단풍이 곱게 물들고, 과일이 익어 가고 오곡의 결실인 풍성한 가을이 올 것이다. 가을은 성인의 계절이며 아름답지만 쓸쓸하다.

하지만 푸르름을 보냄이 아쉬운지 바람은 시새움을 놓듯 계속 난동을 피우고 있다.

아까부터 나의 눈빛은 세월의 아쉬움도 아름다운 단풍도 배제한 채 이른바 먹을거리와 재미의 예측에 잠을 설친다.

인간이란 모태에서부터 영양의 섭취를 위하여 움직여야 했다. 따라서 그 성장의 식욕은 내 가슴 속을 동요시켜 저 바람결에 나뒹구는 과일이었다.

감, 호도, 밤이 영글어 가는 텃밭의 풍경, 여명을 기다리는 안타까운 마음……. 뚝뚝 감이 떨어진다.

그 소리에 조바심이 나 나는 안절부절하는데 꼬끼오 새벽닭이 운다. 그 소리에 나는 선뜻 자리에서 일어났다.

기둥에 걸어 놓은 다래키를 메고 대문을 밀었다. 하늘에는 그믐달이 세상풍파를 다 겪은 듯 히죽이 속살을 드러낸 채 야윈 몸짓으로 오동나무 가지 위에 걸터앉아, 나 보란 듯 눈물 고였다.

논둑을 지나 풀밭에 다가서니 인적을 느낀 풀벌레 소리는 내 발자국 소리에 딱 그치고 산골 물소리가 정적을 깬다. 여름을 식힌 비바람은 온 누리를 안개 숲으로 피워 올려 서늘해진 기온은 이미 가을을 예시하고 있었다.

개울을 건너 과일 나무가 줄줄이 서 있는 밭으로 갔다. 향긋한 들깻잎. 그 내음은 한국 들의 토박이었다. 내 앞으로 성큼성큼 기어 오는 호박넝쿨. 그 호박꽃의 환한 웃음은 어둠을 밝혀 주고, 내 앞길을 밝혀 주는 구도자였다.

꽃은 이렇게 누구에게나 다 기쁨으로 대하고, 아름다운 마음을 갖게 한 선인의 깨우침으로 전환하는 순간, 바람의 꼬리에 묻어나는 들깨 향(香). 참으로 자연은 이처럼 인간에게 빛과 향 맛으로 서정의 시간을 장식해 주는 보시(布施)의 베품들…….

나는 그를 예찬한다.

쇄― 바람이 분다. 투둑 툭 떨어지는 감……. 나는 어깨에 멘 다래키

끈을 꼭 잡고 감나무 밑으로 뛰었다. 아직 어둑한 나무 밑. 깨 포기 사이를 휘적거렸다.

화등잔처럼 밝은 내 눈빛. 감이 보였다. 어떤 것은 청춘을 먼저 하직해서 주홍빛을 띠었고, 어떤 것은 파란 청춘을 자랑하는 풋감들…….이를 보고 사람들은 인생의 가는 것을 익은 감도 떨어지고 생감도 떨어진다 했는지? 그뿐인가? 파란 껍질을 에워싼 호노도 어느 부분은 미색으로 변한 것을 볼 때, 아! 초가을의 문턱임을 알려 주고, 반면 생각해 보면 자연도 때가 되면 인연의 연결로 소기의 목적을 달성하여 자신들의 종족 번식의 의무를 다 하려고 맛과 빛깔의 아름다움으로 인간을 유인하는 걸까? 이른바 바로 삶의 의미는 자기 종족 연계에 목적을 두나 보다.

나는 이 과일을 보며 예측해 본다. 감은 채반에 널어놓으면 홍시가 되어 입을 즐겁게 해 줄 것이고, 호두는 껍질을 벗기면 노란 호두알로 아이들과 구슬치기도 하고, 깨어 먹으면 그 고소한 맛은 개암을 능가하여 벌써 혀끝을 자극해 준다.

이때다. 어디서 기침 소리가 들려온다. 밭 아래를 내려보았다. 그는 분명 밭 임자, 아래 마을 황 노인이었다. 나는 당황했다. 황 노인은 인정 없는 지주였으며 무서운 사람으로 알려져 있다. 잡히면 혼쭐날 것을 생각하여 나는 감나무 밑 깨밭 고랑에 엎드려 황 노인의 거동을 살폈다.

어느덧 밭 모서리에 다가온 황 노인……. 어험 큰 기침 한 번 하고 휙 둘레를 살펴본다.

이때 바람이 또 불었다. 툭 감이 또 떨어졌다. 깻잎이 바람결에 꺾인다. 이를 목격한 황 노인, 긴 한숨을 내뱉으며 "금년 농사는 망치는구먼."

하늘을 보고 땅을 보며 볼 좁은 괭이로 이리저리 깨 포기를 허적거

리며 내 곁으로 다가오고 있다.

큰일이었다. 잡히면 여지없이 나는 요절이 나고 말 것을 생각하니 고슴도치처럼 잔뜩 몸을 웅크리며 사시나무처럼 덜덜 떨었다.

황 노인의 목적은 과일보다 아이들이 깨를 밟아 망가뜨리는 데 있을 것이다.

황 노인은 5m 가량 거리를 두고 서서 고의춤을 내리더니 배설을 한다. 그런데 어떻게나 오랜 시간을 소비하는지 나는 그만 참다 못하여 쿨룩 기침이 나왔다.

그 소리에 놀란 황 노인은 "어! 누구냐?"

나는 이때다 하고 있는 힘을 다하여 냅다 뛰었다.

황 노인은 "이놈, 게 섰거라" 하고 외치며, 내 뒤를 쫓는다. 나는 선불 맞은 멧돼지마냥 지향 없이 내뛰었다.

얼마를 뛰어왔을까. 뒤를 돌아보니 주위는 조용했다. 나는 그제사 긴 숨을 뱉으며 자귀나무 옆 널바위에 주저앉았다.

나는 생각해 보았다. 원인은 내 욕심이었다. 견물생심(見物生心)이라고 물건을 보고 욕심이 생긴 내 어리석은 처사였다.

그런데 생각나는 것이 있다. 급한 김에 감이 담긴 다래키를 깨밭에 그냥 놔두고 온 것이다. 집에 가면 어머니한테 혼쭐날 것을 생각하니 마음이 괴로웠다.

나는 주위를 살피면서 다시 감나무가 있는 그곳으로 조심조심 갔다. 밭 주위는 조용하고 언제 무슨 일이 있었던가 하는 듯이 잔잔한 바람 한 줄기만 감나무와 호두나무의 알찬 열매를 쓰다듬으면서 어디론가 파도를 치며 사라진다.

안심을 한 나는 감나무 밑으로 다가갔다. 다행이었다. 감과 호두가 담겨진 다래키. 다래키는 들깨 포기에 가리어 황 노인 눈빛을 피한 것이었다.

나는 다래키를 메고 꿈결 같은 사경의 순간을 회상하면서 가벼운 발
길로 밭을 나섰다. 잠시 분실했던 다래키도 찾고 황 노인에게 잡힘도
면하여 날듯이 기뻤다.

고샅을 돌아 느티나무 밑 정자에 왔을 때, 가성산(可城山) 아침 햇살
이 담뿍 내 이마에 얹혔다. 이 생(生)의 기쁨, 더할 수 없는 잊지 못할
유년의 추억……. 하지만 과대한 욕심은 한평생 한 인생의 길을 좌우
하니 하찮은 일이라도 매사에 깊이 생각하고 행하는 것이 더 좋을 것
이다.

그래서인지 지금도 바람 부는 날 밤이면 내게 잠이 오지 않는 까닭
은 저 기억의 강에서 감을 주워 먹으면서 헤엄치던 생각이 어렴풋이
돋아나서일까.

| 비무장지대(非武裝地帶) |

　세계에 하나밖에 없는 자연의 지상천국. 한국의 비무장지대(非武裝地帶). 조국의 분단. 반세기의 세월은 이제 세계인의 초점 속에 역사를 창조하고 있다.

　나는 5·16 군사혁명 때 군 생활을 비무장지대에서 보냈다. 그래서 그 사정을 잘 알고 있다.

　인간의 지난 과정은 아름다운 추억을 간직하고 있지만 실로 그 대상물과 접하고 있을 때는 거기서 풍기는 맛과 멋을 모르고 지내기가 일쑤이다. 그저 현실의 불만을 토로할 뿐 고뇌의 진실은 상실되기 마련이다. 이제는 헤아릴 수 없는 기억만 그리워할 뿐 희미해져 가는 그 풍경들⋯⋯.

　순간마다 떠오르는 비무장지대―. 인적은 없어도 자연의 보고(寶庫)인 그곳, 원시(原始)의 밀림 속에서 이루어지는 종족번식의 보금자리. 희귀한 동식물이 자생하고 바람이나 넘나드는 DMZ 완충지대(緩衝地帶).

　전쟁은 비무장지대라는 단어를 제시했고 그 상처로 지금도 이곳 많은 사람들은 자유를 잃고 평화를 갈구(渴求)하고 있다.

　평소에 또 다시 방문해 보고 싶은 곳. 북쪽 민족의 그 답답한 가슴들

의 먹구름을 심적이나마 조금 걷어내 주려고 나선 불교 신도들과 여래종(如來宗)의 석인왕 종중스님.

나는 스님과의 인연으로 전방부대 위문과 연등(燃燈)을 밝혀 부처님의 원력으로 북한 동포의 해방을 기원하는 법회에 참석했었다.

때는 진달래가 갓지고 솔잎 같은 바늘모를 심는 작년 초여름이었다. 그런데도 이곳 북쪽과 남도의 기후 차이가 약 15일이라니 아직 대추꽃도 피지 않고, 큼직한 떡갈나무 잎이 조막손을 못 면했으니 이른 봄이랄까……

그곳은 6·25 전(前)에는 북쪽이었지만 휴전협정 후 남한 행정구역으로 개편된 곳이다(대성리). 생각하면 아찔했다.

전쟁은 폐허의 모상이요, 새 문명의 건설을 의미했지만 이 비무장지대는 정적의 공산이었다. 땅을 세탁하는 실향민의 농부들. 초라한 옷차림과 삼엄한 분위기지만, 개(犬)가 꼬리치고 송아지가 한가로이 풀을 뜯는 자유가 생동하는 초록 물빛에 저린 잔잔한 정(情)의 향수 옷자락에 휘날리는 소박한 삶들. 만나는 사람마다 손 흔들림의 인정이 풍긴다.

골짝마다 후미진 곳에 뾰조롬이 고개 내민 부대 막사. 초소 앞에는 눈알이 유난히 반짝이는 초병의 외로움. 그 눈빛과 마주치자 생긋 웃어주는 통일의 의미.

내 언젠가 군 생활에 있어 못내 그리운 사연을 삭이지 못해 우울했던 그 시절. 어쩌면 전쟁은 청춘을 삭여 먹는 독벌레라 하겠지만 한편 인간 생활의 기초 훈련을 다지는 교육장인지도 모른다.

우리 일행은 ××부대에 들러 간략한 인사를 나누고 군용차로 고지에 올랐다. 여기는 동서의 휴전선 총 길이 2백 48km의 정중앙 지점인 아산관측소 그 맞은편에는 북한 초소가 잡힐 듯 가깝다. 부대장 말에 의하면 이곳 남북 철책선의 거리는 불과 1.9km. 처음엔 4km였지만 쌍

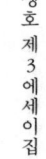

방이 조금씩 다가와 좁혀졌다고 했다.

한겨울을 헤치고 나온 따사로운 햇살이 분단의 비무장지대에도 찬란히 찾아온 봄을 삭이고 초여름이 오고 있음을 알리는 들꽃 무리들의 생동감 짙은 미소……. 그 발 아래 펼쳐진 DMZ의 정적은 눈물겹도록 옛날의 아린 상처를 드러낸 채 무한한 세월만 삭이고 있다.

느릿느릿 휘어진 개천의 실버들과 들찔레, 금방이라도 노루 떼가 튀어나올 듯한 잡목 수풀…….

가신 님은 묵묵부답. 그날의 절규와 아니 육신의 분신이 티끌 되어 반세기의 흐름 위에 아름다운 꽃으로 피어나 보란 듯 숙연한가.

금강산으로 달렸던 녹슨 기찻길. 이제는 푸른 밧줄을 펼쳐 놓은 듯 역사의 흔적만 민족의 한(恨)으로 우리의 발길을 기다리고 있다.

그렇게 그리던 실향민의 고향 길에 그 산곡을 울렸던 그날의 기적 소리를 냈던 기차 화통은 괴물처럼 곰삭아 흉했지만 그래도 그 형체에 정착한 꽃씨 한 톨, 강한 생명력의 섭리는 종족 번식을 위하여 오늘 한 송이 꽃으로 승화되어 님의 혼신이 자리한 역사의 넋두리. 거기엔 인간의 발자취가 응축된 전쟁의 증언으로 오늘도 남아 있었다.

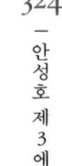

산방산골로 이어지는 경원선과 그리운 금강산. 그리고 저 이름도 그럴싸한 명사십리. 해당화 피는 원산 해변. 하지만 끝내 발 묶인 민족의 아픔. 내 환상의 물결에 노를 저을 때……, 불현듯 대형 스피커를 통하여 들려오는 대남 방송소리—.

나는 그만 등골이 오싹하여 또 다른 전쟁을 실감하고 말았다.

우리 일행은 억압된 마음을 자비로 베풀면서 큰 스님의 독경 소리에 숙연히 합장하고 가깝고도 먼 북쪽 형제에게 무사함과 아울러 하루 속히 조국의 통일이 이루어지기를 기원했다.

그리고 연등(燃燈)에 불을 밝히며 나뭇가지에 줄을 매어 걸었다. 평화와 자유를 갈구하는 북한 동포에게 메시지를 보내면서…….

그날 주홍색 연등은 수백 등이나 되어 마치 가을날 감나무에 달린 붉은 감을 방불케 했다. 우리는 부처님의 원력으로 그들의 미래를 어둠에서 광명으로 구제하고 하루 빨리 통일되기를 염원했다.

비무장지대는 동서로 여전히 뻗힌 '피어린 6백리'이다. 아직도 신음 소리가 나는 조국의 잘라진 허리이다.

하지만 군사분계선을 둘러싼 백령도와 신노, 강화도, 유도, 그리고 대성동과 건봉산, 향로봉과 두타연 지역에 서식하는 희귀 동식물들……. 그뿐인가. 금강초롱꽃, 팔랑나비, 하늘다람쥐, 노랑부리 백로, 재두루미, 팽이갈매기, 흑고니, 쇠가마우지, 알락꼬리마도요…… 등 멸종 위기에 있는 철새들의 마지막 안식처이다. 이러한 비무장지대는 자연 생태계의 세계적 보고이다.

인간의 발길이 끊어진 6·25 지난 50년 '고진동' 계곡은 완전한 생태계를 자랑하는 세계적 지상낙원. 그 계곡에서 흐르는 맑은 물은 남강으로 합류 군사분계선을 넘어 임진강을 이루고, 한편 양지 바른 산자락 주인 없는 집터에는 복사꽃이 곱게 피어 한 시대를 살았던 인간의 발길이 역력했고, 또한 민들레의 강한 삶이라던가, 지뢰밭의 위험을 건너뛴 산짐승의 지혜는 우리 인간과 다를 것이 없을 것이다.

전쟁은 인간의 재산과 생명을 삼킨 범죄의 장본인이지만, 요즈음 자연을 소중히 여기는 현대인의 눈빛이 집중되는 비무장지대……. 우리의 보고지대이며 세계에 하나밖에 없는 생태계의 자연 연구지대가 될 것이다.

이 황야에 세월은 흘러 아름답게 피는 꽃과 수목, 동물……. 그러나 이들은 홀로 종족 번식과 아름다움을 과시하는 것이 아니라 가신 님의 피와 애국의 혼이 화합하여 이루어진 역사의 작품이며 우리는 이에 숙연히 감사의 목례를 드려야 할 것이다.

따라서 비무장지대는 비(非)오염지대이므로 7천만의 민족공원으로

승화되어야 한다. 그리고 통일 이후에도 보존되어야 한다. 그리하여 동식물 생태계의 보고(寶庫)지대를 우리 후손에게 역사의 교육장으로 남겨 주어야 한다.

그러나 비무장지대 생태계는 그 자체만으로는 유지가 불가능하다. 그 인접지역과 별리되어서는 존재하지 못할 것이다. 단 여러 지역들과 상호 연관성을 가지면서 형성해야 한다. 그리하여 인접의 무리한 개발을 막아야 한다.

그것이 우리 국민들의 소망이요, 우리가 살아가야 할 삶의 좌표이며, 전쟁의 폐허였던 황폐한 땅을 살찌고 기름지게 하는 보답의 밑거름이 될 것이다.

| 천상의 화원 |

7월 상순!

무주 구천동 '소와담폭포'가 연이어지는 계곡을 거슬러 올라간다. 새벽 4시라 인적은 고요한데 세차게 부딪치는 계곡의 물소리가 아직 덜 깨인 나의 귓전을 뚫어 준다. 백련사(白蓮寺)까지는 한 시간을 가야 하는데 풀리지 않은 여독의 발길이 어둠을 더듬거린다.

덕유산(德裕山 : 해발 1614m)!

계절마다 다양한 풍광을 보여주는 국립공원. 여름 역시 빠지지 않는 계절이다. 산릉을 수놓은 야생화가 몹시도 아름답고 골짜기에서 피어 오르는 구름안개가 연출하는 풍광은 그야말로 대자연의 신비 그 자체 다. 거기에 향적봉에서 남덕유산으로 이어지는 장쾌한 능선과 겹을 이 루고 있는 동쪽 능선 그 끝자락의 야생화 군락, 그리고 곧추선 합천 가 야산 일원의 조망은 나의 발길을 더욱 재촉한다.

엊저녁에 내린 비로 물결이 더 수다스럽고 운무가 자욱하다. 이럴 땐 말벗이라도 있었으면 좋으련만 그저 호젓하고 적적하기만 하다. 시 간이 갈수록 사사로운 생각의 병은 내 등짝에 오싹오싹 찬바람을 일으 킨다.

마침 새 소리가 들린다. 오늘의 첫 소리다. 날이 밝아옴의 예고다.

이어서 약속이나 한 듯 여기 저기서 온갖 잡새들의 합창소리가 들린다.

나는 조금 전까지만 해도 허허로운 세상에 감염되어 헤어나지 못했었다. 자연은 전부 내 친구인 줄 알면서도 왜 자연의 힘에 압도되었을까. 아마도 인간이란 이렇게 약한 존재인가 보다.

한 굽이를 돌아서니 '또로록— 또로록—' 목탁 소리가 산을 구른다. 중생을 부르는 구도의 소리……. 숙연해진다. 이제 백련사도 다 온 듯하다.

조금 후, 절 옆 샘에서 물 한 바가지를 퍼 마시고 향적봉을 향해 막 가려고 하는데 누가 "아저씨" 하고 부른다. 뒤돌아보니 20대로 보이는 여자다. 왜 그러냐고 묻자 향적봉을 동행하자고 한다. 모습을 살펴보니 등산복을 입고 있는 폼이 등산을 좀 해 본 사람 같았다. 그래서 같이 가자고 하고 산을 향하여 앞장을 섰다. 그러자 그 여자는 이내 내 뒤를 따랐다.

한동안 말없이 걷기만 하다 분위기가 좀 어색해 인사나 나누자고 하며 그의 행적을 물었다. 말을 아껴 그 여자는 겨우 서울에 사는 김양이라고 했다. 어제 서울에서 와서 백련사에서 자고 향적봉을 가는 중이란다. 내가 성남 분당에 사는 문학하는 사람이라고 하자 그제사 조금 편해진 듯 보인다.

이야기를 하다 보니 철계단이 곧추서 있다. 또 흰 밧줄이 군데군데 매여 있는 것이 이제부터 험한 길임을 예고한다.

우리는 밧줄을 잡고 계단을 따라 산을 올랐다. 그렇게 얼마만큼 올랐을까? 이마에는 구슬땀이 흐르고 고르지 못한 숨결은 서로의 피로함을 알려 주는 듯했다.

그래도 즐겁다. 얼마 전 내가 혼자 걸어 왔을 땐 무섭고 지루하여 기가 빠졌는데 이제 동행하는 사람이 있어 생기가 돈다. 둘이 걸어가면

서 별 말은 하지 않아도 인간에 대한 믿음과 정이 받혀 주고 목적지가 같아 두 마음의 힘을 합하니 아름답고 지루하지 않다.

바람이 불어온다. 자연만이 보여줄 수 있는 신비의 경이다. 주위를 휘둘러보는 순간, 구름 안개는 이리저리 휘날리며 조화를 부린다. 산릉이 꿈틀거리고 거대한 산봉들이 우뚝우뚝 솟구쳤다. 마치 우리가 향적봉에 다가서기를 기다렸다는 듯 산봉이 솟아오른다. 뿐만 아니라 산릉의 등장에 놀란 구름이 차츰 떠오르더니 결국 파란 하늘에 뒤섞여 버리고 만다. 그러자 엊저녁 이후 먹구름에 모습을 감추었던 덕유산이 우뚝 솟구치고, 향적봉은 푸른 숲과 반짝이는 바위를 얹고 맑은 기운을 뿜어낸다.

정상이 눈앞에 다가왔다. 내가 흐느적거리며 따라오는 김양의 손을 잡고 빨리 끌었다.

향적봉 정상! 우리는 손을 잡고 야호하고 소리쳤다.

이 감격! 마치 개선장군의 눈빛처럼 눈이 빛난다. 그야말로 세상을 지배한 듯한 성취감이다.

잠시 후 우리는 돌탑 앞에 자리했다. 김양은 준비한 오이와 초코렛을 펴 놓았다. 그 맛이란 꿀맛이다. 산행인은 나눠 먹고, 거짓 없고, 서로 도와주는 것이 수칙이다.

잠시 쉬는 사이 또 다시 구름이 중봉(해발 1594.4m)을 솟구치고 그 뒤에 가야산이 고개를 슬쩍 내민다. 참으로 구름의 조화란 신기했다. 바람이 일렁이면 구름은 산이 되고, 짐승의 모양이 된다. 뿐만 아니라 도망가면 따라 가고 구름 속 파란 하늘의 호수도 그려 놓아 토끼가 목욕하는 만상을 창조한다.

"이 천상의 아름다운 풍경을 누가 본 적 있나요?"

김양은 멍하니 그 경이의 신비에 젖어 혼자 중얼거린다.

이때 나는 "김양!" 하며 어깨를 살짝 치자 깜짝 놀란다.

"어서 갑시다."

우리는 중봉을 향하여 걷는다. 여기서 30분 거리라니 가소롭다. 이제부터 덕유산 능선의 트래킹이다.

덕유산의 주능선 여름산은 강렬함의 극치다. 햇살이 내려쬐자 골짜기를 꽉 메웠던 산릉이 우뚝 솟구치고 천년 암벽 푸른 이끼의 가슴 속에서 수줍게 피어난 산나리꽃의 고운 눈빛과 황홀하게 눈 맞추고 뒤로 할 때 눈물이 글썽거렸다.

백암봉이 대머리를 반짝이며 어서 오라 손짓한다. 여기서부터 이름 날 만한 여름꽃 군락지다. 안개가 자욱한데도 푸른 사면이 노란 원추리꽃으로 뒤덮이고 여름꽃들이 원추리 꽃밭을 더욱 아름답게 꾸며 준다.

아! 천상의 화원…….

구름 안개는 꽃밭을 더욱 신비스럽게 축복해 주듯 너울너울 춤을 춘다. 원추리꽃 노란 산길을 따라 산릉을 걷고 잠자리 군무의 환영을 받으며 여름꽃들이 화사한 능선을 걷는 사이 구름이 밀려들더니 따가운 여름 햇살을 가려준다. 그러나 조망점이다 싶은 기점에 도착하면 기다렸다는 듯 커튼처럼 구름이 걷히면서 맑은 색유리 같은 파란 산야가 드러난다. 어쩌다 허벅지와 팔뚝이 살짝살짝 풀잎에 긁혀도 흥겹기만 하다.

그렇다. 지금껏 덕유산 천상의 화원을 이렇게 살갑게 느끼면서 자연을 사랑하고 김양과 아름다운 이야기를 나누는 이 모두가 내가 살아있다는 증거이고 내일을 행하는 체험의 실행이다.

우리네 인간이 아무리 비단 금침으로 장식했다 하더라도 어찌 오늘 이 덕유산 천상의 화원 그 아름다움에 비교되겠는가. 인간이 산과 꽃과 어울려 자연이 되고 바람과 구름 그 조화의 아름다움에 비하면 한갓 티끌에 지나지 않는 것을…….

전원, 그 소재의 인격화

— 안성호 제3수필집 《좋은 물은 향기가 나지 않는다》에서

이만재
소설가 · 문학평론가

예술작품으로 형상화할 수 있는 근본이 되며, 주제를 예증하거나 구현하는 데에 필요한 재료를 우리는 소재(素材, matter)라고 일컫는다. 이는 미적 형상화 이전의 정신적 감각적 재료인 자연물, 환경, 인물의 행동, 가정 등을 뜻한다. 혹자는 소재를 물리적 존재, 현상적 존재, 초월적 존재 등 셋으로 나누어 말하기도 한다. 흔히 소재는 예술 창작에 필요한 요소가 되는 물적 재료(material)를 가리키는 경우와 예술작품으로 되기 이전 작가의 체험에서 비롯된 정신적 재료를 가리키는 경우가 있다. 전자가 그림이나 조각에서 사용되는 캔버스, 석재 등을 말한다면, 후자의 경우는 작가의 생활체험이나 인간관계에서 취재된 인물이나 환경이 모델이 되어 소재의 역할을 하는 경우도 있다. 이렇듯이 예술작품이나 다른 장르의 문학작품처럼 수필의 소재도 인간생활과 밀접한 관계가 유지된다. 이는 단순히 작가가 살고 있는 현시점을 의미하는 것은 결코 아니다. 까마득한 과거에서 불확실한 미래의 세계까지 그 범위는 광범위하다고 하겠다.

모든 사물이 작가의 선택에 의해 소재가 될 수 있다. 그리고 무엇을

소재로 선택하느냐는 작가의 결정에 좌우될 뿐이다. 소재는 연극에서 무대의 세트(set)와 같다. 예를 들면 한옥을 짓겠다면서 지붕을 기왓장 대신 인조 슬레이트로 한다든가, 양장차림에 갓을 쓴다면 격(格)이 맞지 않거나 아주 어색한 결과를 초래하는 것이다. 그러므로 작가는 스스로 자질을 높이기 위해 끊임없는 노력은 물론 보다 괜찮은 소재를 찾는 데 소홀하게 생각해선 아니 될 일이다.

수필은 작가 자신의 상황과 감정을 다루어 자기 자신에 관한 충격적인 또는 임상적인 세부사항을 부끄러움 없이 솔직 담백하게 털어놓는다는 점에서 일종의 고백문학(confessional literature)이다. 수필은 구속됨이 없고 자유 분망한 장르이다. 설령 가벼운 소재라도 작가의 철학적 사고와 논리적이고 이기적인 구성으로 창작된다면 중수필(重隨筆)이 될 것이고, 반면에 무거운 소재라도 작가의 일상적 가벼운 심경으로 진술한다면 경수필(輕隨筆)이 될 것이다. 하지만 수필에서 가장 중요한 소재는 다름 아닌 바로 작가 자신이다.

수필가 안성호 선생과 평자는 전생에 무슨 인연인지 모르나 퍽 질긴 인연이다. 벌써 20여 년이 될까, 제1수필집《꾀꼬리를 위한 명상》, 제2수필집《그의 가슴 속에는 늘 고향의 들꽃이 피어난다》에서 작품들을 해설하였고, 이번에 제3수필집《좋은 물은 향기가 나지 않는다》까지 해설을 하니 선생의 작품을 해설하는 전속평자가 된 기분이다. 그러나 예나 지금이나 어느 작품을 들추어도 여전히 시골의 풍경, 그 산과 들엔 새들, 푸새들로 가득하다.

① 인간의 삶이란 과거, 현재, 미래의 행적들을 가식 없이 받아들여 그것이 추억이 되고 그리움으로 남아 기억을 삼는데 인색하지 않는 것이다. 호랑이는 죽을 때 제 굴을 찾듯, 우리의 삶도 현실을 탈피 못하여 황량한 도시의 살기 다툼에 시달려 서정의 말 한 마디 못한 채 저녁놀 고운 빛에

반사시키는 기억의 풍경들…… 모듬밥, 천렵, 콩서리, 감자서리…… 등 잊지 못할 추억과 어머님의 젖말 같은 구수한 먹거리들, 안 보고 안 먹어 본 사람은 어찌 이 가슴 속의 아름다운 추억과 풍경의 기억들을 이해하리?
　　　　　　　　　　　　　　　　　　　　　　　　　　— 〈삶의 향수〉에서

② 윤 노인은 신문을 펼쳤다. 웃음은 건강의 의미요, 그리움은 삶의 보람이었다. 헌데 윤 노인의 눈을 크게 뜨이게 한 것은 한강 고수부지에 보리밭 풍경이었다. …중략… 정말 보리밭이 보였다. 웅성거리는 사람들. 윤 노인은 성큼 다가서며 그만 보리이삭을 꼭 손에 쥐었다. 고향을 본 듯 고향 사람들을 만난 듯 무언의 대화로 웅어리졌던 사연들을 하소연도 하여 본다. 또 너를 즐겼던 보리밥, 보리개떡, 이제는 고급 식품으로 상징되어 대하기 낯설은 존재가 되었으니 슬퍼질 뿐이다.
　　　　　　　　　　　　　　　　　　　　　　　　　— 〈보리밭 풍경〉에서

③ 나는 어느 날 고향 마을을 찾았다. 헌데 내가 기대했던 것과는 옛 풍치의 정서는 이미 상실되어 삭막했다. 유년의 친구, 새 소리, 산짐승, 울창한 수목…… 등, 보이잖고 허허했다. 그래도 산, 물, 바위는 묵묵부답 나를 도사려 보고 있다. 초라하고 가난한 외로움을 삼키면서, 터주[地主]대감을 자처하며 물끄러미 나의 잘못을 힐난하는 듯 성난 눈빛을 굴리고 있다.
　　　　　　　　　　　　　　　　　　　　　　　— 〈갈가마귀도 떠나는데…〉에서

고향은 영원한 향수(鄕愁)이자 동심의 발원지다. 어디 사람만이 고향을 그리워하는가. 여우가 죽을 때 머리를 자기 살았던 굴로 향함(수구초심, 首丘初心)도 그러하지만, 철새들도 마찬가지라고 한다. 남쪽(越)에서 온 새는 언제나 고향 쪽으로 뻗은 남쪽 가지에 둥지를 튼다(월조 소남지, 越鳥巢南枝). 이는 곧 고향을 잊지 않고 그리워함을 일컫는다.

무릇 인간은 고향의 자연을 흠모한다. 그래서 인간문화와 가치분야에서, '인공(人工, art)' 보다 '자연(自然, nature)' 을 선호하는 사상을 '문화적 원시주의(cultural primitivism)' 라고 한다. 예를 들면, ㉠ 윤리 측면에서 본 원시주의자는 이성과 신중한 원려(遠慮)의 명령보다 '자연적' 또는 생태적 본능과 감정을 찬양한다. ㉡ 사회철학 측면에서는 복잡하고 고도로 발달된 사회 기구에 의해 발생되는 불안과 좌절 대신 단순하고 자연스러운 사회적 정치적 질서 형태를 선호한다. ㉢ 환경 측면에서는 도시나 인공적인 정원보다 인간의 개입에 의해 수정되지 않은 바깥 '자연' 을 더 선호한다. 아마 대다수의 사람들이나 작가들 역시 이러한 정서를 느끼고 때로는 원시주의자를 동조할 것이다. 왜냐 하면 현대 문명의 복잡함과 열병과 불안과 '소외(疏外, alienation)' 에서 벗어나서 잃어버린 자연적인 삶의 원초적 단순성으로 도피하기를 갈망할 것이다. 그 단순성 속에는 한 개인의 천진난만했던 유년기, 근심 걱정 없는 아늑한 곳을 그리워하지 않겠는가.

인용한 작품 ①은 예전에 시골에서 여럿이 남의 물건을 훔쳐다 먹는 장난, 콩서리, 닭서리, 수박서리 등의 추억을 되살린다. 서리하는 장난꾼에게 농작물이나 가축 따위를 도둑맞아도 그다지 노하지 않았던 시골 인심과 재미를 형상화한다. ②는 산업화 사회 이전에, 대개 음력 4~5월경의 기간을 흔히 '보릿고개' 라고 일컬었다. 묵은 곡식은 다 떨어지고 보리는 아직 여물지 않아 농가생활에서 가장 식량(食糧)에 고통을 받던 고비를 말한다. 궁춘(窮春), 맥령(麥嶺) 또는 '피고개' 라고 하기도 했다. 보릿고개는 배고픔의 대명사였다. 속담에 '보릿고개가 태산보다 높다' 니 '보릿고개에 죽는다' 는 말에서 그 시절의 고통을 연상할 수 있다. ③에서는 옛 모습이 상당하게 변해 버린 고향의 풍경에서 마치 죄인이 된 심경을 나타낸다. 자연의 원형을 보존하지 못한

인간으로서 속죄하는 양심을 엿볼 수 있다.

① 세월은 흘러 아름답게 피는 꽃과 수목, 동물……. 그러나 그들은 홀로 종족번식과 아름다움을 과시하는 것이 아니라 가신 님의 피와 애국의 혼이 화합하여 이루어진 역사의 작품이며 우리는 이에 숙연히 감사의 묵례를 드려야 할 것이다. 따라서 비무장지대는 비(非)오염지대이므로 7천만의 민족공원으로 승화되어야 한다. 그리고 통일 이후에도 보존되어야 한다.
— 〈비무장지대〉에서

② 물은 본시 무리함을 행하지 않는다. 물은 경사를 만나도 서두르지 않고 평지라도 재촉하지 않는다. 아무리 길이 험하고 지대가 기암괴석으로 둘러싸여 있다 할지라도 구석구석 돌아 쉼없이 순리의 원칙으로 조화를 이루면서 언젠가는 바다에 이르게 된다. 우리 인간도 저 물과 같이 모든 것에 규정을 지키며 분수대로 순리의 원칙에 따라 움직이면 인간으로서의 제 구실을 다 할 것이다.
— 〈좋은 물은 향기가 나지 않는다〉에서

③ 산에는 우정이 있다. 그러나 내 주위는 아무도 없다. 다만 자연의 무리들이 나를 반겨준다. 다람쥐, 청설모, 이름 모를 풀벌레……. 그들은 다 겨울 준비에 마지막 가을 햇살 아래 분주히 움직인다. 인적에 놀란 산새들도 푸드득 창공을 박차 오른다. 가을은 결실의 계절이라 동식물 모두가 윤기 흐른 몸짓으로 제 살길을 찾나 보다. 너무나 조용한 산길 아침이슬처럼 맑은 마음, 스스로 도인을 자처해 본다. 예부터 도(道)에 통달한 사람들은 산에서 자연의 이치와 무상의 상념에서 이루어졌다니 그럴싸하다.
— 〈두타산과 청옥산〉에서

전원의 아름다움과 단순 소박한 생활을 하고 그리워하는 심경을 담았다면, 전원문학(田園文學, pastoral)에 속한다. 도시에서의 물질문명과 부귀영화 속에 치열한 생존경쟁에 환멸을 느끼고 고향의 산천과 그 생활을 그리운 마음으로 미화한 작품들이 적지 않다. 동서양을 막론하고 전원문학은 도시문화에 세련된 사람이 전원의 단순 소박함을 그리워하는 데에서 비롯되었다고 하겠다.

『논어(論語)』의 순명편(順命篇)에, '사생유명(死生有命), 부귀재천(富貴在天)'이라는 말이 있다. 즉 인간의 죽음이나 그 출생은 하늘의 명으로써 되고, 또한 부귀를 누리고 못 누리고는 하늘의 뜻에 매여 있다는 뜻이다. 이렇듯 우주는 모든 생명체의 모태(母胎)다. 여기서 우(宇)는 공간을, 주(宙)는 시간을 가리킨다. 인간은 제아무리 불로장생을 희망해도, 결국엔 공간과 시간의 제약을 받고서 퇴출된다. 이것이 불변의 우주섭리요, 자연법칙이자 하늘의 도리인 것이다. 그러므로 인간은 생멸(生滅)해야 하는 미미한 존재임을 부정할 수가 없다. 그래서 그럴까, 이 지구상에 가장 골칫거리가 바로 인간들이다. 마치 하늘의 월권자(越權者)나 된 것처럼 행세하면서, 말없는 자연을 무시한 채 자멸의 악덕만 꿈꾼다. 거만스럽고 우매한 인간들이 자연의 질서를 거역하거나 부정하고 있다. 아무런 대책도 없이, 아무데서나 외지에서 온 소수 특정인들의 관능적 쾌락을 충족시키려고 자연을 마구 훼손시키고 있지 않는가. '지족가락(知足可樂) 무탐즉우(務貪則憂)', 즉 족할 줄 알아야 삶을 즐길 수 있으며 끝없는 탐욕을 채우려고 하기 때문에 모든 근심과 걱정이 일어나게 마련이다.

위에 인용한 작품에서 작가의 자연관(自然觀)을 엿볼 수 있다. ①은 불행스런 과거, 동족상잔의 상흔인 한반도의 허리를 끊은 155마일, 휴전선의 일부를 바라보면서 슬픈 역사를 달랜다. 한편으로 토양오염이 전혀 없이 생태계가 잘 보존됨에 안도한다. ②는 인간도 물의 속성을

닮아서 물처럼 부드러운 순리의 조화를 이루어가면서 제 몫을 다하기 바라며, ③은 인위(人爲)를 부정하는 사상 중에 특히 노장(老莊)의 무위자연(無爲自然)을 대하는, 산에서 우정을 생각하고 산에서 인생을 생각하는, 작가의 모습을 보는 듯하다.

① 일찍이 부처님의 자비로운 사랑의 손길이 이 세상에 밝은 빛으로 어두운 곳을 소멸하고 있지만 지금도 알지 못하는 사회 곳곳에는 하나밖에 없는 목숨을 살생하는 무리들이 있으니 걱정이다. 농부가 밭에 나가 풀을 뽑고 나무를 베고 가축을 부리는 것은 꼭 인간의 생활에 필요한 행위로 부처님도 용서해 주시겠지만, 욕심과 무자비한 행동의 굴레에서 벗어나지 못한, 부처님 말씀에 귀가 먹은 자의 소행은 스스로 아귀의 나락으로 빠져 들게 될 것이다.

— 〈방생(放生) 이야기〉에서

② 사람의 죄와 복을 받는 것은 각자 지은 업력에 따라 일어나는 것이며, 생사윤회를 돌고 도는 것도 미혹된 결과로 나타나는 삶의 모습인 것이다. 따라서 미혹의 어리석음을 밝혀 인생과 세계를 바로 볼 수 있는 여실한 지견(知見)을 갖추기 위해서 연등을 부처님 전에 공양을 올리는 인형(人形)은 곧바로 자기의 인격의 한 부분을 그만큼 진리의 등불로 밝혀 채워놓는 것이며, 그로 인한 발심은 더욱 망식(妄識)을 진식(眞識)으로 전변하는 공덕행을 이루는 것이라 한다.

— 〈등공양의 의미〉에서

대체로 서정적(抒情的)인 독자는, 수필의 내용면에 있어 인간적이고 단순한 경수필을 선호하고, 반면에 이지적(理智的)인 독자는, 그 내용이 탐구적이고 철학적인 중수필을 선호한다는 것이 중론이다. 그리고 수필의 문학성에 대한 논란은 비단 어제 오늘이 아니다. 논란의 소지는 '무형식(無形式)의 형식'에서 비롯된 것이다. 다른 장르에 비해 수필이 쉽게 읽힌다고 해서 결코 쉽게 쓰여진 글은 아니다. 제대로 된 수필은 탄탄한 논리와 성숙된 의식의 흐름에서 작가의 개성이나 자질 그리고 재능을 완연하게 드러내는 특성을 지녔다. 대개 수필을 대하다 보면 문장을 매끄럽게 다듬고, 손질하는 윤문(潤文)에 다소 소홀하여 거칠한 부분을 자주 접하게 된다. 이는 작가의 성실함과 치밀함의 결여가 아닐까. 따라서 문체에 치명적인 흠집이 될 수도 있다. 쉽게 쓰고 쉽게 읽힌다고 해서 명작이 결코 아니다. 특히 산문에서 문체는 작가가 어떻게 문학적으로 근접하여 소화하고 형상화시켰느냐가 관건이 될 것이다.

인용한 ①에서 방생(放生)이란 다른 이가 잡은 물고기, 새, 짐승 따위의 산 것들을 사서, 산에나 못에 놓아 살려주는 일을 말한다. 이는 살생(殺生)과 반대되는 것으로 살생을 금하는 것은 소극적인 선행(善行), 방생하는 것은 적극적인 작선(作善). 보통 음력 3월 3일, 8월 15일에 이 일을 행하나 지금은 일정한 때가 없이 한다. (〈金剛經〉참조)

②에서, 일반적으로 공양(供養)이란 스님들의 식사를 가리키는 말이다. 하지만 넓은 의미에서의 공양은, 즉 '베풀다'의 의미를 지닌다. 그래서 사찰에 제공하는 것을 '공양'이라고 부른다. 따라서 '공양'은 존경할 만한 대상에게 물품을 기증하는 것을 뜻하며 생활필수품의 범위를 넘어서 금전이나 토지 등을 삼보(三寶 : 佛, 法, 僧)에 바치는 것을 주로 뜻한다. 그래서 부처님께 바치는 것을 불공양(佛供養), 법에 대한 것을 법공양(法供養), 스님에 대한 것을 승공양(僧供養)이라고 한다. 꽃공양, 향공양, 등(燈)공양 등 무엇을 기증하든 모두 공양이라고 한다.

'글이 곧 사람'이다. 누구의 어떤 작품이든 그 속에는 작가의 사상

과 사유와 감정 등이 깃들어 있기 마련이다. 수필가 안성호는 언제 봐도 퍽 시골스런 분위기를 풍기는 선비다. 얼핏 보기엔 약싹스럽지 않아 되레 어눌해 보일 정도다. 모가 나거나 울퉁불퉁하여 시시비비하는 일은 당최 질색이다. 그저 물처럼 순리에 따라 인생을 관조하고 싶다는 것이다. 그래서 그럴까. 거짓이나 꾸밈을 좋아하지 않는다. 그 대신 진리의 세계와 소통할 예시적 에너지를 축적히려는 혼적이 여실하다. 그는 자신의 모습을 진술하게 보여주는 그대로, 간결하고 소박하고 명쾌하여, 수필이 읽기가 오히려 편하다.

　이번 수필집도 예전과 다를 바가 없다. 자연예찬. 오직 '자연(自然)'을 공통분모로 삼아, 그 속에 어우러져 있는 모든 것, 크게는 하늘이요, 작게는 이름 모를 한 포기 풀에게도 따뜻한 감흥으로 속삭인다. 제3수필집《좋은 물은 향기가 나지 않는다》가 독자들의 가슴에서 큰 울림이 되리라 기대하면서, 출판에 갈채를 보낸다.

해설 · 이만재 >>>>>

안성호 수필집

좋은 물은 향기가 나지 않는다

·

지은이 / 안성호
발행인 / 김재엽
발행처 / 한누리미디어
디자인 / 지선숙

110-816, 서울시 종로구 부암동 185-5번지 4층
전화 / (02)379-4514, 379-4519
Fax / (02)379-4516
E-mail/hannury2003@hanmail.net

·

신고번호 / 제300-2006-61호
등록일 / 1993. 11. 4

·

초판발행일 / 2007년 3월 30일

·

© 2007 안성호 Printed in KOREA

·

값 10,000원

·

※잘못된 책은 바꿔드립니다.
※저자와의 협약으로 인지는 생략합니다.

ISBN 978-89-7969-297-6 03810